CONSPIRACIÓN MAINE

Mario Escobar Golderos

nowtilus

Colección: Novela Histórica
www.novelanowtilus.com

Título: *Conspiración Maine*
Autor: © Mario Escobar Golderos

© 2006 Ediciones Nowtilus S.L
Doña Juana I de Castilla 44, 3° C, 28027 - Madrid
www.nowtilus.com

Editor: Santos Rodríguez
Responsable editorial: Teresa Escarpentier
Coordinador editorial: Sergio Remedios

Diseño y realización de cubiertas: Opal Works
Diseño y realización de interiores: David Borreguero
Producción: Grupo Ros

ISBN10: 84-9763-299-0
ISBN13: 978-849763299-7
Fecha de Publicación: Mayo 2006

Printed in Spain
Imprime: Imprenta Fareso S.A.
Depósito legal: M. 17.126-2006

Agradecimientos

Este libro ha sido posible gracias a la ayuda de muy buenos amigos, que durante años han leído y repasado mis manuscritos:

A **Miguel Ángel Pérez Santos**, por sus oportunas críticas y su visión global del libro.

A **Manuel Sánchez**, cuyos comentarios y puntualizaciones han mejorado este libro en la forma y en el fondo.

A **Pedro Martín,** que me transmitió grandes dosis de ilusión y optimismo.

A **Sergio Puerta,** que lee pacientemente todo lo que escribo y me anima a seguir adelante.

In Memoriam. A mis padres, que siempre creyeron en mí.

Para Elisabeth, mi mejor mitad, y Andrea, la luz de mis días.

«Y, ¿qué mayor señal puede dar el hombre de su divinidad, que con descubrir cosas de utilidad para otro hombre? Y es hecho cierto que todo inventor de cosas útiles es sumamente amado por Dios, el cual muchas veces, (la providencia) por medio de un solo hombre, se digna a manifestar cosas rarísimas y escondidas por muchos siglos y ahora por medio del ilustre D. Cristóbal Colón, hombre verdaderamente divino, le ha placido manifestarlo. Por lo cual, de esto cabe deducir, primeramente que este varón singularísimo fue muy grato al eterno Dios, y, por tanto, se puede afirmar que si hubiese vivido en la Edad Antigua, no solamente los hombres, por tan magna obra, le habrían contado y puesto en el número de los dioses, más aún le hubiesen hecho el príncipe de éstos».

Venecia, 25 de abril de 1571

PRÓLOGO

Washington, 25 de noviembre de 1911

El mal que hacen los hombres los persigue después de muertos; el bien, muchas veces, queda enterrado con sus huesos. En aquella noche, cuando la brisa nocturna dejó paso al estruendo, cientos de diminutos fragmentos de cristal centellearon hasta la cama, como un millar de luciérnagas nocturnas. La Dulce Maña se acercó descalza hasta la ventana. Sudaba abundantemente y su respiración se aceleró al ver el cielo de la noche iluminado. Todavía se erguían orgullosos los dos largos mástiles y las dos gigantescas chimeneas exhalaban un humo gris formando extrañas figuras. Los aullidos de los marineros parecían distantes; ahogados por las voces del pasillo, donde los clientes y las putas huían despavoridos.

Hércules, todavía somnoliento, se arrastró hasta la ventana y sentándose en el quicio con la mirada perdida, miró sin ver el resplandor que iluminaba la ciudad. Su cuerpo sudoroso se pegaba al marcó lleno de diminutos cristales, dejando escapar pequeños hilos de sangre que teñían los cristales hasta convertirlos en rubíes.

—Aquella noche, señores senadores, la sangre de Hércules Guzmán Fox se mezcló con la de nuestros desgraciados compatriotas —dijo el hombre desde el pequeño estrado. La mirada de todos se posó sobre sus manos que revoleteaban a medida que les contaba la historia de los últimos días del imperio español y el nacimiento de una nueva potencia: los Estados Unidos de Norteamérica.

PARTE 1ª

Recordar el *Maine*

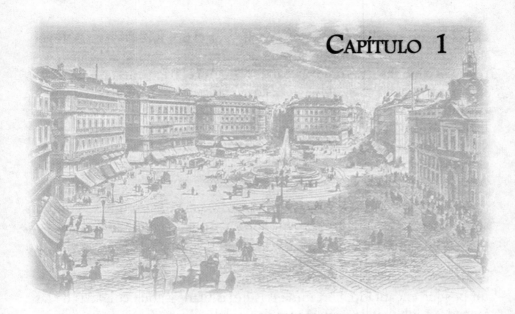

Capítulo 1

Madrid, 12 de febrero de 1898

Cuando el tren se detuvo el oficial recogió el equipaje y caminó confuso entre los vapores. De vez en cuando se daba la vuelta y examinaba detenidamente a la variopinta fauna que rondaba por las noches la estación. Figuras harapientas se mezclaban con los pasajeros y algunas meretrices susurraban obscenidades a los caballeros encopetados. Los carteristas se movían con agilidad, introduciendo sus manos debajo de las capas y gabanes de los transeúntes despistados.

Se escuchó un pitido y el bufar de una locomotora al ponerse en marcha y el oficial se alejó de la multitud y tras mirar alrededor, sacó de uno de los bolsillos de la chaqueta un pequeño papel amarillento. Las letras estilizadas no dejaban lugar a dudas, tenía que dirigirse a una calle llamada *Del Pez*, una vez allí, alguien le llevaría delante del presidente.

El aire frío de la noche le golpeó en la cara y se encogió dentro de su ligera chaqueta, acelerando el paso. A la entrada de la estación varias calesas esperaban a los viajeros rezagados. El joven oficial se dirigió a la primera y observó por un momento al cochero casi anciano que parecía dormitar bajo un grueso capote negro. En su sombrero podían observarse los reflejos del hielo que comenzaba a cuajar en la visera. El oficial golpeó la calesa y se metió dentro mientras vociferaba el nombre de la calle. En el interior el aliento se congelaba antes de salir de la garganta, la capota protegía del cielo raso, pero por la parte delantera el frío penetraba dándole directamente en la cara. Una vez acomodado, abrió la maleta, sacó una bufanda y se la enrolló en el cuello. El martilleo de los cascos de los caballos y el bamboleo de la calesa fueron adormilándole, por primera vez se sentía a salvo. Durante el trayecto en tren no se había atrevido a dar ni una cabezadita; en la travesía por el Atlántico tampoco había dormido mucho, obsesionado porque alguien intentara robarle la carta.

Cuando la calesa se detuvo, el conductor lanzó un gruñido y el oficial se despertó sobresaltado. Saltó al exterior y quedó en mitad de las sombras. Unos farolillos a lo lejos tintineaban bajo un cielo entre violeta y azul plomizo. La calle estaba desierta y el silencio era casi absoluto. Los edificios parecían tocarse en algún punto en el infinito, como árboles de un bosque encantado, con inmensas hojas blancas, que colgadas de las fachadas ocultaban la pequeña franja de cielo. Respiró hondo, se detuvo delante del portal y se cercioró de que nadie le seguía. Empujó un poco la verja de hierro y ésta cedió chirriante. El portal se encontraba completamente a oscuras. En el interior olía a orines mezclados con madera podrida. Comenzó a andar despacio, midiendo cada paso. Tropezó con el primer escalón y apoyándose en la pared comenzó a ascender muy despacio, escuchando los crujidos de la madera debajo de sus pies. Al llegar al rellano recorrió a tientas el descansillo antes de tocar algo que parecía madera. Llamó, escuchó unos pasos y la puerta se abrió lentamente con un chirrido, pero en el rellano sólo pudo distinguir una negrura que se dirigía a él en un susurro.

—Pase, rápido.

Entró deprisa, dando un traspié. Al fondo advirtió una luz, y a su lado pudo oler el aliento a alcohol de su interlocutor que le animaba a pasar más adelante. Caminó hacia la luz y penetró en una sala grande que parecía vacía por la penumbra. Tan sólo se distinguía una mesa redonda, encima un quinqué y al lado dos sillas.

—Tome asiento. Estará cansado del largo viaje —dijo el hombre de la puerta, que lentamente empezaba a tomar forma a medida que se acercaba a la luz. El oficial permaneció de pie, con la maleta en la mano. Tenía un ligero dolor en los hombros y con el corazón acelerado logró con voz fatigosa dirigirse al hombre.

—Gracias, pero me gustaría terminar con esto lo antes posible.

—Entiendo. Mucha tensión para usted. No sé cómo han enviado a alguien tan joven.

El oficial se irguió después de dejar la maleta en el suelo y torciendo el gesto contestó al hombre.

—Por lo menos he llegado hasta aquí. Eso debería ser suficiente.

—No se moleste. No quiero ser grosero, pero debido a la importancia de su misión, esperaba a alguien más... maduro.

—Desconozco cuál es la misión, tan sólo sé que tengo que entregar una carta.

—La carta. No se preocupe ahora por la carta. Siéntese y tome algo antes de que nos marchemos —dijo el hombre sentándose. Después se agachó y puso una botella sobre la mesa.

—Gracias, pero no quiero nada. Por favor, me gustaría salir cuanto antes.

—¡Siéntese, maldita sea! ¿Cree que la persona a la que vamos a darle su carta nos recibirá a estas horas?

El oficial se sentó. Su cabeza comenzaba a pensar con claridad y concluyó que aquel hombre tenía razón. Ésas no eran horas de ir a ninguna parte.

—Todos estamos un poco nerviosos, perdone mis palabras.

—No se preocupe. Tiene usted razón.

Su tranquilidad duró apenas unos segundos. Un repentino temor le invadió. Sus manos comenzaron a sudar y empezó a frotarlas contra el pantalón evitando la mirada del hombre.

—No me ha preguntado la contraseña.

—No hace falta. ¿Quién iba a venir a estas horas? Sólo podía ser usted. Yo no esperaba a nadie más.

El oficial se levantó bruscamente y dio un paso atrás, dejando que la silla se estrellara contra las tablas de madera del suelo. El hombre se incorporó despacio y con un gesto le animó a que volviera a sentarse.

—¿Por qué no me preguntó la contraseña? —preguntó el oficial con la voz entrecortada.

—No sea chiquillo. Si quiere se la pregunto ahora. Dígame la contraseña.

—Dígamela usted primero.

—Por favor, ¿es que se ha vuelto loco?

El muchacho empezó a retroceder sin dar la espalda al hombre. Tropezó con su maleta y estuvo a punto de caer de espaldas, pero logró recuperar el equilibrio en el último momento. Se dio la vuelta y comenzó a correr por el pasillo hasta chocar con la puerta. Buscó el cerrojo mientras escuchaba la voz del hombre cada vez más cerca. Abrió la puerta de un portazo y corrió escaleras abajo. Un sonido estrepitoso invadió el portal, tiró de la verja y corrió calle abajo. No sabía adónde se dirigía, pero pensó que lo mejor era alejarse de allí lo antes posible. Intentar que su pista se perdiera entre aquellas callejuelas. Mientras corría las ideas se agolpaban en su mente en forma de imágenes. El capitán dándole la carta, el viaje, aquel hombre. ¿Adónde podía ir ahora? Había puesto la misión en peligro.

Finalmente llegó a una gran plaza flanqueada por arcadas. Dudó unos instantes antes de salir a la luz y cruzar el inmenso espacio abierto, pero al final observó a lo lejos una cantina iluminada. Se dirigió hacia allí con la idea de preguntar por alguna gendarmería, pero apenas había dado unos pasos cuando dos hombres le abordaron. Mientras el más pequeño e inofensivo le cortaba el paso y se dirigía a él; el corpulento le golpeaba con una pequeña porra en la nuca. El oficial se desplomó al primer golpe. Entre los dos hombres le sacaron de la luz rápidamente y le introdujeron en una carroza. En ese momento, el primer rayo de sol atravesó el plomizo cielo de Madrid y la gente comenzó a invadir las calles.

El general Woodford atravesó con paso acelerado todas las salas ricamente decoradas y entró sin llamar en el despacho del secretario. Llevaba poco tiempo en la embajada, apenas seis meses, pero sabía que Young estaba a esas horas sentado en su mesa fumando un cigarrillo mientras leía el *New York Times* del mes anterior.

—¡Esto es inadmisible! El embajador Lee y esos chupatintas de Washington me están dejando en evidencia. ¿Para qué demonios me ha destinado aquí el presidente? Todo está decidido ya, me entiende Young. No tenemos nada que hacer en Madrid.

—Tranquilícese señor —dijo Young al tiempo que se ponía de pie en señal de firme. Hacía más de diez años que había dejado la Armada, pero cada vez que veía pasar al viejo general, no podía evitar ese comportamiento militar.

—Siéntese, por favor.

—¿Qué ha sucedido general?

—¿Sucedido? —dijo el general sentándose. Después encendió un espléndido puro y no volvió a decir palabra hasta que la primera oleada de humo sacudió sus pulmones y arañó su rasposa garganta. —Primero fue la publicación de esas desafortunadas cartas del embajador español Duppoy en el *New York Journal*; por si esto fuera poco, alguien ha ordenado que el torpedero *Cushing* recale en el puerto de La Habana. ¡Eso es una maldita declaración de guerra! ¿No cree?

—General, todos sabemos que las hostilidades están a punto de estallar. Sólo es cuestión de tiempo.

—McKinley no quiere la guerra. ¡Me entiende! Cuántas veces tengo que repetírselo. Si el presidente deseara la guerra, puedo asegurarle que hacía tiempo que ésta habría empezado. Son esos malditos congresistas y sobre todo Roosevelt, ese condenado loco, el que está metiendo cizaña —dijo el general con la cara amoratada.

—¿Roosevelt? El vicesecretario no tiene ningún poder.

—Ese tipo domina a la secretaría. Long es un pusilánime, no tiene sangre en las venas. Roosevelt tiene el poder que le da Cabot y otros como él, que están deseando echar sus zarpas sobre la isla.

—General, ¿pero no es mejor que sean los nuestros los que se lleven el botín que los españoles? —dijo Young mientras doblaba el periódico y se ponía en pie.

—El presidente opina que no es el momento. La Armada no está preparada y un descalabro militar puede afectar a nuestros intereses en Oriente.

—General, España ha encargado varios barcos a Inglaterra, dentro de poco será más fuerte.

—No sea ridículo Young, tres o cuatro barcos no pueden cambiar nuestra suerte. Pero una actuación precipitada, sí. China está a punto de saltar por los aires, las tensiones entre Rusia y Japón no hacen más que crecer. Ahora debemos centrarnos en Oriente y McKinley lo sabe.

—Nos defenderemos mejor en Oriente si Filipinas es nuestra —contestó Young mientras observaba cómo el cielo plomizo se iba convirtiendo poco a poco en azul intenso.

—Tal y como estamos ahora, sería una manera de regalar el archipiélago al Japón. No, querido amigo. No es tiempo de guerra.

El general se levantó; su cara estaba ahora sonriente y sosegada, la charla le había devuelto a su habitual optimismo. Con paso lento se alejó por el largo pasillo. Young le observó hasta que desapareció de la vista. Se acercó al perchero y después de colocarse el sombrero y el gabán, recogió un alargado bastón negro. Por su mente circularon varias imágenes, pero la que le hizo sentirse pletórico, fue la de imaginar al general huyendo despavorido hasta la estación de trenes para escapar de Madrid, tras declararse la guerra.

Sintió el agua fría y su primera reacción fue levantar las manos y quitarse las gotas que le escurrían por la cara y le velaban los ojos, pero sus manos estaban atadas por detrás a una silla. Se sacudió en la silla pero todo fue inútil. Al levantar la vista contempló lo que parecía el contorno de un hombre corpulento. A su lado, otro individuo mucho más pequeño expulsaba una blanquecina nube de humo que rodeaba la lámpara y terminaba en su cara. Los dos hombres le miraron y cuando estuvieron seguros de que por fin había recuperado el conocimiento, acercaron sus caras a la luz para poder verle de cerca.

—Por fin te has despertado, huevón. Teobaldo, llama al jefe —dijo el hombre pequeño con un marcado acento cubano.

El hombre corpulento se enderezó y con pasos lentos se perdió entre las sombras. Una luz cegadora iluminó por unos segundos la estancia. El oficial sintió una punzada de dolor en los ojos y escuchó el sonido de una puerta al cerrarse.

—Será mejor que te prepares para cantar todo lo que sabes. El jefe no tiene mucha paciencia —dijo el matón mientras mostraba unos dientes negros característicos de los masticadores de tabaco.

El oficial permaneció callado. Apenas podía entender lo que había sucedido en las últimas semanas. Cuando se le pasó por la cabeza la posibilidad de morir sintió un escalofrío. Pero, ¿qué podía decir a estos tipos? No sabía mucho. La verdad es que no sabía nada de nada. Un oficial superior le había dado una carta que tenía que dar al presidente Práxedes Mateo Sagasta. Un contacto le esperaría en una dirección previamente acordada y le llevaría ante el presidente. ¿Qué más podía decir? Había guardado la carta con un temor reverente y no la había sacado del bolsillo interior del uniforme desde que su barco partió de Matanzas. Una duda le asaltó de repente. Zarandeó su cuerpo y esperó sentir el roce del sobre en la camisa, pero la carta ya no estaba allí. Notó un nudo en la garganta y ganas de echarse a llorar, pero tragó saliva y apartó la mirada de su carcelero. Apenas habían pasado unos segundos desde que el otro hombre se había marchado, pero a él se le hizo una eternidad. La luz intensa volvió a chocar sobre su retina y para cuando pudo recuperar la visión, enfrente de él había tres hombres. Uno de ellos no le era del todo desconocido.

—Nos volvemos a encontrar. Pensé que todo esto iba a ser más fácil —dijo el hombre y miró a un lado y a otro antes de agacharse y poner su cara a pocos centímetros del oficial.

—Señor —dijo el oficial con un hilo de voz tan apagado que tuvo que repetir las palabras para asegurarse de que la voz salía de su garganta. —¿Sabe que... que está cometiendo un delito de alta, de alta traición?

El hombre levantó de las solapas al oficial, zarandeándolo mientras gritaba.

—¡Mira pedacito de mierda! Cada día me tomo un *agua mona* como tú y me meriendo una *agualoja*. Soldadito comemierda, de aquí no vas a salir hasta que me cantes misa en latín. ¿Oíste? —bramó el hombre.

Después de empujarle la silla rebotó y volcó para un lado. Varias patadas violentas terminaron en los costados del joven, que intentaba encogerse a pesar de encontrarse atado de pies y manos.

—¡Levantadle!

El dolor era insoportable, intentó pensar en otra cosa, pero los golpes comenzaron con más fuerza. Su mente se puso en blanco y comenzó a suplicar y gritar lo poco que sabía, pero los puñetazos no cesaron. Siguieron, cada vez más fuertes, hasta que comenzó a perder el conocimiento de nuevo.

El carruaje se detuvo justo en medio del puente. La niebla era tan espesa que apenas podía verse la propia mano extendida hacia delante. Dos hombres sacaron un saco y torpemente lo llevaron hasta el borde del puente. Con un gran esfuerzo lo zarandearon hasta que, en la última sacudida, lo soltaron a la vez. Unos segundos después escucharon el chapoteo del agua y con rapidez subieron al carruaje. El fardo se hundió poco a poco en el agua, pero de la boca entreabierta del saco se escapó una bufanda que comenzó a moverse por la corriente hasta enredarse en unas ramas.

Capítulo 2

La Habana, 15 de febrero de 1898

El marinero de primera Adolfo Sancho hacía guardia aquella noche en el *Alfonso XII*. Las noches parecían interminables a bordo. Nadie con quien charlar y una interminable negrura que lo cubría todo. Tan sólo las farolas de La Habana y las luces del *Legazpi* y el *Maine* arañaban algo de brillo a un mar negro y calmado. Adolfo, harto de cargar el fusil, miró a un lado y al otro, apoyó el mosquetón en la barandilla y sacó un cigarrillo del bolsillo. El sargento acababa de pasar y no volvería antes de una hora. El pitillo le supo a gloria. Aspiró una bocanada de humo y cerró los ojos para concentrar más el placer que inundaba su garganta. Sin darle tiempo a reaccionar, notó un tremendo calor en la nuca, un destello y oyó un estruendo horrible. Instintivamente se agachó, alargó el brazo hacia el fusil, pero éste se le escurrió entre los dedos. Entonces, una segunda explosión más potente lanzó decenas de pequeños destellos por el cielo negro. Adolfo se incorporó y contempló el horripilante espectáculo sin reaccionar hasta que notó que algo caía sobre su espalda. Se giró despacio, al tiempo que su cabeza se inclinaba hacia abajo. Primero le vino un olor a carne quemada que le revolvió el estómago, después observó algo alargado en la cubierta. Se agachó un poco más y lo tocó con la punta del fusil. La cosa alargada seguía humeante cuando el marinero advirtió cómo brillaba algo. Eso parecía un brazo con sus cinco dedos y un anillo grande y plateado. La revoltura de estómago se convirtió en una repulsiva náusea y Adolfo sintió una arcada, la cabeza comenzó a darle vueltas y vomitó convulsivamente.

El sargento acudió a la cubierta después de escuchar la detonación. El barco se sacudió y tuvo que sujetarse a la escalera para no perder el equilibrio. Corrió por la borda y tiró del cordón de la campana de emergencia. Algo tenía que haber impactado contra el barco, imaginó. Buscó a su alrededor algún indicio de fuego, pero todo parecía en calma. Buscó al guardiamarina pero no vio a nadie. Sólo cuando estuvo encima de Alfonso reparó cómo éste, inclinado hacia delante, vomitaba sobre un trozo de carne chamuscada en cubierta. Entonces levantó la vista y pudo distinguir lo que quedaba del *Maine*. La proa había desaparecido por completo y la popa estaba levantada. Las llamas llenaban gran parte de la cubierta y podía escuchar gritos dispersos en el agua y entre el amasijo de hierros. Cuando volvió a mirar al marinero se dio cuenta de que lo que había sobre la cubierta del *Alfonso XII* era un brazo humano.

El capitán Sigsbee, según declaró a la Comisión de Investigación, se encontraba aquella noche en su cámara escribiendo unas cartas a su esposa, cuando el estruendo le hizo correr escaleras arriba. Sigsbee, a pesar de ser un hombre de cierta edad, no tardó mucho en llegar a lo que quedaba de la cubierta de su barco, con la intención de salvar al resto de la tripulación. Una vez allí, el capitán observó cómo el barco se hundía por la banda de babor. Con un rápido vistazo evaluó los daños. La explosión había levantado gran parte de la proa, desplazándola hacia atrás; destruyendo el mástil y el cañón principal. No tenía mucho tiempo para evacuar a las 354 personas que se encontraban a bordo. Las barcas salvavidas eran pequeñas y tan sólo podían lanzarse al mar las de popa y estribor. La confusión reinaba en cubierta. Los marineros corrían de un lado para otro o se lanzaban por la borda con la esperanza de alcanzar algún barco a nado. Las llamas se extendían con rapidez y el espeso humo gris cegaba los ojos. El capitán lanzó varios gritos hasta que algunos marineros obedeciendo sus órdenes desataron las barcas y las lanzaron al agua.

Unos minutos después, varias barcazas se acercaron para auxiliar a los supervivientes. Los marineros del *Alfonso XII* fueron los primeros en llegar. A la cabeza de cada una de ellas, un marinero con una linterna en la mano alumbraba el camino. Los cuerpos descuartizados de algunos soldados se confundían con los restos carbonizados del buque. Apenas se escuchaban voces y las luces del incendio comenzaban a sofocarse a medida que el barco se hundía. La negrura comenzaba a cubrirlo todo de nuevo. Los rescatadores intentaban mover los cuerpos con los remos, parecía que todos estaban muertos; hasta que empezaron a ver los primeros hombres con vida. Soltando los remos, cada marinero comenzó a sacar del agua a los supervivientes. El rostro de los náufragos, ennegrecido por el humo y el fuego, no podía ocultar una expresión de terror y desconcierto que se contagiaba a sus salvadores. Las barcas del *City of Washington* y los guardacostas llegaron poco después y extrajeron al resto de los supervivientes del agua.

El soldado guardiamarina Younger fue de los que saltó aquella noche de la cubierta del *Maine*. Al principio intentó nadar hasta el *Alfonso XII* pero cuando empezó a moverse notó que sus brazos no le respondían. Hasta ese momento el pánico le había impedido ver la herida en su hombro. Entonces intentó mantenerse a flote mientras las explosiones se sucedían en el barco y pequeños fragmentos incandescentes caían a su alrededor. A su lado, los cuerpos de varios compañeros muertos flotaban humeantes. Olía a una mezcla de pólvora y carne quemada. En el agua se escuchaba el murmullo del llanto de los supervivientes y los gritos de auxilio, que poco a poco iban apagándose hasta acallarse por completo. Cuando las fuerzas empezaron a fallarle, comenzó a rezar con lágrimas en los ojos. En ese momento una barca pasó muy cerca y con un último aliento gritó pidiendo ayuda. La barca se detuvo y varios brazos le agarraron de la camisa hecha jirones y de su hombro herido, pero la alegría de verse a salvo le anestesió el dolor. El soldado Younger ayudó al resto de rescatadores y atendió a los heridos más graves con su único brazo.

El Almirante Mantorella, jefe del apostadero de La Habana, según su declaración oficial, empujó la silla hacia atrás y corrió hacia la torre de observación. Al llegar, los oficiales de guardia le extendieron el catalejo sin lograr articular palabra. Un barco ardía en el puerto y por la colocación debía ser el *Maine*. El Almirante sabía lo que eso significaba. Cerró los ojos por un momento intentando aclarar sus ideas y ordenó a los oficiales que dispusieran las barcas de rescate. Mientras los oficiales marchaban para cumplir sus órdenes, Mantorella se sentó y empezó a redactar un parte a sus superiores en Madrid. El tiempo corría en su contra. Esa misma noche tenía que salir el barco más rápido de La Habana hacia la Península. El presidente del gobierno tenía que saber urgentemente lo que había ocurrido.

$50,000 REWARD.—WHO DESTROYED THE MAINE?—$50,000 REWARD.

EDITION FOR GREATER NEW YORK

NEW YORK JOURNAL
AND ADVERTISER

NEW YORK, THURSDAY, FEBRUARY 17, 1898, 16 PAGES · PRICE ONE CENT

DESTRUCTION OF THE WAR SHIP MAINE WAS THE WORK OF AN ENEMY

$50,000!

$50,000 REWARD!
For the Detection of the
Perpetrator of
the Maine Outrage!

Assistant Secretary Roosevelt
Convinced the Explosion of
the War Ship Was Not
an Accident.

The Journal Offers $50,000 Reward for the
Conviction of the Criminals Who Sent
258 American Sailors to Their Death.
Naval Officers Unanimous That
the Ship Was Destroyed
on Purpose.

$50,000!

$50,000 REWARD
For the Detection of the
Perpetrator of
the Maine Outrage!

NAVAL OFFICERS THINK THE MAINE WAS DESTROYED BY A SPANISH MINE

Hidden Mine or a Sunken Torpedo Believed to Have Been the Weapon Used Against the American Man-of-War---Officers
and Men Tell Thrilling Stories of Being Blown Into the Air Amid a Mass of Shattered Steel and Exploding
Shells---Survivors Brought to Key West Scout the Idea of Accident---Spanish Officials Pro
test Too Much---Our Cabinet Orders a Searching Inquiry---Journal Sends
Divers to Havana to Report Upon the Condition of the Wreck.
Was the Vessel Anchored Over a Mine?

BY CAPTAIN E. L. ZALINSKI, U.S.A.

*La noticia de la explosión del Maine recorrió todo el mundo. En este
periódico neoyokino se recoge la noticia*

Esta ilustración refleja la gravedad de la explosión

Base naval de Cayo Hueso, Florida, 15 de febrero de 1898

El capitán Gleaves contemplaba sin pestañear el telégrafo. Todavía le costaba creer las noticias que le habían comunicado hacía unos minutos en la cubierta de su barco, el *Cushing*. Mientras descansaba en su camarote un cabo le había informado que un hombre quería hablar con él urgentemente. Dejó su Biblia sobre la mesita y poniéndose la chaqueta subió a cubierta. En cuanto le tuvo en frente le reconoció. Aquel tipo era uno de los hombres del servicio secreto que pululaban por Cayo Hueso y La Habana en aquel febrero de 1898.

—Capitán, tengo noticias terribles. Hay que contactar con el Secretario de Marina lo antes posible —dijo el hombre atropelladamente.

Gleaves miró con cierto escepticismo al agente secreto. Hacía apenas tres días había fondeado su barco en el puerto de La Habana y todo parecía muy tranquilo. El capitán Sigsbee le había recibido cordialmente y habían bromeado con echar una partida de cartas el día 17, cuando estaba previsto que el *Maine* dejara Cuba y llegara a la base.

—¿Está usted seguro de lo que dice? —había preguntado Gleaves sin dar crédito a las palabras del espía.

—Sí, señor.

Gleaves había ordenado a un soldado que buscara al capitán de corbeta William Cowels, el oficial más antiguo del barco. Ambos se habían dirigido a la oficina de telégrafos a esperar noticias del *Maine*. Después de varias horas, el tintineo del telégrafo rompió el silencio de la sala. Se trataba de un mensaje no cifrado desde La Habana que debía enviarse inmediatamente al Secretario de Marina.

Maine explosionado en el puerto de La Habana a las nueve cuarenta de esta noche y destruido. Muchos heridos y sin duda más muertos y ahogados... Enviar buques nodriza de Key West para la tripulación... La opinión pública debería reservarse hasta más información. Se cree que todos los oficiales se han salvado...

Sigsbee

Washington, 16 de febrero

En el Departamento de Marina apenas había nadie cuando llegó el telegrama a la una de la madrugada. El capitán de fragata Francis Dickens se encontraba al mando aquella noche por pura casualidad. El jefe del departamento estaba en Santo Domingo y Dickens llevaba varias jornadas entre los papelotes del Negociado de Navegación. La verdad es que no se enteraba de mucho, pero sabía que en unos días volvería a su despacho y, si todo iba bien, en un par de meses estaría de nuevo en un buque que se construía en los astilleros de Nueva York.

Ahora, en mitad de la noche, el capitán sentado y cabizbajo sostenía el telegrama entre los dedos. El soldado que le había traído la noticia le observaba inquieto, intentando adivinar qué pasaba por la mente de

Dickens. El capitán levantó la cabeza y con los ojos enrojecidos se dirigió a su subordinado.

—Hay que mandar un mensaje urgente al presidente.

Aquella madrugada, salieron dos correos urgentes. El primero llegó al hotel Portland, donde el secretario de Marina Long se alojaba. Long no había querido instalarse definitivamente en Washington. Dado lo avanzado de su edad, tan sólo esperaba que la situación en Cuba mejorara un poco para retirarse de la política. El ex congresista y ex gobernador de Massachussets no quería pasar sus últimos años en aquella horrorosa ciudad. Al abrir el sobre con el mensaje urgente y leer la suerte del *Maine* sintió un fuerte dolor en el pecho. Intentó tranquilizarse un poco, el presidente necesitaba su ayuda urgentemente. Descolgó el teléfono y llamó a la Casa Blanca.

La noche del 16 de febrero era gélida. La carroza del secretario cruzaba la capital y el hielo crujía bajo las ruedas, deslizando la trayectoria y obligando a los caballos a frenar a trompicones. En su interior, Long seguía dándole vueltas a la reacción del presidente. McKinley apenas balbuceó algunas palabras al otro lado del teléfono cuando ambos habían hablado. Él tuvo que tomar la decisión de enviar el torpedero *Ericsson* y el crucero acorazado *Nueva York* hacia Cayo Hueso, para que estuvieran listos para intervenir en cualquier momento. Cuando su carruaje pasó delante de la Casa Blanca pudo observar cómo la ventana del Despacho Oval brillaba en la noche.

Long entró en el despacho y encontró al presidente sentado, cabizbajo, con las manos sobre la cara. Se aproximó y cuando estuvo a su altura apoyó la mano sobre su hombro.

—Estimado Long, estaba rezando por todos esos soldados muertos. Usted sabe lo que amo la paz, pero en estas ocasiones debemos actuar con determinación —la voz entrecortada del presidente sonaba grandilocuente aquella noche histórica.

—Señor presidente, nuestro deber es actuar con cordura.

—No me malinterprete. Mi postura sigue siendo la misma, pero ahora la tarea será mucho más ardua.

—El primer paso que debemos dar es ordenar al contralmirante Sicard que comience una investigación —dijo Long. —Hay que llegar hasta el fondo del asunto.

—Pero todo el mundo sabe que Sicard está mal de salud —apuntó una voz que a pesar de no ser la del presidente le sonaba muy familiar al secretario.

Roosevelt se aproximó con largos pasos a los dos hombres. Tenía los cristales de las gafas empañados por el frío, pero su mirada era penetrante y arrogante al mismo tiempo. Long ignoró el comentario y siguió hablando del contralmirante.

—Sicard es nuestro hombre. Un héroe de la Guerra Civil, un gran marinero y el comandante en jefe de la Escuadra del Atlántico Norte.

—No se hable más. Señor secretario, póngase inmediatamente en contacto con Sicard —dijo el presidente recuperando toda su energía de repente.

Long abandonó la sala apoyado sobre su bastón. Roosevelt le miró de reojo y se acercó a McKinley.

—Señor presidente, Sicard es demasiado blando. Me temo que los periódicos no estarán de acuerdo con la decisión —comentó el subsecretario.

—Por favor, antes de marcharse puede llamar a Potter, necesito sus servicios.

Roosevelt abandonó la sala refunfuñando y avisó al secretario del presidente. Unos segundos después los dos se encontraban solos en el despacho.

—Amigo, alguien está intentando provocar la guerra con España.

—¿Quién puede hacer una cosa así? —preguntó Potter.

—Hay que enviar a uno de nuestros hombres a La Habana. No podemos fiarnos de la Armada, tiene mucho que perder en este asunto. Necesito un contacto directo.

—Muy bien, señor presidente.

—Además, hay que despachar un mensaje por una vía extraoficial para el presidente del gobierno de España y la reina. Todavía hay una esperanza para la paz.

—¿Digo al S.S.P que se ponga en marcha?

—Me temo que es el momento de que pongamos a prueba al S.S.P. Puede marcharse.

McKinley se quedó solo en la sala. Se acercó a la ventana y observó la noche estrellada sobre el cielo de Washington. El mismo cielo que habían contemplado decenas de presidentes en momentos como aquél, cuando toda la nación estaba en peligro. Su cabeza no dejaba de dar vueltas. ¿Quién podía estar detrás de esa masacre? ¿Los españoles? ¿Los revolucionarios? Muchos miembros de su propio partido eran partidarios de la guerra. Algunos grandes magnates del azúcar movían los hilos en el Senado para que el gobierno dejara su política moderada. ¿En quién podía confiar? Sólo el S.S.P. puede hacerlo —pensó. Muy pocos conocían su existencia, ahora tenía que demostrar hasta qué punto estaban dispuestos a llegar aquellos hombres.

Presidente McKinley, uno de los presidentes menos apreciados de su país

CAPÍTULO 3

La Habana, 18 de febrero

El Almirante Mantorella prefirió presentarse de incógnito aquella mañana en el burdel de «Doña Clotilde». No quería ni pensar lo que sucedería si alguien le veía entrar en aquel antro del puerto. Muchos hombres de la alta sociedad frecuentaban sitios peores que aquél, pero se tomaban la molestia de irse hasta Matanzas, para evitar las críticas. Cuando cruzó la calle no pudo evitar mirar a un lado y a otro. Empujó el portalón y entró. Detrás de la puerta la luz del día se transformaba en una penumbra apenas amortiguada por las lacónicas lámparas de aceite que ennegrecían los techos de aquella casa de lenocinio. Mantorella con paso firme, casi marcial, subió las escaleras y se dirigió directamente a la última puerta del pasillo. Sabía adónde iba. Muchas veces había pensado irrumpir en aquella habitación, pero las dudas le asaltaban. Titubeó unos segundos antes de empujar la puerta. Reconocía que lo que pudiera ver detrás de ella no fuera algo agradable, pero en aquella ocasión cumplía órdenes. En los últimos meses los rumores sobre su amigo se habían extendido por la ciudad. Tenía que ver con sus propios ojos si lo que las comadres andaban murmurando era cierto. Aquel hombre había sido su compañero de armas durante casi diez años y lo consideraba un miembro más de su familia.

La puerta estaba entornada, sólo tuvo que empujar levemente para que se abriera por completo. Olfateó un rancio olor a sudor y alcohol. Intuyó una cama desecha y un cuerpo sobre ella. El ambiente oscuro y cargante no le dejó ver mucho más. La luminosidad penetraba por los cercos de las contraventanas. La estancia era amplia; o por lo menos parecía grande en medio de aquella oscuridad. Se dirigió directamente a la ventana y con un brusco movimiento abrió las dos hojas de par en par. La claridad del mediodía invadió la sala. Al girarse contempló lo que quedaba de su amigo. Un cuerpo inerte sobre una cama de sábanas revueltas. Mantorella se aproximó y pronunció un nombre en alto. Entonces observó las manchas de sangre sobre el blanco amarillento de las sabanas y sintió cómo el corazón se le aceleraba.

—¡Hércules! ¡Por Dios, Hércules! —repitió al tiempo que se inclinaba hacia el cuerpo.

Ni el más leve movimiento, ni la más mínima señal de vida. Al zarandearlo palpó la piel humedecida por el sudor mezclado con sangre de la espalda. Dios mío, está todavía caliente —pensó. El cuerpo se meneó levemente y comenzó a mover la cabeza.

—¿Qué te ha pasado? ¿Te has peleado con alguien?

Un hombre con el pelo negro enmarañado y una barba canosa que le cubría todas las facciones, le miró. Los ojos enrojecidos y llenos de legañas eran grandes a pesar de lo hinchados que los tenía y el flequillo que los cubría en parte. Aquel hombre no tenía nada que ver con el capitán Hércules Guzmán Fox, el héroe de la Guerra Chiquita, no pudo más que pensar el Almirante.

—¡Maldita sea! ¿Qué demonios quieres? —gruñó Hércules.

Mantorella se puso en pie. Frunció el ceño y lamentó haber ido. Por muchas vueltas que le daba, sabía que aquello era una mala idea. No podía sacar nada bueno de aquel desecho humano. Un borracho, un traidor, ¿qué esperaba encontrar allí?

—Hércules, tienes que despertar, hay algo importante que tengo que decirte —dijo el Almirante. Al fin y al cabo tenía que informar a Hércules del desgraciado incidente.

—¿Importante? ¿Qué mierda es tan importante para que me saques de mis asuntos? ¿No ves que estoy ocupado? —refunfuñó Hércules apartándose el pelo de la cara e incorporándose en la cama.

Bahía de La Habana vista desde Casa Blanca

Puerto de La Habana, uno de los más importantes del Caribe

—La Marina necesita tu ayuda.

—A la mierda con la Marina.

—La reina necesita tus servicios.

—¿Quieres que te diga qué puedes hacer con tu reina? —contestó Hércules torciendo el gesto.

—Por favor, Hércules no... —dijo Mantorella. Su paciencia tenía un límite y su amigo estaba a punto de traspasarlo.

—¿Has venido hasta aquí sólo para decir esas tonterías? Valiente estúpido. Déjame dormir y perdona que no te acompañe hasta la puerta.

Hércules se dio media vuelta intentando ignorar al Almirante. Mantorella miró a su alrededor, cogió un cubo de agua y lo vació sobre su compañero. Éste saltó de la cama como una fiera, por la cara le corría el agua que se escurría por la barba y empapaba la sucia camiseta.

—Maldito cerdo.

—Bueno, ya que no quieres hacerlo por tu honor. Déjame que te explique algo. Juan ha muerto. ¿Te acuerdas de Juan Santiago?

—¿Juan? —preguntó Hércules dejando de apretar la solapa del Almirante. —Pero si era un chiquillo.

—Hace unas semanas viajó a Madrid, tenía que realizar una misión secreta, pero le interceptaron y ahora está muerto. Encontraron su cuerpo a unos kilómetros de la ciudad, río abajo.

—¿Cómo enviaron a Juan a una misión peligrosa? —dijo Hércules volviendo a cargar contra el Almirante. Le sacaba una cabeza y su musculatura todavía conservaba toda su espectacular forma. Mantorella retrocedió unos pasos, pero todavía seguía atrapado por la solapa.

—Juan era un soldado cumpliendo una misión —dijo el Almirante tratando de zafarse.

—Pero, ¿por qué no elegisteis a otro?

—Él solicitó hacer el servicio.

Hércules liberó a Mantorella y perdiendo toda su fuerza se sentó al borde la cama. Después de la primera reacción, ahora parecía un hombre derrotado que comenzaba a hacerse viejo. Su atractivo natural, su piel morena, pálida por la voluntaria reclusión en el prostíbulo, los ojos hinchados y ojerosos. El Almirante le lanzó una última ojeada y recogiendo el sombrero del suelo se dirigió hacia la puerta.

—Mantorella —dijo Hércules. —No sé para qué rayos me quiere la Marina, pero si tiene algo que ver con la muerte de Juan, puedes contar conmigo.

Mantorella le contempló unos instantes, sonrió y le contestó.

—Será mejor que hablemos esta tarde. Pero por favor, aséate un poco y ponte un traje —dijo el Almirante mientras miraba de arriba abajo el desastroso aspecto de su amigo.

—¿Dónde nos encontraremos? ¿En el Palacio de los Capitanes Generales?

—¿Estás loco? Ésta es una misión secreta. Te espero en el hotel Inglaterra a las cinco de la tarde. Sé puntual.

Mantorella echó un vistazo de nuevo a Hércules antes de salir de la habitación. En sus ojos verdes pudo contemplar la misma viveza que muchos años antes había observado en la mirada del general Martínez Campos y Maceo aquella mañana en La Sierra, donde se firmó el *Tratado del Zanjón*. En aquel entonces, ellos dos eran un par de jóvenes oficiales idealistas, veinte años después las cosas habían cambiado radicalmente, pero seguía habiendo algo en aquella mirada de soldado derrotado. Algo que, quizás, podía evitar una nueva guerra en Cuba.

Washington, 16 de febrero

La llamada de su superior lo había dejado bien claro. El S.S.P. tenía que ponerse en marcha. Depositó todos los papeles sobre la mesa, se puso el sombrero y se dispuso a cruzar la ciudad en medio de la ola de frío. Sus pasos se perdieron por las calles céntricas hasta que, después de media hora de camino entró en el barrio más pobre de la metrópoli. En aquella zona su cara redonda y blanca era una invitación al robo. La mayoría de los habitantes del otro lado del Potomac eran de raza negra. Muchos de los esclavos del sur habían acudido a la Capital Federal tras la Guerra Civil, como moscas a la miel. En la capital de la libertad habían tenido un recibimiento gélido, teniendo que conformarse con malvivir en las estrechas y embarradas calles al otro lado del distrito de Columbia.

Allí, la monumental Washington perdía su nombre entre los barracones de madera medio derruidos donde se hacinaban miles de personas. Los niños descalzos pisaban los charcos helados y la mayoría de los transeúntes apenas llevaban ropas de abrigo.

El agente George Lincoln parecía uno más entre la multitud de desheredados de color. Lo que no tenía tan claro el jefe de inspectores del S.S.P. era si Lincoln se desenvolvería tan bien en La Habana como lo hacía entre la escoria de su ciudad. En la isla hacía poco menos de treinta años que se había abolido la esclavitud, pero los negros eran tratados como seres inferiores frente a los burgueses criollos y mestizos. Por lo menos dominaba el español; sus dos años de vida en Puerto Rico y sus anteriores misiones en la *Junta Revolucionaria Cubana de Nueva York* le permitían comprender la mentalidad cubana. De todas formas no había tiempo para pensar en otras alternativas. Aquel mismo día Lincoln debía partir hacia la costa y embarcarse en el primer vapor para Cayo Hueso.

El jefe de inspectores subió los tres pisos y llamó a la puerta del departamento 4º. Lincoln le recibió con la camisa a medio abotonar y la cara llena de espuma de afeitar. Todavía jadeante se quitó el sombrero y lo depositó encima de la mesa astillada y coja del minúsculo salón. Aquel cuchitril de madera desgastada y sin barniz era lo más barato que se podía alquilar en la ciudad.

—Jefe, ¿a qué debo el honor? Perdone si no le saco un poco de té para que entre en calor —dijo Lincoln con una sonrisa amplia.

—Te he dicho mil veces que no me llames jefe. Tienes una nueva misión. Sales ahora mismo para Cayo Hueso. Las instrucciones están en este sobre —dijo el supervisor mientras entregaba un sobre cerrado al agente. Aquel negro podía ser muy irónico si se lo proponía, pero en Mississipi, de donde era él, un tipo como Lincoln no hubiera durado mucho vivo.

—Pero jefe, qué es eso tan importante. Ahora mismo estoy llevando un caso. No puedo dejarlo e irme corriendo a Florida —se quejó Lincoln. Las verdaderas oportunidades de ascender se encontraban en Washington; en los últimos años no había hecho otra cosa que ir de un lado para el otro y a la vista estaba que no le había servido para mucho.

—Toma un billete en el barco para Norfolk, allí un buque de la Armada te llevará a la base naval de Cayo Hueso.

El jefe se marchó por donde había venido, dejándole con la palabra en la boca. Lincoln sabía que las órdenes venían de lo más alto y que se esperaba de él que fuera rápido y discreto. Le había costado mucho llegar hasta ese puesto. El S.S.P. era la única agencia que aceptaba hombres de color. Muy pocos sabían de su existencia, la agencia se había fundado dos años antes bajo el mandato del presidente Cleveland y hasta el momento sólo había actuado en apoyo a la independencia de Irlanda, financiando y fomentando las actividades *Irish Home Rule League*, y asistiendo a los revolucionarios cubanos.

La Habana, 18 de febrero

El hotel Inglaterra era uno de los últimos intentos del gobierno español para atraer capital extranjero a Cuba. El edificio no era tan suntuoso y moderno como los hoteles europeos, pero era sin duda el mejor hotel de las Antillas. El edificio de tres alturas con amplios ventanales ocupaba toda una manzana. Los soportales de su fachada principal servían de asiento a diferentes tipos de negocios ambulantes como la venta de periódicos o el lustre de zapatos. Era bastante fácil que uno o varios informadores se escondieran entre toda aquella multitud de limpiabotas, pedigüeños, botones, recaderos y vendedores de todo arte y pelaje. Hércules era consciente de todo ello, al igual que conocía que su amigo Mantorella era un buen hombre y un gran amigo, pero un pésimo agente secreto.

El hall del hotel era sobriamente elegante. Adornado al estilo anglosajón parecía un trocito de Londres en el corazón del Caribe, pero los grandes maceteros con plantas tropicales quitaban protagonismo a las estatuas clásicas, las columnas con sus capiteles corintios y los techos pintados con escenas mitológicas de vivos colores.

Después de atravesar la recepción se dirigió al salón de té. Mantorella se encontraba al fondo, su mirada perdida le daba un aire de oficial prusiano. De civil, el porte marcial y disciplinado se transformaba en una pose altiva y distante. Nada más alejado del verdadero carácter amable del Almirante, aunque su físico gritara lo contrario. Hércules se acercó a la mesa lentamente, rodeó a Mantorella y le abordó por detrás.

El Hotel Inglaterra es uno de los más antiguos de la ciudad

—Perdona, ¿te he asustado? —preguntó Hércules con la mala intención de fastidiar a su amigo. Le gustaba recordarle lo estúpido que estaba en aquel papel de agente secreto.

—Siempre has sido muy sigiloso. El general lo comentaba. Por eso nos llevó aquella mañana al campamento de Maceo —dijo Mantorella evocando sus jornadas en la anterior contienda.

—Comparado contigo. ¿Crees que hemos hecho bien en quedar en un lugar tan público? —dijo Hércules sentándose.

—Nuestra misión es secreta, pero en cuanto comiences a hacer preguntas en la ciudad, todos sabrán lo que buscas.

—Me gustaría contar con unos días de ventaja.

Mantorella no dejaba de mirar de un lado a otro, sus dedos inquietos jugaban con el vaso de té frío, parecía que esperara a alguien más. Repentinamente volvió en sí y miró a su amigo, se inclinó hacia delante y en voz baja le dijo algo que Hércules no llegó a entender.

—No me jodas Mantorella. No cuchichees, pareces un chiquillo.

—Estamos esperando a alguien, un hombre enviado por Washington.

—Y, ¿para qué necesitamos a un *yanqui*?

—No es que lo necesitemos, pero desde Madrid nos han obligado a investigar conjuntamente el caso con los norteamericanos.

—¿Y se puede saber qué es lo que tengo que investigar? No olvides que estoy aquí para encontrar a los asesinos de Juan —refunfuñó Hércules. La corbata le apretaba el gaznate y notaba cómo el sudor le empezaba a correr por la espalda. A pesar de estar abiertas las puertas que daban al frondoso jardín del patio central, no corría nada de brisa y sentía una sed de mil diablos.

—Los asesinos de Juan tienen mucho que ver en todo esto. Sabes que hace dos días explotó un barco norteamericano.

—Llevo mucho tiempo durmiendo de día y bebiendo de noche, pero todo el mundo sabe lo que le ha pasado a ese barco, el *Maine*. Pero, ¿qué tiene que ver ese barco con Juan?

—Mucho, pero eso lo comprenderás más adelante.

Hércules se levantó de la silla y clavando la mirada en su amigo, tocó levemente su sombrero y comenzó a dirigirse a la salida. Mantorella le cogió de la chaqueta y tiró de ella para que volviera a sentarse, pero él se mantuvo de pie.

—¿Dónde demonios vas ahora? —dijo el Almirante levantándose de un salto de su asiento. Ahora los dos estaban de pie en medio de una sala repleta de gente. Notaron cómo cientos de ojos se posaban sobre ellos. Hércules se zafó de Mantorella y señalándole con el dedo índice le dijo:

—Sabía que querías embaucarme con tus embustes. Te expliqué esta mañana que no estoy dispuesto a servir a España ni a la reina, ni...

—Todo tiene relación. Juan murió en una misión que tenía que ver con lo que pasó en el *Maine*. Yo fui el que le envió a Madrid.

—¡Maldito cabrón! —gritó Hércules abalanzándose sobre Mantorella. Todo el mundo se giró para ver el espectáculo, por otro lado muy común en las calles de la ciudad, pero extrañamente exótico para el grupo de norteamericanos, ingleses y alemanes, inquilinos habituales del hotel Inglaterra. Los dos hombres se zarandearon por unos momentos y con un empujón volcaron la mesa y la taza de té se hizo añicos contra el suelo de mármol. Uno de los camareros negros se apresuró a recoger los fragmentos. Hércules miró al camarero y soltó a su amigo.

—Tranquilízate. Será mejor que nos volvamos a sentar. Creo que ahora ya sabe toda La Habana lo que planeamos.

Hércules repasó el salón con la mirada y se sentó; pero las miradas indiscretas de las damas y caballeros del comedor siguieron posadas sobre ellos varios minutos. Permanecieron en silencio, mirándose el uno al otro, sin saber qué decir, hasta que el Almirante comenzó a hablar de nuevo.

—Hércules, precisamos tu ayuda.

—¿Para qué necesitáis a un borracho que hace mucho tiempo que dejó la Armada? ¿No hay un equipo de agentes preparado para ocasiones como ésta? ¿Se os han acabado los jóvenes inocentes, demasiado ingenuos para querer morir todavía por la calaña de terratenientes que dominan esta isla? —dijo Hércules en voz alta mientras dirigía su mirada a las otras mesas.

—La Armada ha abierto una investigación oficial al mando de Pedro del Peral y Caballero, y de Javier de Salas y González.

—¿Se puede saber a quién se le ha ocurrido nombrar a esos dos chupatintas? —preguntó Hércules incorporándose en la silla y recuperando en parte la compostura.

—Yo los he elegido. Son dos buenos oficiales y dos excelentes caballeros.

Mantorella se sorprendió de que su amigo siguiera siendo el mismo tipo arrogante y fanfarrón con el que había perseguido a las jovencitas de los puertos donde hacía escala su barco. Lo que no le sorprendió lo más mínimo es que continuara molesto con Pedro y Javier, ellos fueron dos de los testigos en su consejo de guerra.

—Dos excelentes caballeros. Ése es el problema. Dos caballeritos que harán lo posible por salvar el culo y cuidar sus impecables expedientes. Sabes mejor que yo que no llegarán a ninguna conclusión inteligente.

—Por eso te he elegido a ti. Fuiste el mejor oficial de la Marina; valiente, decidido y endiabladamente inteligente.

—Tú lo has dicho. Fui. Ahora soy un borracho a punto de cruzar la raya de la vejez.

—Ni intentándolo serás capaz de destruir esa mente maravillosa y esa excelente forma física. Cuando éramos más jóvenes todas las criollas de La Habana estaban locas por ti, especialmente las trigueras hijas de los gallegos venidos a más.

—Ahora sólo soy un saco de huesos.

—En cuanto te adecentes un poco y empieces a comer, volverás a ser el mismo. Mira qué pinta llevas. El traje arrugado y lleno de lamparones, esa barba sucia y enmarañada y ese pelo largo.

Mantorella dejó un billete de cinco pesetas sobre la mesa y lo acercó hasta la mano de su amigo.

—Toma esto como un anticipo.

Mantorella fue uno de los oficiales más jóvenes
en ocupar el cargo de almirante

Hércules recogió el billete y lo guardó rápidamente en su bolsillo.

—Esto va a cuenta —dijo advirtiendo a su amigo que no aceptaba limosnas.

—A propósito, te he reservado una habitación en este hotel.

—¿Aquí?

—¿Qué pasa, no te gusta?

—¿Pretendes que sea discreto?

—Todo lo contrario. Quiero que pongas nerviosa a mucha gente. Que empiecen a cometer errores y que estés ahí para descubrirlos.

—¿Quieres que me convierta en un cebo? Todos sabemos lo que les pasa a los cebos.

—Mira Hércules, te doy una oportunidad para que vuelvas a comenzar tu vida. Si la pierdes, por lo menos servirá para algo más que para desperdiciarla en un antro de lenocinio.

—Vale, vale. No me sermonees. Creo que ha llegado el hombre que esperabas.

—¿Dónde está? —preguntó Mantorella mientras se volvía. Lo que le impidió ver la amplia sonrisa de Hércules.

—Por favor, Mantorella. ¿Alguna vez has visto a un negro que no fuera vestido de camarero en el salón de té del hotel Inglaterra?

Un individuo de color, vestido con un impecable traje blanco, paseaba entre las mesas. Todos los distinguidos caballeros y damas del salón le observaron con un desdén que hubiera incomodado al ser más tranquilo de la tierra. El hombre caminó con paso decidido como si estuviera acostumbrado a que el mundo entero le despreciara.

—Creo que si lo que querías era que llamásemos la atención, lo has conseguido —dijo Hércules, que apoyado totalmente en su asiento no pudo evitar sonreír a carcajadas.

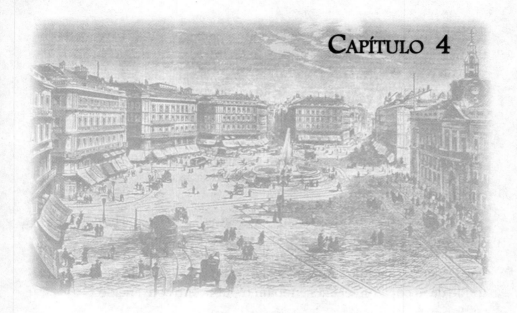

Capítulo 4

Madrid, 16 de febrero de 1998

La regente, vestida con su traje oscuro, paseaba de un lado a otro de la estancia. Cada vez que se daba la vuelta, miraba el reloj de la pared y comenzaba de nuevo su interminable camino. Las últimas semanas habían sido muy tensas. La guerra parecía tan inevitable que ya no se esforzaba por apartarse la idea de la cabeza. Desde que el «Viejo profesor» había muerto las cosas iban de mal en peor. «El pastor» no había estado a la altura de las circunstancias. Demasiado blando, demasiado complaciente con todos. Primero, al relevar de su cargo al general Weyler y más tarde, concediendo a Cuba esa maldita autonomía. No había sido una buena idea. No, señor. ¿Para qué le había convocado el presidente? ¿Acaso había alguna novedad que en el último momento cambiara su suerte? Si su pobre Alfonso estuviera vivo nada de esto habría sucedido.

Uno de los lacayos entró en la sala, apartó la cortina y anunció lacónicamente la llegada del señor presidente. Práxedes Mateo Sagasta entró en la sala apoyado en su bastón. A pesar de su perenne sonrisa, parecía agotado. Besó la mano a la reina y esperó que ésta se sentara para tomar asiento. Sirvieron un té caliente y unas pastas. Sagasta saboreó las galletitas y permaneció callado. La regenta le miró de arriba abajo. Con el chaleco ladeado y sin un botón, las migas por toda la camisa y los pantalones mal cortados y algo pesqueros, aquel hombre parecía un vulgar vendedor de sábanas de Portugal. Los dos cruzaron las miradas y el presidente se enderezó un poco en la silla.

—Majestad, he venido lo antes posible —dijo haciendo una ligera inclinación. Los botones del chaleco se tensaron y pudo verse la camisa blanca, con un tono amarillento por los numerosos lavados.

—Señor presidente, la situación es insostenible. Estamos al borde de una guerra —el acento alemán de la regenta era seco, pero su voz aguda lo convertía en estridente.

—Tan sólo ha sido mala suerte. Ese maldito barco se ha hundido en el momento más inoportuno, pero no se preocupe traigo noticias de Washington —Sagasta volvió a apoyarse en el respaldo de la butaca y esperó a que la alemana se impacientara y le hincara su gélida mirada azul. En el fondo de su corazón seguía siendo un republicano convencido.

—¿Noticias de Washington? ¿Qué clase de noticias?

—El presidente McKinley no quiere la guerra.

—Y, ¿qué importa eso? Todo el mundo quiere la guerra. El embajador Duppey ha dimitido. Ese hombre no podía estar callado, tenía que escribir una carta insultando al presidente de los Estados Unidos —la regenta parecía histérica.

—Otra contrariedad —contestó Sagasta sin apenas inmutarse. Dio un sorbo al té y se secó parsimoniosamente con una servilleta.

—Pero bueno, ¿usted nunca se pone nervioso? —preguntó la reina, después de dar un largo suspiro.

—Tengo noticias de Washington. Quieren que uno de nuestros hombres y uno de sus agentes colaboren para esclarecer la verdad. Ya he dado orden de que designen al oficial más competente que haya en Cuba.

—¿Cree que dos hombres pueden evitar una guerra? —señaló la regenta visiblemente escéptica.

—Son nuestra única esperanza, Majestad.

—Le dije que lo de la autonomía no era la solución. Nos hizo parecer débiles. Sabe que mi esposo nunca lo hubiese consentido —reprochó la regenta. A la que no le extrañaba que España fuera una potencia en vías de extinción. Con aquel tipo de políticos primitivos la suerte estaba echada.

—Ahora lo importante es que Woodford transmita a Washington nuestros deseos de paz.

—Por favor, retírese. Necesito meditar —dijo la reina con un gesto de antipatía.

El presidente se puso en pie, le besó la mano y respiró a fondo el perfume a violetas que exhalaba la blanquísima piel de la reina. Todavía se conservaba atractiva, aunque su gesto agrio resaltaba su color ceniciento. Abandonó la sala con la cabeza gacha, volviendo a sus preocupaciones. Todo estaba saliendo al revés. Esperaba que por lo menos acertaran en colaborar con los *yanquis*. No sabía en quién confiar. Hacía unos días, el correo secreto había sido asesinado después de que alguien lo interceptara. Madrid estaba infectado de disidentes cubanos que se movían a su antojo, conspirando con anarquistas, socialistas y todo ese montón de basura revolucionaria. Pero, ¿qué más podía hacer él?

El primer ministro español, Práxedes Mateo Sagasta, tuvo que enfrentarse a la difícil situación diplomática heredada del asesinado Canovas del Castillo

La Habana, 17 de febrero

Un hombre, apenas una sombra, transitaba por las solitarias calles cubiertas por una espesa e inusual niebla. No era normal que las brumas del puerto subieran hasta aquella parte de la ciudad, pero era como si la oscuridad se empeñara en protegerle de miradas indiscretas. Vestía completamente de color negro. Un atuendo poco común en la zona del Caribe. Su sombrero de copa, la impecable corbata y los zapatos de charol denunciaban a qué clase pertenecía. La figura se paró ante uno de los grandes portalones y golpeó la puerta hasta que ésta se abrió pesadamente. Un haz de luz iluminó durante unos segundos su cara y sus ojos negros centellearon antes de cruzar el umbral.

El criado, con un candelabro en la mano, le acompañó a través de los pasillos desiertos hasta un muro de piedra. Allí, en mitad de la roca, se abría una pequeña gruta, que con toda seguridad en otros tiempos se había utilizado como túnel para trasportar mercancías de contrabando. Bajó unas escaleras empinadas siguiendo el haz de luz del candelabro, y cuando llegó al sótano la humedad empezó a entrarle por los huesos. El olor a cerrado y la acumulación de polvo enrarecían el ambiente. Su llegada no sorprendió a la docena de caballeros que le esperaban sentados en círculo. Todos vestían de una manera similar, aunque ninguno de ellos era tan joven, ni poseía un porte tan galante. El riguroso negro, la cara cubierta y el regazo protegido con un pequeño delantal blanco que brillaba entre las velas que llevaban los demás iniciados, imprimían a la escena un halo tétrico. En la mano derecha todos portaban un sable. Al verlo entrar se pusieron de pie y levantaron los sables al unísono. Dijeron una especie de letanía y el caballero que acababa de llegar se colocó en medio. Entonces, uno de aquellos hombres se adelantó un paso y frente al recién llegado, con un libro en la mano comenzó a recitar.

—*Christophorus Colonus*. Por la profundidad de las aguas con tanto peligro, lleva a sus ministros, triunfante de los cielos y les da parte en los misterios de los tiempos. Caballero de Colonus, bienvenido a la casa del hombre-dios.

—*Christophorus Colonus* —repitieron todos.—Caballero de Colonus, bienvenido a la casa del hombre-dios.

La Habana, 18 de febrero

El vapor inundó la habitación con el perfume de las sales de baño. Respiró hondo e intentó poner la mente en blanco. Experimentaba un nuevo placer, el placer de estar sobrio y percibir la realidad por todos sus sentidos. Abrió los ojos y se incorporó un poco. Un escalofrío le recorrió la columna. Observó la espuma brillante a la luz de las velas, olvidando por unos instantes los últimos años. Alguien llamó a la puerta y tuvo que hacer un esfuerzo para salir del agua caliente.

—¿Quién es? —preguntó levantándose de la bañera y atándose la toalla por la cintura. Caminó por el suelo cálido dejando un rastro de agua y a la altura de la puerta, volvió a preguntar.

—Buenas noches. Soy George Lincoln. ¿Le queda mucho? En mi país cenamos a las seis de la tarde y son las siete y media.

Hércules abrió, y con el pelo sobre la cara invitó al norteamericano a pasar. Se acercó al espejo y comenzó a afeitarse la enmarañada barba morena y canosa. La piel sangraba cuando la navaja cortaba los pelos largos que habían ocultado su mentón prominente y los dos hoyuelos de las mejillas. Ahora, la nariz parecía más afilada y respingona que cuando la barba se comía todos los rasgos del rostro. Cuando se pasó la toalla percibió el alivio del aire sobre la piel y se sintió de buen humor. Encima de la cama le esperaban un traje blanco de lino y un sombrero del mismo color de amplias alas. Al colocarse las ropas notó que le quedaban un poco holgadas, tal vez su amigo el Almirante tenía razón y estaba demasiado delgado. Lincoln le miraba sentado sobre la cama. Analizaba cada gesto, por su profesión estaba acostumbrado a fijarse en los más mínimos detalles. Aunque esta vez, debía reconocer que no sabía qué pensar de su compañero. Afeitado, con ese traje, ya no tenía esa imagen de borracho vagabundo, pero sus ojos seguían demasiado achispados para un hombre sobrio y sus rasgos al descubierto parecían más duros.

Hércules Guzmán Fox fue miembro del cuerpo de inteligencia de la Armada, creado por el general Weyler para combatir a los rebeldes cubanos

—Amigo Lincoln, creo que estoy listo —dijo Hércules anudándose la corbata. —No sé si podré comer con esta soga al cuello, pero le aseguro que esta noche probará una suculenta cena antillana.

—No se preocupe por mí, Mr. Hércules. Viví unos meses en Puerto Rico y conozco las costumbres.

—Entonces, no será un problema su adaptación.

—¿Mi qué? —dijo Lincoln sin llegar a entender a Hércules.

—Perdone, a veces se me olvida que no conoce bien el idioma. Aunque le puedo asegurar que lo habla mejor que todos los norteamericanos que he conocido, y he conocido unos cuantos.

George Lincoln, primer hombre de color que consiguió ser agente en una agencia oficial norteamericana

Los dos hombres se dirigieron a la salida. Su aspecto no pasaba desapercibido a nadie. El español, de porte elegante, alto, con un impecable traje blanco y el norteamericano de color, con un traje gris demasiado grueso, con pajarita, mostrando que todavía llevaba encima las frías nieblas de aquel infecto pantano que ahora se llamaba Washington.

Decidieron cenar fuera del hotel. La escena de la tarde en el salón los había puesto en evidencia y buscaban un sitio más discreto, menos elegante y sobre todo más tranquilo, donde poder hablar sin tapujos. Hércules conocía varios establecimientos así cerca del puerto, pero tenía miedo de encontrarse a antiguos camaradas de la Armada o inoportunos ex compañeros de borrachera. Carraspeó un par de veces. Sentía la garganta seca. No había bebido nada desde la noche anterior y cada poro de la piel le pedía un baso de aguardiente. De los pucheros de media ciudad salían los aromas que impregnaban todas las callejuelas. Caminaron unos minutos hasta la calle *Obispo* y entraron en una de las tabernas de la zona. Se sentaron en una mesa de madera vieja que había perdido todo el barniz y esperaron a que les sirvieran.

—¿Tiene alguna idea de quién puede haber sido? —preguntó Lincoln a su compañero sin andarse con rodeos.

—Me ha dicho que pertenece a una agencia, la S.S.P.

—Sí.

—Servicio Secreto de Presidencia.

—¿Cómo lo sabe? —preguntó el norteamericano con sus ojos negros muy abiertos.

—La verdad es que no se han devanado los sesos a la hora de buscar un nombre. Las dos «s» no podían ser otra cosa, la «p» es pura lógica. El Almirante me dijo que el presidente norteamericano y el español se habían puesto de acuerdo para que hiciéramos esta misión. Lo que me hace pensar que el señor McKinley no se fía mucho de la Comisión de Investigación de la Armada de los Estados Unidos.

—Me temo que el señor Sagasta tampoco se fía mucho de la suya.

Los dos hombres rieron, olvidando por unos instantes sus diferencias.

—Pero creo que en este caso es por diferentes razones. Usted no conoce lo lenta y torpe que puede ser nuestra Armada —comentó Hércules.

—Creo que no tiene mucho aprecio por su gobierno. No le culpo, está claro que no atraviesa un buen momento.

—Si no le importa, deje que sea yo el que critique al gobierno de Madrid. A los españoles nos gusta hablar mal de nosotros mismos, pero nos revienta que lo hagan los demás. No se engañe Lincoln. Nos han escogido como cebo. Piense un poco. Un alcohólico ex oficial de la Armada y un, con perdón, un negro de una agencia recién creada. Nuestros superiores quieren que pongamos nerviosos al autor o los autores del atentado, que alguien nos atraviese con un tiro, cometa un fallo y puedan echarle el guante.

—¿Entonces usted cree que no fue un accidente?

—Piense que si hubiera sido un accidente, nuestros gobiernos no estarían tan interesados en trabajar juntos. Ellos conocen algo que no nos han dicho.

—Eso es absurdo. Si supieran algo, ¿por qué nos lo iban a ocultar? De esa manera no podremos resolver nada.

—Precisamente por eso, porque ellos no quieren que resolvamos nada.

—Y, ¿por qué se ha metido en esto? Al fin y al cabo, yo cumplo órdenes. Pero usted, ¿por qué lo hace?

—Creo que eso no le interesa —dijo Hércules intentando zanjar la conversación.

—No puedo trabajar con usted sin saber ciertas cosas.

—Mire, maldito *yanqui*, usted sólo va a ser un estorbo. Ningún español va a querer hablar delante de un norteamericano, pero lo peor es que ningún norteamericano va a decir palabra delante de un negro. ¿Entiende ahora?

Lincoln frunció el ceño. No estaba dispuesto a aguantar esa clase de comentarios. Le señaló con el índice y a punto estuvo de ponerse a gritar o lanzarse sobre el español y molerle a palos, pero se limitó a decirle.

—Tengo el apoyo del secretario del presidente de los Estados Unidos.

—Eso no es mucho aquí.

—Pero no ha respondido a mi pregunta.

—Usted mismo ha respondido. Cuando me hizo la pregunta me dijo: —¿quién pudo haber sido? —Tan sólo la posibilidad de que haya sido un accidente puede salvar a España de la guerra. Pero a mí no me importa esta guerra, yo no busco a los culpables del hundimiento del *Maine*.

Lincoln observó a Hércules con cierta indiferencia. Sabía de la cabezonería de los españoles, había conocido a muchos en Puerto Rico. Eran orgullosos, tercos, poco corteses, pero el norteamericano intuyó que estaba frente a un hombre diferente. Desconocía lo que había sucedido en su vida, qué era lo que le empujaba a meterse en aquella aventura, pero intuía que llegaría hasta el final.

Después de la cena caminaron hasta el castillo de *San Salvador de la Punta*, las calles desiertas no parecían las mismas; los cubanos, asustados por la explosión del barco y los disturbios de los últimos meses, preferían no pasear por la noche. Lincoln notó la cabeza embotada por el humo de la taberna y el vino que había bebido con la comida. No estaba acostumbrado a beber alcohol. Había sido criado en la estricta fe anabaptista y desde joven se había acostumbrado a renunciar a muchas cosas. Cuando estuvieron a la orilla del mar la brisa fresca empezó a soplar y Lincoln cruzó los brazos en un esfuerzo por retener el calor de su traje. Comenzaron a bordear la costa. Al llegar cerca de la plaza de la catedral escucharon unos pasos y tuvieron la sensación de que alguien los seguía, pero no se veía un alma por la zona, tan sólo una pareja de guardiaciviles y algún marinero borracho en busca de alguna casa de citas donde dormir la mona. A la altura del café París miraron cómo los camareros recogían las mesas y se preparaban para cerrar el establecimiento. El olor a café impregnaba toda la calle. El ruido de las sillas al ser apiladas sobre las mesas y la melodía que los mozos cantaban mientras de rodillas pasaban los paños húmedos no les permitieron escuchar el primer impacto, pero el silbido que se escuchó sobre sus cabezas y el sombrero de Hércules volando por los aires los hicieron reaccionar. Los dos hombres se lanzaron al suelo. Esperaron unos segundos y volvieron a incorporarse. Los camareros del café seguían con su trabajo como si tal cosa. Hércules recogió el sombrero. Lo observó a la luz de una farola y vio un proyectil incrustado que brillaba. Hércules lo tomó en la mano y comenzó a examinarlo.

—Este proyectil parece el de un Winchester de 1873 del calibre 10,75 mm. Creo que no ha venido usted solo desde los Estados Unidos.

—Ese fusil lo puede comprar cualquiera. Además, ¿cómo puede estar tan seguro del calibre?

—Le aseguro que en La Habana no hay balas de este calibre —comentó Hércules, mientras levantaba la vista hacia las azoteas.

—Podría ser de un revolucionario que ha estado en Nueva York —comentó Lincoln imitándole. No se veía nada más allá de un cielo negro con algunos nubarrones grises que reflejaban la luz de la ciudad.

—Aunque un revolucionario fuera su dueño, no tendría tan buena puntería.

—Pero si ha fallado —dijo sorprendido Lincoln.

—Se equivoca Lincoln, esto era sólo un aviso. El agujero está justo en el centro del sombrero. Me parece que ya saben a lo que nos dedicamos.

—No han tardado mucho en averiguarlo —aseguró el agente norteamericano, al tiempo que acariciaba su arma dentro del bolsillo de la chaqueta.

Lincoln se sacudió el polvo de la chaqueta. Algunos ronchones negros formados por el sudor y la tierra le cubrían la solapa y casi toda la parte delantera del pantalón. Hércules no le dio mucha importancia a su ropa, se caló el sombrero y con un gesto le indicó a su compañero que se pusiera en marcha. Los dos hombres continuaron su camino hasta el hotel.

Capítulo 5

Nueva York, 16 de febrero

Alejo Napoli subió los escalones de dos en dos. Las tablas del suelo crujieron bajo las pesadas botas. No veía el momento de encontrarse con los camaradas e informarles de lo que un compañero le había dicho sobre el hundimiento del barco. Al llegar al rellano vio algo extraño. La puerta renegrida por la humedad del puerto se encontraba ligeramente entornada. Inmediatamente acercó su mano al bolsillo interior de la chaqueta y empujó la hoja con la punta de los dedos. La puerta giró sobre sus goznes chirriantes. El pasillo en penumbra parecía despejado. Dio unos pasos cortos, procurando que el suelo de madera no delatara su presencia. Miró de reojo la habitación de la derecha, la puerta estaba abierta, y en la cama, cubierto por una intensa mancha roja, yacía uno de los camaradas. Algunas moscas zumbaban por encima del cuerpo y un intenso olor a podrido le revolvió el estómago. Se le pasó por la cabeza darse la vuelta y escapar antes de que los que habían hecho eso salieran de su escondite y se liaran a balazos con él, pero sabía que las órdenes indicaban que en un caso así, debía borrar todas las huellas y pruebas antes de que llegara la policía. Salió del cuarto y se dirigió a la siguiente habitación, abrió la puerta y contempló varios cuerpos apilados boca arriba en el suelo. Tan sólo quedaba un miembro más de la célula. Dejó la estancia y caminó con el estómago encogido hasta el salón-cocina. Al entrar pegó un respingón dejando escapar un leve suspiro. Marco Santoni le miraba sentado en una de las sillas.

—Marco, estás vivo —dijo Alejo, más sorprendido que contento.

—Alejo. Estaba esperando que llegaras —dijo Marco sin levantar la mirada.

—Pero, ¿qué ha sucedido? ¿Quién ha hecho esta masacre?

Alejo dejó su revolver sobre la mesa y se sentó junto a su camarada. Marco le observó con cierta indiferencia, sus ojos hundidos detrás de las gafas redondas parecían cansados. Ninguno de los dos expresó asombro o tristeza. Alejo había combatido en Italia al lado del General Garibaldi. Una verdadera carnicería. En una ocasión, le tocó apilar los cadáveres de los soldados de Nápoles antes de incinerarlos frente a las murallas de la ciudad.

—Ahora, ¿qué vamos a hacer? Hay que contactar con el enlace, está claro que alguien ha descubierto la operación. Un informador me ha contado que todo ha salido bien en La Habana —dijo Alejo después de escapar de los recuerdos de la Guerra de Italia. Marco levantó de nuevo la cabeza y se quitó las gafas. Pintitas rojas cubrían los cristales y las mangas de una raída camisa de rayas azules. —¿Quién puede haber hecho esto? ¿La gente del gobierno?

Marco se puso las gafas de nuevo y colocó su mano derecha sobre la pierna, fuera de la vista de su camarada.

—Querido camarada, muchos son los enemigos de la causa. Todos deben morir.

Nueva York a finales del siglo XIX era una ciudad rodeada por inmensos guetos de pobreza

Alejo interpretó las palabras de su compañero como un juramento. Muchos camaradas habían muerto a manos del general Miles desde las huelgas de Chicago. El ejército de la Unión se estaba reorganizando después de la Guerra Civil y era el momento de que la revolución triunfara en los Estados Unidos. Alejo había visto cómo su sueño se había evaporado en Italia, pero todavía estaban a tiempo de que el Nuevo Mundo se convirtiera en la «Tierra Prometida» de la clase trabajadora.

Marco levantó el brazo y encañonó a su camarada. Éste le miró confuso, paralizado. El que le apuntaba no era un extraño, llevaban tres años juntos, vagando de un sitio para otro. Por favor, era Marco Santoni.

—Camarada, ha llegado la hora de que la verdadera revolución triunfe —dijo Marco poniéndose en pie. Apretó el gatillo y un chasquido precedió al sonido de la bala y el estruendo de un cuerpo derrumbándose sobre el suelo. —Christophorus Colonus —dijo el asesino observando cómo su amigo se desangraba sobre la madera podrida de la casa.

La Habana, 19 de febrero

Las alfombradas escaleras del hotel Inglaterra se encontraban completamente desiertas. Hércules se detuvo frente a la puerta de su habitación y Lincoln continuó caminando. El norteamericano dormía dos puertas más allá del cuarto del español. Era medianoche, el silencio penetraba por las ventanas del hotel y el paso de algún coche de caballos en la lejanía lo convertía en agobiante. No era la primera vez que intentaban matar a Hércules, pero que le rondara la muerte precisamente en ese momento, cuando menos la buscaba, le confundía. No podía dormirse. Llevaba meses levantándose a esas horas. Bajando al salón del prostíbulo y bebiendo hasta perder el conocimiento entre un par de mulatas, tan borrachas como él. Pero lo que le rondaba la cabeza era otra cosa. Una bala del calibre 10,75 mm de un Winchester de 1873 no era un arma corriente. El ejército español utilizaba el Mauser modelo 1893 y el de 1895. Los *mambises* cubanos usaban los fusiles que lograban robar a los españoles en las escaramuzas del interior y algunos fusiles Krag-Jorgensen de 1892, una de las armas más efectivas del ejército norteamericano. El Winchester era parte de la leyenda, un arma civil del Oeste, pero no un fusil usado en Cuba.

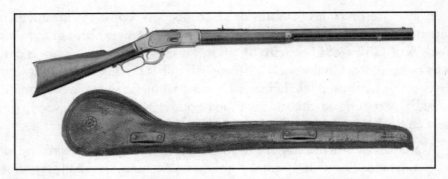

*Modelo de rifle Winchester utilizado en el atentado contra Hércules
y Lincoln. Este tipo de arma de repetición fue utilizado con
efectividad en toda América Latina*

Después de unos minutos de pie, apoyado contra la puerta, se
acercó a la cama, se quitó los zapatos y se puso a observar el sombrero. Era una pena que un sombrero recién comprado hubiese terminado así, se dijo. El agujero tenía un cerco de pólvora, restos
chamuscados por el impacto. El ángulo de entrada indicaba que el
disparo se había producido desde algún lugar alto, una ventana, tal
vez un tejado. La fuerza de la bala al impactar no era mucha, por lo
que el disparo tenía que haberse efectuado a una distancia considerable. La puntería del asesino no se podía discutir. Pero, ¿cómo realizar un disparo tan certero desde una distancia tan grande? Encima,
en mitad de la noche. Estaba claro que el sitio había sido escogido
con anterioridad. La luz del farol y el resplandor del Café París iluminaban los blancos mejor que en ningún otro sitio. Esas conclusiones abrían otras nuevas más difíciles de responder. ¿Cómo sabía el
asesino que iban a pasar por aquella calle? Podían haber regresado
por la calle Empedrado o por O'Reilly. ¿Había un sitio desde donde
cualquiera de estas calles fuera visible?

Lincoln se acercó a la habitación y paró su mano unos segundos antes
de golpear la puerta. Conocía el mal humor de Hércules y no quería escuchar sus insultos desde el otro lado. Después pensó que hiciera lo que
hiciera el maldito español iba a refunfuñar, respiró hondo y golpeo con los
nudillos. Esperó unos segundos y abrió la puerta.

—¿No ha cerrado con llave? —preguntó Lincoln observando a su compañero tumbado en la cama en medio de la oscuridad.

—¿Para qué? Un cerrojo no puede asegurarme la vida. El tirador de esta noche tan sólo quería asustarnos.

—¿Usted cree?

—La prueba es que estamos vivos.

—Posiblemente falló.

—Querido Lincoln, si falló ¿por qué no volvió a intentar un segundo disparo?

—Nos tiramos al suelo y salimos de su campo de tiro.

—Su campo de tiro era muy amplio, mire el agujero —dijo Hércules encendiendo la lámpara. —El individuo disparó desde un sitio alto, lejano y cuando pasábamos por el lugar más iluminado de la calle.

—Pero, ¿dónde estaba apostado?

—Eso mismo estaba pensando yo, cuando usted ha llamado a la puerta.

—¿Me permite la bala? —dijo Lincoln extendiendo el brazo. —Sin duda es una de 10 mm. Este calibre fue muy usado durante la Guerra Civil. Mi gobierno ha vendido miles de estos proyectiles a otros países.

—¿También a los revolucionarios cubanos?

—No puedo responderle a esa pregunta. Usted conoce que mi gobierno ha apresado a muchos barcos llevando armas ilegalmente a la isla. Está el caso del *Amadís*, el *Baracoa*...

—No me venga con cuentos —le interrumpió Hércules. —Ésos son tan sólo algunos peces pequeños para contentar a Madrid, pero el pez grande, su gobierno, vende armas a todo el mundo. A Japón, Rusia, China. Si no me dice la verdad, no podemos colaborar en esta misión.

—Usted tampoco me ha dicho por qué ha aceptado participar en esta investigación —se quejó Lincoln.

—Le dije que eran razones personales que no afectan a lo que queremos descubrir.

—¿Que no afectan? ¿Quién me asegura que cuando haya conseguido lo que quiere no me dejará con el culo al aire y se marchará?

— Cuando eso suceda ya sabremos quién voló el *Maine* —respondió Hércules.

—¿Entonces ya está seguro de que alguien voló el *Maine*?

—O alguien voló el *Maine* o está demasiado interesado en que nadie descubra por qué explotó el barco.

—Ustedes por ejemplo, los españoles.

Hércules se recostó en la cama y frunció el ceño. Le sorprendía que alguien le llamase español. Él, que era una mezcla de norteamericano, cubano y español. Se volvió a Lincoln y le dijo:

—Y, ¿por qué rayos me dispararon a mí y no a usted? El rifle era norteamericano, la bala de las usadas en la Guerra Civil de su país.

—Olvida —dijo Lincoln levantado la voz— que mi gobierno propuso al suyo realizar esta investigación.

—Puede que alguien cercano al presidente no quiera la paz. De hecho, su gobierno no parece confiar mucho en la Comisión de Investigación de la Armada.

—No niego que puede haber elementos perturbadores, pero McKinley está a favor de la paz.

—Me va a explicar ahora si el gobierno de los Estados Unidos ha vendido fusiles Winchester de 1873 del calibre 10 mm a los insurgentes cubanos.

—No, los fusiles que les vendimos son Winchester más antiguos y de un calibre menor. La entrega se hizo por medio de la Junta Revolucionaria Cubana de Nueva York, pero se introdujeron a través de un barco vía Guatemala.

—¿Guatemala? Eso está en el quinto infierno —dijo Hércules mientras se ponía un habano en la boca.

—Fueron llevados en barco desde California a Guatemala, desde allí partieron hasta el oriente cubano. En conclusión, el fusil que le disparó no puede ser de un revolucionario cubano.

—Puede que gente fuera del gobierno haya vendido armas —masculló con el puro entre los dientes, encendió la punta y aspiró hasta que el humo empezó a salir.

—No creo que de ese tipo. Ésas son armas usadas por el ejército.

—Pero todavía queda otra incógnita, ¿desde dónde disparó?

Los dos hombres se miraron, sus cabezas empezaban a acusar el cansancio y el nerviosismo del día. Lincoln apenas había dormido después de sus dos días de viaje en barco. Hércules llevaba más de veinticuatro horas sin beber y la sed empezaba a secarle la garganta.

—Será mejor que mañana volvamos al lugar del disparo. Puede que la luz del día nos haga ver todo con más claridad —dijo Hércules empezando a bajar la intensidad de la lámpara.

—Sí, mañana veremos todo más claro.

Lincoln salió de la habitación. El español puso las manos detrás de la nuca y cerró los ojos. Aspiró una profunda bocanada de humo. En mitad de la oscuridad la punta del puro brillaba como una luciérnaga. No pudo evitar que unas desagradables imágenes volvieran a su mente. El alcohol había logrado adormecer sus recuerdos durante todo ese tiempo, pero ahora tendría que volver a recordarlo todo. Sintió un dolor en el pecho y se incorporó en la cama respirando con dificultad. La luna de La Habana asomó detrás de unas nubes negras que empezaban a disiparse en el horizonte. Aquella luz inesperada inundó la habitación, la misma luz que aquella otra noche, la última noche que recuerda.

Capítulo 6

La Habana, 19 de febrero

Helen Hamilton entró en el puerto de la ciudad como tripulante invitada del buque hidrográfico *Bache,* que transportaba equipo submarino y buzos profesionales de la Escuadra del Atlántico Norte. Se adelantó dos días a la llegada de la Comisión de la Armada de los Estados Unidos. Su tenacidad y rapidez de reflejos le habían hecho tomar la decisión de salir de Nueva York con el buque, justo después de que Jack Kruchensky le pasara la información de que se dirigía a Cuba para realizar una misión urgente. Martin, el director de su periódico *The Globe of New York*, le había puesto mil trabas, pero cuando Helen tomaba una decisión era difícil persuadirla de lo contrario. *The Globe* era un diario pequeño, fundado hacía cuarenta años por un grupo de judíos cansados de verse excluidos de la prensa de la ciudad. En los últimos cinco años se había modernizado, cambiado su nombre de *The Globe of Sion* a su actual nombre. Pero las transformaciones no habían quedado ahí. El rotativo contaba con una filial en Boston y corresponsales en todas las ciudades importantes de la costa Este. Otra cosa era mandar un enviado especial a un país extranjero a punto de entrar en guerra y que éste fuera mujer. Al final, Helen renunció a su sueldo de seis meses y se costeó el viaje y la estancia con el propósito de que Martin no pudiera negarle la historia del *Maine*.

Helen Hamilton fue una de las primeras mujeres en licenciarse en periodismo en la Universidad de Nueva York, y la primera mujer corresponsal en un conflicto armado

Helen era un bicho raro en el masculino periodismo norteamericano. Muy pocas mujeres habían logrado realizar sus estudios en la universidad y muchas menos conseguir un trabajo, aunque se tratara de un periódico de segunda como *The Globe*. Por lo menos tenía la ventaja de conocer un poco el español y desenvolverse bien en el endogámico mundo de los marineros. Su padre, John Hamilton I, fue un oficial de Marina caído en las filas federales durante la Guerra Civil. Muchos de los compañeros de su padre seguían queriéndola como a una hija y eso le había asegurado la información que necesitaba y una plaza en el *Bache*.

El buque entró por el estrecho paso entre los castillos de *La Punta* y el de *El Morro*. La Habana relucía aquella mañana bajo un cielo azul intenso. En Nueva York estaban a bajo cero y la nieve cubría la ciudad, pero en la isla de Cuba, la primavera se había hecho dueña de la situación.

Al llegar a la altura del *Maine* su barco giró realizando la maniobra de aproximación al amarradero de los barcos mercantes. Los restos del naufragio se podían distinguir con dificultad. Las autoridades españolas habían colocado un cordón de seguridad de pequeños botes alrededor de lo que quedaba del barco. Tan sólo uno de los mástiles y un tubo redondo y grande, que parecía una de las chimeneas del barco, destacaban entre el amasijo de hierros. Muy cerca había otros barcos y un grupo de barcazas que daban vueltas alrededor de los restos.

El Maine destruido en la bahía de La Habana

Helen bajó del buque algo aturdida. Después de dos días sin pisar tierra firme, recuperar la sensación de estabilidad le hizo sentirse mucho mejor. Sentía calor, un bochorno pegajoso muy parecido a los infernales veranos de Nueva York, cuando el sol se había puesto en la ciudad y el calor empezaba a ser soportable. Su vestido era demasiado caluroso para aquel ambiente tropical.

Una calesa la llevó hasta el hotel. El botones tomó su ligero equipaje y lo subió a la habitación. Cuando se tumbó en la cama notó una sensación de alivio al comprobar que la habitación no daba vueltas como el exiguo camarote donde había viajado en los últimos días. Era temprano, las ocho y media de la mañana, por lo que decidió cambiarse la blusa y bajar al salón del hotel y desayunar algo.

El salón era acogedor, adornado con todo tipo de flores exóticas, muchas de ellas totalmente desconocidas para ella. La cabeza se le fue a la casa de tía Ágata, donde se había criado tras la muerte de su padre. El olor a hierba fresca que soplaba en New Jersey siempre la acompañaba adondequiera que fuera. Pensó en la mermelada de arándanos de su tía y el olor del pan recién hecho. Estaba hambrienta. Echó un vistazo. A esa hora había muy pocos huéspedes desayunando. Un matrimonio de mediana edad con aspecto germánico. Ella vestía con elegancia un sencillo traje blanco, que acentuaba su esbelta figura y un sombrero precioso, ligeramente inclinado para un lado. Helen pensó en su propio aspecto. Su blusa blanca, sin apenas adornos, la falda larga y gris, de una tela demasiado gruesa y sus botines de piel. A sus veinticuatro años de edad seguía teniendo un aspecto infantil. El pelo, de un rubio color trigo, recogido en un moño, le hacía la cara más redonda y resaltaba sus ojos azules y los labios carnosos. En la mirada resplandecían las señas de su carácter: determinación, inteligencia y audacia. Su aspecto físico no le importaba mucho. Criada con tres hermanos por su tío Harry, el hermano de su progenitor. Rodeada de militares, nunca se había visto como una mujer. Su madre, muerta poco después que su padre, no había tenido tiempo de educarla como a una señorita. Por eso Helen se sentía un bicho raro entre su sexo y nunca había tenido un novio formal a pesar de su belleza.

En la otra mesa, una pareja bastante más extravagante ingería rápidamente el desayuno. El hombre de color vestía un traje gris impecable, con una camisa blanca y una corbata corta de color rojo. Tenía un bombín colgado sobre uno de los lados de la silla. Su cara afeitada, el pelo corto y la piel brillante, de un color caoba, le diferenciaba de los hombres negros que había visto en La Habana. El hombre blanco era tremendamente atractivo, de tez morena, vestía un elegante traje blanco de lino con cierta despreocupación. Su pelo cobrizo y largo, al estilo de los norteamericanos de antes de la Guerra Civil, le tapaba en parte la cara. De vez en cuando levantaba la vista y de un rápido vistazo examinaba a todo el mundo, controlando quién entraba y salía del salón. Un par de veces sus miradas se cruzaron pero ella bajó los ojos rápidamente.

Después de terminar el desayuno Helen sacó una libreta pequeña y planificó los pasos a seguir en los próximos días. Gracias a los contactos que tenía en la Armada sabía que la Comisión de Investigación norteamericana no llegaría hasta después de uno o dos días. El capitán Sigsbee no querría hablar con la prensa antes de que la Comisión llegara a sus conclusiones, pero quizás podría sacarle algunas opiniones personales. El cónsul Lee seguramente estaría ansioso por echar más leña al fuego, Helen conocía su inclinación a favor de la guerra. Después estaba la Comisión española; el Almirante Mantorella y algunos marineros y oficiales del *Maine*, que por un buen whiskey y una sonrisa coqueta eran capaces de hablar por los codos. Pero la periodista norteamericana quería llegar más lejos. Sabía que los revolucionarios se encontraban por todas partes y pretendía conocer su opinión.

Martin, su director, le había advertido que no se alejase de la ciudad, pero ella odiaba el estilo de los reporteros como sir Winston Churchill que venían con sus trajes caros, se alojaban en hoteles como en el que ella estaba y mandaban artículos a sus periódicos después de asistir a la última fiesta de la alta sociedad. Ese Churchill y su periódico ultra-conservador, el *Daily Graphic*, eran la antítesis de su idea del periodismo.

Cuando volvió a levantar la mirada, pudo comprobar cómo los dos hombres habían abandonado su mesa. Cerró la libreta y se convenció de que aquella mañana debía dedicarla a comprarse una ropa más cómoda.

Capítulo 7

Washington, 19 de febrero

Los Roosevelt formaban parte de una de las viejas estirpes holandesas que fundaron Nueva Ámsterdam, convertida tras la conquista inglesa en Nueva York. Teodoro Roosevelt, patricio de la Gran Manzana, llevaba décadas buscando una oportunidad para brillar con luz propia en Washington. La muerte de su esposa y su madre en apenas un año le habían convertido en un hombre profundamente impulsivo. Su actitud ante la vida era arrogante, como si ya no tuviera nada que perder.

El joven Roosevelt era la pesadilla del secretario de la Armada Long, pero el presidente McKinley apreciaba su osadía. Teodoro no sabía muy bien por qué. El presidente y él eran muy distintos. El joven subsecretario representaba la nueva imagen de los Estados Unidos. Una nación que, después de reafirmar su propia unidad y colonizar uno de los territorios más bastos del mundo, buscaba las últimas migajas del imperialismo moderno. El presidente, en cambio, era el conservadurismo y el continuismo de la política norteamericana del siglo XIX. Sus temperamentos eran muy distintos. McKinley era todo prudencia y serenidad; Roosevelt, por el contrario, era impulsivo y vehemente.

Caminando a paso acelerado, con la vista perdida detrás de sus anteojos, Teodoro Roosevelt se dirigía aquella mañana a la Casa Blanca con la determinación de que la Armada se preparara y reforzara lo antes posible. La obsoleta Armada de la Guerra Civil, debía dejar paso a una nueva, más moderna y operativa. El subsecretario deseaba llevar a cabo las ideas que el capitán Mahan había expuesto en su tratado sobre estrategia naval. La guerra con España era la prueba perfecta para poner en práctica la táctica a seguir por los Estados Unidos en el próximo siglo.

Traspasó la verja y saludó con una ligera inclinación a los soldados. Cruzó el jardín y sin saludar a nadie más se dirigió directamente a la segunda planta. Al llegar delante de las puertas del despacho presidencial, el subsecretario se ajustó la corbata y con paso firme abrió la puerta.

—Señor presidente —dijo con su ronca voz. El presidente levantó la vista de los papeles y con un gesto mandó salir a su secretario.

—Pase Roosevelt. Tenemos noticias de Madrid. El presidente Sagasta nos ha propuesto que creemos una comisión de investigación oficial conjunta —dijo McKinley, mientras ojeaba unos papeles.

—Señor presidente, eso es inconcebible. La opinión pública nunca aceptará que los principales sospechosos de un atentado investiguen junto a nuestros hombres —la voz de Roosevelt se quebró y la cara empezó a tomar el tono rosado que indicaba el grado de su irritación.

—Hay momentos en la historia en que debemos sacrificar la opinión de la mayoría —dijo el presidente, intentando que su tono de voz sonara trascendental.

—Pero éste no es el momento. Los españoles le insultaron por medio de su embajador en esa carta publicada por el *The New York Journal*. Además Hearst y Pulitzer están a favor de la intervención. Es imposible controlar sus periódicos —comentó el subsecretario, agitando inquieto los brazos.

—Ese maldito Hearst es capaz de cualquier cosa por vender más periódicos —dijo el presidente sentándose de nuevo. Sus ojos estaban hundidos y la palidez de su piel tenía un peligroso tono amarillento.

—Señor presidente, tenemos que prepararnos para la guerra. Sea cual sea la decisión de la comisión hay que prepararse para la guerra —cortó tajante Roosevelt.

—Me gustaría poder evitar esta guerra —dijo el presidente. La voz

Theodore Roosevelt, infatigable político y aventurero. Subsecretario de Marina durante el conflicto de 1898

sonaba preocupada. McKinley se apoyó en la ventana y miró la ciudad. Al fondo del jardín, más allá de la verja el Potomac corría helado.

—La mejor manera de evitarla es demostrar a los españoles que tenemos la fuerza suficiente para aplastarlos si es necesario. Con toda seguridad entrarán en razón en cuanto vean aparecer nuestros barcos por el horizonte.

—Espero que sea así, querido Teodoro.

—¿Autoriza el rearme de barcos mercantes y la compra a Inglaterra de varios buques?

—Ese asunto está en manos de Long, si desea proponer algo, diríjase a él.

—Pero, señor presidente —dijo el subsecretario. Apretó los puños e intentó suavizar la mirada con una leve sonrisa.

McKinley hizo un gesto con la mano y el subsecretario salió del despacho. Roosevelt dio la vuelta y se dirigió a la sala aneja donde estaba el secretario del presidente.

—¿Puedo entrar? —preguntó Roosevelt entrando en el despacho sin esperar respuesta.

—Pasa Teodoro, ¿qué te trae por esta casa? —comentó el secretario invitándole a sentarse.

—Lo de siempre. El presidente no quiere entrar en razón. Hemos sido atacados por esos demonios y todavía espera el milagro de la paz —dijo Roosevelt mientras jugueteaba con un pisapapeles.

—Lo espera, ya sabes cómo es.

Sede del SSP (Servicio Secreto Presidencial), la primera agencia interestatal creada para operar fuera del país. Foto desclasificada por el gobierno de los Estados Unidos hace tan sólo dos años. ¿Por qué el gobierno federal ha tardado tanto en reconocer la existencia de esta agencia precursora de la CIA?

—Tan sólo lo espera o ha movido ficha —comentó Roosevelt, acercándose a la cara del secretario del presidente.

—Ha movido ficha. Un investigador del S.S.P. está en La Habana para esclarecer lo del barco —susurró Potter.

—¿El S.S.P? —preguntó extrañado Roosevelt. —El S.S.P. nunca había actuado fuera del país.

—Esto es estrictamente confidencial —contestó Potter, al tiempo que mirándole de reojo, se ponía un dedo sobre los labios.

—No te preocupes Potter, soy una tumba.

Roosevelt abandonó el despacho y salió de la Casa Blanca, algo aturdido. Tal vez había subestimado a McKinley. No daba crédito, el envío de un agente del S.S.P. a La Habana era un asunto muy serio. Tenía que dejar caer la noticia lo antes posible a la Junta Revolucionaria de Cuba, informar a Young en Madrid y a sus hombres en La Habana. Nadie iba a impedir que los Estados Unidos de América cumplieran su destino. Cuando se acercó a la fila de carruajes oficiales volvió a la realidad. Se ajustó el abrigo y tomó el primero, para dirigirse a su oficina.

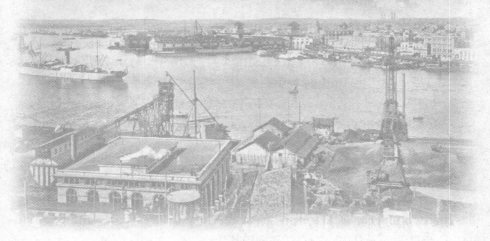

Capítulo 8

La Habana, 19 de febrero

La calle no parecía la misma a la luz del día. Personas de todos los pelajes se pegaban a las paredes, para no ser arrolladas por las carretas. El ruido de los coches de caballos, las alegres charlotadas de los compadres que se cruzaban casualmente en la calle, las señoras que se dirigían con su criada al mercado, dificultaban cualquier trabajo de campo.

Lincoln observó la fachada del Café París y después intentó encontrar en las azoteas próximas el ángulo perfecto para el disparo.

—Me temo que está equivocado. En esta calle los edificios son de dos y tres plantas, no hay altura suficiente para que se produjera el disparo desde ningún punto cercano —concluyó Lincoln.

—Tiene razón, el disparo no se efectuó desde esa altura. La trayectoria de la bala fue más prolongada, el tirador tuvo que estar a una distancia considerable y a una gran altura —dijo Hércules poniéndose la mano de visera. La luz del sol se proyectaba directamente sobre ellos cegándolos por completo.

—Son las nueve de la mañana y tenemos que entrevistar al primer testigo, el capitán Sigsbee —dijo Lincoln, mirando el reloj de bolsillo. El norteamericano comenzaba a cansarse de la galbana de los isleños y de su impuntualidad.

—Espera un momento. Sabemos que el disparo se hizo desde algún lugar alto —comentó Hércules.

—Es inútil, será mejor que nos pongamos en marcha. Además, tampoco creo que descubrir desde dónde se realizó el disparo sirva para mucho —dijo Lincoln mirando el reloj de nuevo. La gente le rodeaba por todas partes y era muy incómodo esquivar a los transeúntes.

—Tiene usted razón —comentó Hércules dándose por vencido. Los dos hombres comenzaron a caminar calle abajo dirigiéndose al puerto, donde se podía encontrar a todas horas al capitán Sigsbee, que no se separaba ni un instante de los restos de su barco.

Apenas habían caminado unos pasos cuando las campanas de la catedral retumbaron por toda la ciudad. Hércules miró instintivamente hacia las torres que se veían al fondo de la calle. Se paró en seco y mirando a su compañero le hizo un gesto con la mano.

—La catedral. ¿Cómo no lo habíamos pensado antes?

Hércules cambió la dirección y comenzó a caminar hacia el edificio. Lincoln frunció el ceño y dio dos o tres zancadas hasta alcanzar a su compañero. Recorrieron la calle a paso ligero; esquivando a los transeúntes, hasta llegar a una plaza de forma irregular desde donde se podía contemplar la hermosa fachada barroca que cubría el edificio. La nave central y las torres formaban una sola masa, que rompía en dos pequeños campanarios. El sonido en la plaza era ensordecedor, pequeños puestos cubrían todo el perímetro y, junto a ellos, decenas de vendedores con productos de todo tipo cubrían el suelo. Cruzaron la pequeña distancia que los separaba de la entrada y se introdujeron en la iglesia. El frescor de la piedra y el silencio coloreado de las vidrieras les sobrecogió. Recorrieron el amplio pasillo central y subieron al altar mayor. Las pocas beatas que había en la iglesia no les prestaron la más mínima atención. Ninguno de los dos hizo ademán de santiguarse, pero caminaron sobre el altar más lentamente, como si al pisar tierra sagrada recuperaran un poco la serenidad. Abrieron una de las puertas laterales y atravesaron un pasillo que terminaba en una sala más amplia. En mitad de la sala se encontraba una mesa, varias sillas y otros muebles viejos, que iluminados por el sol mostraban las grietas producidas por la humedad y la dejadez. Sentado en una silla había un hombre rechoncho que leía un librito mascullando las palabras con los labios a medio abrir.

—Perdone padre. Necesitamos subir al campanario de la iglesia —dijo Hércules sin entrar en más detalles.

—¿Al campanario?, éste es un lugar sagrado —contestó el cura mirándolos de arriba abajo.

—Estamos realizando una investigación comisionada por el gobierno autónomo de Cuba y tenemos la sospecha de que se ha cometido un delito desde una de las torres de esta iglesia.

—¿Está loco? Eso es una profanación. ¿Quién iba a realizar un hecho tan terrible? —el cura cerró el librito y empezó a santiguarse.

—Eso es precisamente lo que deseamos averiguar —dijo Lincoln entrando en la conversación.

—¿Por qué se dirige a mí ese lacayo? —refunfuñó el sacerdote.

—No es un lacayo, es el inspector de los Estados Unidos, George Lincoln. Por favor, ¿podemos subir a la torre oriental? —dijo Hércules perdiendo la paciencia.

El cura se levantó refunfuñando, se acercó al armario y sacó unas llaves de hierro algo oxidadas. Miró a los dos hombres con el ceño fruncido y salió a la capilla principal. Ellos le siguieron en silencio. Se arrodilló ante el altar y se santiguó. Dedicó una sonrisa a sus feligresas. Hércules y Lincoln caminaron hasta alcanzarle y el sacerdote comenzó a protestar otra vez.

—Normalmente nadie sube al campanario, a no ser que se estropee alguna de las campanas, pero eso no sucede desde hace más de cincuenta años. Yo guardo el único juego de llaves y no creo que nadie haya estado allí desde entonces. ¿Por qué creen ustedes que alguien ha subido a la torre?

—Sería largo de explicar —dijo Hércules intentando que el cura no les importunara más. —Largo y complejo —añadió e hizo un gesto al cura para que abriese la puerta.

—Largo y complejo es el camino que lleva hasta las campanas —añadió el sacerdote introduciendo la llave de la torre oriental. —Esas escaleras de madera llevan medio siglo pudriéndose junto al puerto de la ciudad. Será mejor que tengan cuidado.

El cura adelantó la mano invitándoles a pasar. Primero paso Hércules, miró hacia arriba y comenzó a subir los escalones toscos de madera. Lincoln le siguió de cerca. A cada paso, la madera pegaba chasquidos nada tranquilizadores. Al llegar a la mitad del camino, el agente norteamericano miró hacia el suelo y vio los seis metros que le separaban de éste. Escuchó un portazo y empezó a sudar copiosamente.

—Espero que ese cura esté ahí cuando bajemos —dijo Lincoln con la voz entrecortada. Hércules no contestó, continuó ascendiendo como un autómata, con la mente en blanco, sin percibir el calor, que volvía el aire cada vez más cargado e irrespirable.

Cuando llegaron al final de la escalera notaron un fuerte olor. El resplandor del sol penetraba por las rendijas de la ajada madera y sus ojos se tuvieron que acostumbrar de nuevo a la claridad. Abrieron la trampilla y el resplandor les hizo cerrar los ojos. Tardaron unos segundos en recuperar la visión plena, el tiempo suficiente para que las palomas que descansaban en la torre echaran a volar alarmadas por los inoportunos visitantes. Hércules se cubrió los ojos y buscó la calle *Obispo*. La multitud a sus pies parecía un tapiz de vivos colores, que se dividía en finos flecos, penetrando por las calles que se desparramaban desde la plaza hasta el corazón de la ciudad moderna. El Café París se veía a lo lejos, pero la distancia era tan grande que le parecía imposible que alguien pudiera disparar hasta allí, con la puntería del tirador de la noche anterior.

—La distancia es demasiado grande. Con dificultad se podría alcanzar a una persona al principio de la calle, pero a esa altura, es imposible —dijo Hércules dejando paso a Lincoln que ocupó su lugar.

—Hay una posibilidad —comentó Lincoln con la respiración agitada. —El tirador usó una mira telescópica.

—¿Una especie de prismáticos?

—Algo parecido. Con ese telescopio es fácil darle a un blanco a varios centenares de metros.

Hércules comenzó a revisar el suelo de madera que servía de plataforma, sin hacer mucho caso de los comentarios de su compañero. Cerca del arco abierto hacia el vacío de la plaza se podían ver tres colillas.

—Tres colillas de tabaco —dijo recogiendo una del suelo. —INCA. Esta marca es peruana.

—¿Qué? —preguntó Lincoln dándose la vuelta.

—Son peruanas. Unas colillas peruanas, un rifle norteamericano. Pero no hay ni rastro del casquillo.

—Puede que las colillas no sean del tirador —apuntó Lincoln.

—No tienen aspecto de tener cincuenta años —comentó Hércules mientras blandía una de las colillas frente a la cara del norteamericano, después miró a Lincoln y le preguntó. —¿No cree?

—Posiblemente eran dos hombres. Un peruano y un norteamericano —dijo Lincoln apartando la mirada.

—¿Dos hombres en tan poco espacio? No creo, sólo se estorbarían. ¿El gobierno de los Estados Unidos vendió algún tipo de armas a Perú? —preguntó el español, escrutando la cara del norteamericano, pero éste no hizo el más mínimo gesto.

—Lo desconozco, pero puede que llegara alguna partida de armas en la guerra entre Perú y Chile de 1879. Es probable que fueran fusiles Winchester del 1873.

—Y, ¿qué puede hacer un peruano metido en todo esto? Suponiendo que sea peruano.

—En Lima hay muchos simpatizantes de la causa cubana. Bueno, en toda América los hay, pero en Perú especialmente.

—¿Por qué dice eso?

—En 1887 el general revolucionario Máximo Gómez visitó la capital del Perú y consiguió muchos partidarios.

—¿Cómo es posible que sepa tanto sobre los revolucionarios cubanos? —preguntó Hércules sin disimular su sorpresa.

—Es parte de mi trabajo. Tengo contactos con revolucionarios cubanos desde hace tiempo.

El gesto de Lincoln se endureció. Se sentía cuestionado por aquel borracho orgulloso. Hércules notó el enfado de su compañero y le hincó su mirada.

—Estupendo. Los Estados Unidos nos envían un agente que ha mantenido relación con los revolucionarios cubanos —dijo Hércules con cara de desprecio.

—Precisamente esto me capacita para la misión. No se preocupe, mis órdenes son colaborar con usted y llegar a la verdad sobre todo este asunto —dijo Lincoln pronunciando las últimas palabras muy despacio, como si quisiera que el español le entendiera bien.

—Entonces tendremos que buscar un peruano en La Habana. ¿No le parece? —contestó sonriente Hércules. Intentando disminuir la tensión en el ambiente.

—Por lo menos, a un aficionado al tabaco INCA que carga un Winchester —bromeó Lincoln, siguiendo el juego a su compañero.

—Será mejor que vayamos a nuestra cita con el capitán del *Maine*.

Los dos hombres descendieron hasta la base de la torre. Empujaron el portón. En la capilla no había ni rastro del sacerdote. Salieron a la amplia plaza y se dirigieron al puerto entre la multitud.

Catedral de La Habana desde dónde se produjo el atentado
contra Hércules y Lincoln

Madrid, 19 de febrero

El ajetreo de la calle comenzó a mezclarse con sus pensamientos y sin más dilación, el general Woodford se bajó del carruaje frente a la sede de presidencia, atendió unos asuntos y decidió pasear por las calles de la ciudad antes de volver a su trabajo en el consulado. Aquella mañana de febrero el frío había dado una tregua y el luminoso cielo de Madrid invitaba a perderse entre los viejos edificios del centro. La ciudad era pequeña y algo provinciana, pero entre las vetustas casas se empezaban a abrir avenidas al gusto francés. El paseo del Prado era una excepción en el laberinto de callejuelas infectas de la almendra de la ciudad. Árboles, fuentes majestuosas que le recordaban las avenidas amplias de Washington. Caminaba solo. El servicio de seguridad de la embajada había insistido en que llevara escolta. Madrid estaba infectado de ladronzuelos, anarquistas y todo tipo de indeseables, pero para el general todo eso eran minucias. A pesar de su paso tranquilo, llevaba unos días observando que le seguían, se sentía vigilado. Al principio pensó que Young, su secretario, desoyendo sus órdenes había enviado un par de agentes para seguirle, pero si de algo estaba seguro, era de que aquellos tipos no tenían pinta de agentes del servicio secreto. Uno de ellos era alto con cara de bruto y facciones mestizas, el otro, menudo, delgado con una larga cicatriz en la cara.

El general se detuvo frente a la estación de Atocha. La estructura de hierro rompía con las monótonas construcciones de ladrillo de la plaza. Aquellos dos hombres se aproximaban demasiado, se dijo mientras se acercaba a las calesas de la estación. Tomó el primer carruaje y salió de la plaza hacia la embajada. Al pasar a la altura de sus perseguidores se cruzaron sus miradas, pero los individuos se dieron la vuelta y se alejaron. El hombre menudo sacó del chaleco un dorado reloj de bolsillo. Miró la hora y lo cerró de nuevo. En la tapa, un escudo y un nombre podían leerse claramente. Christophorus Colonus.

CAPÍTULO 9

La Habana, 19 de febrero

Las aguas turbias del puerto se movían ligeramente por el viento que entraba en la bahía. Sigsbee levantó la mirada y contempló de nuevo los restos de su barco hundido. Miró el reloj y masculló una maldición. Los hombres que debían venir a entrevistarle llevaban más de media hora de retraso. Recuperó la calma y su mente volvió a recordar los últimos días, los interminables días que llevaba anclado en ese puerto pestilente.

La misión del *Maine* estaba rodeada de riesgos —pensó el capitán al recibir las órdenes. Sigsbee no se sentía bienvenido en la ciudad. Tenía que recibir a cubanos de la alta sociedad constantemente, poniendo en peligro la seguridad del barco y, por si esto fuera poco, el cónsul Lee se pasaba las horas muertas a bordo hablando de la necesidad de una intervención armada. Además, el capitán llevaba tanto tiempo navegando, que anhelaba regresar a su casa y vivir los últimos años que le quedaban junto a su esposa.

Cuando no había visitas oficiales Sigsbee pasaba muchas horas en su camarote escribiendo cartas, redactando informes sobre las defensas de La Habana o leyendo libros de la biblioteca del barco. En cambio, los oficiales a su mando disfrutaban de las fiestas en la ciudad y de la compañía de las jóvenes casaderas de la zona. Él prefería imaginar cómo iba a ser su tranquila vida en Albany, donde pensaba residir tras su jubilación.

Llegada del Maine *a La Habana el 25 de enero de 1898. Algunos interpretaron esta acción como una declaración de guerra*

Sigsbee, marinero de vocación, estudió en la Academia Naval, pero su experiencia en la Guerra Civil, los bombardeos a las ciudades del sur y, sobre todo, la batalla de *Mobile Bay*, le quitaron la ilusión por navegar. Llevaba casi dos años gobernando ese barco y la monotonía invadía cada uno de los actos del día.

Por eso, cuando aquella noche regresó al camarote notó algo extraño. No sabía lo que era, pero percibía que alguien había estado allí. Miró todos los rincones, pero no faltaba nada. En la Marina nadie se arriesgaba a un consejo de guerra por algunas baratijas. Él no llevaba nada valioso. Tan sólo unas medalla de su participación en la guerra, pero eran dos piezas redondas bañadas en oro sin mucho valor. Después de examinar concienzudamente el camarote, se tumbó en el catre con el uniforme puesto, riéndose de las manías de viejo que empezaban a rondar su cabeza. Entonces notó un pequeño pinchazo en la espalda. Buscó entre las sábanas y apareció un pequeño alfiler de corbata. Cogió las gafas de la mesita auxiliar y lo examinó a la luz de la lámpara. Un pequeño escudo con las letras *K* y *C* y tres símbolos: una paloma, una cruz y un globo terráqueo.

Al principio no dio mucha importancia a ese incidente, pensó que alguno de los ayudantes, mientras arreglaba el cuarto, habría perdido el símbolo de alguna universidad, fraternidad o cualquier club estudiantil. Unos días después volvió a ver ese escudo en la corbata de uno de los visitantes cubanos que subieron al barco. Cuando preguntó a éste el significado del mismo, el cubano, con claros gestos de contrariedad, no quiso dar explicaciones y abandonó el barco, poco después.

A Sigsbee le dio por pensar que aquel símbolo tendría algún origen cubano, pero entre los miembros de la tripulación no se encontraba ningún soldado de familia cubana, por lo que el capitán Sigsbee no logró encontrar relación entre los dos símbolos. Tras el hundimiento del barco perdió el interés por aquel misterio y lo echó en el olvido. Casualmente, aquel pequeño símbolo fue una de las pocas cosas que el capitán del *Maine* salvó de sus pertenencias aquella terrible noche.

La Habana, 19 de febrero

Hércules y Lincoln llegaron al *Alfonso XII* poco antes del mediodía. La barcaza que los iba a acercar al buque estaba anclada en el embarcadero en ese mismo instante. En su interior había una señorita que no pasó desapercibida a la pareja de investigadores. Los dos hombres recordaban haberla visto en el salón del hotel Inglaterra mientras desayunaban. El aspecto norteamericano de la joven y la pequeña libreta que siempre llevaba a cuestas no dejaban lugar a dudas, se trataba de la reportera de algún periódico de los Estados Unidos que buscaba carne fresca para vender más ejemplares de su rotativa.

Hércules tomó su sombrero con la mano izquierda saludando a la mujer, mientras extendía la mano derecha para ayudarla a salir de la barcaza. La periodista no aceptó la mano extendida y con gran agilidad pisó tierra firme. Sus miradas se cruzaron durante unos segundos, pero acto seguido Lincoln entró en el bote y llamó a su compañero.

En unos minutos estaban en la cubierta del barco. El capitán Sigsbee los esperaba recostado sobre una baranda; desde el primer día no perdía detalle de los trabajos de la comisión española que rodeaba su desgraciado barco, algo le impedía alejarse de allí.

—Capitán Sigsbee, George Lincoln, agente especial del gobierno. Me gustaría hacerle unas preguntas —dijo Lincoln aséptico.

El capitán del *Maine* se ajustó las gafas que llevaba en la frente para poder mirar por los prismáticos y observó detenidamente al agente americano. Después desvió la vista hasta Hércules, que muy serio permanecía un paso por detrás de su compañero.

—No entiendo. ¿Ustedes forman parte de la comisión de la Armada? No esperaba que llegaran hasta dentro de unos días —dijo Sigsbee sin mucha convicción, ya que, hasta lo que él sabía, no había ningún oficial negro en la Marina de los Estados Unidos.

—No, señor. Somos agentes comisionados por el presidente McKinley —dijo Lincoln extendiendo la orden de puño y letra del presidente. —¿Podemos hacerle unas preguntas?

Sigsbee leyó atentamente la carta mientras con la mano izquierda mesaba su gran mostacho entre rubio y cano. Después, levantó la vista y devolvió la carta a Lincoln.

—Comprendo. Ustedes dirán —dijo cruzándose de brazos.

—¿Le importaría hablar en español? Mi compañero es un representante del presidente Sagasta —comentó Lincoln. No había terminado de pronunciar las últimas palabras cuando el gesto adusto del capitán se tornó en abierta antipatía.

—Por supuesto —contestó el capitán con un afectado acento norteamericano.

—Soy Hércules Guzmán Fox. Si quiere puede hablar en inglés, mi madre era norteamericana y aprendí el idioma de pequeño.

Lincoln frunció el ceño y dándose la vuelta lanzó una mirada fulminadora a su compañero. ¿Por qué no le había dicho nada? —pensó. Parecía que disfrutaba poniéndole en evidencia.

—Bueno, capitán Sigsbee, ¿prefiere hablar aquí o en otro lugar? —dijo Lincoln recuperando la calma.

—Aquí mismo, prefiero no separarme mucho de mi barco —dijo Sigsbee señalando los restos del *Maine*. Su mirada se volvió melancólica y dio un suspiro.

—¿Puede relatarnos brevemente los hechos?

—No hay mucho que relatar. Me encontraba en mi camarote escribiendo a mi esposa. Desgraciadamente he perdido todas sus cartas en el naufragio —se lamentó el capitán. Luego empezó a enumerar todas sus pérdidas: —Las cartas, mis uniformes y las dos medallas concedidas por el congreso. Toda una contrariedad. Como les iba diciendo, aquella noche, como todas, me encontraba en mi camarote. Justo cuando empezaba a desvestirme para ir a dormir, escuché una explosión en la zona de la proa. Me puse la chaqueta y apenas había dado unos pasos cuando una segunda explosión sacudió todo el barco. Esta segunda explosión fue muy violenta y me lanzó al suelo. Enseguida el barco empezó a escorarse hacia babor. Cuando logré subir a cubierta la confusión era espantosa. Marineros corriendo de un lado para otro, humo por todas partes, soldados con la cabeza ensangrentada. Ordené que lanzaran al mar los botes. Los botes salvavidas de la proa habían estallado por los aires, pero los de la popa estaban intactos. Revisé que todos los marineros subieran a las embarcaciones. Llegaron enseguida marineros de los barcos de alrededor y comenzaron a rescatar a los soldados que estaban en el agua. En ese momento no puede evaluar los daños ni las bajas —cuando llegó a este punto de la narración, tuvo que parar unos segundos y respirar hondo.— Hay 266 hombres muertos o desaparecidos. Marineros que estaban bajo mi mando y mi responsabilidad.

El capitán agachó la cabeza y, visiblemente afectado, se apoyó en la barandilla.

—No se preocupe, entendemos su preocupación —dijo Lincoln incómodo por la situación.

—Además he perdido un barco muy importante para la Armada y precisamente en un momento tan crítico.

—Capitán, usted no pudo hacer nada. El accidente o sabotaje fue sin previo aviso —dijo Lincoln mientras adelantaba un brazo con la intención de apoyarlo en el hombro del oficial, pero éste se puso rígido y se echó para atrás. Lincoln bajó el brazo y retrocedió.

Marineros recuperando algunos enseres del barco

—¿Cómo era la rutina de seguridad en el barco? ¿Dónde se produjo exactamente la explosión? —preguntó Hércules, intentando suavizar la situación.

—Nuestra rutina de seguridad era de máxima alerta. Había hombres apostados en toda la cubierta que controlaban que ninguna embarcación se acercase. Tres en popa y dos en la proa. La guardia se reforzaba cada dos horas con una revisión por parte de un suboficial y dos cabos. Los soldados debían vigilar la cubierta y comprobar que ningún elemento se acercaba al barco. Además, no se permitía que ningún marinero dejara el barco después de las diez de la noche, a excepción de los oficiales —apuntó Sigsbee.

—Pero, ¿tuvieron visitas de los habitantes de la ciudad? —preguntó Hércules cruzando los brazos.

—Además del embajador Lee, visitaron el barco las autoridades portuarias y destacados miembros de la sociedad cubana.

—Podría facilitarnos una lista de las personas que subieron al barco.

—Tendrán que hablar con el embajador, el diario de a bordo se hundió con el barco, pero los visitantes fueron invitados por él.

—¿Puede que alguno de esos visitantes manipulara algún mecanismo?

—Imposible, las revisiones a las calderas y los pañoles, donde se guardaba el armamento eran constantes y, tras la guardia, los marineros llevaban las llaves a mi camarote —dijo el capitán, comenzando a sudar.

—¿Entró en el puerto con torpedos armados? —preguntó Hércules alargando las palabras para que pareciera una afirmación más que una pregunta.

—Naturalmente que no. Los detonadores estaban en popa —contestó Sigsbee, pero su voz temblaba ligeramente.

—Entonces, ¿cuál piensa que fue la causa de la explosión?

—Señor Guzmán, cuando he podido acercarme al barco he comprobado que la quilla está completamente volteada, pero la popa está intacta.

—¿Dónde se produjo exactamente la explosión? —preguntó impaciente Hércules.

—Es difícil de determinar hasta que lleguen los buzos. Pero particularmente creo que la primera explosión fue producida por una mina.

—Pero, ¿ningún marinero observó nada? —preguntó Hércules frunciendo el ceño.

—La mayor parte de los marineros de Proa están muertos o heridos. Hasta que declaren los supervivientes no podremos saber qué vieron —dijo el capitán Sigsbee. Sacó un reloj del bolsillo de su chaqueta y miró la hora.

—También logró salvar su reloj —comentó Lincoln.

—¿Qué? Ah, sí, el reloj. Tan sólo me queda lo puesto, caballeros. Sigsbee introdujo la mano en el bolsillo del pantalón y después de unos segundos la sacó con un gesto de dolor. —¡Ah!

El capitán Sigsbee poco antes del hundimiento del Maine

—¿Qué sucede? —preguntó Lincoln.

—Este maldito alfiler —dijo el capitán sacando un alfiler dorado de corbata con un escudo.

—¿Qué es eso? —preguntó Hércules aproximándose para verlo mejor.

—Algo que encontré en mi camarote al poco tiempo de mi llegada a La Habana. Es un escudo con un emblema y las letras *K* y *C* —dijo mientras enseñaba el emblema entre sus dedos.

—¿Le importa que nos lo llevemos para investigarlo? —preguntó Lincoln.

—En absoluto. Alguno de mis ayudantes debió de perderlo al visitarme en el camarote.

Lincoln intentó coger el alfiler, pero Hércules fue más rápido, lo tomó de mano del capitán y lo guardó en la chaqueta. El agente norteamericano refunfuñó y se despidió del capitán.

—Muchas gracias por todo capitán —dijo Lincoln dando un apretón de manos a Sigsbee. Hércules miró al oficial y con un leve gesto con el sombrero siguió a su compañero. Una vez en el embarcadero los dos hombres comenzaron a charlar.

—¿Cree que dice la verdad? —preguntó el español.

—Un oficial de la Armada nunca mentiría —contestó Lincoln molesto.

—Ni siquiera para salvar su jubilación. ¿Puede pedir que nos manden un informe sobre la carrera del capitán? —preguntó Hércules. La candidez de su compañero le enfadaba.

—Naturalmente, aunque sólo será una pérdida de tiempo. Ahora debemos investigar qué es ese misterioso alfiler —dijo Lincoln.

—Querido compañero, primero iremos a comer algo y después buscaremos información sobre la primera pista.

—¿Sigue pensando que unos cigarrillos peruanos pueden decirnos algo sobre el hundimiento del *Maine*?

—El tabaco es más peligroso de lo que usted cree, querido compañero —dijo Hércules sacando un pequeño puro.

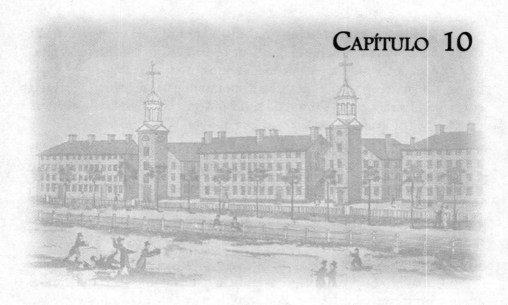

Capítulo 10

Nueva Haven, Connecticut, 8 de febrero

James E. Hayes no asistió a la famosa reunión del sótano de la capilla de Santa María en 1882. Tampoco había pertenecido a «Los Caballeros rojos», compuesta por excombatientes católicos de la Guerra Civil americana, pero desde hacía más de un año se había convertido en el tercer Caballero Supremo. Mullen, Colwell, Geary, Driscoll y otros de los miembros fundadores se opusieron al principio, hasta que la deslumbrante personalidad de Hayes logró superar todas las resistencias. No era un hombre joven, pero su porte distinguido, sus ojos azules brillantes, la manera que tenía de envolver a todos con sus palabras hicieron que destacara desde el principio. Por derecho propio se convirtió en el tercer Caballero Supremo. La política no le importaba en demasía. Su deseo era mantener los principios de su fundador, el padre McGivney, pero desde hacía un tiempo, algunos de los miembros buscaban tener más peso en Washington. Hayes estaba en parte de acuerdo, los católicos habían sufrido muchas humillaciones en la corta historia de su país, merecían un lugar mejor dentro del estado y la sociedad, pero no estaba dispuesto a conseguirlo a cualquier precio.

El Caballero Supremo tenía una autoridad limitada en la orden. El Consejo Supremo mantenía el poder de todas las fraternidades y el control directo de los agentes, y por medio de éstos, de los caballeros y escuderos. De un tiempo a esta parte, las disputas internas se habían agravado considerablemente. La reunión de aquel día quería zanjar las disidencias internas y devolver a la logia su antigua unidad.

Hayes decidió dar un paseo aquella fría mañana de invierno. Su casa se encontraba a unos pasos de la Sede Suprema; un edificio de nueva construcción en uno de los barrios ricos de la ciudad. Para la respetuosa comunidad de Nueva Haven, aquel edificio era oficialmente el Seminario Mayor de la Virgen Inmaculada, pero su verdadera función era organizar y canalizar la considerable fuerza y poder económico de la orden.

El Caballero Supremo llegó al edificio y descendió directamente al sótano, donde se había habilitado la capilla para las ceremonias sagradas. A la entrada le esperaba su espada sagrada y su sombrero negro. Se colocó sus emblemas de caballero de Cuarto Grado y se adentró en la sala oscura, iluminada tan sólo por velas. El olor de las velas se mezclaba con el de la humedad de las paredes. Notó que sus huesos se resentían por el frío, pero no hizo el mínimo gesto de dolor.

El Consejo Supremo estaba reunido en pleno para aquella ocasión. Era difícil traer a sus miembros de los cuatro puntos del país. La mayoría de los miembros tenían su edad, con los pelos grises asomando por debajo de sus sombreros y los ojos apagados por la edad. Todos menos uno, el insolente Caballero Segundo. Sentados alrededor de una mesa redonda los caballeros permanecían cabizbajos, meditando en silencio. Hayes se sentó en su silla y dio comienzo a la reunión.

—Caballeros, se les ha otorgado el honor de servir a la Iglesia de Roma, única y verdadera. Nos encomendamos a Dios, a la Virgen, nuestra madre y pedimos al Gran Padre, nuestro fundador, que nos dé sabiduría para cuidar y extender esta santa hermandad de caballeros.

—Nos encomendamos al Gran Padre —repitieron los otros doce hombres.

—La caridad es nuestro lema, la unidad nuestro propósito, la fraternidad nuestra comunión. Nuestra patria la Iglesia y nuestro rey, el Gran Padre.

Sede central secreta de Los Caballeros de Colón

Después de las lacónicas palabras ceremoniales, los hombres se dieron las manos y pronunciaron juntos el juramento secreto. Unos segundos más tarde, el Caballero Supremo volvió a tomar la palabra.

—Caballeros, un solo anhelo nos ha reunido aquí esta mañana. El pueblo nos demanda que le guiemos. Desde nuestra fundación hemos conseguido que se respete y aprecie la labor de la Madre Iglesia en este país. Podemos sentirnos satisfechos. A lo largo y ancho de los Estados Unidos miles de caballeros se levantan para unirse a nuestra causa.

—Gran Caballero Supremo —interrumpió Natás, el Caballero Segundo—, los enemigos de nuestra orden son numerosos. No podemos contentarnos con defendernos, debemos pasar al ataque.

—Olvida nuestro primer principio, caridad —dijo Hayes, turbado por la interrupción.

—¿Qué mayor caridad que servir a Dios y eliminar a sus enemigos? Ahora somos miles, qué impide que cojamos lo que es nuestro.

—El padre fundador nos indicó el camino. No podemos desviarnos ni a izquierda ni a derecha —recalcó el Caballero Supremo.

—Gran Caballero Supremo, tenemos muchos amigos en la capital de los herejes. Con sólo una palabra todo puede ser nuestro —dijo el Caballero Segundo.

El resto de caballeros permanecía en silencio, pero asentía a las palabras del Caballero Segundo. El Caballero Supremo dio un golpe en la mesa y mirando directamente a su interlocutor le señaló con el dedo. Ese gesto de condena hizo enmudecer al subordinado.

—Mientras tenga aliento de vida, hasta que las fuerzas me sostengan, dirigiré esta hermandad de caballeros como el Padre Supremo nos ordenó. No olvidéis —añadió mirando uno por uno a todos los caballeros que rehuían su mirada— que tengo la espada del caballero, el haz del poder y el ancla del Gran Padre —al dirigir la mirada al Caballero Segundo, el Caballero Supremo chocó con los ojos negros de su contrincante.

—Gran Caballero Supremo, sea como deseáis. Si el Gran Padre está con vos, que mantenga vuestra vida, si no que la corte —espetó insolentemente el Caballero Segundo.

—¡Qué osadía! —dijo el Caballero Supremo levantándose y empuñando la espada, de un mandoble apagó algunas velas que se partieron en dos y se apagaron humeantes. El olor a cera quemada inundó la estancia. Hayes lanzó un nuevo golpe y el sombrero del Caballero Segundo voló por los aires.

Todos los caballeros se alzaron a la vez. Un grupo rodeó al Caballero Segundo y le sacó de la sala, el otro resguardó al Caballero Supremo. La reunión se disolvió sin decir la oración final. Hayes dejó sus símbolos en la entrada de la sala y con el ceño fruncido subió las escaleras. Le dolía la espalda y las piernas le pesaban. Recogió en la puerta su sombrero hongo y su bastón. En el exterior, la noche cubría la ciudad. Caminó con paso acelerado, mascullando en voz baja maldiciones para el Caballero Segundo. Unos minutos después llegó a su casa. El calor de la puerta le hizo recuperar el resuello. Notaba un fuerte dolor en el pecho. Besó a su esposa y disculpándose subió a la planta superior para acostarse, no tenía apetito. Antes de dormir se arrodilló frente a la cama y comenzó sus rezos. El mayordomo llamó a la puerta y, como todas las noches, dejó la infusión sobre la mesa. Hayes se puso el pijama, se sentó sobre la cama y empezó a beber. Su mente seguía reproduciendo las osadas palabras de su acólito. Mañana mismo disolveré el Consejo Supremo, escribiré a Roma y explicaré lo que está pasando aquí —pensó. Después del último sorbo se tumbó en la cama. Apagó la lámpara y cerró los ojos. Escuchó cómo su mujer se acostaba en la habitación contigua. Su esposa, como todas las noches, se acercó a la puerta que unía las dos estancias y deseó a su marido buenas noches, pero nadie respondió al otro lado, el corazón del tercer Gran Caballero Supremo de la Orden de los Caballeros de Colón se había parado antes de que el reloj diera las diez de la noche.

Capítulo 11

La Habana, 19 de febrero

La habitación permanecía en penumbra, pero Hércules no lograba dormir la siesta. Por la noche tenían que hacer una particular bajada a los infiernos, recorriendo los prostíbulos más sórdidos del puerto. El español los conocía muy bien, no en vano, en los últimos meses, se había deslizado a lo más bajo de la sociedad habanera. Hasta que Doña Clotilde, que en el fondo tenía un corazón que no le cabía en su prominente pecho, le había adoptado como hijo en su casa.

A las once de la noche los dos hombres abandonaron el hotel y caminaron hacia el otro lado de la bahía. Las calles, de suntuosas mansiones y edificios adornados con todo tipo de capiteles y columnas clásicas, dejaron lugar a un infecto barrio de casas de madera, tan deslucidas que la poca pintura que quedaba en sus fachadas no le proporcionaba ninguna tregua a la mugre. La basura ocupaba las calles embarradas sin adoquinar y podía verse a las ratas saltando entre los desperdicios, mientras una legión de niños harapientos se les acercaba para pedir limosna o intentar robarles la cartera. Los mocosos los siguieron un par de manzanas, pero cuando los dos agentes se introdujeron en «La Misión», se quedaron atrás. Cualquier niño, por harapiento y miserable que fuera, sabía que los que entraban dentro de esas calles no volvían jamás con vida.

Apenas había luz en las calles de «La Misión», tan sólo el resplandor que se escapaba de las puertas y ventanas de las cantinas y los prostíbulos. A partir de aquí, fulanas de todas las clases, colores y edades se lanzaban sobre ellos, medio desnudas, intentando disimular con un maquillaje seco, los ojos amoratados, la cara inflamada por la sífilis y la fiebre amarilla. Aquel lugar era donde los cubanos estaban ganando la guerra a los españoles. No había noche en la que tres o cuatro soldados no salieran apuñalados, recosidos a machetazos o enfermos de muerte para sus campamentos. Del glorioso ejército español, más de cincuenta mil enfermos habían muerto en los últimos tres años, muchos de ellos contagiados en aquellas calles nauseabundas.

El olor nauseabundo que desprendían las montañas de basura acumulada en la calle, los perros famélicos rebuscando entre los desperdicios y los marineros tambaleándose de un prostíbulo a otro, componían una visión repugnante.

Lincoln estaba acostumbrado a vivir entre la miseria. En su barrio se hacinaban miles de pobres hambrientos y desesperados, pero nunca había visto a niñas tan pequeñas venderse en plena calle. Mover sus cuerpos escuálidos intentando provocar con sus inexistentes curvas, mientras guiñaban sus ojos todavía vírgenes por la inocencia. Notó cómo se le revolvía el estómago, pero las palabras de Hércules le sacaron del nauseabundo trance.

—Lincoln, seguro que nuestro amigo peruano ha pasado por aquí —dijo Hércules con la cara inexpresiva, y el norteamericano se preguntó qué le había pasado a su compañero para que sintiera tanta indiferencia por lo que le rodeaba. Después añadió: —En este agujero es posible comprar cualquier cosa. Aquí traen las madres a sus hijas para vender su virginidad por unos reales. Se puede conseguir todo tipo de drogas, marihuana, cocaína, opio y alcohol. Todo se vende y se compra en «La Misión».

Hércules se detuvo enfrente de la que parecía la más grande de aquellas casuchas de madera putrefacta y con un gesto invitó a Lincoln a que pasara. El salón, forrado de madera renegrida, estaba en penumbra, tan sólo brillaban las luces rojas de las lámparas de las mesas. En cuanto franquearon la entrada, dos chicas, casi unas niñas, se acercaron a ellos, pero el español las despidió y se dirigió directamente hasta la barra. Detrás del mostrador, un negro con una prominente barriga, desdentado y con una poblada barba servía copas en vasos de barro mellados. Hércules pidió dos aguardientes y preguntó por alguien. Un nombre que Lincoln no pudo escuchar por las risas de los marineros, que sentados en las mesas, rodeados por mulatas de todas las tonalidades, jugaban a las cartas, bebían y cantaban canciones de sus países lejanos.

El español puso una mano sobre el hombro de su compañero y los dos hombres subieron unas escaleras destrozadas. Cruzaron un pasillo oscuro, a ambos lados, unas cortinas mugrientas y raídas apenas ocultaban lo que pasaba en su interior, aunque el ruido que salía de ellas era totalmente inconfundible. El olor a sudor y suciedad corría por todo el pasillo. Al final se encontraba la única puerta de la planta. Llamaron y, sin esperar respuesta, Hércules abrió. Dentro, el mundo sórdido de «La Misión» se transformaba en una plácida habitación de un hotel de lujo. Paredes forradas de seda, una mesa de caoba y unos muebles estilo inglés, una lámpara dorada de oficina, alfombras persas, jarrones chinos, un leopardo disecado y varias estanterías con libros. Un agradable perfume inundaba el cuarto. En un elegante sofá Luis XIV, un hombre delgado, vestido con esmoquin los miró por encima del hombro. Se acercaron al sofá y el desconocido les señaló dos pequeños taburetes. Al tenerlo tan cerca, Lincoln pudo mirarlo con detenimiento. Bien conjuntado, con cierto porte, con el pelo peinado hacia atrás, la piel muy blanca y unos ojos grandes, negros, ribeteados por unas venitas rojas.

—Hacía semanas que no te veíamos por aquí —dijo el hombre con una voz infantil.

—No creo que me hayan echado mucho de menos —contestó Hércules muy serio. Varias imágenes le golpearon de repente y respiró hondo intentando pensar en otra cosa.

—Ya sabes que en nuestra casa nunca faltan borrachos ridículos capaces de hacer cualquier cosa por una copa, aunque sea la cerveza meada de un marinero. Veo que estás acompañado por un caballero negro. Es raro ver uno por estos lares, aquí los negros son un trozo de carne torpe que sólo sirve para trabajar, reproducirse y morir —dijo el proxeneta y un brillo maligno le iluminó los ojos mientras volteaba la cara hacia Lincoln.

—No hemos venido aquí para escuchar tus amables palabras —ironizó Hércules. —Estoy buscando a alguien.

—Eso a mí no me interesa. Por favor, estoy esperando a alguien. ¿Podéis marcharos antes de que os eche a patadas?

—Necesitamos una información, podemos pagarla bien —dijo Lincoln.

—¡Di a tu negro que esté bien callado! ¿No ha mirado a su alrededor? ¿Cree que necesito algo?

Lincoln frunció el ceño y apretó los puños, echando el cuerpo para adelante. Hércules miró a su compañero y le hizo un gesto para que se callara. El hombre sonrió y tomó una copa de fino cristal de la mesa.

—Perdónale, es forastero —se disculpó Hércules.

—Ya lo sé. No hay nada que pase en la ciudad de lo que yo no esté al corriente. Mis informadores están por todos sitios. Por eso has venido —comentó el hombre, al tiempo que se frotaba sus huesudas manos con la copa.

—Necesitamos información sobre un peruano.

—No me interesan vuestras investigaciones sobre ese barco *yanqui*; cuando los españoles salgáis con el rabo entre las piernas, los norteamericanos necesitarán igualmente mis servicios.

—Hernán —dijo Hércules pronunciando por primera vez su nombre. —Juan ha muerto.

Por un momento, la maliciosa sonrisa del proxeneta desapareció, fueron unos segundos, pero cuando recuperó su irónico gesto, no pudo disimular su contrariedad. El hombre se levantó y se llenó la copa. Se la bebió de un trago y llenó el vaso de nuevo.

—El peruano tiene algo que ver —añadió Hércules.

—No te preocupes, sé de quién hablas. En menos de una hora estará destripado y despellejado en el fondo de la bahía —dijo Hernán, dejando que la espuma de su saliva le cubriera la comisura de la boca.

—Si haces eso, nunca sabremos quién mató a Juan.

—Está bien. Ese maldito cabrón se aloja en *El Margarita*, ese tugurio de mala muerte al lado de la catedral, pero la mayoría de las noches viene aquí. Es raro que no te hayas cruzado con él en el salón.

—Gracias Hernán.

—No vuelvas a pronunciar ese nombre —ordenó el hombre, dio otro trago y les señaló con la mano la salida.

Los dos agentes se levantaron y salieron en silencio de la habitación. Nada más cruzar la puerta Lincoln intentó preguntar a Hércules quién era ese tipo, pero el español le hizo un gesto poniéndose un dedo sobre los labios. Bajaron las escaleras y observaron las mesas. La mayor parte de ellas estaban repletas de borrachos y jugadores, pero en una, un tipo con rasgos indígenas fumaba con la mirada perdida. Se acercaron hasta él y le miraron directamente a los ojos. El indígena no hizo el más leve movimiento. Entonces, Hércules lanzó una bala sobre la mesa y adelantando la cara le espetó:

—Veníamos a devolverte esto.

El hombre observó el pequeño metal aplastado y tomando el proyectil lo miró sin prisa, como si tuviera un diamante entre sus dedos amarillentos.

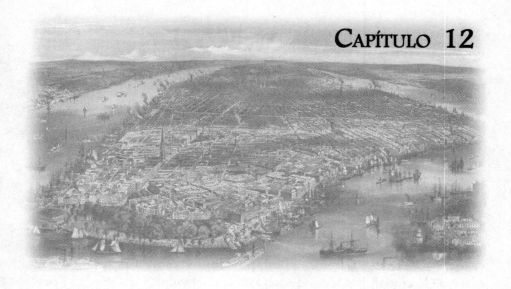

CAPÍTULO 12

Nueva York, 17 de febrero

La ciudad parecía entumecida por el frío. Las temperaturas habían bajado tanto en los últimos días que la superficie del mar empezaba a helarse. El tránsito de barcos se había reducido mucho aquella semana. Marco Santoni buscó durante días algún mercante que se dirigiera al sur, pero todo había sido inútil. Otras veces había viajado como marinero por la costa Este de los Estados Unidos, a pesar de que su familia era de Detroit y no había visto el mar hasta hacía poco. Desde los trece años no había hecho otra cosa que trabajar, pero seguía con los bolsillos vacíos y sin rumbo fijo. Cuando su familia se trasladó a Cleveland, para intentar escapar de la pobreza, él decidió ir con ellos. Las cosas no mejoraron mucho. Su padre trabajaba desatascando la mierda que los ricos lanzaban a las alcantarillas. Él cuidaba de sus siete hermanos, sustituyendo a su madre, que un día no pudo aguantarlo más y dejó ese asqueroso mundo mientras traía al mundo a su último hijo. Cuando su padre volvía a casa apestando a whiskey, siempre les traía como regalo alguna de las cosas raras que aparecían en las cloacas de la ciudad. Cuando tuvo la fuerza suficiente para acarrear una caja de cinco kilos, su padre le colocó en una fábrica, donde por catorce horas al día siete días a la semana, se podía ganar 10 dólares mensuales.

Marco revisó los barcos del puerto, preguntó a dos o tres marineros e intentó pedir trabajo en el *Santiago*, un barco español que después de descargar su carga de azúcar regresaba a Cuba. Mientras se dirigía al mercante recordó sus primeros contactos con el partido socialista de Cleveland. Se aferró al partido como a una tabla de salvación. Después de años de desesperación, encontraba una esperanza para seguir luchando. La crisis de 1886 dejó en la calle a muchos trabajadores; las colas de beneficencia podían verse por todas partes. A sus veintitrés años tenía poco que esperar de la vida, pero las nuevas ideas de Marx y Engels revolucionaron su mente. Le apasionaban las reuniones con los camaradas, las asambleas sindicales y la actividad política de cualquier tipo. Por fin podía revindicar sus derechos. En poco tiempo comenzó a dirigir la rama del sindicato en su empresa, fue entonces cuando la persecución se desató en su máxima crudeza. Camaradas asesinados por los mafiosos controlados por los magnates de la ciudad, las sedes del sindicato quemadas, y él huyendo para escapar de la cárcel o una muerte segura. Pero aquello no le amedrentó. Tomó un tren para Nueva York, allí el sindicato controlaba el puerto y la mayor parte de la industria de la ciudad. Cambió de nombre, adoptando el de Fred C. Nieman y siguió activo en la lucha obrera.

Mientas ascendía por la estrecha rampa a la cubierta, se dio cuenta de que se movía mecánicamente, con los pensamientos en otra parte. Cuando estuvo frente al encargado de máquinas, le había mandado allí un suboficial para que trabajara echando carbón en la caldera, y éste le preguntó su nombre, dudó por unos segundos. En los últimos años había utilizado tantos, que había terminado por no saber quién era en realidad. Decidió usar el de Nieman, la policía debía de estar buscando a Marco Santoni, anarquista italiano, por matar a otros compañeros en una cochambrosa casa de la ciudad —pensó.

Le enseñaron el camarote al lado de las calderas, donde varios catres se amontonaban en un espacio exiguo. El calor era insoportable, el olor a gas, nauseabundo, pero estaba acostumbrado a vivir en condiciones extremas.

—¿Eres el nuevo? —le preguntó el jefe de máquinas, un obeso marinero, vestido tan sólo con una camiseta blanca de tirantes. —Aquí no estás de vacaciones. Aprovecha para descansar. Cuando salgamos, estos fogones —dijo señalando las calderas— deben estar a pleno rendimiento.

—Sí, señor —contestó intentando esquivar la mirada.

—Eres italiano.

—No, señor.

—Mejor, no soporto a esos *espagueti*, son unos vagos y aquí no queremos vagos —dijo el hombre adelantando la cara y pegándola a escasos milímetros de Nieman. El olor de su aliento le revolvió.

—Sí, señor —dijo Nieman mientras por dentro repasaba sus oraciones. Eso le había ayudado a mantenerse en calma en las situaciones más difíciles.

Cuando se tumbó en el camastro notó cómo toda la tensión de los últimos días le invadía. Se sentía de nuevo perdido. Había realizado sus rezos, las técnicas de vaciamiento, pero tener que volver a matar, de repente le llevó de nuevo a su pasado, un pasado que creía haber dejado atrás. Después de eliminar a los anarquistas, el padre Kramer le dejó durante unos días una cama en la iglesia de San Juan, hasta que todo se calmara, pero ahora se le pedían nuevos sacrificios, le necesitaban en Cuba y debía obedecer.

Todavía recordaba la fascinación que sintió al principio. Los miembros de la orden le aceptaron sin hacer muchas preguntas. Cuando llegó a ellos era un guiñapo. Se bebía los pocos centavos que sacaba mendigando por la ciudad, comía en los comedores de beneficencia y dormía al abrigo de algún edificio o debajo del banco de un parque. Era cierto que había tocado fondo; se había resignado a morir como un perro.

Los padres le acogieron, le devolvieron su alma, un alma ennegrecida dentro de un cuerpo muerto. Primero, lograron sacarle del alcohol, tras combatir contra Satanás durante tres largos meses. Ellos siempre estuvieron junto a él. Después fue nombrado escudero y, tras un año de entrenamiento, le habían prometido que sería caballero. Él, el hijo del pocero y la lavandera, el sindicalista, el socialista, el asesino, el mendigo, ahora sería un caballero. Dios le había devuelto una vida tirada a la basura. Pero un día, el padre Francisco le llamó a su despacho.

—Hermano, Dios es bueno. Hemos encontrado un sitio para que sirvas al Padre Celestial.

—Padre, me llena de alegría —dijo inclinando la cabeza.

—Antes de pasar el primer grado debes servir al Caballero Supremo como un fiel escudero.

—Donde me llamé el Padre Celestial, iré, el camino que me indique el

Gran Caballero, seguiré.

—Queremos que vuelvas al partido.

—Pero Padre, ¿cómo me piden que vuelva a entrar en la casa de Satán?

—A veces, hay que entrar hasta el mismo infierno para rescatar un alma —dijo el sacerdote al tiempo que levantaba los brazos.

Al principio no entendió que ellos le pidieran que volviera a su antigua vida. Dejó el partido porque sólo querían que sirviera como asesino. El sindicato amenazaba a los esquiroles, robaba una parte de los exiguos sueldos de los trabajadores mientras los dirigentes teorizaban en los lujosos hoteles de la ciudad, viajaban a congresos o daban charlas en salones elegantes. Le habían convertido en el perro guardián de los intereses de los dirigentes del partido. Cuando sea la revolución, todo será diferente —decían. Pero él sabía que no sería así. Cuando perdió la fe en Marx, su pequeño mundo se vino abajo.

Ahora se dirigía hacia La Habana. Repitió sus rezos y comenzó a sentir una calma que le invadía poco a poco. El calor era insoportable, pero León Czolgosz, ése era su verdadero nombre, ya había estado en el infierno antes.

Ficha policial de León Czolgosz

CAPÍTULO 13

La Habana, 20 de febrero

Los tres hombres resoplaban en el suelo empapado de ron. Les costó mucho reducir al peruano. Era un hombre pequeño, menudo, pero forzudo. Cuando intentaron cogerle hizo un movimiento rápido tratando de escapar, pero Hércules le cortó el paso y con un solo golpe le derrumbó al suelo. El indígena se levantó con agilidad y, al verse acorralado, decidió enfrentarse. Sacó de algún bolsillo un cuchillo grande y lo blandió con una seguridad que hizo dudar al español. Pero con un golpe certero le dañó la muñeca y la plateada arma revoloteó por la sala y cayó ruidosamente sobre una de las mesas cercanas. Lincoln se lanzó sobre el hombrecillo y logró sujetarle los brazos. Entonces, cuando Hércules iba a asegurar la pieza, el indígena se removió, pegó una patada en los testículos del norteamericano y se lanzó hacia la puerta. Hércules le capturó en la salida. Dos, tres puñetazos en la cara atontaron al peruano. Se tambaleó y con un gancho, el español logró dejarle inconsciente.

Entre los dos le sacaron del local y a rastras le llevaron fuera de «La Misión». Nadie los paró ni se sorprendió de ver a dos hombres cargando a otro inconsciente. Cada día decenas de borrachos y muertos salían de aquel sórdido lugar con los pies por delante y nadie hacía preguntas.

Después de abandonar la calle principal, buscaron un árbol lo suficientemente alejado de las casas, para poder hablar con su prisionero tranquilamente. Le aseguraron y le despertaron a tortas. El peruano tardó en volver en sí, una vez consciente empezaron a interrogarle.

—Peruano, despierta —dijo Lincoln sujetándole la cara.

—Eh.

—Vamos, será mejor que te despiertes antes de que perdamos la paciencia.

—Malditos cabrones, ¿qué queréis de mí? —dijo el hombre reaccionando.

—¿Por qué nos disparaste ayer desde la torre de la catedral? —preguntó Lincoln apretando la mano sobre la cara del hombre.

—¿Están locos? No sé de qué me hablan.

—Sabemos que anoche subiste a la torre oriental y con un fusil norteamericano disparaste un solo tiro a mi compañero. ¿Quién te lo ordenó?

—No sé de qué me hablan —contestó después de tragar saliva.

Lincoln le asestó un puñetazo en plena barriga, el peruano se dobló pero no soltó el más mínimo quejido. Hércules se adelantó y apartando al norteamericano empezó a hablar con el prisionero. El español arrancó un collar del cuello del indígena y se lo puso delante de la cara.

—Mira peruano, no te podrá salvar ni la voluntad del Sol ni de la Luna, maldeciré tus *huacas* y todos los duendes del infierno te comerán los ojos. Si mueres sin esto no encontrarás descanso con tus *antelados*.

El indígena empezó a temblar y con los ojos muy abiertos dijo algo en una lengua extraña que no comprendieron, pero parecía algún tipo de rezo.

—Maldigo a los *ayllos* de tu casa, que los *machays* de tus antepasados sean abiertos y que se pierdan para siempre tus *pacarinas*.

—¡Basta! —gritó el indígena y comenzó a llorar como un niño.

Lincoln miró sorprendido al hombre y después observó a Hércules. ¿De dónde había sacado esa verborrea indígena?

—¿Quién te manda? —preguntó el español.

—Vengo de Lima, soy parte de los voluntarios revolucionarios del Perú —dijo el hombre con voz temblorosa.

—No sabía que había un grupo de voluntarios peruanos con los *mambises*.

—Sí, señor, desde 1887 se han reclutado voluntarios en Lima.

—¿Quién te ordenó que nos dispararas? —preguntó Hércules, subiendo el tono de voz.

—No lo puedo decir —contestó el peruano, comenzando a temblar.

Hércules levantó el collar y el indígena comenzó a sudar e hizo un gesto con la cara para que se detuviera.

—El comandante no es peruano, es cubano, se llama Manuel Portuondo. El comandante pasó muchos años en Lima, pero desde hace unos meses está en La Habana. Algo gordo iba a pasar en la ciudad y se decidió a venir, aunque los españoles le buscan.

—¿Por qué nos disparaste? —preguntó Hércules, volviendo a tensar el collar.

—Me dijeron que los asustara un poco, pero que no les hiciera daño —contestó el hombre con la respiración agitada.

—¿Dónde podemos encontrar a Portuondo?

—En una de las villas de *La Alameda*. Se aloja allí clandestinamente.

—Por ahora me voy a quedar con esto —dijo Hércules levantando el collar. —Si me has mentido o avisas a Portuondo sabré qué hacer con él.

—Sí, señor —dijo el peruano resoplando.

Hércules se dio media vuelta y llamó a Lincoln. Los dos bajaron la sierra dejando atado al indígena. Cuando llegaron a la calle, el español comenzó a hablar:

—Tenemos que hacer una visita al comandante esta misma noche.

—¿Esta noche?

—Puede que se entere de que le estamos buscando y se escape. No podemos dejar que esta pista se enfríe. ¿Tiene algún arma?

—Esto —dijo Lincoln sacando un revolver de la chaqueta.

—Será suficiente.

—Pero estará protegido.

—No creo. Ese pájaro se siente demasiado seguro en su nido.

Los dos hombres subieron hacia la ciudad. Tomaron un carruaje y se dirigieron hacia la zona residencial.

CAPÍTULO 14

La noche no parecía la misma en los arrabales de «La Misión» que en las laderas de las villas de La Habana. El aire en esa zona era puro, fresco y repleto de perfume a flores y hierba verde. Los jardines de las mansiones alineadas, las tapias enrejadas y los edificios de estilo inglés daban a esa zona de la ciudad un aire británico y aristocrático. Lincoln seguía a Hércules unos pasos por detrás. Desde que habían dejado al peruano apenas habían cruzado un par de palabras. El norteamericano se sentía subordinado en todo momento, pero la fuerza arrolladora de su compañero no le dejaba mucho espacio para sus propias iniciativas. Su mal humor a lo largo del día se convirtió en simple resignación. Al fin y al cabo, pensaba, el español estaba en su terreno, al principio tan sólo podía seguirle y esperar que las cosas se fueran aclarando.

Hércules se detuvo enfrente de una de las imponentes fachadas y echó un vistazo entre las rejas apartando unas enredaderas. Lincoln miró a su vez y ambos pudieron contemplar una villa con la base de piedra, la fachada jalonada con numerosos balcones y suntuosas ventanas. Un gran porche, sustentado por columnas de floridos capiteles le daba una imagen de mansión sureña de los Estados Unidos. El español se apartó de la verja y susurró a Lincoln unas instrucciones.

—La casa debe estar vigilada. Será mejor que espere aquí y vaya a pedir ayuda si no salgo en un par de horas.

—No puede hacer eso, estamos juntos en esto. Mis superiores no permitirían que cometiese una negligencia de este calibre.

—Mire, si entramos los dos en esa casa y nos descubren, la investigación se habrá terminado. Le prometo compartir toda la información que obtenga.

Lincoln frunció el ceño y sacó una pistola de la chaqueta. Miró a Hércules y dándole la vuelta se la entregó.

—Va a necesitar esto.

El español saltó la valla y se perdió rápidamente entre las sombras del jardín. Cuando estaba a unos pocos metros de la casa, visualizó a los dos guardianes que, armados con fusiles, hablaban delante de la puerta principal. Dio un rodeo y comenzó a escalar por la fachada lateral. Las rejas de las ventanas inferiores le facilitaron un poco la ascensión, pero en el último segundo estuvo a punto de resbalar. No iba vestido para hacer ese tipo de trabajo. Su traje blanco brillaba en la oscuridad como si fuese una luciérnaga, el lino se pegaba a su cuerpo debido al sudor, lo que hacía lentos y torpes sus movimientos. Además, llevaba meses sin entrenamiento y el alcohol había convertido sus músculos firmes en algo flácido y débil. Tiró de los brazos hacia arriba y logró colarse por uno de los balcones. Por fortuna, el calor hacía que las ventanas permanecieran abiertas, tan sólo una cortina blanca le separaba del interior.

Tenía que buscar al comandante por toda la casa. Aquel cuarto no era una de las habitaciones principales, éstas debían de dar a la fachada delantera, por lo que pensó que era allí donde se alojaba el comandante. Abrió la puerta y salió a un pasillo abierto en forma de «u» que comunicaba con un gran salón en penumbra. Tres puertas daban a la fachada principal, optó por ir primero a la central; esa habitación seguramente era la más grande de todas —pensó.

Sacó la pistola de un bolsillo y con la mano izquierda comenzó a abrir la puerta muy despacio. Una leve luz penetró en el pasillo, al otro extremo de la habitación, sobre un escritorio, un quinqué iluminaba la estancia. Sentado de espaldas a la puerta, un hombre escribía algo inclinado hacia adelante. Hércules dio unos pasos y volvió a cerrar la puerta. De puntillas se acercó a la figura y encañonándole en la cabeza le comenzó a susurrar.

—Será mejor que se dé la vuelta muy despacio.

El hombre al sentir el metal frío sobre la sien, levantó los brazos. Se giró despacio y miró con sus ojos negros detrás de unas gafas con cristales gruesos a Hércules. Su cara no ocultaba el miedo. Tenía la boca entreabierta y su frente comenzaba a sudar con profusión.

—¿Manuel Portuondo?

—¿Quién quiere saberlo? —preguntó el hombre con la voz temblorosa.

—Tengo que hacerle unas preguntas y será mejor que colabore. Intente tranquilizarse y responda a todas mis preguntas y, dentro de un rato, saldré por esa puerta y usted podrá seguir con lo que estaba haciendo.

—Señor, no sé lo que quiere de mí, pero no creo que pueda serle de mucha ayuda, soy un comandante retirado. Si lo que busca es dinero, puedo faci...

—No quiero dinero —dijo Hércules cortando la conversación. —Busco respuestas. En primer lugar, ¿por qué envió a un hombre conocido como «el peruano» para que me disparara la noche pasada?

El hombre le miró aturdido. Dudó unos instantes antes de responder y, con voz temblorosa dijo:

—Yo no he enviado a nadie para que le disparara.

Hércules golpeó al hombre con la culata y éste se desplomó en el suelo. El español le agarró por el hombro y le puso de nuevo en pie. Tenía la ceja partida y sangraba abundantemente. El hombre se tapó la herida con la mano, pero la sangre le empañó las gafas. Hizo un gesto para meterse la mano izquierda en el bolsillo. Hércules reaccionó hincándole la punta de la pistola.

—Solamente busco un pañuelo.

Se hurgó los bolsillos y sacó un pañuelo.

—Le he dicho que si contesta correctamente a mis preguntas no le pasará nada, pero si no lo hace —dijo acercándole el cañón de la pistola a la boca. Morirá despacio, muy despacio.

El hombre observó el arma, después dirigió la vista a Hércules y levantando los hombros comenzó a responder a las preguntas.

—Envié a un hombre para que asustara a los agentes que investigan el hundimiento del *Maine*.

—¿Por qué? ¿No quiere que nadie descubra que usted hundió el barco?

—Está loco. A nosotros no nos beneficia que ese barco se haya hundido —refunfuñó el hombre.

—¿Entonces, qué interés tiene en entorpecer la investigación?

—Hay, digamos, algunos indicios falsos, que pueden inculparnos,echando a perder nuestra causa. Si los norteamericanos sospechan que hemos sido nosotros, no apoyaran la independencia de Cuba.

—Razón de más para que dejen que se aclare todo —dijo Hércules al tiempo que bajaba el arma.

—Pero, como le he dicho, hay ciertas pruebas que apuntan hacia nosotros —contestó el hombre atropelladamente.

—¿Qué tipo de pruebas?

Retrato ecuestre de Manuel Portuondo

—Pensamos que una mina hundió el barco, una mina fabricada por algunos elementos descontrolados de nuestra organización.

—¿Qué les hace pensar eso?

—Hace más de una década pusimos en marcha un plan para hundir barcos españoles. Tenemos sospechas de que algunos activistas se hicieron con el plan y lo han llevado a cabo.

—¿En qué consistía ese plan? —preguntó Hércules.

—Todo surgió en Lima, hace muchos años, si no recuerdo mal en el año 1887, cuando el general Máximo Gómez visitó la ciudad en busca de apoyo.

—Pero, ¿qué tiene que ver Lima con todo esto?

—Es una historia muy larga —dijo el hombre con la mirada perdida, como si los recuerdos le atrajeran hacia el pasado.

—No se preocupe, tenemos tiempo.

Hércules se sentó sobre la cama sin dejar de apuntar al comandante y éste empezó a narrarle lo que había pasado en Perú unos años antes.

Lima, 24 diciembre de 1887

Esa mañana no parecía igual a las demás. En unas horas, la cena de Nochebuena recordaría a Manuel Portuondo que llevaba más de un año lejos de su casa y de sus amigos, pero ése no era el único hecho excepcional de aquel día. El general Máximo Gómez había logrado burlar los barcos españoles y, tras un largo viaje, se encontraba por fin en el Perú. En el país había mucha gente que veía con buenos ojos y apoyaba la causa cubana. Una simpatía que no compartía su presidente, Andrés Avelino Cáceres, que a pesar de las numerosas negociaciones se había negado a recibir al general.

En Lima, en aquel entonces, tres organizaciones secretas apoyaban la causa cubana, aunque muchas veces estaban enfrentadas entre sí. El *Leoncio Prada*, el *Independencia de Cuba*, al que Manuel pertenecía, y el *Mártires del Virginius*, una sociedad compuesta exclusivamente por mujeres. A pesar de sus diferencias, los tres se unieron para apoyar la visita.

Esa mañana, Manuel tenía que recoger al general de la casa de Antonio Alcalá, donde se alojaba, y llevarle a las oficinas de José Payán, el hombre más rico del Perú.

La entrevista con Payán fue en los mejores términos, se firmaron importantes acuerdos de exportación y negocio, que se llevarían a cabo tras el triunfo de la revolución, de esta forma, el general conseguía las armas y víveres necesarios para seguir su lucha. Cuando los tres hombres terminaron la reunión era la hora de comer, por lo que Manuel Portuondo llevó al general a la casa de un famoso ingeniero, un tal Blume, que en los últimos años se había interesado por la causa cubana.

Manuel no sabía demasiado de Blume, pero se rumoreaba que este medio alemán y medio venezolano era uno de los inventores más inteligentes de América. Años antes había realizado sus estudios en Berlín y había ejercido su profesión en muchos países, entre ellos Estados Unidos, Puerto Rico y Cuba. Llevaba más de treinta y dos años en Perú y en la actualidad era ingeniero del estado.

La casa del señor Blume era humilde a pesar de que todo el mundo sabía la fortuna que había reunido el ingeniero con la construcción de los ferrocarriles nacionales. El edificio combinaba la sobriedad del ladrillo con un porche de madera ricamente adornado. En la entrada los recibió una criada indígena y los llevó hasta un elegante salón estilo inglés. El alemán no se hizo esperar, los saludó con extrema cortesía y les ofreció una copa de jerez antes del almuerzo. Pasaron a un salón y el propio Blume les sirvió las copas.

Ilustración del ingeniero Blume aparecida en la revista La Ilustración española y americana del año 1895

Ninguno de los cubanos sabía el motivo de la invitación, pero imaginaban que su anfitrión quería contribuir de alguna manera a su causa. Charlaron sobre Cuba, apuraron sus copas y después se dirigieron al comedor. Allí no había ninguna señora Blume; parecía que el ingeniero, absorto en sus investigaciones, no tenía tiempo para atender a una familia. No pudiendo esperar más, Manuel preguntó al ingeniero el motivo de su amable invitación. Blume interrumpió su comida, y para que sus invitados salieran de dudas, les presentó un asombroso proyecto.

—Estimados señores, tengo una propuesta que podría ayudarles a ganar la guerra —dijo Blume.

Los dos hombres se miraron intrigados. El general dejó la cuchara y escuchó la propuesta del ingeniero. Éste se puso en pie y comenzó a moverse por el comedor.

—Hace unos ocho años inventé un submarino para ayudar a la armada peruana en su guerra con Chile. Se probó el prototipo y todos los resultados fueron satisfactorios. Como sabrán, gracias a mi colaboración, la armada pudo hundir dos barcos del enemigo, el *Loa* y la corbeta *Covadonga*. Pero poco después terminó la guerra y el ejército desechó el proyecto y hundió el prototipo.

—Muy interesante, pero, ¿cómo puede beneficiarnos eso a nosotros? —preguntó el general, después de limpiarse la cara con la servilleta.

—Guardé todos los planos sobre el submarino y un prototipo de mina hidrostática. Con esos elementos ustedes podrían destruir a la Armada Española antes de que ésta pudiera reaccionar.

—¿Qué costaría ese proyecto a la causa cubana? —preguntó el general mientras se mesaba el bigote.

—Nada, el invento es mío y yo puedo facilitárselo a quien quiera. Su causa me parece lo bastante justa.

—Pero, ¿será muy caro hacer un prototipo de ese calibre? ¿Qué tipo de ingenieros podrían montarlo? —preguntó Manuel.

—Los planos le mostrarán lo fácil y barato que es realizar un prototipo de estas características —dijo Blume desapareciendo de la sala. Los dos hombres se miraron sorprendidos. Unos minutos después regresó con dos cuadernos y unos planos metidos en un tubo metálico. Apartó los platos y extendió los planos sobre la mesa.

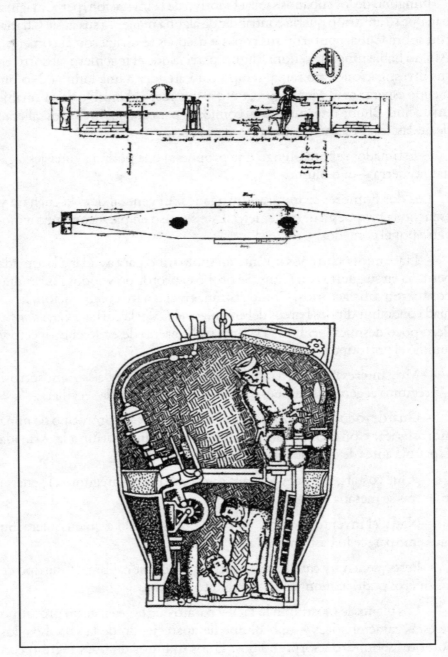

Planos del submarino de Blume encontrados en la Biblioteca del Congreso (USA)

—Sencillo, muy sencillo —comentó el ingeniero invitando con un gesto a que los dos cubanos se acercaran.

—¿En cuánto tiempo podría estar listo? —preguntó el general.

—Eso depende de ustedes, nosotros tardamos en montarlo y armarlo seis meses.

Horas después los dos cubanos salieron con los planos del prototipo debajo del brazo. El general sabía que el proyecto necesitaba del apoyo de Macero y de la Junta Revolucionaria Cubana de Nueva York, pero se veía entusiasmado ante la perspectiva de romper el bloqueo de los barcos españoles. Antes de que Máximo Gómez regresara a Cuba, ordenó al comandante Manuel Portuondo que realizara varias copias y enviara una a la Junta en Nueva York y otra al general Maceo.

Unos meses más tarde, el general Maceo y todos los jefes militares *mambises* desecharon el proyecto. Los costes eran muy elevados, no se contaba con ingenieros que llevaran a cabo el proyecto y el realizar el submarino en algún astillero extranjero hubiera levantado las sospechas de España. El submarino de Blume y su mina quedaban desestimados. Los miembros de la Junta Revolucionaria de Nueva York, por el contrario, no estuvieron de acuerdo con la resolución, pero como tampoco pudieron reunir los medios materiales y técnicos para llevar a cabo el proyecto, terminaron por renunciar a él.

Capítulo 16

La Habana, 20 de febrero 1898

La ventana central de la mansión era la única que se veía iluminada. Los guardas seguían apostados en la entrada y Lincoln miraba el reloj una y otra vez. Su compañero llevaba más de una hora dentro de la casa y, aunque todo parecía tranquilo, temía que le hubieran descubierto. Mientras, en el interior, Hércules escuchaba el relato del comandante sin apenas pestañear. La historia de Blume y su submarino le parecía increíble. Sabía que existían prototipos de esos barcos y que se habían usado con cierta eficacia en la Guerra Civil en los Estados Unidos, pero no podía imaginarse al ejército irregular cubano armado con un artefacto tan sofisticado.

—Si desecharon el proyecto hace más de una década, ¿por qué tiene miedo a que alguien relacione el hundimiento del *Maine* con ustedes? —preguntó Hércules.

—Creemos, bueno, estamos seguros de que alguien de la Junta Revolucionaria Cubana en Nueva York facilitó los planos a un grupo de anarquistas.

—¿Un grupo de anarquistas? —dijo extrañado Hércules.

—Las relaciones entre nosotros y los anarquistas son de sobra conocidas.

—Conozco las relaciones entre ustedes, pero ¿qué interés podrían tener unos anarquistas en provocar un conflicto entre España y los Estados Unidos?

—Piensan que de esa forma ayudarán a la liberación del pueblo cubano. Los campos de concentración en la época de Weyler y las matanzas de revolucionarios han acercado a muchos a nuestra causa.

—Entonces, la Junta de Nueva York estaría involucrada en los hechos —afirmó Hércules.

Manuel Portuondo dudó unos instantes y después dijo:

—Tan sólo algún elemento aislado, pero siguiendo esa pista se puede llegar hasta la Junta y esto nos implicaría también a nosotros.

—¿Quién pudo facilitar el dinero para construir el submarino? Si es que realmente ha llegado a construirse.

—No lo sé, pero tenemos pruebas de que Blume viajó a Nueva York el año pasado.

—Puede que él mismo haya facilitado el dinero —apuntó Hércules.

—Es posible —respondió Portuondo que poco a poco había recuperado la calma.

—Una última cosa, no quiero que sus hombres nos sigan, manténganse al margen. Si ustedes no hundieron el barco no tienen nada que temer. Pero, ¿quién fue el hombre que los traicionó en la Junta?

—No lo sabemos.

—Siento hacer esto, pero... —dijo Hércules golpeando con el puño del revolver la cabeza del comandante. Tenía que ganar tiempo para poder huir y no podía dejar que su prisionero le delatara.

Desandando el camino, bordeó el jardín y saltó la verja a unos metros de Lincoln. Una vez fuera, avisó a su compañero y ambos se alejaron de la zona residencial. Tardaron media hora en llegar al hotel. El color del cielo empezaba a clarear cuando los dos hombres entraron en la habitación de Hércules. El español relató al norteamericano, omitiendo algunos detalles, la historia del ingeniero Blume y su submarino, la pista de los anarquistas de Nueva York y la mina hidrostática. Pidió al agente americano que solicitara información sobre los anarquistas y sobre Blume; Hércules sabía el poder y extensión de las agencias de los Estados Unidos en todo el continente y estaba seguro de que tendría alguna información sobre todo el asunto.

—¿Su gobierno ha apoyado proyectos de este tipo? —preguntó Hércules.

—No lo sé, tan sólo soy un agente. Pero en mis contactos con los revolucionarios cubanos, nunca nadie me ha hablado de este proyecto.

—Será mejor que intentemos descansar un poco —dijo Hércules desperezándose.

—Mañana mismo iré al Consulado para ponerme en contacto con mis superiores.

—Me parece muy bien, yo le esperaré en el hotel. Por la tarde me gustaría que hiciésemos una visita.

—¿A quién?

—Ya lo verá, no se impaciente.

Lincoln salió del cuarto y se dirigió a su habitación. Hércules se desvistió y antes de tumbarse en la cama se asomó en mangas de camisa al balcón. Desde allí pudo observar cómo una mujer salía del hotel. ¿Dónde irá tan temprano? —se preguntó. En la plaza apenas se veían algunos barrenderos, que con sus escobas de palma se esforzaban por dejar limpia la calle. La figura femenina se perdió entre los edificios y Hércules entró para descansar un poco. Sintió la boca reseca, visualizó un vaso de ron y volvió a vestirse, dejando la habitación para beber un trago.

Prototipo del submarino de Blume utilizado en la guerra peruano-chilena

CAPÍTULO 17

La Habana, 20 de febrero

Alguien aporreó la puerta, pero fue inútil. Hércules estaba profundamente dormido. Tras una noche de emociones y tres o cuatro copas como desayuno, el agotamiento le había sumergido en el más placentero de los sueños. Por fin, después de cuarenta y ocho horas, su sangre recuperaba una cantidad de alcohol óptima. Manuel Portuondo había pronunciado las palabras mágicas y un torrente de recuerdos le había arrastrado al mismo agujero de donde procedía. El general Weyler, para algunos un héroe para otros un asesino cruel y sanguinario, le devolvía a un pasado que prefería olvidar.

La llegada del general Weyler en 1896, como capitán general de Cuba, cambió la situación en la isla. Después de un año de guerra, las autoridades españolas estaban impacientes por terminar con la sangría humana y económica que suponía la insurrección. Los Estados Unidos presionaban para que el conflicto acabara y España, aislada diplomáticamente, buscaba una solución rápida. El general tenía plenos poderes y todos los recursos disponibles.

Valeriano Weyler se enfrentaba a un enemigo conocido, el general Máximo Gómez. Los dos habían servido juntos en el ejército español en la guerra de Santo Domingo del año 1863. Nunca se cayeron bien, el dominicano era jovial y alegre, demasiado alegre para el soldado mallorquín, seco y serio. Se habían enfrentado en 1870 a las riveras del río *Chiquito*. Poco antes, el general español había dado caza a otro líder insurrecto, Agramante, que le había desafiado diciendo: «Si quieres encontrarme, sigue las cabezas de tus soldados que están colgadas de los árboles camino del potrero». Pero el general Máximo Gómez era mucho más escurridizo y se escapó de la tela de araña que Weyler había hilado para él.

Después de 26 años, el general español había regresado para terminar su trabajo; destruir y exterminar a todos los revolucionarios cubanos. Para ello no escatimó en medios. Dividió la isla en cuadrículas, como si de un tablero de ajedrez se tratara, y reconcentró la población en campamentos para impedir que apoyaran a los rebeldes. En condiciones infrahumanas trescientos mil cubanos soportaron el hambre, las enfermedades tropicales que los diezmaban y la humillación de sentirse prisioneros en su propia tierra. Pero las victorias del general Weyler acallaban las pocas voces que se levantaban en Madrid contra sus métodos. En pocos meses se recuperaron varios territorios en la zona oriental, la comunicación terrestre con Santiago y las líneas férreas que sacaban el apreciado azúcar y el valioso tabaco de las plantaciones.

El Secretario de Estado Sherman, por orden del presidente McKinley, presionó al gobierno de Cánovas para que terminara con los campos de concentración, pero el asesinato del presidente español aceleró las cosas. Sagasta, el nuevo presidente, destituyó a Weyler y propició la autonomía de Cuba, pero, por desgracia, era demasiado tarde para miles de desplazados que habían muerto en los campos de concentración.

Carmen murió en uno de aquellos campos de concentración. Hércules hizo todo lo que pudo por sacarla a ella y a su familia, pero fue inútil. Su padre, un pequeño terrateniente, estaba encarcelado por colaboracionista, y su hermano Juan llevaba varios años viviendo con una tía suya en La Habana. Una de las noches, varios soldados se la llevaron a un barracón y la violaron repetidas veces. No volvió a ser la misma, había perdido todas sus ganas de vivir. Aprovechó el turno de cocina, donde había sido designada, para encerrarse en la despensa y cortarse las venas. Su cuerpo fue enterrado en alguna fosa común, para evitar el contagio de enfermedades y él no volvió a verla más.

Fosas comunes de los campos de reconcentración en Cuba.
Miles de personas murieron debido al hacinamiento,
la falta de comida y agua potable

La conoció unos años antes en Santiago, cuando su buque recaló en el puerto durante unos meses. Ella era apenas una niña de diecisiete años, pero su cuerpo de mujer, sus cabellos largos y rizados, habían logrado conquistar el corazón del capitán español. Fueron los mejores meses de su vida, a pesar de que el padre de Carmen, un nacionalista cubano convencido, les impidiera verse. Los dos se las apañaban para mandarse notas durante la misa, se lanzaban miradas apasionadas o se veían a escondidas gracias a la mediación de un primo de Carmen, Hernán Antillano. Con la excusa de pasear en calesa, con Juan, su hermano, y Hernán, por los bosques cercanos a la ciudad, Hércules pasaba muchas tardes de domingo con los tres.

Poco después, el capitán español tuvo que dejar el puerto de Santiago y seguir rumbo hacia Filipinas, pero a su regreso mantuvo correspondencia con Carmen, regresó a la ciudad y durante unos meses siguieron viéndose a escondidas. La guerra del 85 los separó de nuevo. Cuando Carmen le escribió la última carta, le anunció que ella y parte de su familia estaban recluidas en un campamento de concentración cerca de la ciudad; que Juan, por su corta edad había sido enviado con una tía y que su padre sufría cárcel en la fortaleza de Santiago. Hércules se sentía responsable del muchacho, al fin y al cabo debía a Carmen el cuidado de su hermano. Se opuso a que ingresara en el ejército, pero el chiquillo quería alejarse de Cuba.

El general Weyler aplicó la más dura represión contra la población y los rebeldes revolucionarios

Hércules lo intentó todo para reclamar justicia. Cartas a sus superiores, al general Weyler y hasta algunos diputados en Madrid, pero fue inútil. Carmen murió sin que nadie le hiciera justicia. Hércules tuvo que seguir en la Armada Española durante un año más. Al encontrarse en guerra, no podía licenciarse, pero su adicción al alcohol le llevó de calabozo en calabozo, hasta que por fin consiguió la libertad. Se perdió entre los prostíbulos de La Habana y ahora, la muerte de Juan le había devuelto a la vida. Al escuchar el nombre del general los viejos fantasmas habían aflorado de nuevo.

La cabeza le retumbaba, sentía que le iba a estallar cuando abrió los ojos. La luz le cegó por unos momentos. Se sentó en la cama y después de unos segundos se dirigió a la puerta.

—¿Quién es?

—Soy yo, Mantorella.

Hércules abrió la puerta y sin esperar a que entrara el Almirante se dirigió al baño. El agua fresca del lavabo le despejó un poco, se secó la cara y se dirigió de nuevo a la habitación. Mantorella le esperaba sentado en la cama con su impecable uniforme.

—¿Habéis averiguado algo importante? —preguntó el Almirante, al tiempo que sacaba un cigarro de una pitillera de plata.

—Es demasiado pronto.

—Son las once de la mañana —dijo Mantorella sacando el reloj de bolsillo.

—Me refiero a que llevamos poco tiempo investigando. Tenemos alguna pista pero no puedo adelantarte nada.

—¿Nada? Se rumorea que mañana llegará la Comisión de Investigación de la Armada de los Estados Unidos, dentro de poco no tendremos margen de maniobra —gruñó el Almirante.

—Ayer hablamos con el capitán Sigsbee. Nos facilitó información importante, pero no puedo adelantarte mucho. En estos días haremos algunas entrevistas a otros testigos, pero creo que las claves de todo esto están muy lejos del puerto —dijo Hércules mientras se peinaba el pelo frente al espejo.

—Y, ¿qué tal con tu compañero norteamericano?

—Bien, nos puede facilitar mucha información sobre el asunto.

—Espero que me pases toda esa información.

—Mantorella, ésta ya no es mi guerra. No estoy aquí como agente del gobierno español para facilitar información sobre los revolucionarios cubanos —dijo Hércules. —Este último trabajo consiste en descubrir a los causantes del hundimiento del barco y a los asesinos de Juan.

—Pero necesito hacer el informe. El tiempo pasa rápido y si no encontramos algo España se verá avocada a una guerra.

—Las cosas que he descubierto hasta ahora no pueden ayudarte mucho, al contrario, si actúas antes de tiempo es posible que nunca sepamos la verdad.

Mantorella se levantó de la cama bruscamente y se acercó a él con un gesto desafiante, empezó a articular algunas palabras, pero en el último momento se mordió la lengua y salió de la habitación pegando un portazo. Apenas unos segundos más tarde, alguien volvía a aporrear la puerta. Hércules la abrió con la intención de estampar un puñetazo al Almirante, pero frente a él estaba George Lincoln mirándole con una amplia sonrisa.

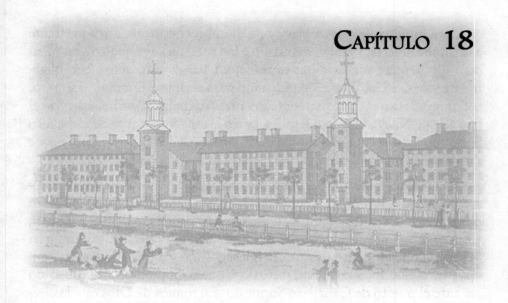

CAPÍTULO 18

Nueva Haven, Connecticut, 10 de febrero

La tierra estaba congelada aquella mañana. En los últimos días la nieve había cubierto la ciudad, pero aquella mañana la temperatura había bajado tanto que la veintena de personas que rodeaban la fosa parecían petrificadas por el gélido viento que sacudía los paludos árboles del camposanto. Después de la misa la comitiva se había dirigido al pequeño cementerio católico y el sacerdote hacía sus últimas oraciones mientras el resto de la comitiva intentaba no congelarse moviendo ligeramente las piernas.

—Hermanos, James E. Hayes era un hombre querido por toda la comunidad. Gracias a su esfuerzo, los católicos de Nueva Haven tienen el respeto que se merecen. Nuestro hermano tuvo una vida larga y fructífera, sus obras, como olor fragante, han llegado hasta la casa de Dios. Que la Virgen, todos los santos y el padre McGivney le guarden en su camino hacia el paraíso.

La comitiva asintió deseando escapar hacia los carruajes que esperaban a unos metros, al otro lado de la verja. Dos enterradores bajaron el ataúd, que con un golpe seco retumbó al fondo de la fosa. Los asistentes, tomando un puñado de tierra, arrojaron los terrones helados, que rebotaban sobre la madera muerta con un gran estruendo.

Unos minutos después, todavía once hombres permanecían de pie frente a la tumba abierta. Habían mandado a los enterradores que volvieran en otro momento para terminar su trabajo. Cuando estuvieron completamente solos, el Caballero Segundo empezó a recitar el juramento secreto, todos repitieron monótonamente mientras sus palabras se helaban con el frío aire de Nueva Haven. Después, lanzó la espada y la capa de Caballero Supremo sobre el ataúd. Con un gesto ordenó a dos de los hombres que arrojaran algunas paletadas de tierra para ocultar los símbolos.

—El tercer Caballero Supremo nos ha dejado. Ahora se abre ante nosotros una nueva era de esperanzas. No se puede echar vino nuevo en odres viejos. El padre McGivney fue nuestro profeta, el Padre Celestial, *Christophorus Colonus*, el portador de Cristo, nos indicó el camino. Por fin ha llegado el renacimiento de nuestra Iglesia —dijo y se detuvo unos segundos para contemplar la cara del resto del Consejo Supremo. —Ha quedado vacante el puesto de Caballero Supremo. En manos de Dios está la elección de otro siervo.

El grupo de hombres hizo un círculo alrededor del Caballero Segundo y poniendo las manos sobre él empezaron a repetir al unísono —Dios lo quiere, Dios lo quiere.

Capítulo 19

Riga, Letonia, 14 de febrero

Ganivet no podía evitar añorar su hermosa ciudad de Granada. Durante los últimos años había vivido en muchos lugares: Madrid, Amberes, Helsinki y ahora Riga. Llevaba dos años sin regresar a casa y aquellas navidades habían sido las más duras de todas. Ni la compañía de Mascha Djakoffsky, su nueva amante, podía disminuir su nostalgia. Pero ésa no constituía su principal preocupación. Desde hacía unos meses, percibía cómo entre las sombras de la ciudad báltica alguien seguía sus pasos.

Aquella noche de frío siberiano, después de dejar a Mascha en su apartamento, decidió irse a casa andando. Vivía cerca de allí, al otro lado del río Dvina. Levantó la vista y observó la ciudad cubierta por un espeso manto blanco, algo normal en esas latitudes durante todos los meses del invierno. Su mente, ajena al gélido viento, estaba muy lejos de allí, marchando de un punto a otro sin rumbo fijo. Primero recordó a su amigo Don Miguel de Unamuno. Le había conocido en Madrid unos años antes, cuando Unamuno realizaba unas oposiciones para el cuerpo de archiveros. En aquella época se vieron en numerosas ocasiones y desde que estaba fuera de España, mantenían correspondencia regular. Esa misma mañana había recibido una carta de su amigo, pero los asuntos de la embajada no le habían dejado ni un minuto. Introdujo la mano en el bolsillo para comprobar que el sobre seguía allí y continuó caminando.

Grabado de Riga en el siglo XIX

Las calles estaban desiertas. Los habitantes de la ciudad no paseaban a altas horas de la noche con el termómetro bajo cero, pero Ángel Ganivet disfrutaba de esos minutos de soledad en los que podía pensar en cualquier cosa sin que nadie le interrumpiese. Cuando llegó a la altura del río miró detrás de él y observó una figura que se movía en las sombras. Un escalofrío recorrió todo su cuerpo y se acordó de la otra carta que había recibido aquella mañana. Bueno, más que una carta, era una nota metida en un pequeño sobre negro. Al parecer un hombre la había llevado en mano aquella misma mañana a las oficinas del consulado. Le había indicado a su secretario que se trataba de algo urgente, pero el individuo se había marchado sin dar más explicaciones y sin esperar una respuesta. Cuando el secretario dejó la nota sobre la mesa, Ángel no le dio mucha importancia y siguió con sus asuntos, pero, al levantar la vista y contemplar el sobre, vio un símbolo grabado que reconoció de inmediato. Empezó a notar que le faltaba la respiración y se apoyó en el respaldo de la silla, inspiró hondo y cerró los ojos, pero cuando los volvió a abrir, la nota seguía exactamente en el mismo sitio. Alargó la mano y abriendo el sobre con manos temblorosas leyó:

«Un caballero que incumple su juramento secreto sólo puede esperar un fin honroso; la muerte. Esperamos que usted, por el bien de su alma, escoja la decisión sabia y no manche su nombre con la ignominia del perjuro».

Caballero Supremo

Al terminar de leer la nota, un sudor frío le recorrió la frente. Esperaba no recibir más noticias de aquellos caballeros, sabía que había sido un terrible error relacionarse con ellos, pero nunca pensó que la situación llegara a aquellos extremos.

La primera vez que oyó hablar de la orden fue de boca de su anterior amante, Amelia Roldán Llanos, una preciosa mulata cubana a la que había conocido hacía seis años en Madrid y con la que mantuvo una relación en Amberes. Uno de los días que Amelia y él iban a cenar en un famoso restaurante de la ciudad, ella cambió los planes a última hora y le dijo que unos compatriotas suyos habían llegado a la ciudad y que estaban invitados a cenar en su hotel. Él puso mil excusas, temía que la velada se convirtiera en un recordatorio de los nostálgicos cubanos sobre su hermosa isla, pero estaba equivocado. Aquellos hombres eran unos verdaderos caballeros. Conocían perfectamente el francés y el inglés, de hecho vivían en Estados Unidos, donde se dedicaban a la importación de productos del Caribe. Durante la velada, comenzaron a hablar de los problemas internacionales, de la decadencia de España y Ángel Ganivet les compartió su proyecto de escribir un libro sobre ese tema. Más tarde, comenzaron a hablar de religión, de la situación de la Iglesia Católica y de la actitud pro-obrera que el Papa tenía en sus últimas encíclicas, donde animaba a la creación de sindicatos obreros católicos.

Después de la cena se dirigieron a uno de los salones y tomaron un brandy. Cuando los hombres se sintieron en confianza, comenzaron a hablarle de una orden secreta que iba a devolver a la Iglesia su antiguo esplendor y poder. Ángel, huérfano de padre, había sido educado en una estricta fe católica y, aunque desde que vivía independiente llevaba una vida poco religiosa, mantenía viva la llama de la fe de su madre. El proyecto le pareció apasionante, recordó las charlas que había tenido con Unamuno sobre la verdadera religiosidad y encontró en las palabras de aquellos hombres el sentido de una existencia que cada vez se acercaba más hacia el abismo. En los últimos meses no dejaba de tener remordimiento por su relación con Amalia, sufría continuas depresiones y temía terminar como su padre, quitándose la vida.

Disfrutó toda la velada en una animada charla con los caballeros cubanos, Amalia se había retirado horas antes y, cuando los caballeros se vieron solos, explicaron al español alguno de los misterios de su orden. El resultado fue que, unos días después, Ángel Ganivet se convertía en Caballero de Colón. Durante aquellos tres años su pertenencia a la orden había sido superflua, ya que ni en Amberes, ni Helsinki o Riga, existían comunidades de la orden secreta, pero en los últimos meses le habían pedido información confidencial del gobierno español. Naturalmente, no había querido facilitar aquellos datos, considerando el deber que tenía para con su país, antes que las difusas relaciones que le unían a su secta.

Los meses pasaron sin sobresaltos, pero Ángel temía que los caballeros tomaran algún tipo de represalia contra él o los suyos. En ese momento, cuando lo creía todo olvidado, la nota consiguió ponerle realmente nervioso. En las últimas semanas se sentía vigilado, aunque achacaba todo a su nerviosismo obsesivo, pero la carta era real, muy real y no sabía qué hacer. Por eso aquella noche, a pesar de que no fuera muy prudente, decidió pasear para aclarar un poco sus ideas.

El poeta Ganivet fue diplomático y trabajó en diversas embajadas.
Apareció ahogado en las aguas del Dvina sin que nunca
se supiera las causas de su muerte. Entre sus pertenencias
se encontró un pequeño broche con las letras K C.
y unas cartas dirigidas a Miguel de Unamuno

El ruido de unos pasos a su espalda le devolvió a la realidad. Miró hacia donde provenía el ruido; un hombre embozado se acercaba a él con paso rápido. Ángel instintivamente comenzó a correr. El corazón le latía a toda velocidad. Su respiración entrecortada apenas podía llenarle el pecho, el aire gélido que desprendía el Dvina entumecía sus piernas. Los pasos se escuchaban más cerca. Entonces notó una mano que con la fuerza de una garra atrapó su abrigo de pieles. Ángel cayó al suelo y cuando logró volverse, ya tenía al hombre encima. Era gigantesco, vestido con una capa negra, demasiado liviana para aquel frío. El gigante le agarró y como una pluma le elevó en el aire. Ángel quedó suspendido entre el puente y el agua. Estaba paralizado por el miedo. Sintió que flotaba por unos segundos y al contacto con el agua, sus músculos empezaron a arder, como si estuviera quemándose en una olla de aceite. Paralizado, fue hundiéndose en las sombrías y gélidas aguas del Dvina.

CAPÍTULO 20

La Habana, 20 de febrero

De regreso al hotel Lincoln se sentía como un recadero que satisfacía todos los caprichos de su jefe. Para colmo, no había sido bien tratado en el Consulado, el embajador Lee no quiso atenderle y su secretario tardó más de una hora en darle el permiso para telegrafiar a Cayo Hueso. Tras cinco horas de espera, había recibido unas respuestas escuetas que no aclaraban mucho sus preguntas, pero el telégrafo no daba para más. Durante otra hora los descifradores de códigos reinterpretaron el texto y le pasaron nota de la información.

No había probado bocado, pero deseoso de continuar con la investigación y, presumiendo que su compañero seguía durmiendo a pierna suelta, al llegar a la recepción del hotel pidió que subieran alguna cosa para almorzar en la habitación de Hércules. Mientras atravesaba el pasillo se cruzó con el Almirante Mantorella, pero éste iba tan crispado, resoplando y maldiciendo en voz baja, que no le vio. Cuando su compañero le abrió la puerta, pudo comprobar que éste se encontraba en un estado de ánimo similar al del Almirante. Prefirió no decir nada y esperar a que subieran la comida, Lincoln sabía que tener algo sólido en el estómago cambiaba el mal humor a cualquiera.

Almorzaron en silencio, pero poco a poco la cara del español fue suavizando la expresión y cuando casi habían terminado Lincoln comenzó a hablar.

—Tengo la información que buscábamos. Un pequeño informe sobre el capitán Charles Sigsbee, la relación de una célula anarquista en Nueva York y datos sobre el submarino de Blume.

—¿Qué sabemos? —preguntó Hércules antes de introducirse el último bocado.

—Sobre el capitán Charles Sigsbee. Tiene cincuenta y tres años. Nacido en Albany, asistió..., dijo Lincoln leyendo el telegrama.

—Al grano, Lincoln —espetó Hércules.

—Al grano. Sirvió en la Guerra Civil al lado de la Unión, héroe de la batalla de *Mobile Bay*, participó en los ataques de *Fort Fisher*, en Carolina del Norte. Diferentes destinos después de la guerra.

—Al grano —repitió impaciente Hércules. —¿Tiene alguna mancha en su expediente?

—Sí, en 1886 una comisión de la Marina inspeccionó su barco, el *Kearsarge*. La comisión informó que el buque estaba sucio, que el jefe del cuerpo no había seguido las instrucciones respectivas a la seguridad en los polvorines y que la instrucción de los marineros era nula.

—¿De veras? Eso es interesante. Al parecer, nuestro capitán Sigsbee es un desastre en lo relativo a la seguridad.

—Pero la cosa no queda ahí —dijo Lincoln sonriendo. Le agradaba que el español valorara su trabajo. —Hace un año, siendo capitán del *Maine*, empotró el barco contra el muelle 46 de Nueva York, al realizar una maniobra temeraria, para evitar hundir un barco de excursionistas que no había visto.

—Negligencia y precipitación —concluyó Hércules.

—Tal vez todo, al fin y al cabo, se debió a un desgraciado accidente —dijo Lincoln.

—No debemos descartarlo, por lo menos todavía. ¿Qué hay de los otros asuntos?

—El 16 de febrero una célula anarquista fue exterminada en Nueva York sin que se sepa todavía el autor o autores de la masacre. Al parecer estaba compuesta en su mayoría por italianos veteranos de la guerra de unificación italiana.

—¿Qué tiene eso que ver con el *Maine*?

—Posiblemente nada, pero como anoche hablamos de las conexiones entre anarquistas y revolucionarios cubanos.

—¿Qué les sucedió a los anarquistas? —cortó Hércules, que entre sus cualidades no se encontraba la de la paciencia.

—Alguien acribilló a cuatro de los cinco componentes del corpúsculo.

—¿Y el quinto?

—Un tal Marco Napoli, que ha desaparecido sin dejar rastro.

—¿Quién conocía la célula?

—Desde hacía unos días se vigilaba a los anarquistas, alguien había dado un soplo a la policía. El general Miles está comisionado por el Congreso para perseguir a los grupos anarquistas en los Estados Unidos, en los últimos tiempos ha detenido a varios grupos terroristas. En las últimas décadas, todo tipo de extremistas se han introducido en el país.

—¿Tenían alguna relación con la Junta Revolucionaria Cubana de Nueva York?

—Mis superiores no saben nada. Aunque estos grupos siempre tienen contactos entre ellos.

—¿Algo de Blume?

—La Armada ha confirmado la historia. El ejército peruano construyó un prototipo diseñado por el ingeniero Blume y, al parecer, la Junta Revolucionaria Cubana de Nueva York pidió ayuda al departamento de Estado, pero el gobierno norteamericano detuvo el proyecto y denegó la ayuda.

—Estamos casi como al principio. Todo el caso pudo deberse a la negligencia del capitán Sigsbee o a un acto intencionado de los revolucionarios cubanos...

—O a una mina de la Armada Española —continuó Lincoln.

—Efectivamente, pero todavía quedan muchos cabos sueltos —comentó Hércules poniéndose en pie. En ese momento una idea fugaz cruzó por su mente. Cuánto daría por un trago de ron, y sintió cómo se le secaba la boca.

—¿Cuál será nuestro próximo paso? ¿Qué hay del alfiler con el símbolo *K* y *C*? —preguntó Lincoln, devolviendo a Hércules a la realidad.

—Precisamente esta tarde espero resolver ese enigma, pero para ello necesitaremos la ayuda de alguien —contestó el español.

—No podemos facilitar información a terceras personas —advirtió Lincoln. No podía evitar desconfiar de todos y de todo. Precisamente, en eso consistía su trabajo.

—No se preocupe, el profesor es de entera confianza.

—¿El profesor? ¿Qué profesor?

—El hombre más inteligente del continente americano —dijo Hércules. Su tono fue tan grandilocuente que Lincoln pensó que su compañero estaba bromeando.

—¡Quién!

—El doctor Antonio de Gordon y Acosta.

CAPÍTULO 21

La Habana, 20 de febrero

Salieron del hotel a la hora de más calor, como si recorrieran en forma inversa el camino de los demás viandantes. Tomaron una berlina y el monótono compás de las ruedas deslizándose por el empedrado los envolvió en el silencio. Media hora más tarde, el cochero los dejó frente a un edificio solitario y quejumbroso, que por todas las señas externas había sido antes un monasterio. Entraron por un alto portalón de madera a una galería corrida de grandes arcos que daba a un patio repleto de plantas. Caminaron por el corredor hasta que Hércules llamó a una de las puertas laterales. Sin esperar contestación, los dos hombres pasaron a una amplia sala de techos abovedados. Las paredes estaban cubiertas de libros, de pequeños armarios con vitrinas y de algunos retratos amarillentos; la mayor parte de hombres vestidos con hábitos blancos. Junto a una de las ventanas, sentado frente a una mesa muy larga, había un hombre de cara alargada, con una recortada barba morena y unas pronunciadas ojeras, que al verlos llegar se levantó sonriente y se aproximó a Hércules para darle un afectuoso abrazo.

—¡Querido Hércules! Hace mucho tiempo que no sé nada de usted.

—Profesor, me alegro de verle de nuevo. No ha cambiado nada, le encuentro en plena forma física.

—Es usted un adulador.

Lincoln observaba al profesor con extrañeza. No sabía por qué, pero en su mente, el hombre más sabio de América tenía que ser un anciano canoso, con una mirada dulce y la voz ronca de un octogenario. En cambio, el profesor no aparentaba más de cincuenta años.

El doctor Antonio de Gordon y Acosta era un hombre joven, pero pese a su edad, había logrado convertirse en uno de los científicos más preparados de su época. Criado por sus padrinos tras la trágica muerte de sus padres, había estudiado todas las carreras que se impartían en *La Real y Literaria Universidad de La Habana*. Primero se licenció en medicina, pero debido a la guerra del 1868 sus padrinos le enviaron a Cartagena de Indias durante un curso, donde se doctoró antes de cumplir los veinte años. Tras su regreso, se licenció en La Habana un año más tarde como cirujano. Después se licenció y doctoró en farmacia, para más tarde licenciarse y doctorarse igualmente en derecho, y filosofía y letras. Dominaba el latín, el griego, el hebreo, el sánscrito, el francés y el inglés. Por derecho, el doctor Gordon vistió todos los birretes de la Universidad de La Habana y se le consideraba el hombre más erudito del Caribe.

—Permítame que le presente al agente George Lincoln —dijo Hércules dándose la vuelta. Lincoln dio un paso y extendió la mano.

Universidad vieja de La Habana, más conocida como La Real y Literaria Universidad de La Habana

—Mucho gusto Sr. Lincoln. Hermoso país el suyo. Desde los grandes lagos hasta los hermosos callos de Florida —le saludó el profesor Gordon, mientras le estrechaba la mano.

—¿Cómo sabe mi lugar de origen? —preguntó Lincoln. Su cara no podía ocultar su sorpresa.

—No es muy difícil deducirlo. Sólo un norteamericano puede tener en su nombre y apellido a dos de los grandes constructores de su patria. George Washington, primer presidente de los Estados Unidos de América y Abraham Lincoln, padre de la Unión y protector de los hombres de color. Si a eso unimos una chaqueta norteamericana, como las que venden en los grandes almacenes de Jack Street y un bombín hecho por la casa Landown, las conclusiones son claras. ¿No cree? —dijo el profesor sonriente.

—Me sorprende, doctor Gordon —dijo Lincoln aturdido todavía por las palabras del profesor.

—Lincoln, la gran capacidad de deducción del profesor fue lo que hizo que nos conociéramos —comentó Hércules, al tiempo que observaba la cara de sorpresa de su compañero.

—Y usted fue uno de mis mejores alumnos —contestó el profesor mientras achinaba los ojos.

—En el año 1895, el Estado Mayor, a petición del gobierno de Madrid, formó un grupo de inteligencia para actuar en las tierras de ultramar. Ese grupo estaba compuesto por oficiales de rango medio. El adiestramiento consistía en aplicar los métodos deductivos, lógicos, científicos y psicológicos, que se habían empleado con éxito en Gran Bretaña y los Estados Unidos. Durante un año aprendimos con el profesor desde idiomas indígenas, geografía o ciencia, hasta métodos deductivos, lógicos y algunos rudimentos de física y química; además, realizamos autopsias y técnicas de interrogatorio. El Almirante Mantorella era el oficial de enlace del grupo, otros miembros eran Pedro del Peral, Javier Salas... —explicó Hércules.

—Esos oficiales son miembros de la Comisión Española —recordó Lincoln. Esa misma mañana, Hércules le había hablado de los componentes de la Comisión Española, pero sin mencionar que habían sido compañeros suyos.

—Pero, el programa se interrumpió hace un año, tras la marcha del general —Hércules se detuvo, como si no se acordara del nombre del general, pero en realidad se había dado cuenta de que no había pronunciado el nombre de Weyler en todo ese tiempo.

Foto del profesor Antonio Gordon y Acosta durante su breve
servicio en la armada española

—Por eso el Almirante lo eligió a usted —dijo Lincoln, mientras levantaba una ceja. Ahora entendía muchas cosas —pensó.

—Bueno, será mejor que no le robemos más tiempo al profesor y le comuniquemos el verdadero origen de nuestra visita —dijo Hércules al tiempo que extraía del bolsillo el pequeño símbolo del que no se había separado ni un segundo en las últimas treinta y seis horas. Lo depositó encima de la mesa y el profesor sacó una inmensa lente y acercó una lámpara que estaba sobre la mesa. El científico estuvo unos minutos en silencio observando la pieza. Después permaneció callado con los ojos cerrados, como si convocase algún tipo de espíritu. Hasta que achinando los ojos comenzó a decir:

—Caballeros, son ustedes unos hombres afortunados. Pensé al principio que me traían algún tipo de acertijo que resolver, pero cuando me presentaron este pequeño simbolito, he de reconocer que me desconcertaron. Enseguida lo identifiqué con algo que había visto hacía un tiempo, algo que no podía rescatar de mi memoria.

—¿De qué se trata doctor? —preguntó Lincoln sin poder esperar más.

El profesor hizo un gesto con la mano y con la voz sosegada apuntó:

—Primero describamos el símbolo. Es un emblema triple como podrán observar —comentó el profesor levantando el alfiler. —Está compuesto de tres figuras: una paloma, una cruz y un globo. Un globo azul, con la tierra representada en color blanco, en el que se pueden percibir los contornos del continente americano. Una cruz roja con bordes dorados y pomos dorados al final de cada una de sus puntas y una paloma de color blanco volando hacia abajo, como si se lanzara en picado. La paloma es por antonomasia el símbolo clásico de la paz y, religiosamente hablando, representa a la tercera persona de la Trinidad o Espíritu Santo. Por tanto el primero de los símbolos es de iconografía cristiana. El símbolo de la cruz, es evidente, pero esta cruz es especial, es la cruz de los cruzados, que lucharon para recuperar Tierra Santa de los paganos, utilizada también por Isabel la Católica. La cruz representa a la segunda persona de la Trinidad, el Hijo de Dios. El globo, el orbe o la tierra, representa al Dios Padre Creador.

Símbolo de los Caballeros de Colón de cuarto grado

—¿A Dios Padre? —dijo Lincoln.

—Efectivamente. Es una representación de la Santísima Trinidad operando en América. Realizando una cruzada por el Continente. Pero también hay algún tipo de simbolismo en los colores.

—¿Qué colores? —preguntó Hércules.

—Los colores deben tener algún sentido. Blanco, rojo y azul.

—¿Qué puede ser? —preguntó Lincoln, que seguía las explicaciones del profesor sin pestañear.

—Qué tonto soy. Está claro, ésos son los colores de una bandera. La bandera de los Estados Unidos.

—¿Y las letras grabadas por detrás? —preguntó Hércules.

—*K* y *C*. Por desgracia, he de reconocer que estas dos iniciales me han ayudado un poco. Significan *Knights of Columbus* —contestó el profesor.

—Caballeros de Colón —tradujo Lincoln.

—En efecto. La Orden de los Caballeros de Colón.

—¿Conoce esa orden? —preguntó Hércules.

—Sí, he oído hablar de ella, aunque hace de ello ya algunos años, pero curiosamente tuve recientemente un pequeño percance con un miembro de esta orden.

—Por favor profesor, explíquese —insistió Hércules.

—No sé si conocen mi obra investigadora, me temo que no. Hace unos años me doctoré en Filosofía y Letras con la tesis «*Colón y sus viajes*». Siempre me ha apasionado la figura del insigne descubridor. El año pasado recibí la visita de un profesor de los Estados Unidos. El reverendo Philip Garrigan, vicerrector de la Universidad Católica de América, en Washington. Me habló de una organización a la que identificó con las siglas *K* y *C*, compuesta por un grupo de caballeros católicos altruistas, que estaban interesados en crear una cátedra en su universidad, la *Chair of American History*.

—Una cátedra para estudiar la Historia del Continente Americano —tradujo Lincoln.

—En efecto, pero que estos caballeros estaban especialmente interesados en investigar la vida y la obra del famoso navegante Cristóbal Colón. Sabían mis avances en esta materia y de algún modo conocían que hacía más de un año, después de pasar varios días en el monasterio de los franciscanos en Santo Domingo, yo había descubierto unos documentos de gran importancia para explicar las razones que movieron al ilustre navegante a descubrir nuestro querido Continente.

—Y... —dijo Lincoln, que hacía un esfuerzo para que no se le escapara ningún detalle, ya que le costaba entender todas las palabras en español.

—Publiqué un artículo adelantando algunas de mis conclusiones.

—¿Qué quería el vicerrector? —preguntó Hércules.

Foto de un grupo de Caballeros de Colón
a finales del siglo XIX

—Quería comprar los documentos que había encontrado, incluso me ofrecía una plaza de catedrático en su universidad. Naturalmente me negué. El hombre reaccionó violentamente, golpeó con su bastón la mesa. Todavía quedan algunas muescas aquí —dijo tocando la tabla. —Salió del despacho gritando como un loco y amenazándome: Los *Knighys of Columbus* se ocuparán de usted. Téngalo por seguro —repetía.

—¿Tuvo más noticias de él? —preguntó Hércules. La luz de la calle iba perdiendo fuerza y las sombras se extendían por la amplia estancia.

—No, pero hace una semana ocurrieron dos cosas muy extrañas. Fue la misma noche que lo de ese barco norteamericano —dijo el profesor, intentando recordar el nombre.

—¿Qué sucedió? —siguió preguntando Hércules.

—La primera fue una mera casualidad. Me encontraba en la biblioteca buscando el *Bellum Christianorum principum,* por eso estaba al fondo de la sala, en una esquina no muy visible donde se guardan todos los incunables. Dos profesores entraron mientras me esforzaba en coger el libro que, como siempre, estaba en la parte más alta de la estantería. Comenzaron a hablar y no pude evitar escuchar su conversación.

—¿De qué platicaron? —preguntó Lincoln.

—No escuché bien el principio de la conversación, pero al parecer habían sido convocados a una reunión clandestina. Uno de ellos ya había estado en otra de las reuniones e intentaba convencer a su compañero de que asistiera esa noche. Caballeros de Colón —dijo el profesor. La reunión era de la Orden de los Caballeros de Colón. No sabía que tuvieran miembros en Cuba.

Cuando terminó de hablar, su cara parecía preocupada. Las arrugas de la frente se ondulaban, formando varios surcos paralelos, como una muestra externa de sus pensamientos.

—¿Y eso fue la noche en la que explotó el *Maine?*

—Creo que sí, era 15 de febrero, si mal no recuerdo.

—¿Cuál fue la otra cosa extraña? —preguntó Hércules.

—Alguien entró en mi despacho y lo registró todo. Cuando regresé a la mañana siguiente estaba patas arriba. Mis tubos de ensayo hechos añicos, los libros desparramados y algunos destripados. Una verdadera catástrofe.

Grabado idealizado del descubrimiento de América. Los Caballeros de Colón sentían verdadera admiración por el Almirante

—¿Avisó a la policía? —dijo Lincoln.

—Sí, vinieron unos guardiaciviles, pero sus métodos no son muy, cómo diría, científicos. Dijeron que si no faltaba nada debía tratarse de alguna broma de mis alumnos.

—¿Y le faltaba algo? —preguntó Hércules.

—No, pero había indicios de que el desorden había sido provocado aposta, como si intentaran advertirme de algo. Tal vez, como esa misma mañana escuché la conversación de los dos profesores, recordé las palabras amenazadoras del vicerrector norteamericano un año antes. Posiblemente sólo fuera una asociación de ideas.

—¿Por qué dice que el desorden era intencionado? —preguntó Hércules.

—No era generalizado. Aquellos hombres no esperaban encontrar lo que buscaban aquí. No habían tocado los libros de esa zona, los cajones y la mayor parte de las vitrinas estaban intactas.

—No entiendo —dijo Lincoln. —¿Qué buscaban haciendo eso?

—Me imagino que esperaban que sacara los manuscritos de su escondite, para llevarlos a un sitio más seguro. Entonces ellos actuarían y se los llevarían. Aunque, seguramente, todo eso será fruto de mi imaginación.

—Pero, ¿son tan importantes esos manuscritos? —preguntó el español.

—No creo que lo sean para su investigación, pero para este viejo profesor y para los estudiosos de Colón son un verdadero tesoro. A propósito, ¿dónde encontraron el símbolo?

—Lo encontró el capitán del *Maine* en su camarote.

—Un sitio curioso, ¿no les parece? Los Caballeros de Colón están por todas partes —comentó el profesor, mientras miraba de un lado a otro.

—¿Quiénes eran esos dos profesores? Me gustaría hacerles algunas preguntas y ver si están incluidos en la lista de visitantes del *Maine*.

—El profesor Jorge Martínez Ramos y el profesor Ramón Serrano Santos —contestó el profesor, al tiempo que se agarraba la barbilla con la mano derecha.

—Muchas gracias. ¿Puede hacer algo más por nosotros? —preguntó Hércules.

—Naturalmente, ustedes dirán.

—¿Sería tan amable de investigar todo lo que pueda sobre esos Caballeros de Colón?

—Con mucho gusto, pero entonces ustedes deben hacer un favor a este viejo profesor.

En ese momento alguien abrió la puerta y los tres hombres se volvieron sobresaltados. Lincoln sacó su revolver y apuntó hacia el rincón oscuro de donde venía el ruido.

—¿Quién anda ahí? —preguntó el agente norteamericano.

De entre las sombras salió una mujer agarrándose la falda con una mano mientras que con la otra sostenía una pequeña libreta.

—¿Qué demonios hace usted aquí? —dijo Hércules con el ceño fruncido mientras bajaba la mano de Lincoln que seguía atónito apuntando a la chica.

—Disculpen —contestó la chica con un fuerte acento *yanqui*. —Tengo una entrevista con el profesor Gordon.

—¿Cuánto tiempo lleva escuchando? —le espetó Hércules.

—Me temo, que casi desde el principio —dijo la mujer sin poder evitar una media sonrisa. —Llegué muy pronto y escuché voces. Lo siento.

—¿Para qué deseaba ver al profesor? —preguntó Hércules.

—Soy reportera del *Globe*, investigo el caso del *Maine* y quería encontrar algunas pistas. El profesor Gordon conoce muy bien la bahía de La Habana y es un físico de reconocido prestigio. Ustedes también investigan el hundimiento del *Maine* ¿Verdad?

—¿Cómo sabe que investigamos lo que le pasó al buque? —preguntó Lincoln.

—No es un secreto. Todo el mundo lo sabe en Washington. Los observé primero en el hotel y me parecieron una peculiar pareja, cuando me volví a encontrar con ustedes subiendo al *Alfonso XII*, ya no me quedaron dudas, pero telegrafié a mi director en Nueva York y me lo confirmó; el subsecretario de Marina, Roosevelt, lo ha ido proclamando a los cuatro vientos.

—Parece que hay mucha gente interesada en que no descubramos qué pasó en realidad —comentó Lincoln. Su cara se ensombreció y cruzó los brazos.

—Yo puedo ayudarles, si ustedes me ayudan a mí —dijo la periodista sonriente.

—Será mejor que se marche, tiene suerte de tratarse de una mujer —dijo Lincoln cogiendo a la periodista del brazo. Ella se resistió y dio un pisotón al agente que, pegando un bramido, soltó a la chica.

—Ah, ah.

—¿En qué puede ayudarnos? —preguntó Hércules, mientras intentaba disimular una sonrisa.

—Conozco la Orden de los Caballeros de Colón.

Los tres hombres se miraron sorprendidos, nunca habían visto una mujer tan desconcertante. Helen Hamilton sabía cómo transformar los tropiezos en oportunidades.

PARTE 2ª

Los Caballeros de Colón

Capítulo 22

En mitad del Atlántico, 17 de septiembre de 1492

El Almirante miró con asombro la desviación de la aguja de su brújula y consultando de nuevo las cartas decidió salir de su camarote y comprobar otra vez la aguja magnética al aire libre. Tras probarla de nuevo y obtener los mismos resultados contempló el cielo estrellado, deteniéndose por unos instantes en la Estrella Polar. Según los datos de que disponía se encontraba en la mitad del viaje. La marinería estaba revuelta y preocupada; los cálculos falsos que el Almirante había tenido que dar a la comisión eclesiástica eran conocidos por los hermanos Pinzón y por los timoneles. Todos esperaban llegar en pocos días a tierra. ¿Cómo reaccionaría la tripulación cuando se diera cuenta de que quedaba más de un mes para pisar tierra firme? —se preguntaba inquieto.

Caminó por la cubierta, a los lados descansaban muchos marineros agotados por la dura jornada y la estricta dieta de pescado salado y galletas. El agua potable empezaba a escasear y algunos hombres estaban enfermos. El grumete se encontraba tendido entre los marineros, pero al ver pasar al Almirante se levantó y le besó la mano. Colón la retiró, estaba cansado de repetirle que nadie debía conocer su secreto. El muchacho aturdido pidió disculpas y volvió a tumbarse en silencio. El Almirante miró a un lado y a otro para asegurarse de que nadie los había visto, después se dirigió a la popa.

Representación idealizada de Cristóbal Colón

A pesar de los contratiempos, Cristóbal Colón se sentía satisfecho. Durante semanas había esperado impaciente la partida, ahora que estaba tan próxima la coronación de su meta, no podía menos que estar contento.

Llevaba tantos años al servicio de la Iglesia que este último sacrificio parecía más bien una recompensa. Dios le había tocado con su dedo para hacer su obra y no podía fallarle.

El aire nocturno arrastraba hasta su olfato el conocido aroma del mar. Siempre había estado cerca de él. En su Génova natal, en Lisboa, y en otros cientos de puertos que habían sido su hogar, pero donde realmente se sentía feliz era sobre esas tablas chirriantes que desafiaban al gran monstruo azul.

Doménico, su padre, siempre había deseado que sus hijos dedicaran su vida al servicio de Dios. No quería que ellos tomaran el innoble oficio del comercio. Si hubiese seguido los sabios consejos de su padre no se hubiera enrolado a los 14 años en la flota de Albergo Salvago para ayudar a la colonia genovesa de Famagusta. La compañía de los marineros no era la mejor escuela para un niño, aunque su tío fuese el capitán. No duró mucho su aventura marinera y su padre le obligó a estudiar en Pavia y más tarde a entrar como novicio en el monasterio franciscano de Évora. Entre las firmes paredes del cenáculo encontró a Dios. Los hermanos le cambiaron el nombre por el de Pietro. Él sería el nuevo «Pietro», el nuevo Pedro que levantaría la decaída Iglesia de Roma, le decía el prior cada vez que por la noche le llevaba un poco de leche y queso a su celda.

Se agarró al pasamanos y contempló el mar negro y tranquilo, tan sólo las estrellas lograban sacar destellos plateados a la espuma de las pocas olas que rompían contra la quilla.

De nuevo el Diablo le alejó de Dios; el mar le llamaba, escuchaba su latido y no pudo negarse otra vez. Pero algo turbaba su mente. Sabía que había cometido actos imperdonables, pecados mortales que sólo Dios podía borrar, pero eso formaba parte del pasado. No tres, sino mil veces negó a Jesucristo, olvidando lo que los sencillos padres franciscanos le enseñaron en su juventud, pero al sonar el último canto del gallo, se arrepintió. Frente al cabo de San Vicente, cuando su barco naufragó, justo con treinta años, como Cristo cuando empezó su ministerio, dejó la vida de corsario y se puso en manos de la Providencia.

—Almirante—le llamó el piloto. Colón se dirigió hacia el hombre envuelto en sus recuerdos.

—Sí, maese piloto.

—Percibo una corriente fuerte que mueve el barco.

—Esa corriente es precisamente lo que buscamos—dijo el Almirante sonriente.

Todos esos viajes a Cabo Verde, Cabo del Lobo, Canarias, Túnez, Alejandría, Chipre, Nápoles, Marsella, Inglaterra, Irlanda y Thule, le daban la experiencia necesaria para realizar aquel viaje, pero la información que los padres franciscanos le entregaron para cumplir la obra de Dios permitía que se sintiese seguro y confiado. Lo único que lamentaba era tener que ocultar esos datos a sus colaboradores. No le gustaba mentir, pero nadie conocía la existencia de sus dos cuadernos de bitácora. En uno escribía los datos reales y en otro se limitaba a acortar los avances, para que la tripulación no supiera los largos días que todavía quedaban de navegación.

Respiró hondo y echó una última ojeada al mar en calma. El barco se movía con rapidez a pesar de que escaseaba el viento. Bajó hasta su cámara y en unos minutos cayó en un profundo sueño.

En mitad del Atlántico, 11 de octubre de 1492

Los marineros vagaban por la cubierta como fantasmas, con las mejillas hundidas, las barbas sin afeitar y el pelo enmarañado y sucio; parecían un ejército de espectros a punto de deshacerse en polvo. En cambio, el Almirante parecía alegre, casi exultante. Miraba al horizonte en medio de la noche, como si viera tierra, aunque a lo lejos sólo podía contemplarse el interminable paisaje de negruras.

Cristóbal Colón sabía que en unas horas llegarían a tierra. Mientras que los tripulantes de las tres embarcaciones navegaban con los ojos vendados, como los marineros de Ulises resistiendo a las sirenas, el Almirante ya contemplaba las lejanas tierras de *Islas Atlánticas* que muchos creían que eran un mito. El libro de *Las sagas* que le habían entregado los padres franciscanos indicaba el camino de una manera precisa. Estaba a punto de alcanzar las mismas costas que aquellos hombres quinientos años antes recorrieran para salvar a la Iglesia de su propia destrucción —pensó, mientras observaba el resplandor de la luna en el agua.

Unas horas después, un marinero de *La Pinta* avistaba tierra. Para la tripulación de los tres barcos la odisea acababa de terminar, para *Chritophorus Colonus* acababa de comenzar.

Capítulo 23

La Habana, 20 de febrero de 1898

Los rasgos de Helen Hamilton parecían menos precisos a la luz de las velas, como el retrato difuminado de una obra de Da Vinci. La charla era distendida y se percibía que todos estaban contentos de haber aceptado la invitación a cenar del profesor Gordon. Únicamente el rostro de Lincoln, que conocía los peligros de compartir información con un reportero norteamericano y la cara de la pobre ama de llaves y cocinera del doctor, que tuvo que poner todo su ingenio para transformar la frugal cena de su jefe, en comida para cuatro personas, mostraban cierto disgusto.

Era poco habitual que el profesor trajera gente a cenar. Su vida social, prácticamente nula en los últimos tiempos, había desaparecido por completo desde que la guerra civil se había recrudecido. Por un lado, los españoles dudaban de su patriotismo, ya que se había negado a colaborar delatando a compañeros de la universidad o escribiendo alegatos en los periódicos contra la rebelión *mambí*. Y, por el otro, los revolucionarios, que solicitaban su apoyo incondicional, odiaban su sincera neutralidad y la ayuda médica que el profesor Gordon había prestado a soldados españoles heridos o enfermos.

Aquella noche el anfitrión se sentía doblemente satisfecho. Hércules significaba para él mucho más que un discípulo y un ex alumno, ante todo lo consideraba su amigo. Por si esto fuera poco, el enigma que se abría ante sus ojos le parecía apasionante. Un barco hundido en extrañas circunstancias, una orden secreta que empezaba a extender sus tentáculos en la isla y un tesoro que encontrar. Ellos no sabían nada acerca del tesoro de Roma. Todavía no había comentado a sus compañeros de mesa, cuál había sido la verdadera razón por la que Cristóbal Colón había realizado un viaje tan arriesgado, pero él llevaba años envuelto en el apasionante estudio de la vida del Almirante. Esperando pacientemente desvelar al mundo uno de los secretos mejor guardados de la historia. ¿Debía confiar su secreto a aquellos extraños? A Hércules no había duda que sí, pero ¿podía estar seguro de la periodista y el agente norteamericano? ¿Quiénes eran en realidad?

—Profesor, espero que no se esté aburriendo en nuestra compañía, le veo muy pensativo esta noche —dijo Hércules, que desde hacía un rato escrutaba la mirada ausente del profesor. Gordon se ruborizó, como si le hubieran leído el pensamiento y contestó:

—¿Aburrido? Ésta es la mejor velada de los últimos, por lo menos, dos años.

Las bulliciosas calles de Nueva York a finales del siglo XIX

Era sincero. La soledad comenzaba a incomodarle. Necesitaba charlar con alguien a parte de sus colegas y alumnos.

—Nos halaga, profesor —comentó Helen.

—Querida, creo que nos debe una explicación y sobre todo un apasionante relato —dijo el profesor dejando los cubiertos sobre la mesa y reclinándose hacia la mujer. Sus ojeras parecían más profundas a la luz de las velas.

—Había pensado dejarlo para los postres, pero ya que están tan interesados —dijo la periodista, y los tres hombres escucharon la dulce voz de la norteamericana, dejando que los envolviese con su increíble historia.

—Ya les he comentado que soy periodista de una pequeña rotativa de Nueva York. El ser pequeños no es siempre una desventaja. Esto ha dado al periódico cierta independencia e imparcialidad. La mayor parte de nuestros lectores son judíos de la ciudad, más interesados en lo que pasa en la bolsa, que en los manejos de Washington. Estoy segura de que muchos de ellos se saltan las páginas de política e internacional y se van directamente a las noticias locales y la cotización de la bolsa. Cuando mi director me contrató, lo hizo con la intención de cambiar las cosas y me pidió que me encargara de una nueva sección.

Los Caballeros de Colón recibiendo a sus altos mandatarios en una reunión a principios del siglo XX

—¿En qué consistía la nueva sección? —preguntó Hércules.

—Debía ampliar la sección de sucesos. Ya saben a lo que me refiero: crímenes pasionales, terribles asesinatos y ese tipo de temas escabrosos. Cuando me puse manos a la obra, me di cuenta de que la mayoría de este tipo de casos se daban en las zonas más paupérrimas, junto al puerto. No me quedó otro remedio que entablar amistad con la policía de la zona, pagar a confidentes y tener a sueldo a un par de inspectores de policía, para que me dieran el chivatazo de los asesinatos más sangrientos y me permitieran pasar a la escena del crimen.

—Pero, ¿qué tiene que ver eso con los Caballeros de Colón? —dijo Lincoln, que no encontraba la relación. Frunció el ceño y esperó a que la mujer concretara más sus palabras.

—No se impaciente, todo tiene conexión. Una conexión diabólica, se lo aseguro.

Capítulo 24

Nueva York, 1 de enero de 1898

El teléfono despertó a los somnolientos redactores que durante la primera noche del año tenían que hacer guardia en el *The Globe*. Martín Leví estaba cansado de repetir a Helen que no tenía por qué quedarse por las noches de guardia, pero ella no quería tratos de favor. Iba a empezar desde abajo, como el resto de sus compañeros. Helen, apoyada sobre el escritorio, dio un respingón y alargó el brazo para descolgar el aparato. Todavía no se había acostumbrado a aquel diabólico invento. En la oficina era la única que tenía uno, lo que le permitía estar en contacto con la Comisaría 27 de la zona portuaria.

Al otro lado del teléfono, el inspector de segunda clase, John McGreen, fumaba uno de sus baratos cigarros de tabaco negro. Cuando la operaria le puso en línea, apagó apresuradamente el pitillo, sabía lo que Helen odiaba aquel olor a tabaco rancio, se arregló la corbata y comenzó a hablar.

—Señorita Helen. Soy el inspector John McGreen. Perdone que la moleste a estas horas, pero tenemos uno de esos casos que le gustan a usted. Mejor dicho, tenemos el caso más raro y asqueroso desde que estoy en el Cuerpo.

Su voz parecía achispada, como si hubiera estado bebiendo.

—¿De qué se trata? —preguntó la periodista con un tono seco y distante. El inspector McGreen era irlandés, un verdadero pelmazo que buscaba cualquier excusa para hablar con ella.

—Ya le digo, el caso del siglo. Pero tiene que verlo usted misma. No sé cómo explicar algo tan... —el inspector buscó una palabra más adecuada en su limitado vocabulario para definir el caso, pero al final desistió y simplemente añadió: —asqueroso.

—Está bien. Una dirección y una hora —contestó Helen impaciente.

—Ahora mismo salgo para allí. Hemos estado trabajando toda la noche, el forense pasará a por el fiambre en media hora. Si quiere verlo tiene que ser ahora —espetó el inspector.

—Muy bien, ¿dónde se ha perpetrado el homicidio?

—En la capilla católica de Luther Street.

—¿En la iglesia católica? —preguntó Helen, algo sorprendida. Las historias de crímenes en iglesias vendían muchos más periódicos.

—Exacto —dijo el inspector sonriendo al comprobar la expectación producida en la reportera.

Helen colgó el auricular y poniéndose el sombrero y el abrigo salió a las gélidas calles de la ciudad en mitad de la noche. Llegó a tiempo de tomar el primer tranvía y en quince minutos estaba enfrente de la iglesia «Nuestra Señora del Mar». Varias carrozas negras de la policía y un grupo de curiosos se encontraban delante de la fachada principal. Pasó entre la gente y el policía de guardia aceptó con gusto el dólar que la periodista depositó disimuladamente en su mano, dejándola pasar.

La iglesia estaba en calma. El sol no había despertado aquella mañana y las cristaleras de colores apenas traslucían unos hilitos de luz que sucumbían antes de llegar al suelo de piedra. Al fondo, junto al altar mayor, en el lado izquierdo, se veía el resplandor de una luz.

Escuchó el eco de sus propios pasos retumbando en la solitaria capilla y un escalofrío le recorrió la espalda. Cuando entró en la sacristía le vino un fuerte olor a carne quemada. El inspector la esperaba apoyado en la pared fumando uno de sus cigarrillos. Al verla lo arrojó rápidamente al suelo y pisó la colilla con fuerza.

—Veo que usted no respeta nada —dijo Helen frunciendo el ceño y señalando la colilla.

—Señorita Helen, yo soy baptista —explicó el inspector, mientras se quitaba la caspa de la chaqueta.

—Razón de más. ¿Dónde está el cada...? —pero antes de que pudiera terminar su pregunta descubrió a qué se debía ese asqueroso olor. Un hombre, o lo que quedaba de él, permanecía tumbado con los brazos abiertos. El cuerpo estaba entre ennegrecido y rosado, como un cerdo asado demasiado hecho. Restos de ropa pegados al cuerpo tapaban la única zona que a Helen no le apetecía ver. Su estómago empezó a revolverse y pensó que no podría resistir la arcada que empezaba a subir desde su estómago.

—¡Asqueroso! ¿Verdad? Le dije que no la defraudaría —dijo el inspector, mientras se recreaba en los detalles. —Pero fíjese en los pormenores. Le faltan los dos dedos índices. Parece como si se los hubiesen arrancado mientras estaba vivo. La sangre recocida le corre por las manos y los brazos. Como habrá comprobado, también le faltan los ojos.

Helen echó un vistazo de nuevo al cuerpo calcinado y, haciendo acopio de fuerzas, se agachó para examinarlo más detenidamente.

—¿Quién es? ¿Se sabe algo? —preguntó Helen, al tiempo que se agachaba y tocaba el cuerpo con la punta de su pluma.

—Es el vicario. El cura de la iglesia. El padre... —el inspector consultó su libreta y después dijo: —Pophoski. Un polaco.

—¿El padre Pophoski?

Todo el mundo conocía al sacerdote. Desde que había llegado a su nuevo destino, unos meses antes, había revolucionado el barrio. Creó un sistema de reparto de alimentos; después, organizó a los obreros e incluso había dado clases nocturnas a los adultos para que aprendieran inglés. Helen no lograba reconocer en ese trozo de carne deforme al pobre sacerdote. Unas semanas antes Helen había querido publicar un artículo sobre la labor social del padre, pero su redactor jefe le dijo que ese tipo de asuntos no interesaban a los lectores. Ahora, el padre polaco sí era una noticia para el *Globe*.

—¿Quién puede haber hecho algo así?

—Cualquiera. Algún vagabundo desagradecido que ha decidido cambiar su dieta de latas de atún, por carne —dijo morboso el inspector. Insinuando que alguien se había comido los dedos que le faltaban al cura.

—No tiene gracia inspector. ¿Se ha encontrado algún objeto junto al cadáver?

—El muerto estaba desnudo. Tan sólo llevaba un taparrabos. En la mano derecha, apretado contra su puño tenía esto.

El inspector le mostró una pequeña medalla en la que se veía grabado el rostro de un hombre. Por detrás las iniciales *K* y *C*.

Durante semanas Helen estuvo indagando por la zona del puerto, recorriendo las sucias calles de la zona, pero nadie había visto ni oído nada. La policía cerró el caso tras acusar a un vagabundo, al que le habían encontrado algunas pertenencias del cura, pero la periodista no se conformó con el dictamen judicial y siguió investigando. Sabía que aquello no era el trabajo de un vagabundo, e investigó la única prueba que tenía entre manos, el colgante. No tardó mucho en descubrir que el retratado no era otro que el descubridor Cristóbal Colón. Lo que costó mucho más fue descubrir el sentido de las iniciales *K* y *C*.

Monumento construido en Washington por los Caballeros de Colón y dedicado a Cristóbal Colón

Justo unos días antes de salir hacia La Habana para investigar sobre el *Maine,* visitó al Arzobispo de la ciudad. Un hombrecillo pequeño de origen italiano, que desde su condición de humilde sacerdote había logrado ascender a uno de los cargos eclesiásticos más importantes del país. Aquello no era mucho para el norteamericano medio, ya que en Estados Unidos los católicos no estaban bien vistos a pesar de llevar allí más de doscientos años. Los primeros católicos se asentaron en las tierras de Maryland huyendo de las persecuciones que sufrían en Inglaterra. En Nueva York el número de católicos crecía de un día para otro, pero la mayor parte se concentraba en Florida, el Mississipi, Texas, California y el Suroeste de los Estados Unidos.

A pesar de que la Constitución norteamericana había sido firmada por dos católicos, esta minoría tenía vetado el acceso a la mayor parte de los cargos públicos, era discriminada en las escuelas y en los sistemas de salud estatal. La mayor parte de los católicos trabajaban como criados u obreros de sus patronos protestantes, pero todo aquello estaba cambiando. Los católicos habían fundado numerosas escuelas e instituciones sanitarias, organizaciones de apoyo a católicos que habían devuelto la dignidad a un pueblo acomplejado. A la periodista le costó mucho que el arzobispo le concediese una entrevista. Helen tuvo que ocultar la verdadera intención de su visita, por eso, cuando la periodista le enseñó la medalla que había comprado al inspector, las pruebas eran un sobresueldo para muchos policías, el sacerdote miró a la mujer entre enfadado y aturdido. Ella le sonrió y el arzobispo por fin dijo:

—Esta medalla debe pertenecer a algún miembro de los *Knights of Columbus.*

—¿Quiénes son los *Knights of Columbus*?

—Un grupo de católicos de Nueva Haven creó una orden para ayudar a las personas desfavorecidas. Unos verdaderos ángeles. Por desgracia su fundador murió hace unos años. Yo llegué a conocerlo, un santo, el padre Michael J. McGivney. Un hombre de familia muy humilde, pero un sabio —dijo el arzobispo con las manos entrecruzadas, mientras jugueteaba nerviosamente con su anillo.

—¿Por qué se llaman Caballeros de Colón?

—Colón representa para los católicos un enviado de Dios para traer la fe de Roma a esta salvaje tierra de América. Fue sin duda un hombre providencial, de esos que sólo nacen cada quinientos años.

—¿Están muy extendidos? —preguntó Helen, mientras anotaba todo en su libreta.

—Muchísimo. Su orden se encuentra por todas partes. Nueva Hampshire, Illinois, Nueva Jersey, Pennsylvania, Delaware, también tienen casas en Canadá. Deben de ser más de cincuenta mil caballeros en todo el país.

—¿Cincuenta mil? —preguntó sorprendida la mujer.

—Maravilloso, ¿verdad? En tan poco tiempo, un verdadero ejército de Cristo. En Nueva York están empezando. Algunos de esos sacerdotes obreros han venido a quejarse de ellos, pero le aseguro que son un regalo del cielo —insistió el arzobispo, que con gesto nervioso comenzó a mover la pierna.

—¿Sabe algo más de ellos?

Los Caballeros de Colón colaboraron con el gobierno federal en el reclutamiento de voluntarios durante la 1ª Guerra Mundial, para lavar su cara de antipatriotas y conspiradores

—La verdad es que no. Pero puede contactar con ellos en Nueva Haven, seguro que estarán muy contentos de que difunda su labor social —dijo el arzobispo, dando por terminada la reunión.

Después de aquella reunión, el *Maine* estalló en La Habana y Helen aparcó su investigación por un tiempo; la actualidad mandaba y estaba dispuesta a demostrar cómo las mujeres del futuro siglo XX eran capaces de hacer las mismas cosas que los hombres.

Capítulo 25

Annapolis, Maryland, 20 de febrero

El campamento estaba apartado de la ciudad, perdido entre los bosquecillos que cubrían buena parte del estado. Las medidas de seguridad eran extremas. Un muro alto, media docena de perros sueltos y veinte hombres guardando el perímetro, los caballeros pensaban que ésas debían de ser razones suficientes para disuadir a cualquier curioso.

Aquella tarde, el nuevo Caballero Supremo visitaba las instalaciones de la orden, donde mil hombres recibían instrucción militar. Aquel campamento representaba la joya de la corona de la organización y era el modelo a seguir de los nuevos campamentos, que se estaban levantando a lo largo y ancho del país. Su ubicación era privilegiada, a unas horas de Washington, comunicado por mar por la Bahía de Chesapeake y equipado con las últimas armas y técnicas de entrenamiento militares.

El Caballero Supremo revisó a los caballeros en formación. Su aspecto era impecable, la elite dentro de sus más de cincuenta mil caballeros, un ejército al servicio de Dios. Las avanzadillas de doce millones de católicos en el país.

Mientras recorría las filas se acordaba de las últimas encíclicas del Papa, la *Rerum Novarum* y la *Diuturnum Illud*. Aquellas palabras diabólicas que León XIII había tenido que pronunciar al estar rodeado por sus enemigos; prisionero en su propia casa. Los rojos servidores de Garibaldi, la bota del II Reich de Bismarck, el gobierno satánico de la reina Victoria en Inglaterra y todos sus secuaces, todos ellos deberían estar muertos. Por fin el pueblo devoto se levantaría para parar toda esa ignominia. Y lo haría precisamente allí, en la tierra que Colón había descubierto quinientos años antes.

Campos de entrenamiento de los Caballeros de Colón. Donado más tarde al ejército de los Estados Unidos

CAPÍTULO 26

La Habana, 21 de febrero

Sin duda aquélla era una noche de misterios y sorpresas. Desde el espantoso relato del asesinato del padre Pophoski, la historia de la Orden de los Caballeros de Colón, que de nuevo aparecía y desaparecía abriendo más incógnitas que cerrándolas, hasta el intento de robo en el despacho del profesor Gordon y la insignia encontrada en el camarote del capitán Sigsbee. Todos aquellos enigmas conectados, pero al mismo tiempo disparatados y desconcertantes.

El profesor Gordon se levantó de la mesa y con un gesto algo teatral, se dirigió a sus invitados. Su cara resplandeció y, sonriente, levantó su copa. Todos sus invitados le imitaron.

—Sin duda, ésta es la mejor noche de todo el siglo. Caballeros y señora, me han sacado de la pereza intelectual de los últimos años, no puedo menos que revelarles un secreto. Con toda seguridad no tenga ninguna relación con homicidios, buques hundidos y maléficas órdenes intrigantes, pero puede que esté en el origen de este arcano —dijo el profesor enigmático.

—Profesor, será un honor escucharle. Si esto tiene una raíz desde la que podamos desentrañar el misterio, sin duda es usted el más adecuado para descubrirla.

173

—Me halaga, querido Hércules. Pero sólo soy un viejo profesor solitario, con dificultades para alcanzar el corazón de los hombres, lo que me vela el verdadero significado del mayor y más grande de todos los misterios. El alma humana.

El resto de los comensales se quedaron en silencio con los ojos clavados en el cuerpo desgarbado del profesor. El vino había suavizado la mirada del sabio, sus ojos húmedos anticipaban que aquella clase magistral era mucho más que eso, una clase magistral. Era un hombre desvelando el más profundo de sus secretos.

—Hay muchos protagonistas de la Historia que han ocupado mis horas. Héroes que me han fascinado hasta el punto de pasar días sin comer intentando encontrar en los libros su esencia, pero el hombre más atrayente de todos, el más misterioso y sublime es para mí Cristóbal Colón. *Christoforo Colonnus*, *Christofel Colonus*, *Cristoforo Colombo*, con todos estos nombres se le conoce, pero su verdadero nombre es Pietro Colón. El hermano franciscano Pietro Colón.

—No sabía que Colón hubiese sido fraile —comentó Hércules sin salir de su asombro.

Colon vestido de monje franciscano. En las últimas investigaciones se ha demostrado que Cristóbal Colón ingresó de joven en el monasterio de Evora (Portugal)

—Pietro Colón era un fraile, aunque por su servicio a Dios tuvo que ocultar su vocación durante años. Contentándose con mostrarse al mundo como un simple hermano terciario y un sencillo devoto de San Francisco, pero él fue novicio del monasterio de Évora junto a su hermano Bartolomé; que también cambió su nombre al ordenarse por el de Rafael. De que fue monje franciscano no hay la menor duda. Esta orden fue la que le acogió y ayudó en su empresa, presentándole en la Corte de los Reyes Católicos. También fueron los que le enseñaron todo lo que sabía. Con los religiosos aprendió astronomía, gramática, filosofía y teología.

—Pero, ¿por qué él no confesó su condición de religioso? —preguntó Helen.

—Desde 1476 la orden franciscana le preparó para una arriesgada misión que podía salvar a la Iglesia de Roma del desastre moral en el que se encontraba. Durante los años 1476 a 1478, Colón se estableció en Madeira, isla que usó como base para emprender viajes por África y Europa del norte, lo que le permitió conocer las corrientes marinas del Atlántico y prepararse para un viaje especial. Un viaje que desconocía por completo hasta que uno de sus superiores le mandó llamar urgentemente. El navegante acudió al Convento de La Rábida para hablar con Fray Antonio de Marchena, uno de los astrólogos y cosmógrafos más sabios de su tiempo.

—Pero eso no tiene nada de extraño, todo el mundo sabe que el Almirante estuvo en el monasterio de La Rábida y el propio hijo de Colón, Hernando de Colón lo relata en la biografía que escribió sobre su padre —comentó Hércules.

—Pero lo que no contó Hernando, con toda seguridad porque lo desconocía, es que Colón no fue el que presentó a los frailes su plan de descubrir nuevas tierras, fueron los frailes los que le comisionaron para que lo hiciera.

—¿Cómo? No puede ser —dijo el español sin dar crédito a lo que oía. El profesor Gordon era un hombre muy preparado, el pensador más sabio de América, pero aquella historia era descabellada.

—Si eso les sorprende, creerán que estoy perturbado cuando continúe narrando mi historia —dijo el profesor sin poder evitar una sonrisa. Le fascinaba observar cómo el conocimiento de las cosas era capaz de transformar por completo a cualquier ser humano. El profesor continuó su disertación. —Los franciscanos llevaban más de doscientos años protegiendo un secreto que podía devolver a la cristiandad su antiguo esplendor, esperando al hombre providencial que les ayudara a cumplir todas las profecías. Las profecías de Raimundo Lulio.

—¿Quién? —preguntó Lincoln que a duras penas lograba seguir la conversación en español.

—Raimundo Lulio, uno de los personajes más controvertidos del siglo XIII. El padre Feijoo en pleno siglo XVIII dijo de él que *por cualquier lado que se remirase era un objeto bien problemático: unos le hacían santo, otros, hereje; unos doctísimo, otros ignorante; unos iluminado y otros alucinado*. Renán, en cambio, lo colocó entre los grandes doctores medievales. Un hombre, sin duda, adelantado a su tiempo —el profesor guardó silencio unos instantes, dejando que sus invitados digirieran toda la información antes de continuar su increíble historia. —Instigó al Papa, los obispos y los reyes de toda Europa, para que conquistaran África con la fuerza del Evangelio. Logró que el papa Nicolás III mandara más misioneros franciscanos a los pueblos sarracenos y que se crearan varias escuelas especializadas en lenguas orientales para llevar el mensaje cristiano a todo el mundo. Pero eso no es lo que más nos interesa del doctor medieval. Lulio visitó Asís, la cuna de los franciscanos, y fue iniciado en un gran misterio.

—¿Un gran misterio? —preguntó Helen, mientras apoyaba los codos sobre la mesa, hipnotizada por la historia del profesor.

—Al parecer San Francisco sufrió su conversión después de leer un libro. Dicho libro revelaba grandes misterios y un secreto. Pero el santo conjuró a sus discípulos más cercanos para que no lo rebelaran hasta que llegara el hombre providencial. Lulio fue iniciado en el secreto, pero su carácter enérgico y rebelde le impulsó a abandonar precipitadamente Asís llevando el libro con él. Desde entonces sus hermanos franciscanos vertieron todo tipo de acusaciones sobre él para que terminara en la hoguera. Lulio, en venganza, descubrió una pequeña parte de los misterios en su libro *Cuestiones per artem demostrativam solubiles*.

—¿De qué trata ese libro? —dijo Hércules. El profesor se levantó e invitó a los asistentes a que pasaran al salón. Una vez sentados, el anfitrión se acercó a una de las estanterías de la sala y extrajo un libro encuadernado en una piel blanca muy pulida.

—Hay muy pocos ejemplares de este libro en el mundo. Por favor Hércules, puedes leer el párrafo —dijo el profesor señalando una de las hojas del manuscrito.

*Retrato de Raimundo Lulio, uno de los personajes
más controvertidos de su época*

—No sé tanto latín profesor.

—Es verdad. Se lo traduzco: «*Toda la principal causa del flujo y reflujo del
Mar Grande, o de Inglaterra, es el arco del agua del mar, que en el poniente estriba
en una tierra opuesta a las costas de Inglaterra, Francia, España y todo el continente
de África, en la que ven los ojos el flujo y el reflujo de las aguas, porque el arco que
forma el agua como cuerpo esférico, es preciso que tenga estribos opuestos en que se
afiance, pues de otro modo no pudiera sostenerse; y por consiguiente, así como a esta
parte estriba nuestro continente, que vemos y conocemos, en la parte opuesta del
poniente estriba en otro continente que no vemos ni conocemos desde acá*».

—Lulio habla de América —comentó Helen llevándose las manos
a la cabeza.

—Doscientos años antes de que Colón la descubriese —apuntó el profesor al tiempo que cerraba el libro. —Pero, ¿cómo sabía Lulio esto? El
doctor medieval no era astrólogo ni tenía conocimientos de física o cosmo-
grafía. Lo que hizo fue desvelar uno de los misterios de aquel libro. Lulio
murió poco después martirizado por los moros y el libro de San Francisco
desapareció. ¿Pueden imaginar en manos de quién estaba? Los franciscanos recuperaron el misterioso libro y el doctor medieval murió oportuna-

mente. El mismo libro que dio el padre Marchena a Cristóbal Colón en el monasterio de La Rábida en 1484. Poco después, el *Guardián de la Rábida*, que así se llamaba al padre Marchena, escribió a la reina Isabel, para que aceptara el proyecto de Colón.

Una copia del siglo XII del famoso Libro de San Francisco. El original del siglo XI se encuentra en la Biblioteca Vaticana

Las obras de Raimundo Lulio desvelaron algunos de los secretos del Libro de San Francisco, como la existencia de un continente en el occidente

—Pero, ¿por qué encomendaron esa misión precisamente a Colón? —preguntó Hércules.

—Colón era el hombre providencial. Bartolomé de Las Casas, tan poco dado a elogiar al descubridor dice de él que o Colón no era nada o tenía que ser el «*traedor y llevador de Cristo*». Su propio nombre lo indicaba *Christum ferens*, «*el que porta o lleva a Cristo*».

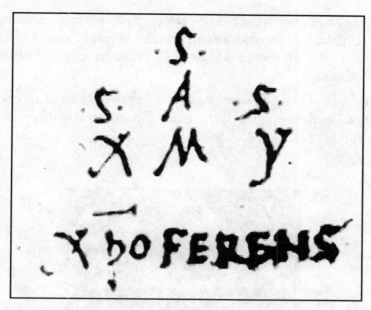

Firma de Colón. Esta firma es curiosa por qué en ella el navegante hace una evocación a Cristo, constituyendo en su portador o mensajero

—Pero, ¿cómo podemos saber que ese libro existió? Al fin y al cabo, no hay pruebas de que el libro que robó Lulio y recuperaron los franciscanos terminara en manos de Colón —comentó incrédulo Hércules.

—Además de la prueba del descubrimiento de América, tenemos el testimonio del propio Bartolomé de las Casas cuando dice *que Colón tenía certidumbre de que había descubierto tierras y gente, como si en ella personalmente hubiera estado y que estaba tan seguro de que iba a descubrir lo que descubrió y hallar lo que halló, como si dentro de una cámara con su propia llave lo tuviera.* Pero la prueba más importante es que yo mismo descubrí el libro en Santo Domingo.

Todos le miraron sorprendidos y Hércules le preguntó:

—¿El libro está en América?

—Efectivamente. El manuscrito que me pidió el vicerrector de la Universidad Católica de Washington y el mismo que, según creo, buscan los Caballeros de Colón.

—Pero, ¿qué valor tiene el libro ahora? Si lo que mostraba era cómo llegar a América, no creo que eso tenga mucha utilidad—comentó Lincoln, que por fin había atado todos los cabos y entendía lo que el profesor les estaba explicando.

—Yo no he afirmado que el libro fuera únicamente un mapa para llegar a América. Lo que esconde el libro de San Francisco es un misterio mucho más profundo.

Colón demostrando ante los doctores la existencia de un paso occidental hacia Asia

CAPÍTULO 27

La Habana, 21 de febrero

La luna llena de aquella noche alargaba la sombra de Vicente Yáñez. No le gustaba escaparse de su casa mientras su esposa dormía, pero junto al resto de los caballeros sentía el calor de una hermandad que trascendía a los lazos familiares. Unos meses antes vivía sin rumbo, empujado por la palpitante situación política de la isla, admirando a Martí, el líder de la revolución cubana, pero todo había cambiado. La causa revolucionaria era un pequeño reflejo de una lucha más importante y profunda. Entró en el edificio, descendió al sótano y tomó asiento en silencio esperando a que llegara el resto de sus hermanos. Poco a poco, todos los miembros de la orden fueron ocupando sus puestos, mientras charlaban animadamente unos con otros. Cuando llegó el Caballero Piloto los cuchicheos del resto de participantes cesó. Se sentaron alrededor de la mesa y pusieron sus espadas sobre ella. Tras el breve ritual de apertura, el Caballero Piloto comenzó a hablar.

—Esta hermandad lleva pocos años constituida en la isla pero, como parte de la gloriosa Orden de los Caballeros de Colón, el Caballero Supremo ha puesto en nuestras manos la llave para cambiar el futuro. No podemos permitirnos cometer más fallos. ¿Cómo es posible que todavía no hayan conseguido el libro de San Francisco?

—No se preocupe Caballero Piloto, esta misma noche recuperaremos el libro y el Caballero Supremo tendrá la llave para que la Iglesia de Roma recupere su grandeza perdida —dijo Vicente Yáñez con nerviosismo en la voz.

—Eso espero. Mañana llega el escudero León, tiene una misión secreta que cumplir, espero que le ayuden en todo lo que necesite. El informe que lleve al Caballero Supremo debe ser favorable.

Los caballeros se levantaron y tras convocarse a la Virgen Santísima, al gran Padre Celestial y a la Santa Iglesia de Roma, se despidieron. Yáñez salió de la sala y dejando los ornamentos en la entrada, tomó su sombrero y subió las escaleras. Ahora era un caballero de cuarto grado y los caballeros de cuarto grado conocían todos los misterios, pero también tenían que estar dispuestos a todos los sacrificios.

Madrid, 21 de febrero

Tras cerrar la puerta del consulado el secretario cruzó la calle a oscuras. Las farolas de gas escaseaban en la ciudad y los faroleros encendían manualmente las lámparas que apenas reflejaban una luz exigua y mortecina. La noche era extrañamente cálida para ser mediados de febrero, Young no se acostumbraba al clima español. En su ciudad, Nueva York, el clima era extremo pero sabías qué ponerte en cada momento. Caminó por la calle Alcalá hasta la Puerta del Sol y se perdió entre las callejuelas que llevaban al Teatro Real. La ópera en España era de muy baja calidad, pero una compañía italiana estaba en la ciudad y el secretario necesitaba relajarse un poco y olvidar las últimas semanas de trabajo agotador.

Dejó el sombrero y el abrigo en el ropero, subió hacia el palco y se sentó en la primera fila. El palco estaba vacío, un pequeño capricho que el secretario podía permitirse en un país pobre. No le gustaba que los ruidosos españoles le molestaran en uno de los pocos momentos en los que recuperaba la calma necesaria para seguir adelante.

La ópera empezó con puntualidad, otra rareza en el informal horario hispano. Se levantó el telón y Young por fin pudo cerrar los ojos y escuchar la música. Una sombra al fondo del palco se aproximó hasta colocarse justo detrás del secretario.

—Señor secretario, veo que compartimos gustos.

El secretario se estremeció, la voz era conocida, pero nunca hubiera esperado que ese individuo fuera capaz de asaltarle en un lugar público como aquél.

—¿Qué hace usted aquí? Nadie puede vernos juntos —susurró Young mirando a los palcos más cercanos.

—No se preocupe, he entrado cuando la ópera había comenzado.

—¿Qué quiere? ¿Más dinero?

—No. Tan sólo advertirle de que usted y su amigo no están cumpliendo su palabra. El embajador está haciendo intentos para llegar a un acuerdo con España. Nosotros estamos haciendo todo el trabajo sucio, pero si esto se supiera en Washington puedo asegurarle que rodarían muchas cabezas y la primera sería la suya.

—No se preocupe, el acuerdo es imposible, el gobierno español nunca aceptará renunciar a Cuba pacíficamente.

—Eso esperamos —dijo amenazante la voz.

La sombra salió del palco con tanta rapidez que Young tardó un momento en darse cuenta de que estaba de nuevo a solas. La visita inesperada de ese individuo había estropeado su único momento de tranquilidad. Teodoro tenía que saber lo antes posible que aquellos tipos empezaban a impacientarse.

Capítulo 28

La Habana, 21 de febrero

El profesor Gordon dejó solos a sus invitados y desapareció por una de las puertas del salón. Los tres se miraron sin poder ocultar su perplejidad. De todos los misterios relatados aquella noche, la fabulosa historia del libro de San Francisco y su relación con Colón era sin duda el más desconcertante. Lincoln se sentía inquieto. No lograba comprender la relación que tenía todo aquello entre sí. Estaba convencido de que todo era una desgraciada coincidencia. Aquel pequeño símbolo encontrado en el camarote del capitán Sigsbee era el resultado del descuido de algún oficial, sin conexión con la historia de Helen Hamilton y los Caballeros de Colón y, sin duda, muy alejada de las historias de aquel doctor lunático. Hércules parecía encantado escuchando a Gordon. El profesor representaba el eco de su pasado, cuando todavía creía que las cosas podían ser diferentes; tenía una misión, alguien a quien amar y su vida estaba repleta de sentido y propósito.

Mientras sus dos acompañantes pensaban en sus cosas, Helen se movía inquieta. Se levantó del sillón y comenzó a curiosear observando aquel salón repleto de aparatos que nunca había visto antes. Las emociones la embargaban; trabajar en un país desconocido y sin contactos era mucho más complicado de lo que imaginaba. La actitud de los hombres ante una mujer como ella era siempre la misma. Sorpresa e inmediato rechazo. La acogida de sus nuevos compañeros no podía haber sido mejor. Notaba el recelo del agente Lincoln, pero pensó que con el tiempo él también llegaría a aceptarla.

El profesor entró en la sala y todos dejaron sus pensamientos observando atentamente lo que el hombre llevaba en la mano derecha. Era un libro pequeño, encuadernado en una piel oscura y con un broche con un escudo dorado. Todos se reunieron alrededor del profesor y éste los llevó hasta el fondo del salón, donde había una mesa redonda con cuatro sillas.

—Señores y señorita, tienen ante ustedes el libro de San Francisco. Una pieza única, se lo puedo asegurar —dijo el profesor con una sonrisa complaciente. Se ajustó las gafas y mirando a Hércules dijo: —En mis manos corre serio peligro. Querido amigo, me temo que debo encomendarle una tarea muy importante. Deseo que sea usted el que custodie el libro.

Alargó el libro y lo puso en la mesa, cerca de Hércules. Éste negó con la cabeza, pero el profesor insistió, acercando el libro con la mano.

—¿Yo? Profesor no sabría qué hacer con él. Vivo en un hotel, no tengo ningún lugar donde guardarlo.

—Ya se le ocurrirá algo. Hay mucha gente detrás de este libro, el primer sitio que buscarán será aquí —dijo el profesor señalando a su alrededor.

—Pero, ¿qué hace tan importante a este libro? —preguntó Lincoln mirándole por encima. El profesor se lo arrebató de las manos y volvió a colocarlo encima de la mesa, cerca de Hércules.

—Ya les he dicho que esconde un misterio, pero además tiene un gran valor espiritual. No olviden que gracias a él, el enigmático San Francisco de Asís se convirtió e impulsó uno de los movimientos espirituales más importantes de todos los tiempos.

—Entonces tiene un valor simbólico, espiritual —comentó Lincoln con cierto desdén. El profesor le hincó la mirada y continuó explicándose.

—He dicho que tiene un valor espiritual, pero me temo que los que quieren apoderarse de él buscan algo más material. Un secreto que oculta el libro y que puede cambiar el futuro.

—El libro es una especie de tratado místico —dijo Helen, que con sus clases de español había estudiado a los místicos del siglo XVI.

CAPÍTULO 29

Washington, 21 de febrero

El reloj de la iglesia presbiteriana repicó en medio de la noche. Roosevelt dejó caer sus anteojos y contempló al resto de personas reunidas en la habitación. Aquel encuentro rozaba la imprudencia, pero no podía posponerlo por más tiempo. Los hombres más poderosos de Norteamérica estaban en aquella pequeña sala de hotel. Edward Atkins, uno de los propietarios de plantaciones de azúcar más importantes del mundo. El secretario de Estado Richard Olney y el todopoderoso señor Havemeyer, propietario de grandes plantaciones en Cuba. También estaba aquella noche el dueño del *Journal*, William R. Hearst.

—Señores, esta reunión es muy peligrosa, pero los acontecimientos nos obligan a vernos de nuevo —explicó Roosevelt. Miró las caras de todos, su disgusto podía observarse en su gesto serio.

Todos asintieron con sus cabezas. Aquellos hombres de negocios no estaban acostumbrados a reunirse clandestinamente a altas horas de la noche, pero aquella ocasión era especial.

—Todo se ha precipitado. Queríamos apretar las tuercas a los españoles pero puede que el asunto se nos escape de las manos —comentó Roosevelt. —Lo que está claro es que ya no hay marcha atrás. Hay que prepararse para la guerra.

—Pero el presidente no parece muy resuelto a lanzarse a una guerra —dijo sonriente Hearst. Sus dientes brillaron como perlas, hasta convertir su expresión en mueca.

—La Comisión de Investigación de la Marina está a punto de llegar a La Habana, pero sólo cabe un dictamen: lo hicieron los españoles. ¿No es cierto, caballeros?

Hearst se movía inquieto en su silla, era consciente del gran poder que le daban sus periódicos, pero por primera vez se movilizaba a la opinión pública para estar en contra de un presidente de los Estados Unidos.

—Mis periódicos harán todo lo posible para que se haga justicia. Esos malditos españoles han provocado todo esto. Hace años que venimos ofreciéndoles dinero para que se olviden de sus aires de grandeza. Si ellos hubiesen cedido, el *Maine* nunca hubiera atracado en La Habana.

—Muchas gracias señor Hearst, nadie duda de su patriotismo. Y todo esto es cuestión de patriotismo. Aquellos chicos, aunque fuesen negros —comentó Roosevelt con cierta ironía— eran nuestros chicos.

—Por lo menos los oficiales no sufrieron daño. Al parecer se encontraban en un baile —informó Hearst.

—Un baile sabiamente organizado por nuestro cónsul Lee —comentó Atkins, mientras fruncía el ceño.

—Lee siempre tan oportuno —añadió Roosevelt.

—Nuestras importaciones de azúcar han bajado notablemente desde que los revolucionarios se levantaron en 1885, no podemos mantener este ritmo de pérdidas —dijo Atkins.

—Los intereses de los norteamericanos son los intereses de Norteamérica. Les prometo que antes de un mes el Congreso unánimemente proclamará la independencia de Cuba. Una independencia tutelada, naturalmente —comentó Roosevelt mirando uno por uno a todos los interlocutores.

—Y, el presidente —dijo Hearts.

—El presidente McKinley tendrá que asumir el liderazgo mundial de los Estados Unidos o dejar paso a otro para que ocupe su lugar.

La reunión se disolvió en unos segundos, pero Hearst y Roosevelt caminaron juntos hacia el Capitolio. El viento cortaba la cara y una tupida lámina de nieve emblanquecía la Capital. Las solitarias calles ocultaban la efervescente actividad de la ciudad, que se preparaba para la guerra.

—Teddy, hay muchos cabos sueltos. La periodista del *The Globe* está en La Habana, ese periodicucho de segunda hace demasiado ruido.

—Tranquilo, esa mujercita no podrá descubrir nada que impida la guerra.

—¿Y los agentes?

—Ese negro y el español borracho. Por favor, esos tipos no reconocerían ni a su propia madre —dijo Roosevelt al tiempo que levantaba las manos.

—Pero, también está el asunto de la Comisión.

—La Comisión es de la Armada y dirá lo que la Armada determine.

Cuando llegaron frente al Capitolio los dos hombres se separaron sin despedirse. Roosevelt entró en el edificio con una idea en la mente, el presidente tenía que entrar en razón, había demasiado en juego. El momento de Norteamérica había llegado y nadie podía detener su destino. La Providencia estaba otra vez de su lado.

Capítulo 30

La Habana, 21 de febrero

El eco de los cascos de varios caballos se detuvo frente a la villa del profesor Gordon. Cinco hombres descabalgaron apresuradamente y tomando sus rifles entraron en el jardín de la casa. El ruido no pasó desapercibido a sus moradores. Lincoln y Hércules miraron a través de las cortinas y preguntaron al profesor si había alguna salida trasera que pudieran usar. Gordon dudó unos segundos, recogió el librito de la mesa, lo apretó contra su pecho y con un gesto les indicó que le siguieran. Caminaron hasta la cocina y escaparon por una puerta que daba al jardín. Justo cuando cruzaban el jardín trasero de la casa, escucharon a sus espaldas el estruendo de una puerta que se hacía añicos y el chasquido de varios cristales rotos. Huyeron por la pendiente hasta un bosquecillo y tomando algo de aliento, Hércules propuso que el grupo se dividiese en dos. Lincoln debía acompañar al profesor hasta «La Misión»; Helen y él se reunirían más tarde con ellos.

Lincoln agarró al profesor del brazo y se alejó entre los árboles. Helen y Hércules marcharon en dirección contraria. La mujer no avanzaba mucho, su vestido no le permitía correr muy deprisa. Pero, en contra de lo que pensaban, nadie los perseguía aquella noche.

Vicente Yáñez entró en la casa con la esperanza de encontrar al profesor Gordon y sacarle, por las malas o por las buenas, dónde había escondido el libro. Cuando entraron no vieron a nadie. Las luces del salón estaban aún encendidas, encima de la mesa quedaban algunas tazas de té, pero ni rastro del maldito profesor. Revolvieron todos los cajones, rebuscaron en las estanterías, cubriendo el suelo con decenas de libros y rasgaron hasta los colchones de plumas, pero no encontraron nada.

Yáñez se sentía furioso. Gritó a sus hombres que lo quemaran todo. Estaba seguro de que el libro no lo habían escondido allí. El profesor era muy precavido, pero, si no se encontraba en el despacho ni en su casa, ¿dónde podía estar a esas horas el viejo profesor?

Lincoln se puso delante de una berlina cuando llegaron a la calle principal. El cochero frenó los caballos que estuvieron a punto de arrollar al agente. El profesor y él subieron con rapidez. El norteamericano indicó la dirección al cochero, pero éste le advirtió que los dejaría a dos manzanas de aquella zona, no quería meterse en líos. Los hombres aceptaron y el caballo empezó a correr calle abajo hasta la bahía.

El agente norteamericano no entendía por qué Hércules quería reunirse con ellos en aquel antro. Acaso temía que los que perseguían al profesor les hicieran una visita en su hotel. Cada vez las cosas se embrollaban más y él estaba convencido de que el maldito libro al que el profesor se abrazaba los alejaba de su verdadera investigación.

Hércules y Helen escaparon en mitad de la noche. La periodista se cayó y levantó varias veces, enredada en su propia falda, rechazando el brazo del español. Cuando ella pensaba que no podía correr más, Hércules le indicó una calle y salieron a una plaza amplia. Al fondo, unos cocheros dormitaban en sus carrozas. Montaron en la primera y le indicaron el destino al cochero.

—Una noche intensa —señaló Hércules observando a la mujer de arriba abajo.

—Muy intensa. Estoy acostumbrada a tratar con delincuentes, pero no a escapar de ellos —dijo Helen jadeante. El pecho le subía y le bajaba con fuerza. Hércules la miró y la chica se sintió azorada y se ruborizó.

—Los que han entrado en la casa del profesor no eran delincuentes, me temo que eran caballeros de la orden de la que usted nos habló. Quieren el libro y no ahorraran medios para conseguirlo —continuó diciendo Hércules, apartando la vista y vigilando por la ventana.

—Ya les comenté que en Nueva York no se andaban con chiquitas. Esas personas son verdaderos fanáticos y creen formar parte de un ejército al servicio de Dios.

—Usted no nos contó todo lo que sabe de ellos, ¿verdad? —preguntó Hércules, mirado a los ojos de la chica, que brillaban dentro de la cabina de la carroza.

—Siempre hay que guardar un as debajo de la manga —contestó ella sonriente.

—Irrumpe en medio de nuestra investigación y quiere que confiemos en usted, pero no es totalmente sincera con nosotros.

—No puedo decirle más, primero tengo que comprobar unos datos —se excusó y bajó la mirada.

Hércules contempló su pálida cara, que aparecía y desaparecía reflejada por la intermitente luz de la ventana.

—Me temo que no le agradará mucho el sitio adonde nos dirigimos —comentó Hércules a sabiendas de que la periodista presumía de una gran entereza.

—No se preocupe, no hay nada más sórdido que los puertos de Nueva York —comentó la periodista, pero se equivocaba. Sí lo había y no tardó mucho en descubrirlo.

Capítulo 31

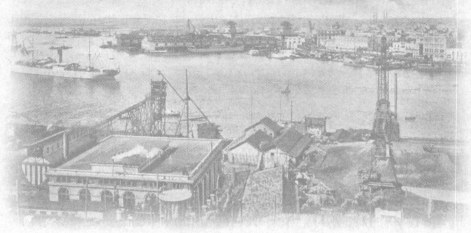

La Habana, 21 de febrero

El sol salía al fondo de la bahía cuando el *Mangrove* entró en el puerto. Los comisionados estaban en la cubierta superior observando las maniobras de aproximación. Después de pasar toda la noche en vela, aquellos cuatro marinos se encontraban impacientes por ponerse manos a la obra. No pudieron dejar de contemplar la razón por la que se encontraban aquella mañana allí. Uno de los mástiles del *Maine* asomaba entre el grupo de barcas que acordonaban la zona. El capitán William T. Sampson se mesó el bigote y produciendo un gran suspiro miró al resto de la comisión. El capitán French Chadwick, el mayor del grupo, el capitán de corbeta William Potter y como secretario de la comisión, el capitán de corbeta Adolph Marix, asintieron. Aquella situación les incomodaba a todos. Sabían que los ojos de América estaban puestos sobre ellos.

El capitán Sampson había aceptado el cargo de presidente de la comisión a regañadientes. Estaba al corriente por un amigo del ministerio de que al principio el contralmirante Sicard había elegido una comisión mucho más dócil, compuesta por capitanes jóvenes de Nueva York, todos muy cercanos al subsecretario Roosevelt. Lo que menos deseaba el capitán Sampson era encontrarse en medio de una tormenta política. Al parecer, todo el mundo creía que el presidente McKinley había rechazado la primera comisión, al pensar que era demasiado manipulable, pero Roosevelt logró mantener entre los miembros de la nueva comisión al capitán Potter. De todas formas, Sampson no lograba entender por qué le habían elegido precisamente a él como presidente de la comisión. Hasta aquel momento su trabajo había sido burocrático, encargado del servicio de *Negociado de Armamento de la Armada*. Su especialidad en explosivos era limitada y sus conocimientos sobre ingeniería de buques eran básicos.

Una brisa suave soplaba aquella madrugada, pero al contacto con el cuerpo sudoroso, el calor húmedo se volvía pegajoso. El capitán Chadwick se quitó la gorra y pasó un pañuelo por su cabeza completamente rapada. Le quedaban muy pocos meses para la jubilación y aquel viaje agotador no le hacía mucha gracia. En los últimos meses capitaneaba el *Nueva York*, pero el mar le agotaba, sobre todo después de llevar muchos años en Washington como jefe de *Negociado de Equipamiento*. Sus conocimientos relacionados con el carbón y la electricidad parecían ser las causas de su elección como miembro del tribunal.

Cuando el barco se detuvo por completo, los cuatro hombres subieron a una barcaza y se acercaron al puerto.

El primero en pisar tierra firme fue el capitán Potter. Ninguno de sus compañeros entendía por qué le habían elegido para aquella misión. Potter, a pesar de su juventud, tenía una próspera carrera en la Armada. Un hombre de acción con limitados conocimientos técnicos, pero muy impulsivo y agresivo.

En el puerto los esperaba una pequeña comitiva. El embajador Lee vestía un impecable traje blanco de lino, sus sienes grises estaban protegidas por un sombrero tejano y en los labios destacaba un prominente puro. A su lado estaba el capitán del *Maine*, Sigsbee, que con su uniforme impecable no paraba de juguetear con sus guantes blancos. Pero junto a ellos se encontraban dos hombres vestidos con uniforme español.

—Caballeros, les presento al capitán Sigsbee —dijo el embajador adelantándose unos pasos al resto del grupo.

—Encantado —dijo Sigsbee a pesar de que su rostro mostraba la tensión y el cansancio acumulado de los últimos días.

—Éstos son el capitán Don Pedro del Peral y Caballero, y el alférez Don Francisco Javier de Salas y González —dijo Lee, sin ocultar su ofuscación por la presencia de los oficiales españoles.

—Encantado señores —respondió el capitán Sampson. —Como sabrán tenemos órdenes estrictas de no formar una comisión conjunta ni informarles de nuestras investigaciones.

—Capitán Sampson, estamos al corriente. Tan sólo queríamos darles la bienvenida a La Habana y hacerles entrega del informe que hemos realizado —dijo el capitán Del Peral. Sampson dudó unos instantes y miró al embajador. Lee hizo un ligero gesto negativo, pero el capitán norteamericano terminó por extender el brazo y recoger el informe. —Muchas gracias en nombre del gobierno de los Estados Unidos.

Capitán Sampson, presidente de la Comisión de Investigación de la Armada de los Estados Unidos de América

—Les dejamos —se despidió Del Peral. —Que tengan, dentro de lo posible, una feliz estancia en Cuba.

Lee fulminó con la mirada al capitán Sampson, ya le habían advertido que el capitán era un hombre testarudo e independiente, pero era inadmisible aquella falta de respeto hacia un embajador de su país. Cuando los españoles estuvieron a suficiente distancia, Lee pudo expresar toda su ira.

—¡Capitán! ¿Por qué ha cogido el informe de los españoles? —preguntó Lee con la cara totalmente roja.

—Mi obligación es recopilar el mayor número de información posible.

—Pero ellos son parte en esta investigación, no son jueces imparciales —contestó el embajador, al tiempo que pegaba su cara a la del capitán.

—Nosotros también lo somos, señor embajador.

—El embajador tiene razón señor —comentó el capitán Potter.

—Yo soy el presidente de esta comisión. Si tienen alguna queja preséntenla por escrito y yo, personalmente, se la haré llegar al secretario Long.

Sampson se colocó el informe debajo del brazo y dio la conversación por zanjada, pero el grupo de hombres percibió que ponerse de acuerdo en el más mínimo punto no iba a resultar sencillo.

El capitán Sampson comenzó las sesiones aquella misma tarde. Habían pasado seis días desde la explosión y no quería perder más tiempo con formalismos innecesarios. El primero en recibir la citación de la Comisión fue el propio capitán Sigsbee.

La intervención del capitán del *Maine* fue muy poco convincente. Se percibía su nerviosismo, la vaguedad en sus respuestas y las lagunas que tenía desde el punto de vista técnico. Informó a la comisión de las medidas de seguridad que había adoptado para evitar un sabotaje, pero tuvo que reconocer que a lo largo de la estancia del barco en el puerto, decenas de personas, la mayor parte cubanas, habían visitado el acorazado.

Durante su declaración intentó echar por tierra la teoría de que la explosión tuviera una causa interna. Sigsbee hizo especial énfasis en las revisiones de temperatura en las calderas y en el buen estado de los cuartos de paños de munición. Su versión estaba corroborada por el hallazgo de las llaves de la carbonera, encontradas por los buzos en la habitación del capitán; por lo que nadie pudo entrar en ellas, después de la última revisión.

Primera reunión de la Comisión de Investigación de la Armada.
De izquierda a derecha: El capitán French Chadwick, el capitán
William T. Sampson, el capitán de corbeta Adolph Marix
y el capitán de corbeta William Potter. Frente a ellos uno
de los testigos y en otra mesa el secretario

El otro asunto importante era determinar si los torpedos del barco estaban desarmados. El capitán del *Maine* sostuvo durante su declaración que los detonadores de los torpedos estaban guardados en popa y que, por tanto, era imposible que hubieran detonado en la proa del barco.

El capitán Sampson tomó la palabra, ya que el peso del interrogatorio lo había realizado el capitán Chadwick hasta ese momento.

—Capitán, ¿cuántos visitantes exactamente subieron al barco en las últimas semanas?

—No tengo esos datos, mis cuadernos se hundieron con el *Maine*, pero el embajador podrá darle debida cuenta de ello, ya que todos los visitantes fueron invitados por él —dijo Sigsbee, mientras se estiraba en la silla.

—Pero, podrá darnos una media —insistió Sampson.

—No sé, tal vez medio centenar de personas.

—¡Medio centenar! —bramó Sampson.

—El embajador... —tartamudeó el capitán del *Maine*.

—¡Qué embajador! —bramó el capitán interrumpiendo a Sigsbee. —El *Maine* era un barco de guerra, no uno de recreo. Usted vino aquí con una misión de vigilancia. En estado de máxima alerta.

—Lo sé señor, pero el embajador.

El embajador Lee era cónsul general en La Habana y sobrino del famoso general confederado Lee

—Las órdenes las da el alto mando de la Armada y no el embajador Lee —dijo intentando recuperar de nuevo la serenidad. —¿Cuántos hombres ha comentado que están muertos o desaparecidos?

—Doscientos sesenta hombres de trescientos cincuenta y cinco.

—¿Cuántos heridos?

—Cincuenta.

—¿Y oficiales muertos?

—Dos.

—¿Tan sólo dos?

—Los dos que estaban de guardia aquella noche.

—¿Qué pasó con el resto de los oficiales? Capitán.

Sigsbee dudó unos segundos, se pasó los dedos por el cuello de la chaqueta y contestó:

—No estaban a bordo.

—¿No estaban a bordo? —preguntó Sampson frunciendo el ceño.

—No, señor. La mayoría estaban asistiendo a una representación en el teatro Albizu y otros de visitas en diferentes casas.

—¿Dio permiso a todos los oficiales del barco?

Sigsbee no supo qué responder. A ratos se secaba el sudor de la frente, miraba con los ojos brillantes a través de sus lentes al resto de oficiales sentados a la mesa. Parecía que en cualquier momento iba a derrumbarse.

—Señor, considero que no estamos aquí para condenar o juzgar al capitán Sigsbee, sino para esclarecer los hechos y demostrar que los españoles pusieron una mina que hizo estallar por los aires uno de nuestros buques de guerra —argumentó Potter en un tono poco respetuoso hacia el presidente.

—Señor Potter, comprendo que usted tenga muy claras todas las cosas, pero esta comisión lo único que tiene claro es que, en la noche del 15 de febrero, debido a una explosión, un barco de la Armada de los Estados Unidos se hundió dejando doscientas sesenta y seis viudas —comentó Sampson y luego se dirigió de nuevo al capitán. —Le he hecho una pregunta, por favor, ¿es tan amble de responder a esta comisión?

El Mangrove fue el barco dónde se realizaron los interrogatorios

—Teníamos órdenes de confraternizar con los isleños y crear un clima de confianza —se excusó Sigsbee.

—Bueno, será mejor que pasemos a otro tema —determinó Sampson, zanjando el asunto. —¿Cómo van las tareas de buceo?

—Se están realizando con serias dificultades —dijo Sigsbee respirando con cierto alivio. —El fondo del puerto está opaco, el agua se encuentra contaminada y un cieno blanco dificulta que se camine por el lecho. Los restos de hierro hacen que se enreden los tubos de los buceadores y, debido a eso, hemos sufrido varios accidentes. Por otro lado, nuestros buzos no son expertos y no ayudan mucho a la hora de describir lo que ven en el fondo de la bahía.

—Ordene inmediatamente al alférez Wilfred van Nest Powelson del *Fern* que se haga cargo de los trabajos de buceo —mandó Sampson al secretario. —Capitán Sigsbee, muchas gracias por su ayuda. Puede retirarse.

Sigsbee se levantó y con paso cansado abandonó la sala. Los miembros de la Comisión comenzaron a charlar mientras pasaba otro de los oficiales del *Maine*. De repente el embajador Lee entró en la sala como una exhalación, gritando y agitando los brazos.

—¡Los buzos han encontrado varias cajas de los paños de municiones intactas! La explosión debió de ser externa—concluyó el embajador. —He enviado un mensaje a Washington informando de los nuevos hallazgos.

—¿Que ha hecho qué? —preguntó Sampson sin dar crédito a lo que escuchaba.

—He enviado noticias a Washington, la explosión fue externa—repitió Lee, enfatizando cada palabra.

Restos del Maine en el puerto de La Habana

—Embajador Lee, ¿por qué no deja ese trabajo a verdaderos profesionales?, ésta es una investigación de la Armada. Esos paños de municiones pueden ser de la sala H, D o L. En la sala H hay municiones de 6 mm, en la D de 9 mm y en la L de 14 mm, todas ellas en la zona de proa, donde se produjo la explosión. ¿Sabe qué tipo de armamento se ha encontrado en esas cajas? —dijo Sampson tan ofuscado que su bigote no hacía más que subir y bajar, como si escupiera las palabras. El embajador se quedó callado y el capitán Sampson añadió: —La sala L, en la que estaba la munición y la pólvora de mayor calibre se encontraba al lado de la sala de calderas.

—No me venga con tecnicismos —dijo el embajador intentando salir del atolladero donde se había metido.

—Precisamente todo el asunto va sobre tecnicismos, pero ya que está aquí, necesito que me facilite lo antes posible la lista de personas que fueron invitadas a subir al *Maine*. También quiero un informe sobre los diferentes grupos armados que operan en la isla. Por último, que investigue el tipo de minas que usa la armada española en Cuba. Muchas gracias. Puede retirarse.

Lee no se movió. Miró a todos los miembros de la Comisión y dirigiéndose a Sampson le señaló con el dedo y dijo:

—Tendrá sus informes, no se preocupe. Pero será mejor que no prolongue esto más de lo necesario.

—¿Me está amenazando embajador Lee?

—No, tan sólo le estoy advirtiendo. Nuestro país quiere justicia y ningún burócrata podrá apagar su voz.

—Señor Lee, lo que nuestro país quiere es la verdad, y eso he venido a buscar aquí, la verdad.

Capítulo 32

La Habana, 21 de febrero

El ruido cesó a primera hora de la mañana. Durante toda la noche, los gemidos, los suspiros y los gritos de los borrachos habían acompañado al pequeño grupo. Los hombres habían cedido la cama a la señorita y se habían instalado en el suelo y el sillón. Hernán les había dejado su pequeño cubículo, en medio del prostíbulo, un lugar confortable y limpio, pero que se encontraba en un sitio infecto y deprimente.

Una noche tan agitada como la que habían vivido terminó por rendir a todos; el último en dormirse fue el profesor Gordon, que acostumbrado a sus insomnes investigaciones, tardó más que el resto en caer en los brazos de Morfeo. Lincoln se despertó con la espalda molida, la fina alfombra no amortiguaba la rigidez del suelo. Sus compañeros permanecían dormidos en medio de las penumbras del cuarto. Unas pesadas cortinas bloqueaban la luz de la mañana, impidiendo que entrara con toda su fuerza. El norteamericano se levantó y a trompicones descorrió el pesado cortinón. El sol penetró con fuerza y el resto del grupo fue despertándose. Hércules estiró los brazos y una vez en pie, intentó colocarse su ropa desajustada y arrugada. Necesitaba un baño. Miró a Helen y comprobó que ella se había levantado de la cama perfectamente vestida, como si no se hubiera movido en toda la noche para no despeinarse ni un pelo. El profesor fue el último en incorporarse haciendo muecas de dolor a medida que sus huesos chasqueaban. Los cuatro se reunieron alrededor de la mesa. En ella, alguien había depositado varios tipos de frutas, una tetera y algunos dulces. Los cuatro desayunaron en silencio, hasta que Hércules empezó a planificar el día.

—Bueno, creo que es evidente que éste es un lugar de operaciones ideal.

—Por la noche, el sonido de este antro es infernal —comentó Helen, discrepando de la opinión del español.

—Usted, Helen, puede volver al hotel —contestó bruscamente Hércules. —En principio nadie la busca y no pienso que aquellos hombres la viesen anoche. Lincoln y yo también volveremos al hotel, pero usted profesor se encuentra más seguro permaneciendo escondido aquí.

—Pero, ¿qué voy a hacer encerrado en esta covacha? —señalando con cierta grima las cuatro paredes del cuarto.

—No se preocupe, le traeremos trabajo y Hernán puede ser un buen anfitrión cuando se lo propone.

—¿Quién? ¿Ese proxeneta de bajos fondos? —preguntó Lincoln.

—Hernán antes de ser un proxeneta fue un hombre inteligente y preparado. Esta maldita guerra está destrozando el alma de esta isla —se lamentó Hércules.

—Pero, ¿de qué conoce a su... amigo? —preguntó el profesor.

—Es una larga historia, pero podemos decir que es como de mi familia. Quiere esclarecer la muerte de un familiar y por eso nos ayudará.

—Espero que no nos venda al mejor postor, por unas pesetas —añadió Lincoln.

—Confío en él —afirmó Hércules.

—Hércules, no me gusta cómo está llevando esta investigación. Desde que llegué he intentado ser paciente con usted. No conocía el terreno y pensé que sería útil seguir sus consejos, pero sus decisiones nos han llevado a esta situación absurda —dijo Lincoln desahogándose.

—Lo comprendo. Pero creo que todo esto puede ayudarnos en la investigación. Los Caballeros de Colón aparecen por todas partes, opino que no es una pérdida de tiempo seguir esa pista. De todas formas, pensaba que usted y la señorita Helen podían hacerse con la lista de los invitados al *Maine* en estas semanas, interrogar a algunos supervivientes e intentar sonsacar a algún miembro de la comisión. Creo que dijeron que llegaban hoy.

Hércules miró al agente, suavizó el gesto y terminó por sonreír. Lincoln le mantuvo la mirada. Aquello le parecía razonable, todo menos lo de ir con Helen a investigar nada. La prensa sólo podía darles problemas. Pero empezaba a cansarse de obedecer las órdenes del español.

—Y usted, ¿qué hará? —preguntó Lincoln.

—Interrogar a los dos profesores que pertenecen a los Caballeros de Colón, informarme de si alguno de los miembros de la tripulación pertenecía a dicha orden e indagar cómo van las investigaciones que está realizando la policía y la Comisión española.

—Puede que sea más necesario que le eche una mano a usted —comentó Lincoln. —Su entrevista con esos Caballeros de Colón puede ser peligrosa y seguro que la señorita Helen se moverá mejor sin cargar conmigo —terminó diciendo mientras miraba a la periodista de reojo.

—Como quiera, pero luego no se queje —añadió Hércules.

Helen refunfuñó, pero no dijo nada. Tampoco le dio tiempo, ya que en ese momento Hernán entró en la sala y todos miraron su pálida cara y sus afectos ojos negros. Hizo un gesto de molestia hacia el foco de luz de la ventana, pero poco a poco recuperó su sonrisa maliciosa.

—Espero que hayan descansado en mi humilde hogar. Cualquier cosa que necesiten, tan sólo tienen que pedirla. Lo único que les suplico es que la señorita entre y salga con discreción, acompañada siempre por alguno de ustedes. No puedo responder por mis clientes —dijo Hernán, al tiempo que enseñaba sus dientes amarillentos imitando algo que parecía una sonrisa.

—No te preocupes Hernán, no queremos causarte más problemas —contestó Hércules. —¿Has escuchado algún comentario sobre una orden llamada los Caballeros de Colón?

—Algo he oído. Unos caballeros a los que les gusta disfrazarse por las noches, unos fanáticos religiosos, pero no creo que sean muy peligrosos —concluyó el proxeneta, mientras se acariciaba la barbilla con la mano.

—¿Quién te ha hablado de ellos?

—Un lacayo. El mayordomo de un noble.

—¿Un noble?

—Sí, pero no le di mucha importancia. No sé de qué noble se trata. Los comentarios y rumores en este sitio son de lo más increíble —dijo Hernán, al tiempo que se acercaba a uno de los rincones de la habitación, donde varias imágenes de santos y vírgenes formaban un altar, retiró unas flores marchitas y se dirigió a la puerta.

—¿Podrías enterarte de dónde se organizan esas veladas?

—Intentaré averiguar algo —respondió Hernán con su sonrisita socarrona, antes de cerrar la puerta.

Hércules se puso en pie anunciando a todos que tenían mucho trabajo por hacer y que no tenían tiempo que perder. En unos pocos días la Comisión norteamericana realizaría su investigación, terminaría sus conclusiones y entonces no servirían para nada todos sus esfuerzos.

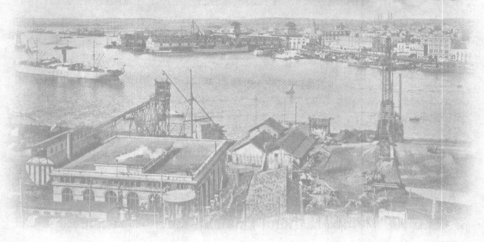

CAPÍTULO 33

La Habana, 21 de febrero

El club de oficiales permanecía en penumbra durante las horas más calurosas del día. El aroma a puros habanos, café y el perfume a rosas frescas de los floreros creaban una atmósfera relajante, parecida a la de un salón de caballeros de Londres. Los salones, vestidos con finas telas, maderas nobles y lámparas de araña, tenían la suntuosidad de las mansiones parisinas. Aquél era el último refugio de los restos del imperio español. Unas estancias que rezumaban la grandeza perdida, casi extinguida por una imparable decadencia.

En uno de los cómodos sofás el capitán Del Peral leía los periódicos de Madrid y de Washington. El oficial intentaba entretener su mal humor relajándose con las desgracias de un mundo que se deshacía. En el cenicero descansaba su puro y en una mano removía sin parar una copa de brandy. El todavía joven oficial prefería acudir a aquellas horas al club. Mientras la mayor parte de sus compañeros dormía la siesta bajo las mosquiteras de sus casas y el salón estaba desierto y en silencio. Pero, a pesar de que estaban todos los elementos que le producían placer, no lograba apartar de la mente la humillante escena en el puerto. El Almirante Mantorella los había obligado a entregar una copia de su informe a los norteamericanos. Algo inadmisible. En primer lugar, porque el informe no estaba terminado. Quedaban demasiados cabos sueltos, pero lo que era aún más importante, esos *yanquis* no se merecían tanta cordialidad.

Hércules logró colarse en el club gracias a su amistad con algunos de los soldados que hacían guardia en la puerta. Los convenció de que a aquella hora nadie advertiría su llegada. Lo realmente complicado consistió en que permitieran la entrada del agente Lincoln. Un hombre de color y norteamericano, algo inadmisible para los exclusivos clubes del ejército. Al final, el nombrar al Almirante Mantorella fue suficiente para que les franquearan la entrada del edificio. Subieron por la escalinata central de mármol blanco y una vez en el salón principal, se acercaron al único hombre que estaba sentado en el amplio salón.

—Capitán Del Peral —dijo Hércules con una voz neutra. El capitán alzó la mirada del periódico y tras observar unos segundos a la extraña pareja, decidió ignorarlos. Hércules volvió a repetirle: —Capitán, como comprenderá esto me gusta menos a mí que a usted.

—No sabía que dejaban pasar a borrachos en este club —contestó Del Peral sin levantar la vista. Hércules se contuvo. Sabía que si respondía a sus provocaciones no podrían sacarle ni una sola palabra.

—Capitán, le ruego que olvide el pasado. Estoy aquí en calidad de agente de la Armada.

—Ya había oído ese disparatado asunto. Un borracho comisionado para descubrir el misterioso hundimiento del *Maine*. Veo que vienes acompañado de tu esclavo negro.

Lincoln cerró los puños y apretó los dientes. No iba a admitir un insulto de ese tipo. Su padre había sido esclavo la mayor parte de su vida y no estaba dispuesto a aceptar que aquel tipo le ofendiera. Hércules le puso la mano en el hombro y con un gesto le tranquilizó. Hércules avanzó un paso y muy tieso le dijo:

—George Lincoln es un agente de los Estados Unidos.

—Típico de ti, introduces a un espía de un gobierno extranjero en un club de oficiales y esperas que hable con él sobre una investigación de la Armada de su Majestad. Veo que a estas horas ya estás completamente beodo —dijo el capitán tomando un trago, mientras saboreaba su victoria.

—Esta investigación está autorizada por el Almirante y apoyada por los presidentes español y norteamericano. Tu deber es colaborar —dijo Hércules perdiendo la paciencia.

—¿Mi deber? Tú me hablas de deber —dijo Del Peral, mientras soltaba el periódico y con el dedo índice señalaba a su antiguo compañero. —Con tu deserción nos dejaste a todos en una difícil tesitura. Se disolvió la agencia de inteligencia y todos fuimos investigados y enviados a destinos de castigo, por aquel asunto de los campos de concentración.

—¡Lo siento!

—Lo siento, sólo se te ocurre decir eso —dijo el capitán, al tiempo que su cara enrojecía.

—Por el bien de todo lo que dices defender, por favor colabora con nosotros y respóndenos a unas preguntas. ¿Prefieres que tu orgullo quede intacto o evitar la muerte de más gente inocente? —le pidió Hércules en tono reconciliador.

El oficial se acarició la barba y sosegándose volvió a recostarse sobre el sillón. Por su mente pasaron como un rayo los últimos años. Hércules y él habían estudiado juntos, compartido destino y pertenecido a la agencia de inteligencia de la Armada. Ahora, eran poco más que dos desconocidos separados por un abismo de rencor.

—Responderé a lo que pueda —determinó el capitán al tiempo que recogía el puro del cenicero.

—Está bien —dijo Hércules aproximando una silla. En ese momento uno de los camareros de color se acercó, pero al ver a Lincoln dudó unos instantes y terminó alejándose sin ofrecerles nada de beber. El agente español comenzó preguntando al capitán. —Seremos breves. ¿Cuáles han sido las conclusiones del estudio?

—Nos faltaban muchos datos. El capitán Sigsbee nos facilitó algunos planos del barco y conseguimos las descripciones de algunos buzos, aunque éstas eran muy imprecisas y vagas. El hecho irrefutable es que una explosión hundió el barco. Mejor dicho, dos explosiones, una más pequeña y otra posterior más grande.

—La explosión fue externa o interna.

—Ése es el punto más importante de la investigación. Si la explosión fue externa, eso quiere decir que un agente indeterminado hizo explosionar un artefacto con la intención de propiciar un incidente diplomático y posiblemente la guerra. Puede que, en el caso de tratarse de una explosión exterior, los que realizaron la acción no pretendieran que el barco se hundiera, pero que fortuitamente pusieron la carga explosiva en una zona delicada, en contacto con las calderas y los almacenes de municiones y la quilla no lo resistió.

—Según esa teoría, los autores no sabrían la magnitud de la tragedia.

—Exacto, podrían ser desde insurgentes revolucionarios hasta los propios marinos norteamericanos, que buscaban un incidente diplomático, pero sin intención de causar tanto daño.

—Pero los marinos norteamericanos sí conocían las características del barco y la cantidad de explosivo necesario para hundirlo —argumentó Hércules.

—Con toda probabilidad sea así.

—Pero, también pudo ser algún grupo de españoles incontrolados. Simpatizantes de la antigua mano dura del general Weyler.

—Improbable. Cualquier oficial español conoce cuáles son nuestras posibilidades frente a la Armada de los Estados Unidos. De todas formas, nuestro informe defiende que la explosión fue interna —concluyó el oficial.

—¿Por qué? —preguntó Lincoln. El capitán le miró de reojo y continuó hablando.

—En primer lugar, no hubo columna de agua. Siempre que se produce una explosión en un elemento líquido, la fuerza de la explosión desplaza una columna de agua hacia arriba. Ningún testigo vio una columna de agua. En segundo lugar, el agua amortigua el estruendo de la explosión, pero los testigos afirman que escucharon la explosión perfectamente. En tercer lugar, no se encontraron peces muertos alrededor del barco, hecho que siempre se produce debido a una explosión externa.

—¿Cómo explicas lo de la doble explosión? —preguntó Hércules.

—Explotó un primer artefacto colocado por alguien en el interior del barco, después los paños de municiones estallaron. Si los paños de municiones hubiesen estallado a causa del calor excesivo de las carboneras, sólo se habría producido una explosión. Por tanto, descarto un accidente como causa de la explosión.

—Entonces, ¿crees que alguien desde dentro hizo estallar una bomba? —preguntó Hércules.

—Las llaves del capitán Sigsbee se encontraron en su camarote. No sé cómo alguien pudo acceder a esa sala y poner una bomba.

—Alguien consiguió hacer una copia, devolver las llaves del capitán en su sitio y manipular los termostatos de las calderas. Limpio y sencillo. También pudo ser el propio capitán —comentó Hércules.

—Pero eso dejaría sin resolver el asunto de las dos explosiones, Hércules.

—La caldera explotaría en primer lugar y luego, los paños de municiones.

—El estado de las calderas, cuando puedan verlas, podrá aclarar ese punto —concluyó el capitán.

—¿No te parece extraño que todos los oficiales, menos dos suboficiales y el capitán estuvieran aquella noche fuera del barco? —preguntó Hércules.

—Los oficiales norteamericanos estaban encantados en La Habana. Muchos durmieron aquella noche en algunos de sus burdeles y otros fueron al teatro.

—Pero, ¿todos los oficiales?

—Yo mismo estuve con algunos de ellos aquella noche, y puedo asegurarte que no tenían prisa por volver al barco —dijo el capitán esbozando una sonrisa.

—Muchas gracias por todo —contestó Hércules al tiempo que se levantaba.

—A propósito, el Almirante vio aquella noche al capitán del *Maine*.

—¿Mantorella? —preguntó extrañado el español.

—No sé de qué hablaron, pero fue el último español que subió a ese barco.

—Gracias otra vez.

Hércules y Lincoln salieron del edificio asombrados por las declaraciones del capitán Del Peral. El agente español se sentía indignado. El Almirante no le había referido en ningún momento su visita al *Maine*.

—Todo esto deja dos nuevas incógnitas abiertas: ¿qué había motivado la visita del Almirante aquella noche al *Maine*? Y lo peor de todo, ¿por qué no nos ha dicho nada a nosotros? —dijo Hércules con el ceño fruncido. Lincoln subió los hombros y en silencio se dirigieron a la comisaría de La Habana.

CAPÍTULO 34

La Habana, 21 de febrero

En la puerta del consulado norteamericano un hombre de aspecto desgarbado fumaba apoyado al lado de uno de los pilares de la verja. Su traje gris y pesado, con un corte anticuado le daba un aspecto aristocrático, pero de esa clase que sólo se encontraba a orillas del Támesis. Los ojos saltones destacaban en su cabeza grande y cuadrada. Se trataba de sir Winston Leonard Spencer Churchill, la última persona que Helen deseaba ver aquella tarde. El noble inglés y ella se habían encontrado en el hotel Inglaterra poco después de su llegada a La Habana. El periodista se dirigió a ella en el hall del hotel, intentando impresionarla con sus aristocráticas formas, pero Helen odiaba todo lo que representaba el noble inglés. Para Churchill La Habana era una vieja conocida. En 1895 había pasado una temporada en la isla como corresponsal del *Daily Graphic*, haciendo lo que los corresponsales llamaban corresponsalía de salón. Desde un primer momento se puso del lado de los españoles, ya que veía inconcebible una república negra en Cuba. Después de servir a su Majestad británica en la Guerra de Sudán, el caprichoso noble inglés había olfateado el delicado momento que pasaban las autoridades españolas en el Caribe y quería volver a sacudir a la opinión pública inglesa con sus envenenados comentarios.

No sabía cómo, pero había convencido a Helen de que la mañana anterior le acompañara al campamento del general Máximo Gómez. La periodista había accedido a la proposición del inglés, sin darse cuenta de que todo era una encerrona para estar a solas con ella. Lo único que consiguió Helen aquella mañana fue levantarse muy temprano y contemplar la cara roja de Churchill, después de que ella le propinara un sonoro bofetón. Al pasar junto al aristócrata intentó ignorarle, pero el inglés interpuso el brazo y comenzó a charlar.

—Bonita mañana.

—Sí —respondió Helen secamente, intentando apartar el brazo del hombre.

—¿Cómo puede ser que una señorita como usted haya pasado toda la noche fuera de su hotel?

—Eso no le interesa a usted —dijo Helen, al tiempo que empujaba con más fuerza.

—¿No me interesa? Me preocupo por su bienestar y su seguridad. No es prudente que una dama se mueva por una ciudad como ésta sola —comentó el inglés haciendo una mueca.

—¡Déjeme pasar! —ordenó Helen.

—¿Adónde se dirigía anoche? Observé cómo cogía una berlina por la tarde —le interrogó el inglés.

—Le repito, si es un caballero, déjeme pasar.

—No hay duda de lo que soy yo. Pero, ¿qué es usted? Parece una mujer, pero no se comporta como tal.

—Las mujeres de mi país no son meras esclavas. Son dueñas de su vida —dijo Helen y su rostro resplandeció, e hincando la mirada en los ojos saltones del inglés, intentó apartar el brazo.

—¿País? No sé cómo puede llamar país a esos territorios salvajes, repletos de indios, ladrones y esclavos.

—Nuestro país ha ganado en dos guerras a su gran imperio.

—Imperio, efectivamente. Algo que ustedes nunca serán. Adelante, señorita.

Churchill se echó a un lado y observó cómo la mujer entraba en el recinto y comenzaba a subir las escalinatas.

Winston Churchill durante su periodo de corresponsal
del Daily Graphic

—A propósito, diga a su amigo el profesor Gordon, que su casa ha ardido por los cuatro costados.

—¿Qué profesor? —preguntó Helen, sin volverse.

—El hombre al que fue a ver ayer en la universidad.

—No sé de qué me habla.

—Los seguí, pero les perdí la pista cuando salieron corriendo de la casa.

La mujer ignoró las últimas palabras y entró en el edificio. Churchill tiró el puro al suelo, lo aplastó con el pie y comenzó a caminar calle abajo, agarrado a sus tirantes. Comenzó a silbar, mientras recordaba la cara de enfado de la norteamericana.

Winston Churchill

En aquel momento, en otra parte de la ciudad, un marinero desaliñado abandonaba su barco para perderse entre la multitud de pasajeros, vendedores y pescadores del puerto de La Habana. Nunca había viajado más allá del norte de los Estados Unidos, su vida había transcurrido en las sucias calles de Detroit, Cleveland y Nueva York, pero intuyó que tras ese sol perfecto y junto a las palmeras paradisíacas se escondían las mismas miserias que en los barrios obreros de las populosas ciudades de su país. Sacó de uno de los bolsillos de la chaqueta la dirección y con un malísimo español preguntó por una calle. No estaba sólo en aquella isla perdida en mitad del Caribe, sus hermanos le esperaban, allí también tenía un hogar. León salió del puerto y repasó mentalmente las instrucciones del Caballero Segundo. Eran sencillas, encontrar y eliminar el objetivo marcado.

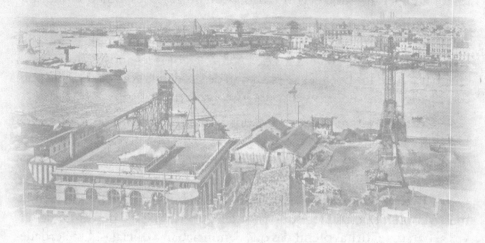

CAPÍTULO 35

La Habana, 21 de febrero

Aquella tarde se había levantado algo de viento. Una brisa agradable que rompía los días bochornosos de las últimas semanas. En el pequeño despacho de la última planta de la comisaría el calor era insoportable. El moho de las paredes, la mesa de madera rayada, donde apenas unos restos de barniz tapaban las grietas, daban a la habitación un aire de celda de claustro monástico. Sobre la mesa descansaban los pies de un hombre pequeño, con un prominente mostacho rubio, que con el tricornio sobre la cara dormitaba tranquilamente. Cuando Lincoln y Hércules llamaron a la puerta, el hombre apenas se inmutó. Se quitó el tricornio de la cara y observó a los dos visitantes frunciendo el ceño.

—¿No les han informado de que estaba descansando? —dijo incorporándose en su silla.

—El cabo nos informó, pero necesitábamos verle con urgencia —contestó Hércules.

—¿Qué es tan urgente a la hora de la siesta? Los funcionarios también tenemos derecho a descansar.

—No le robaremos mucho de su precioso tiempo.

—No recibo visitas particulares. Si es un asunto administrativo, los agentes los atenderán —dijo el comisario y con un gesto les indicó la puerta.

—Permítame que me presente. Soy Hércules Guzmán de Fox y éste es el agente norteamericano George Lincoln —dijo el español. El guardia civil miró de arriba abajo a los dos y con los ojos legañosos se ajustó la chaqueta, pero los botones se escurrían de sus dedos gordos. En qué puedo servirles. Mi nombre es coronel José Paglieri.

—Coronel, estamos comisionados por el presidente de los Estados Unidos y el presidente de España, para realizar una investigación acerca del desgraciado incidente del *Maine* —dijo Hércules con la cara levantada y observando de reojo al policía.

—El *Maine*. Desde que ese barco llegó a la ciudad todo han sido problemas. Marineros borrachos que por orden gubernamental debíamos devolver al barco, señoritas ofendidas que denunciaban a oficiales. Un verdadero calvario —dijo entre resoplidos el comisario. Sacó un pañuelo y se secó el sudor de la cara.

—Imagino. Pero, tenemos entendido que la policía de La Habana tiene abierta una investigación.

—Nosotros no sabemos de barcos. Este asunto sucedió en el puerto, fuera de nuestra jurisdicción, pero al gobierno autónomo se le ha ocurrido hacernos perder el tiempo abriendo una investigación paralela.

—Entiendo. ¿Han llegado a algunas conclusiones?

—Sólo tenemos algunos indicios. Informaciones dispersas sin mucho fundamento.

—¿Como cuáles? —preguntó Lincoln.

—¿Quieren tomar algo? Tengo la boca seca. ¡Manolo! —bramó el coronel. Unos segundos después el cabo entró en el despacho. —Trae un poco de ron. ¿Quieren ustedes algo?

—No, gracias —respondieron los dos hombres. Aunque Hércules notó cómo la boca se le resecaba. Con gusto hubiera tomado un trago, pero intentó quitarse la idea de la mente.

—¿Por dónde íbamos? —preguntó el coronel revolviendo entre los papeles desordenados de la mesa.

—Indicios, informaciones dispersas —apuntó Hércules.

—Ah sí. Como les decía, algunas conjeturas que no llevan a ninguna parte. Sabemos que hay un grupo de revolucionarios en la ciudad. Un tal Manuel Portuondo, jefe de los rebeldes. Un hediondo que está en La Habana para desestabilizar al gobierno autónomo.

—¿Usted cree que han sido los revolucionarios? —preguntó Lincoln.

—¿Quién sino? Los rebeldes quieren echar abajo este gobierno y promover la independencia. Les interesa que los *yanquis* metan sus narices en Cuba—se quejó el comisario. Su prominente barriga se echó hacia delante y volvió a ocultarse debajo de la mesa.

—¿Pero tiene pruebas de ello? —preguntó Hércules.

—No necesito pruebas para afirmar eso —refunfuñó el comisario.

—Pero, ¿cuáles son esos indicios? —preguntó Hércules apoyándose sobre la mesa.

—Hemos estudiado los barcos que atracaron en la zona los días anteriores al hecho.

—Y bien —dijo el español que no podía disimular la desazón que le producía la lentitud del coronel.

—Curioso, muy curioso. ¿Saben quién atracó unos días antes en el mismo fondeadero?

—No, Coronel —dijo Hércules al tiempo que palmoteaba en la mesa.

—El yate *Bucanero*. Hemos investigado y pertenece a un tal... Esperen —el Guardia civil empezó a remover papeles. En ese momento entró el cabo con una bandeja y dejó una botella de ron y tres vasitos sobre los papeles. El coronel dejó de buscar y de un trago bebió el ron. Sonrió a los dos hombres y les dijo: —Ahh, no hay nada como esta agua de Cuba. Hasta que me destinaron aquí, nunca había probado algo tan rico.

—Entonces, Coronel —dijo Hércules y después dio un suspiro.

—Tuvimos que desalojarlos de allí. Entraron en el puerto sin permiso. Estaban justo al lado del *Maine* —dijo mientras seguía buscando los papeles. —Aquí está —cogió un papel arrugado y manchado de café. —El señor Hearst es el dueño. Un pez gordo norteamericano, según tengo entendido.

—¿Hearst? El magnate de la prensa americana —exclamó Lincoln extrañado.

—Tuvimos que sacarlos del puerto a la fuerza. En el barco había cubanos y norteamericanos. Los cubanos tenían identidad falsa, pero no pudimos probarlo. El embajador Lee intermedió y expatrió a los tripulantes antes de que les pudiésemos echar el guante.

—¿Usted piensa que esos cubanos con nacionalidad norteamericana eran revolucionarios? —preguntó Hércules.

—Sin duda. Una panda de traidores rebeldes —respondió el comisario con cara de asco.

—¿Pudieron dejar alguna bomba y después hacerla estallar?

—Eso es lo que creemos nosotros. Pero el señor Del Peral no ha querido atender a nuestra investigación —se quejó el comisario.

—¿Qué otros indicios tienen? —volvió a preguntar Hércules.

—Encontramos no hace mucho un grupo de rebeldes con explosivos. Después de interrogarlos nos dijeron algo de volar un barco.

—¿Podríamos hablar con ellos? —preguntó Lincoln.

—Me temo que no. Desgraciadamente fallecieron por una indigestión de plomo —dijo el comisario mostrando sus dientes amarillos.

—¿Sucedió algún hecho sospechoso los días previos a la explosión del *Maine*?

—Algunos incidentes con los marineros, bueno, nada que tenga que ver con esto.

—¿Ningún hecho extraño? —insistió Hércules.

—Hemos recibido la denuncia de ciertas desapariciones. Nada de importancia, algunos vagabundos y borrachos que andarán perdidos por la ciudad o muertos en las aguas de la bahía.

—¿Qué tiene eso de extraño? —preguntó Lincoln.

—La cantidad. Han denunciado la desaparición de unas cincuenta personas en los días previos a la explosión del barco.

—¿Cincuenta?

—El índice es más alto de lo habitual. Pero, ¿a quién le importa que cincuenta vagabundos desaparezcan? Menos basura por las calles.

—Una última pregunta Coronel, ¿conoce la existencia de un grupo llamado los Caballeros de Colón? —preguntó Hércules. El guardia civil le miró sorprendido y sin responder se sirvió un vaso de ron. Después miró a los dos hombres y les dijo:

—Estoy muy ocupado, creo que he respondido a todas sus preguntas. No sé nada de leyendas de vieja ni de sociedades secretas.

—Nosotros no hemos dicho nada de sociedades secretas.

—En La Habana se habla de montones de sociedades secretas, pero la mayoría son inventadas. No he oído nada de la que usted menciona.

—¿Y del incendio de la casa del profesor Gordon? —dijo Hércules mirando directamente a los ojos del guardia civil. El coronel comenzó a sudar.

—El profesor Gordon, según tengo entendido, está fuera de La Habana. Por desgracia se produjo un incendio en su casa anoche debido seguramente a algún descuido del servicio.

—¿No le notificó el profesor un intento de robo en su despacho?

—Eso fue tan sólo una chiquillada de los alumnos de la universidad. El propio profesor nos confesó que no echaba nada de menos —la voz del Coronel empezó a ser cada vez más seca y áspera. —No puedo perder más tiempo. Saben por dónde está la salida, ¿verdad?

—Muchas gracias por todo —dijo Hércules extendiendo la mano. El guardia civil hizo lo mismo, pero el español aprovechó para tirar y atraer el pequeño cuerpo del policía. —Nos volveremos a ver.

Los dos hombres salieron del despacho y el coronel tomó la botella y bebió directamente de ella. Miró el reloj y, tras comprobar que ya había pasado la hora de la siesta, maldijo para sus adentros a los dos agentes. Eso no se le hacía a un funcionario público.

Capítulo 36

La Habana, 21 de febrero

La bodega tenía unas enormes tinajas de barro que ocupaban las estrechas paredes abovedadas. Las pequeñas mesas de madera, con las bancadas rígidas de sencillos tablones, dejaban un estrecho pasillo por donde algunos camareros con gracia paseaban con jarras de cerveza, botellas de ron y vino catalán de la peor calidad. En las mesas, los obreros reían a carcajadas intentando retrasar el retorno a sus casas. Cuando Helen entró en la bodega se hizo el silencio. Los hombres se miraron unos a otros, hasta que uno de ellos rompió el fuego lanzando todo tipo de obscenidades a la norteamericana, pero ella impasible pasó entre las mesas y se dirigió al fondo, donde Hércules y Lincoln la esperaban. Uno de los obreros intentó levantarle la falda, pero la periodista dándose la vuelta le soltó una sonora bofetada. Todos se rieron. Una vez en la mesa, Helen se quedó de pie con los brazos en jarra mirando a sus dos compañeros. Ellos la observaron sin poder evitar que una sonrisa corriera por su cara.

—Veo que disfrutan con todo esto —dijo Helen con el ceño fruncido.

—No sabe usted cuánto —contestó Hércules.

—Podíamos haber quedado en algún lugar más...

227

—¿Decente? Creía que usted estaba acostumbrada a los bajos fondos de Nueva York —dijo Hércules. Lincoln se tapó la boca intentando ahogar una carcajada. Ella le lanzó una mirada desafiante y se sentó en el banco.

—Espero que al menos hayan realizado su trabajo.

—No se siente, nos vamos —dijo Hércules levantándose.

—¿Cómo?

—Teníamos que vernos en algún lugar discreto, pero el profesor nos espera en ...

—El burdel —dijo Lincoln reventando en una carcajada. Helen se puso en pie y salió de la bodega con la barbilla alta sin mirar a los lados.

Madrid, 21 de febrero de 1898

La escalinata del edificio estaba desierta. A aquellas horas tan intempestivas pocas personas entraban o salían del Ateneo. El horario de biblioteca había terminado, no era día de representación y los miércoles muy pocos socios se acercaban a los salones del centro. El hombre se caló la boina y con los cristales de las gafas empañados por el frío entró en el recinto. Un portero tomó su abrigo y boina, y el hombre se dirigió hacia la cafetería. En el pasillo se sucedían los retratos de los directores de la todavía joven institución. Los últimos años habían sido de relativa calma, pero sin duda se echaba en falta la época en que desde aquel modesto edificio se ponían en duda las decisiones gubernamentales. Pero aquel hombre no estaba aquella noche en el Ateneo para hablar de política. Un hombre corpulento le esperaba sentado en una mesa. El salón estaba completamente vacío.

—Miguel —dijo el hombre levantándose de la silla y abrazando al visitante.

—Pablo. Lamento que nos veamos en tan triste circunstancia —dijo el hombre con una voz afectada.

—La verdad es que te cuesta dejar Salamanca y venir a vernos.

—Madrid siempre está revuelto y más en estos días.

Interior del Ateneo de Madrid

—Siéntate. ¿Recibiste la noticia? —dijo Pablo, mientras acercaba una silla a su amigo.

—Sí, Ángel y yo nos conocimos hace años, precisamente aquí. España ha perdido a un gran escritor y pensador —comentó señalando las cuatro paredes.

—La policía cree que se suicidó.

—Se lanzó al río. Según me decías en tu telegrama —dijo Miguel sacando un arrugado papel del bolsillo de la chaqueta.

—Al parecer dejó a su novia en casa y se marchó andando a su residencia e, incomprensiblemente, en mitad del puente se lanzó al helado río Dvina. Riga puede ser una ciudad muy deprimente en invierno. Hoy llegó el cuerpo. Al parecer, lo encontraron al día siguiente río abajo —explicó Pablo mesándose la barba blanca.

—Lamentable.

—También te he llamado porque en su casa encontraron unas cartas dirigidas a ti. Estaban con sello y todo, pero no debió de tener tiempo de enviarlas —el hombre sacó de una cartera de cuero negro muy usada un manojo de cartas atadas con un cordel rojo y se las entregó a Miguel.

—Gracias, Pablo.

—Podía haberlas enviado, pero prefería entregártelas en mano. El cuerpo sale mañana para Granada.

—Al bueno de Ángel Ganivet le hubiera gustado que le enterraran allí.

—Si me esperas un rato cenamos juntos.

—Muy bien. ¿Dónde podría leer sin que nadie me moleste? —preguntó Miguel.

—En la biblioteca, a esta hora ya no hay nadie.

—Estupendo.

Pablo se acercó a la puerta y llamó a uno de los conserjes. Un hombre con librea y guantes blancos se acercó al instante.

Foto de Miguel de Unamuno cuando visitó a Pablo Iglesias
en vísperas de la Guerra de Cuba

Foto de Pablo Iglesias. Su aventura con Miguel de Unamuno se ha desconocido hasta hace unos meses, cuando el descubrimiento de un diario en Córdoba (Argentina) del escritor argentino Joaquín Víctor González, que vivió en España durante los primeros años del siglo XX, ha sacado a la luz esta inimaginable historia

—Por favor, sería tan amable. Acomode al señor Miguel de Unamuno en la biblioteca y traiga lo que le pida.

El criado dejó pasar al visitante y le llevó hasta la segunda planta. El hombre entró en la sala y se sentó en una de las confortables butacas. Deshizo el nudo del cordel y abrió la primera carta. Respiró hondo y observó el pedacito de cielo que asomaba por los grandes ventanales. Después se enfrascó en las últimas palabras de su gran amigo Ángel Ganivet.

La Habana, 21 de febrero

El profesor Gordon estaba acostumbrado a pasar mucho tiempo a solas, pero permanecer obligatoriamente encerrado en un cuarto de un burdel de La Habana no era exactamente su idea de un día perfecto. A pesar de todo, no había perdido el tiempo. Entre los gustos literarios de Hernán estaba la construcción de barcos, la historia, la botánica y otras artes nobles, por lo que durante toda la jornada leyó sin parar. El suelo y la mesa estaban repletos de libros. El sillón, donde el profesor leía, tenía tres volúmenes abiertos y a su lado, una pequeña montaña de ejemplares se apilaba en un difícil equilibrio. Cuando la mujer y los dos hombres entraron en el cuarto, el profesor dejó su lectura y los recibió con efusividad.

—Queridísimos compañeros. Creí que me volvería loco entre estas cuatro paredes. ¿Escuchan el bullicio? —dijo pegándose la mano al oído. De fondo se oían gemidos, gritos y suspiros de todos los tonos. —Pues esto no ha hecho sino empezar.

—Profesor —dijo Hércules adelantándose. —Le prometo que es mejor para su seguridad que se quede aquí. Hemos estado hablando con el jefe de policía y creen que está fuera de la isla y que el incendio de su casa ha sido un accidente.

—Ya les dije que la policía de La Habana es la peor del mundo. Lo único que lamento es la desaparición de alguno de mis libros. ¿Me han traído los libros que les pedí?

—Sí —contestó Hércules sacando de un pequeño macuto varios ejemplares.

—Muchas gracias. Llevo todo el día meditando en este asunto —dijo el profesor mientras recogía los libros.

—Podemos hablar mientras cenamos algo —dijo Lincoln señalando su vacío estómago.

—Bien, bien. Si necesitan cenar, cenemos —comentó el profesor tomando un libro y volviendo a abstraerse en la lectura.

Unos minutos después todos habían cenado. Lincoln y Hércules explicaron a Helen y el profesor Gordon la información obtenida en sus dos entrevistas; la tensa reunión con el capitán Del Peral y la aburrida charla con el coronel de la Guardia Civil. Les comentaron las teorías de la explosión interna y las conclusiones provisionales de la Comisión española, haciendo especial énfasis en la extraña visita del Almirante Mantorella al *Maine* la misma noche de su explosión.

—Es muy extraño que el Almirante les haya ocultado una información tan valiosa. Ahora entiendo lo que me dijo Winston —dijo Helen.

—¿Quién? —le preguntó Lincoln.

—Winston Churchill, un periodista inglés. La arrogancia personificada —explicó Helen. —Me dijo que habían visto al Almirante y al capitán Sigsbee en una corrida de toros, pero que el embajador Lee no se encontraba con ellos.

—No sabía que mantenían ustedes una relación tan cordial —comentó Hércules indignado. No entendía cómo Mantorella le había ocultado una cosa así.

—Incluso, se rumorea entre los periodistas alemanes que la noche de la explosión Sigsbee no estaba en el barco. Que acudió en cuanto se produjo la explosión —dijo Helen.

—Tenemos que corroborar eso. Si el capitán del *Maine* no estaba en su puesto alguien lo debe haber visto en tierra —argumentó Hércules.

Helen sacó la lista de las visitas del *Maine*. Al principio el secretario del cónsul no quiso darle la información, pero sus contactos en Washington obraron el milagro. En la lista se encontraba la flor y nata de la sociedad cubana. Pero había un grupo de nombres femeninos que Hércules no pudo identificar. El español llamó a Hernán y éste echó un vistazo a la lista. El proxeneta empezó a reírse ante el asombro de los demás.

—Hércules, te puedo asegurar que estas chicas no son la flor y nata de la sociedad habanera. Son putas. De lujo, pero que muy putas.

—¿Prostitutas? Entraban y salían prostitutas del *Maine* —dijo Lincoln con los ojos abiertos como platos.

—Parece que sí. La mayoría de las chicas son de un burdel de lujo en las colinas. Es conocido como «Los campos Elíseos».

—¿Por qué? —preguntó Lincoln.

—La mayoría de las chicas son francesas. ¿No te has fijado en los nombres? —dijo Hernán señalando la lista.

—Gracias Hernán. A propósito, ¿has averiguado algo de dónde hacen sus veladas los Caballeros de Colón?

—No, pero espero que esta noche venga a visitarnos el criado del que te hablé.

—Gracias.

Hernán salió del cuarto y se dirigió a la habitación contigua. Abrió una pequeña mirilla y se quedó allí escuchando y observando a sus invitados. Hércules continuó relatando su encuentro con el comisario, les habló del yate de Hearst, de las desapariciones que se habían producido días antes de que explotara el *Maine*.

—Tenía noticias de que el barco de Hearts estaba en La Habana, pero creía que era un rumor infundado. El señor Hearst lleva semanas intimidando a mi periódico —dijo Helen sorprendida de que fueran ciertos los rumores.

—Podría pedir información sobre ese barco —comentó Lincoln.

—Muy buena idea —respondió el español.

—Está claro que hay un gran número de elementos sospechosos en todo esto. Primero, el yate de un magnate de la prensa fondea al lado del *Maine*, en el que se cree que había miembros revolucionarios, después, al parecer al *Maine* sube todo tipo de personas, incluidas algunas prostitutas que, aleccionadas por alguien podían espiar a sus anchas. Además, el capitán Sigsbee y el Almirante mantienen una relación de amistad sospechosa y Mantorella visita la noche del suceso al capitán. Si a esto añadimos los rumores de que el capitán no estaba cuando se produjo la explosión, la historia se complica aún más.

—Todo es muy chocante. Con estos datos los sospechosos son sin duda los revolucionarios —añadió Helen.

—Tampoco olvidemos que ustedes mismos visitaron a un dirigente de la revolución que se encuentra en la ciudad, el señor Manuel Portuondo, que les cuenta la historia del submarino de Blume. Cuando empiezan a investigar les disparan desde un campanario y, es precisamente un revolucionario. Todo apunta hacia los revolucionarios cubanos, aunque ellos digan que no quieren una intervención de los Estados Unidos —argumentó el profesor.

—Pero, ¿por qué iban a colaborar con ellos el Almirante y el capitán Sigsbee? No puedo creer que sean unos traidores, y mucho menos unos revolucionarios—dijo Helen.

—Tiene toda la razón, señorita. Aunque hay otra posibilidad. Que ellos no actuaran, pero dejaran el campo libre para que se cometiera un atentado—explicó el profesor.

—¿Un norteamericano y un español? —dijo sonriente Lincoln.

—Puede que Sigsbee tuviera intereses ocultos o instrucciones de Washington, pero, ¿Mantorella? —añadió Hércules.

—Además queda lo del objeto encontrado en el camarote de Sigsbee —dijo Lincoln.

—¿Una pista falsa para atraer nuestra atención? —dijo el profesor.

—Los Caballeros de Colón existen. Usted lo sabe mejor que nadie —comentó Helen.

—Naturalmente, querida Helen, pero ellos buscan algo que yo tengo, no hemos encontrado ninguna relación entre ellos y el *Maine*. Tan sólo ese alfiler de corbata.

Helen se mantuvo callada por unos segundos, parecía que algo dentro de ella luchaba por salir, pero que no lograba vencer sus dudas. Hércules, que también se había mantenido en silencio comenzó a hablar.

—Todavía faltan muchas piezas para llegar a conclusiones definitivas. No podemos descartar ninguna posibilidad. Deberíamos seguir la pista de las prostitutas francesas, averiguar si el capitán estuvo o no estuvo aquella noche en el *Maine* y encontrar a los Caballeros de Colón. Todavía no hemos visitado a los dos profesores. Quedan muchas incógnitas por resolver.

Helen miró a sus compañeros y sintió alivio cuando la conversación comenzó a ir por otros derroteros. No le gustaba ocultarles información, pero había hecho una promesa a un hombre que ahora estaba muerto y, por ahora, tenía que cumplirla.

Capítulo 37

Madrid, 21 de febrero

Los primeros copos de nieve espolvoreaban las solitarias calles de la capital. Madrid podía ser una ciudad solitaria para un hombre triste. La luz mortecina de las farolas parecía difuminarse dando a la ciudad una imagen irreal. Unamuno observaba el exterior con las cartas abiertas en la mano, como si tuviera temor de sumergirse en los últimos pensamientos de su amigo, en cierta forma, ahogándose él también en las oscuras y heladas aguas del Dvina. Con un gesto, se aproximó a la luz y ajustándose las lentes comenzó a leer:

Riga, 10 de febrero de 1898

Amado amigo:

Le escribo desde mi exilio voluntario, siendo como somos exiliados de la eternidad, en esta apartada ciudad de Europa. Sabía que la diplomacia era un trabajo solitario y amargo, mas nunca imaginé que desde la distancia España se viera tan deseada.

Recuerdo las palabras de Quevedo desde Italia, que al verse alejado de su amada tierra, irrumpe en el más melancólico de sus cantos. El canto de las sirenas engañosas que llevan al marino contra los riscos. No hay cuerdas que me retengan para escapar de su llamada. Mascha, el único cabo que sigue atándome a la vida, apenas puede mantenerme en pie cada mañana.

Mis creencias, por el contrario, me acercan cada día más hacia mi destino. Muchas veces conversamos en Madrid sobre Dios. En aquella época, usted seguía viendo en el socialismo una salida honrosa para la raza humana. Ahora, los dos hemos vuelto sobre nuestros pasos a la fe de nuestros padres y recuperado el paraíso perdido, que también describió Milton.

Mi arrogancia me lleva esta noche, en medio de la zozobra, a compartir con usted, mi alma gemela, la causa de mi actual desdicha.

Siento que la vida me abandona, atravesado por el cuchillo de mi propia infamia, el aliento perdido se seca en mis labios. Los que me rodean me creen lunático cuando les digo que hay gente que me acosa. Sí, querido Miguel, unos demonios quieren mi vida y me temo, que también mi alma.

Hace un tiempo, cuando todavía estaba en Amberes, conocí a un grupo, un contubernio de hombres que yo imaginaba justos. Una especie de caballeros cruzados que iban a rescatar a la Iglesia de Roma de su letargo milenario. Estos seres que yo imaginaba perfectos, se han manifestado como verdaderos demonios. No en vano dice el apóstol Pablo: son como lobos con piel de cordero. Me uní a ellos con el deseo de ver a la Iglesia y al cristianismo restituidos, mas cuando me vieron suficientemente metido en su red, manifestaron su verdadera cara.

Por favor, póngase en contacto con el embajador de los Estados Unidos en Madrid...

Los ojos de Miguel se llenaron de lágrimas. Las últimas letras de su amigo habían sido emocionantes y amargas al mismo tiempo. Sacó un pañuelo de su bolsillo y secándose los ojos, continuó la lectura de la carta. Por unos instantes dejó de percibir el frío que penetraba por las ventanas y la noche oscura cubierta de nieve y se sintió transportado por la lectura a la inquietante vida de su amigo.

La puerta se abrió y Pablo entró en la estancia. Miguel estaba inclinado hacia la luz, su expresión era triste. Sus hombros echados hacia delante parecían rendirse ante el dolor de la pérdida. Dudó unos momentos en romper esos segundos de melancolía, pero determinó animar a su amigo, por lo menos aquella noche, mientras estuviera en su compañía.

—Miguel—le llamó.

—Pablo, perdona —dijo Unamuno escondiendo las cartas en el bolsillo.

—Las cartas te han evocado los recuerdos del amigo.

—Del amigo y del hermano —añadió Miguel.

—Sabes que yo no creo en esas cosas religiosas, pero espero que Ángel haya encontrado lo que buscaba al otro lado de la muerte.

—Gracias, Pablo.

Los dos hombres salieron de la sala y Pablo puso su brazo sobre el hombro de su amigo. Tomaron los abrigos y al bajar las escaleras nevadas se detuvieron para contemplar los copos blancos. Aquella noche el invierno lloraba la muerte de un poeta. Miguel de Unamuno y Pablo Iglesias subieron hasta la Plaza de Santa Ana y se perdieron sobre la alfombra blanca hasta que sus pisadas se mezclaron con las de la multitud.

Washington, 21 de febrero

El informe del S.S.P. estaba sobre la mesa del despacho. En los últimos días el agente especial en La Habana había enviado algunas informaciones cifradas, pero sus indagaciones eran disparatadas. Cuando los oficiales de la agencia pudieron ordenar los contradictorios mensajes, realizaron un informe y lo pusieron en la mesa del presidente.

McKinley tenía una cena de gala aquella noche en la Casa Blanca, odiaba aquel tipo de fiestas, pero en la política, los fondos siempre provenían de los bolsillos de los magnates del país. Escapó del baile esperando que nadie le echara de menos, algo difícil para un presidente de los Estados Unidos, y regresó al despacho. Se sentó en su escritorio, se desabrochó un poco el cuello del esmoquin y arqueó sus pobladas cejas al abrir la carpeta y encontrar una única hoja. Aquello parecía una historia de locos. Leyendas sobre Cristóbal Colón, sociedades secretas y prostíbulos de La Habana. El agente enviado a aquella misión no era el apropiado. El presidente desconocía cómo habían elegido a George Lincoln, pero temía que alguien interesado en que fracasase la operación hubiese mandado al agente más torpe del S.S.P.

CAPÍTULO 38

La Habana, 22 de febrero

El olor del café recién hecho despertó a Hércules. Sus compañeros se habían levantado antes y se habían marchado a la ciudad. Helen tenía que enviar unos telegramas y Lincoln debía informar a sus superiores. Tan sólo el profesor, por su obligado encierro, permanecía en la habitación. Los dos hombres desayunaron solos aquella mañana. El profesor Gordon estaba pensativo. Apenas cruzaron palabra durante toda la comida, pero cuando Hércules empezaba a levantarse, el profesor comenzó a decirle:

—Me alegro de que hoy podamos hablar a solas. No he querido descubrir el secreto completo del libro de San Francisco ni el tesoro que encierra. No puedo confiar en nadie, la riqueza es capaz de torcer las más justas intenciones —dijo en tono intrigante el profesor.

—No le comprendo, profesor.

—La otra noche hablé demasiado, pero me temo que nuestros amigos norteamericanos no dieron mucho crédito a mis palabras.

—Entiendo que ese libro es para usted un tesoro, pero comprenda que para unos profanos en la materia como nosotros sólo es un montón de páginas antiguas —dijo Hércules.

—No, Hércules. El otro día, cuando indiqué que el libro ocultaba un tesoro, no me refería a uno intelectual. Hablaba de un tesoro real. El tesoro de Roma.

—¿El tesoro de Roma? Nunca he oído hablar de nada parecido.

—Es natural, el tesoro de Roma es uno de los secretos mejor guardados de la Historia. Tan sólo unos pocos hombres saben de su existencia, te lo puedo asegurar.

—Entonces lo que buscaba aquel profesor de la Universidad Católica de Washington y los Caballeros de Colón no era un libro antiguo con un gran valor histórico, era un verdadero tesoro físico —dijo sorprendido Hércules.

—Efectivamente. Un tesoro, el tesoro de Constantino, conocido también como el tesoro de Roma y el tesoro de Colón.

Hércules estaba acostumbrado a que el profesor le sorprendiera con las historias más increíbles, pero debía reconocer que aquello le parecía lo más descabellado que había escuchado nunca. Observó por unos momentos a Gordon y pudo contemplar el brillo de sus ojos, ese brillo siempre aparecía cuando el profesor entraba en una especie de trance, en el que comunicaba los apasionados descubrimientos de sus investigaciones.

—Un tesoro que no se cansarán de buscar y me temo que dentro de poco me encuentren a mí y al plano que les llevará hasta él —dijo el profesor apretando el libro de San Francisco.

—Pero, ¿cómo puede ser que durante todos estos siglos ese tesoro haya permanecido oculto?

—Un grupo de hombres pensó que era mejor así. Que ese tesoro era de la Iglesia y que ésta lo recuperaría cuando la cristiandad estuviese en peligro.

—Y, ¿cómo pudieron ocultarlo durante todo este tiempo?

—¿Has oído hablar de la Donación de Constantino? —preguntó el profesor.

—Naturalmente.

—Durante siglos se ha creído que era falsa. Un invento del papa Adriano para no sucumbir ante el poder de Carlomagno. En el 778 la corte pontificia se veía rodeada de enemigos. Por un lado, los lombardos amenazaban con destruir el poder del Papa en Roma y por otro, Carlomagno se convertía en ostentador de la hegemonía en Europa, intentando rescatar la idea del poder imperial. La tradición histórica dice que entonces Adriano sacó a relucir un documento falsificado por él mismo: el *Constitutum Constantini*.

—«La Donación de Constantino».

—Exacto. El documento que presentó Adriano al emperador Carlomagno no era falso, pero sí estaba parcialmente manipulado. Adriano quería demostrar al rey franco que Constantino había dado el poder imperial a la Iglesia, pero no quería advertir al rey de la existencia del fabuloso tesoro donado por Constantino al Papa.

—Pero, ¿dónde estaba ese fabuloso tesoro? —preguntó Hércules.

—En el documento se habla de una de las donaciones que se hicieron al papa Silvestre.

—¿Cuál?

—El palacio de Letrán. Residencia del emperador Constantino y una de sus más preciadas posesiones. ¿Sabes qué había en el palacio de Letrán? —preguntó enigmático el profesor.

La Basílica de San Juan de Letrán está construida sobre el antiguo palacio de Constantino

En la primera representación de estilo bizantino se observa claramente cómo Constantino entrega al Papa una bolsa con dinero

En la segunda figura se ve claramente como Constantino entrega su corona al Papa, pero señala con su mano derecha a un caballero que parece acarrear en su cabalgadura unas alforjas de oro

—No.

—Constantino no confiaba en los ciudadanos de Roma y mucho menos en sus senadores. El Emperador guardaba el tesoro del estado en su palacio de Letrán. El pueblo de Roma le guardaba un franco rencor por dos cosas: el desprecio a los dioses al no querer participar en los sacrificios del Senado en su visita en el año 326 y por fundar Bizancio; que si se convertía en la nueva capital del Imperio, dejaría a la Ciudad Eterna fuera de la órbita imperial. Por todo ello, Constantino sacó el tesoro del Palacio Palatino y lo llevó al de Letrán. El dinero quedó en manos del Papa y poco más de cien años bastaron para que el Imperio de Occidente terminara de hundirse.

—Entonces Constantino dejó su fabuloso tesoro a la Iglesia de Roma.

—Ese tesoro salvó a Roma en varias ocasiones. La más conocida fue cuando el papa León I el Grande utilizó una pequeña parte del tesoro para pagar la paz con Atila en el año 453.

—Por eso Atila no invadió Roma —dijo Hércules y después preguntó al profesor. —Pero, ¿qué sucedió después con el fabuloso tesoro de Roma?

—Decidieron ocultar su existencia; los papas sabían su paradero y reservaban aquel fabuloso tesoro para salvar a la Iglesia de los peligros que pudiera sufrir. Pero al final hubo que trasladar el tesoro a otro sitio. Un nuevo emperador, Otón III descubrió gracias a un traidor la existencia del tesoro.

—En el siglo X hubo varios intentos de los emperadores germanos de dominar Italia —comentó Hércules, intentado repasar la historia aprendida en la escuela.

—Sí. Los germanos por el norte, los musulmanes y normandos por el sur. Todos querían dominar Italia, pero lo que realmente buscaba el emperador era el fabuloso tesoro de Roma.

—Y, ¿cómo logró la Iglesia proteger el tesoro?

—Otón III nombró a Gregorio V, un alemán, papa de Roma. La Iglesia estaba disconforme con la elección y temía que todo fuera un subterfugio para hacerse con el tesoro. Muchos obispos creían que el anterior papa, Juan XV, por miedo había revelado al emperador de Alemania la existencia del tesoro de Roma. Los Crescencio, una noble familia de Roma, habían sido comisionados por los papas para guardar el secreto. Juan Crescencio consiguió situar a su candidato, Juan XV como papa, pero éste era un hombre débil, que se negó, tras su elección, a obedecer a Juan Crescencio por miedo al emperador. Los Crescencio desde hacía décadas dominaban la ciudad con el título de patricio. Pero tras la muerte de Juan Crescencio, su hermano Crescencio II humilló repetidamente al Papa. Al final, Juan XV huyó de Roma y pidió ayuda a Otón III, pero a cambio de su ayuda se cree que le reveló el secreto del tesoro de Roma.

—Entonces, ¿Crescencio II echó a Juan XV de Roma?

—En cierto modo, pero al saber que el emperador se dirigía hacia Roma para exterminar a sus enemigos, él mismo dejó la ciudad. ¿Hacia dónde crees que se dirigió?

Bautismo de Constantino

—No sé.

—A Ostia, la salida de Roma al mar. Quería asegurarse de que el tesoro estuviera a salvo. Era el deber de su familia. Debía buscar una vía de escape en el caso de tener que sacar el tesoro urgentemente. Juan XV regresó a Roma, pero antes de que el emperador llegara a la ciudad murió misteriosamente.

—¿Misteriosamente?

—Puede que fuera envenenado por los partidarios de Crescencio. Otón III se detuvo en Ravena y allí nombró a un alemán, un hombre de su confianza como papa, bajo el nombre de Gregorio V. De esta manera conseguía instalar un papa afín y al mismo tiempo hacerse con el secreto del tesoro de Roma. El 21 de mayo de 996 el nuevo papa coronó a Otón III como emperador en la ciudad de Roma.

—¿Y qué pasó con Crescencio II?

—Los patricios de Roma lograron que fuera eximido de su destierro y regresó a la ciudad.

—¿Volvió a Roma?

—Después de asegurarse de que Gregorio V seguía ignorando dónde se encontraba el tesoro y que éste estaba a buen recaudo. En junio de ese mismo año Otón III abandonó Roma. Crescencio volvió a manipular la ciudad y el papa Gregorio abandonó Roma en octubre de ese año.

—De nuevo tenía el poder.

—Sí, pero no podía ejercerlo directamente. Los patricios no querían que un emperador extranjero nombrara al papa, pero tampoco aceptaban el gobierno directo de Crescencio II. Entonces Crescencio propuso que se nombrara papa a Juan Filagato, que había sido maestro de griego del emperador. De esta manera, se recuperaba la dignidad papal y el equilibrio en la ciudad. Juan Filagato fue proclamado como Juan XVI. Poco después, en el año 998 el emperador regresó a Roma y persiguió a todos los disidentes. Crescencio II logró esconderse en el Castillo de *Sant'Angelo*. Cuando intentó escapar fue ahorcado en las murallas del propio castillo, para escarmiento de los romanos.

—¿Qué sucedió con el papa Juan XVI?

*Papa Gregorio V y papa Juan XV. El retrato de Juan XVI fue borrado
de toda Roma y se intentó difamar su memoria*

—Sufrió el más cruel de los castigos. El papa Gregorio V le torturó
para que desvelara el secreto del tesoro. Le amputó las orejas, los ojos
y la nariz. Como se negó a hablar terminó por cortarle también la
lengua. Pero Gregorio V murió poco después, algunos dicen que envenenado por los propios obispos de la corte papal.

—¿Y el secreto del Tesoro se fue a la tumba con Juan XVI?

—No, Crescencio II reveló el secreto a su hijo Juan II Crescencio,
que tras la muerte de Otón III recuperó de facto el poder en Roma
controlando al papa Silvestre II y a todos los papas hasta la llegada de
Sergio IV en el año 1009. Pero el último de los Crescencio sabía que
los emperadores no descansarían hasta ver el tesoro de Roma en sus
manos y lo entregó a una princesa vikinga, para que fuera transportado a los nuevos territorios descubiertos pocos años antes.

—¿Quiere decir a América?

—Bueno, ellos no la denominaban de esa manera todavía —le explicó
el profesor.

—¿Quién era esa princesa?

—La viuda de Thorffinn, la princesa Gudrid, que tras la muerte de su
esposo decidió ir desde su Islandia natal hasta Roma en peregrinación.
Se cree que realizó el viaje en el año 1011, poco antes de que Juan II
Crescencio y el papa Sergio IV murieran en misteriosas circunstancias.

—Y el libro de San Francisco. ¿Qué tiene que ver con todo esto?

—La princesa Gudrid, la esposa del vikingo que se cree fue el descubridor de América, escribió un diario con todos los detalles de su viaje.

—¿Y la princesa transportó todo el tesoro a Islandia y de allí a América?

—Esa historia es muy larga para contarla en breves palabras, pero puedo decirte que el tesoro de Roma debía quedar escondido hasta que el hombre de la Providencia, el portador de Cristo, *Cristoforo,* apareciera y lo recuperara para salvar a la Iglesia.

Un ruido sacó a los dos hombres de su apasionante historia. Hércules se dirigió a la puerta y la abrió. Detrás se encontraba Hernán. El proxeneta miró al agente español y sin demostrar el más mínimo nerviosismo comenzó a hablar.

—Hércules, venía a deciros que anoche logré hablar con el criado.

—¿Qué criado? —preguntó el español, mientras observaba desconfiado a Hernán.

—El del Caballero de Colón. Ya sé dónde se reúnen los caballeros.

Llegada de los vikingos a América en el siglo X

Hernán explicó brevemente la dirección a Hércules e hizo un ademán de marcharse. El español le sujetó por el brazo y mirándole a los ojos le preguntó.

—¿Puedes decirme cuánto tiempo llevabas en la puerta escuchando?

El proxeneta se revolvió intentando soltarse, pero Hércules le tenía bien sujeto.

—Veo que olvidas que estás en mi casa y bajo mi techo —se quejó el proxeneta.

—Sabía que no podía confiar en ti —se dio la vuelta sin soltar a Hernán y dijo al profesor. —Será mejor que nos marchemos de aquí. Éste ya no es un sitio seguro.

—Pero, ¿y si regresan la señorita y el agente? —preguntó el profesor al tiempo que guardaba el precioso libro bajo su chaqueta.

—Los localizaremos, no se preocupe. Vamos —dijo Hércules empujando a Hernán. Bajaron sin ningún contratiempo. A esa hora la cantina estaba desierta y los matones de Hernán dormían la mona lejos de allí, en algún camastro. Cuando se encontraron lo suficientemente lejos de «La Misión», soltó a su rehén.

—¿Lo va a dejar marchar? —comentó incrédulo el profesor.

—¿Qué otra cosa puedo hacer?, dijo Hércules encogiéndose de hombros.

—Pero ha escuchado todo lo que hemos hablado. Sabe lo del tesoro de Roma.

—Tendremos que correr ese riesgo —dijo el español que no terminaba de creer la fabulosa historia que le había contado el profesor.

Encontrar a sus compañeros no fue muy difícil. Lincoln estaba en el hotel Inglaterra aseándose un poco. Helen todavía se encontraba en la oficina de telégrafos. Cuando Hércules les explicó lo sucedido y que tenían que buscar un nuevo refugio, los dos norteamericanos se sintieron aliviados. No les gustaba nada dormir cada noche en el prostíbulo. Cuando el español les informó que su nueva residencia, con vistas al puerto era la «Casa de Doña Clotilde». No podían ni imaginar que aquello era otro burdel de la ciudad.

La Habana, 22 de febrero

En la colina, donde moría la ciudad antes de perderse en interminables selvas y plantaciones de azúcar, se aposentaba la mansión de los marqueses de los Naranjos, una de las familias más antiguas de la isla. Los Naranjos fundaron la ciudad en 1519·con el nombre de San Cristóbal de La Habana junto a un puñado de soldados y colonos que comenzaban a extender sus dominios más allá de la isla La Española, a la vecina isla La Juana, más conocida como Cuba.

El edificio destacaba entre todas las construcciones por su tamaño y suntuosidad. Linoln pensó al contemplarlo que la Casa Blanca, a su lado, parecía una choza maloliente. La mansión estaba rodeada de una cerca muy alta, con unos barrotes labrados y retorcidos que imitaban ramas de árboles. Los jardines sobre la ladera eran escalonados, rematados con pequeños muretes del mismo color que la fachada, de un rosa pálido. En el centro, una escalinata abierta en dos canales se cerraba y dividía en dos tramos. El cielo plomizo del anochecer había oscurecido el día antes de tiempo; a última hora de la tarde unos negros nubarrones habían descargado una lluvia torrencial, que había conseguido apagar el bochorno de las últimas semanas. El reflejo del suelo empapado, los charcos formados por el aguacero y la limpieza del aire convertían la noche en una experiencia mágica.

Se acercaron a la valla en la única parte que parecía vulnerable; en uno de los extremos, que intentando salvar una gran mole de piedra, reducía la altura de la cerca. Hércules ayudó a Lincoln y cuando éste se encontraba en lo más alto, extendió la mano para ayudar a su compañero. El salto al otro lado era menor debido al desnivel.

No se veía a nadie en el jardín. Según se habían informado, la familia, temiendo que la guerra estallara en cualquier momento, había optado por cerrar la casa y pasar una temporada en los Estados Unidos. Tan sólo el marqués permanecía en la isla, pero residía habitualmente en un palacete cerca de la catedral de La Habana.

Ascendieron por un lateral evitando la escalinata y escondiéndose, esperaron a que la noche cerrada atrajera a su presa. No tuvieron que hacerlo por mucho tiempo. Una hora más tarde llegaba el primer caballero embozado, que con una llave abrió la cancela y ascendió hasta el palacete. En menos de media hora, una docena de hombres entraron por el jardín y ascendieron hasta la mansión. Los agentes esperaron un poco más y cuando comprobaron que no había nadie se acercaron a la entrada. Estaba abierta.

—¿En qué lugar de la casa estarán? —le susurró Hércules.

Lincoln propuso que buscaran en la planta baja. Al tratarse de una orden secreta, debían escoger un lugar discreto para realizar sus ritos. Tras un rato de búsqueda, dieron con unas escaleras que desde la cocina daban a una especie de sótano excavado en la roca. Descendieron con cuidado, caminando de puntillas. Al final de la escalera había una sala amplia, escasamente iluminada por un candelabro que descansaba encima de una mesa cuadrada, en la que se podían ver algunos bastones, sombreros y otros objetos personales. La única puerta de la sala estaba entornada y de ella salían unas voces que parecían corear algo.

Los dos agentes se acercaron a la puerta y pudieron escuchar las últimas palabras de algo parecido a un rezo:

...Todo lo cual juro por la bendita Trinidad y el bendito sacramento que estoy para recibir, ejecutar y cumplir este juramento.

Se hizo el silencio hasta que uno de los hombres comenzó a hablar.

—Hermanos caballeros, estamos aquí reunidos para encomendar nuestra causa a Dios, al Maestro Supremo, el Gran Padre y nuestra madre, la Santa Iglesia de Roma.

Escucharon un murmullo de asentimiento. Hércules y Lincoln, inclinados en el suelo frío de piedra, se esforzaban por sacar algo en claro del hilo de voz que emergía por la puerta. No podían ver nada, ya que tras la puerta una pared recubierta de una tela roja impedía ver la escena del interior y amortiguaba las voces.

—El cuarto Caballero Supremo nos encomendó una misión sencilla y hemos fracasado, caballeros. No hemos conseguido el libro, desconocemos el paradero del profesor y ahora, esa periodista y los dos agentes infieles se han inmiscuido en nuestros planes.

—¿Qué podemos hacer? —preguntó uno de los caballeros.

—Han montado un gran escándalo y nuestra premisa es la discreción y la persuasión. En cambio, el caballero de cuarto grado comisionado quemó una casa y realizó una persecución por las calles de la ciudad. Un verdadero desastre.

—Perdone Caballero Piloto, pero no esperábamos encontrar acompañado al profesor aquella noche —se excusó otra vez el caballero.

—¡No me valen los pretextos! Con su negligencia nos pone en peligro a todos y pone en peligro la misión. Estamos ante los últimos tiempos, la Iglesia se desmorona a los pies de comunistas, anarquistas, evolucionistas y masones.

—Tiene razón, pero... —El Caballero Piloto interrumpió al caballero de cuarto grado y continuó diciendo:

—Desde los Estados Unidos ha llegado por fin nuestro hermano. Todavía no es caballero, es escudero, pero ha demostrado su valor y entrega a la orden realizando un importante trabajo en Nueva York. Él se encargará de todo este asunto. Hermano escudero.

Se produjo un silencio que heló la sangre de los dos agentes. Por unos momentos creyeron que la ceremonia había terminado, hasta que una voz monótona y sepulcral se escuchó.

—Caballeros de Colón, el tesoro de Roma salvará a la Iglesia. Un ejército de caballeros se extiende por todo el mundo. Más de cincuenta mil se entrenan en los Estados Unidos y dentro de pocos seremos millones —dijo una voz con un cerrado acento *yanqui*. Toda la sala se llenó de un murmullo de aprobación. —Esta noche tiene que morir el caballero de cuarto grado que nos ha fallado. *Con su sangre pagará el impío y con su carne morirá el necio.*

Hércules tragó saliva y apretó los puños. Se sentía impulsado a detener ese crimen, pero temía que eso desbaratara todo. Lincoln le miró entre la penumbra y sacó su revolver de la chaqueta.

—Me entrego en sacrificio. Muchos hombres se han dado antes que yo para salvar a la Iglesia. En mis venas corre sangre de católicos por cincuenta generaciones. Que Dios se apiade de mi alma.

Un chasquido y el silbido de una hoja metálica fue lo único que pudo escucharse.

—Caballeros, celebremos con júbilo este sacrificio. Esta sangre es primicia de la victoria —dijo eufórico el Caballero Piloto.

El murmullo de la sala empezó a ascender y un gutural sonido envolvió todo el sótano.

—Caballeros no hay tiempo que perder. Tenemos que conseguir el libro de San Francisco y eliminar a los infieles.

Hércules y Lincoln sabían que se refería a ellos. Se levantaron despacio y salieron del sótano. Sus camisas estaban empapadas de sudor. Cuando llegaron a la planta baja, la cocina permanecía completamente a oscuras. Caminaron con los brazos extendidos para no tropezar con nada. Una vez en el jardín aceleraron el paso, sus corazones golpeaban pesadamente en sus pechos. Saltaron la verja y se perdieron calle abajo.

Capítulo 39

La Habana, 23 de febrero

Desde la popa se veían con claridad los restos del barco. Le gustaba estar allí por las mañanas, mirando el trabajo de los buzos y ordenando sus ideas. Tenía ganas de terminar el trabajo y regresar a casa. Llevaba en La Habana dos días, pero cada vez le costaba más mantener unido al grupo y controlar al embajador Lee. La última jugarreta del cónsul había sido enviar un telegrama a la capital, pero cabía esperar cualquier cosa de un hombre como aquél.

—Capitán Sampson, ya está el jefe de buzos en la sala —dijo un marinero. Sampson echó un último vistazo al *Maine*, observó la bahía y arrojó el cigarro al agua.

—Gracias marinero.

Después, Sampson se enderezó y colocándose el cuello de la chaqueta se dirigió hacia el interior. En la mesa estaban sentados el capitán Chadwick, Potter, Marix y Powelson. El presidente de la comisión saludó a los miembros y se sentó en la silla.

—Señor Powelson, espero que nos proporcione alguna información valiosa —dijo Sampson con brusquedad.

—Señor, hemos realizado algunos avances. La explosión se produjo justo delante de la segunda chimenea —comentó el oficial señalando un plano del barco. Parte de la cubierta de proa fue arrojada hacia arriba para caer después sobre sí misma. Por eso, nos hemos encontrado los accesorios de esta sección boca abajo; un cañón de proa y la torre de proa. En el lado de babor el revestimiento acorazado ha desaparecido. Aun así la proa y la popa permanecen unidas en un punto pequeño de la quilla.

—¿Algo más, oficial?

—Sí, señor. Lo más extraño de todo es lo que pasa a la altura de la cuaderna 18. En el *Maine*, las cuadernas están separadas a un metro de distancia. Contando desde la proa a la popa, la cuaderna 18 está al revés, formando una V invertida.

—Señor Powelson, ¿puede la sola explosión de los paños haber causado ese daño tan peculiar en la quilla? Dicho más claramente, ¿pudo una mina colocada en la cuaderna 18 haber explosionado los paños? —preguntó el presidente. El alférez Powelson se quedó mudo. No sabía qué responder.

—Claro que sí —dijo Potter. Esos malditos españoles pusieron una o dos minas y nosotros seguimos discutiendo mientras ellos se preparan para la guerra.

—Capitán Potter, no he pedido su opinión. Deje que los especialistas hablen y aclaren el caso —dijo Sampson mientras le hincaba la mirada.

—Lo sé, pero es la opinión de todo el mundo. Nadie duda que fue un atentado. ¿No lee los periódicos?

—Nosotros no basamos nuestro criterio en opiniones subjetivas. Lo que necesitamos son hechos concretos, palpables, que se puedan presentar como pruebas irrefutables.

—¿Hechos? No son suficientes los hechos, más de doscientos marineros norteamericanos muertos, mejor dicho, asesinados.

—Por favor, no entorpezca la labor de la comisión con sus salidas de tono —dijo Sampson recuperando la calma.

—¿Por qué aceptó el informe de la Comisión española? ¿Por qué sigue insistiendo en que fue un accidente? —dijo Potter. Sus preguntas parecían una acusación.

El capitán Sampson se puso en pie y, sin dirigir la mirada a Potter, levantó la sesión.

La Habana, 23 de febrero

Helen se dirigió a la oficina de telégrafos. Caminaba deprisa, demasiado deprisa para los habitantes de la isla, que se tomaban la vida menos en serio que la norteamericana. Cuando salía de «La Casa de doña Clotilde» notaba un rubor que le cubría la cara. Miraba a ambos lados de la calle y aceleraba el paso, alegrándose de dejar atrás el burdel. A la periodista le costaba mantener la mirada cuando en los pasillos se cruzaba con alguna de las chicas. Debajo de sus ojos pintados y sus labios rojos, veía a jóvenes como ella y eso le aterraba. Era más sencillo imaginar que aquellas mujeres eran monstruos inmorales, pero en su fuero interno reconocía que tan sólo se trataba de muchachas pobres que desde muy pequeñas habían tenido que subsistir entregando lo único que poseían, su cuerpo.

Lo que le parecía del todo inadmisible era la actitud de Hércules. El español se movía en esos ambientes como pez en el agua. Bromeaba con las chicas, besaba a doña Clotilde como a una madre y paseaba por aquella casa como si fuese su hogar. Helen creía que el tipo de hombres que visitaban aquellos lugares no se parecían a su compañero. Inteligente, atractivo y valiente. En muchas ocasiones le recordaba a su padre. La forma de sonreír, la seguridad en sí mismo y su preocupación por todos. Algunas veces, sus miradas se cruzaban y ella, como una tonta, se ruborizaba, notando un cosquilleo en la tripa que hasta ese momento nunca había experimentado.

En la oficina de telégrafos el operario descansaba en la trastienda. Helen carraspeó, pero el individuo hizo caso omiso. Golpeó la campanilla con fuerza, pero no emitió sonido alguno. Seguía sin acostumbrarse a la galbana isleña. Palmeó el mostrador con suavidad y, perdiendo la paciencia, con fuerza.

—Ya va. Tanta prisa. ¿Quiere apagar algún incendio? —comentó el hombre levantándose de la mecedora del fondo de la oficina. Helen miró al hombre con el ceño fruncido y le extendió un papelito.

—Por favor, mande esto lo antes posible.

—Sí, señorita.

Helen se apartó del mostrador y se sentó en uno de los bancos de madera de la oficina. No podía dejar de pensar en Hércules. No se parecía a ningún hombre que hubiera conocido, aunque no sabía si eso era bueno o malo. Abrió el periódico e intentó apartar esas ideas de su mente.

León la vio entrar en la oficina de telégrafos. Sin duda era ella, pensó el repasar mentalmente la foto. Tan sólo la había visto una vez. Recordaba, cómo aquella mañana, en la iglesia del puerto, ella atravesó el cordón policial y pasó un tiempo dentro. Tal vez una media hora. Él sabía perfectamente que había visto la periodista. El cadáver del padre Pophoski. Un sacerdote que había perdido la fe y propagaba el comunismo.

La plaza estaba repleta de gente. Después de varios días de calor la lluvia de la tarde anterior había aliviado el bochorno y aquella mañana, brillante y luminosa, todo el mundo quería aprovechar el fresco. León se sentía perdido en medio de la deslumbrante luz y color del Caribe. Casi echaba de menos las sucias calles del puerto de Nueva York y la mugrienta barriada de Chicago donde había jugado de niño.

Mientras esperaba apoyado en un poyete del parque, recordó cómo había cambiado su vida en los últimos tiempos. Nadie le hubiese reconocido en Nueva York vestido con un vaporoso traje color hueso y un sombrero de paja, parecía un señorito; uno de esos hombres de Wall Street.

La periodista tardaba demasiado, pensó mientras se quitaba el sombrero y se pasaba la mano por el pelo negro. Dudó en entrar o seguir esperando fuera. No creía que ella hubiese reparado en él. Tan sólo se habían cruzado en frente de la iglesia y desde aquel día, aunque la seguía, se había asegurado de que ella no le viera a él.

León se colocó el sombrero y caminó hacia la oficina de telégrafos. En la puerta se dio de bruces con la mujer. Le clavó sus ojos verdes, pero Helen miraba hacia el suelo como ausente. La mujer caminó despistada por las calles más céntricas hacia el puerto y él comenzó a seguirla a corta distancia. Estaba tan cerca, que extendiendo el brazo hubiera podido apretar su cuello blanco y alargado antes de que ella pudiera reaccionar.

La periodista tomó por una de las estrechas callejuelas que desembocaban en las proximidades de la bahía. Después, miró a un lado y a otro y se introdujo en un edificio destartalado. León se detuvo frente a la puerta y miró hacia arriba. Ya conocía el escondite de Helen Hamilton. Tan sólo quedaba esperar el momento propicio.

Madrid, 23 de febrero

Los dos hombres entraron en el café. A pesar de ser más de las doce de la noche todas las mesas estaban repletas. El bullicio llenaba el gran salón y el humo de los cigarrillos revoloteaba entre las lámparas. Pablo Iglesias tenía una mesa reservada en una de las partes más tranquilas del local. Se dirigieron allí y esperaron que el camarero viniera a atenderlos.

—Pablo, hay que reconocer que en Madrid eres el amo —dijo Miguel sonriendo.

—No lo sabes bien. Desde que fundamos el sindicato, los camareros de Madrid me adoran —contestó Pablo dejando el sombrero sobre un perchero. —La primera marcha obrera, la del 87, fue un éxito. Desde entonces Sagasta nos toma más en serio.

—Y, ¿qué opina de la posición del partido con todo el asunto de Cuba?

—Sagasta tampoco sabe qué hacer con Cuba —bromeó Pablo. —Cánovas lió todo el asunto enviando a ese mal bicho, Weyler. Pero la verdad es que estaba mejor en Cuba. Desde que regresó a España no hace más que acosar a todos los sindicatos. El majadero cree que todos somos anarquistas.

—Los militares no entienden de sutilezas —apuntó Miguel.

—Un día de éstos uno de ellos se levantará y nos dirá en la cara: viva la muerte, muera la inteligencia. A propósito, este año nos presentamos a las elecciones. El señor presidente está que trina. Mi candidatura es por Bilbao.

—Mi tierra. Pero no creo que podáis haceros con un diputado en Cortes.

—Esto es sólo el principio —dijo Pablo.

El camarero se acercó y los dos hombres pidieron algo de comer. Unamuno había cogido el tren esa misma mañana y todavía no había probado bocado; Pablo Iglesias había tomado un almuerzo ligero y después había dedicado la tarde a leer en la biblioteca del Ateneo. A muchos de los socios no les gustaba verle por allí, pero con el tiempo se habían acostumbrado a su presencia.

—¿Quién es el embajador de los Estados Unidos en la actualidad? —preguntó Miguel.

—El verano pasado vino un nuevo embajador, el general Woodford.

—El general Woodford. Y, ¿dónde cae el consulado?

—¿Vas a pedir asilo político a los *yanquis*? —preguntó Pablo con su mejor sonrisa.

—No, pero tengo que ver al cónsul.

—Si quieres, mañana mismo te llevo a la embajada. Pero esta noche brindemos.

—¿Por qué?

—Te parece poco. Dos grandes amigos sentados frente a una suculenta cena. ¿Qué más se puede desear?

Unamuno recordó a Ganivet y el mes que pasaron juntos en Madrid. Durante años estuvieron sin relacionarse, pero justo el año anterior comenzaron a cruzar de nuevo correspondencia. Incluso colaboraban los dos con el periódico *El Defensor de Granada*, donde publicaban cartas sobre España. Le vino a la mente una de las últimas frases que el granadino le escribió: «El hombre es el más misterioso y más desconcertante de los objetos descubiertos por la ciencia».

CAPÍTULO 40

La Habana, 24 de febrero

Trabajar por la noche y descansar por el día se estaba convirtiendo en una costumbre para Hércules y Lincoln. El español parecía encantado y se movía con más naturalidad a aquellas horas y en aquel ambiente decadente de la noche habanera que por el día. El norteamericano, en cambio, prefería actuar a la luz del sol, a partir de las nueve de la noche su cuerpo respondía con lentitud y su mente se embotaba, pero, como los burdeles están más animados por la noche, y ellos tenían que pasar desapercibidos, no quedaba otro remedio.

Ser cliente de un burdel, aunque fuera en misión oficial, no entraba en los principios de Lincoln. Su padre, aunque no le gustaba hablar de ello, había sido predicador itinerante por Indiana. Un día sí y otro también salían a pedradas de los pueblos, donde un reverendo negro que alborotara a los esclavos no era bien visto. Ahora Lincoln, rompiendo la tradición familiar, iba a visitar el tercer prostíbulo en menos de una semana, y esta vez como cliente.

La casa de las putas francesas no tenía nada que ver con el antro repugnante de Hernán y dejaba como un cobertizo a la «Casa de doña Clotilde». A aquel lugar no iban los marineros del puerto, los pescadores o los soldados. Aquello era un burdel de lujo.

En la puerta, dos hombres corpulentos vestidos con esmoquin guardaban la entrada. Lincoln pensó que no le dejarían pasar. Incluso en su país, en algunos estados, no era bien recibido según en qué ambientes. Pero traspasó la puerta al lado de Hércules sin que los dos gorilas se inmutaran.

El hall era espectacular. Luminoso, amplio con una gran lámpara de araña. Nada que ver con los oscuros antros donde se movían últimamente. Las mujeres no parecían putas. Vestían como damas; paseando del brazo de hombres mayores o tomando ponche junto a una gran mesa repleta de exquisitos manjares. En el gran salón una orquesta tocaba melodiosos valses y dos docenas de parejas revoloteaban sobre sus pies, girando sin parar. Algunas damas estaban sentadas en sillas esperando que alguien las sacase a bailar.

Lincoln se sentía aturdido, llegó a pensar que se habían equivocado y se habían colado sin querer en alguna de las fiestas de la alta sociedad. Pero Hércules continuó caminando, examinándolo todo y recogiendo una copa de champán de una de las bandejas de los camareros.

—Lincoln, haga el favor de relajarse. Está pálido, y en su caso no es ningún cumplido —dijo el español sonriendo. Después se acercó a una de las chicas y la sacó a bailar. Mientras Hércules daba vueltas alrededor de la pista, el norteamericano comenzaba a impacientarse. No habían ido allí para pasarlo bien. Tenían que cumplir una misión.

Hércules sonreía, bebía y a ratos hablaba al oído de la mujer. Cuando terminó el segundo baile, el español dejó su compañía y se acercó a Lincoln.

—Es usted un verdadero muermo —dijo dejando la copa de champán intacta sobre una mesa. Lincoln cruzado de brazos miró a Hércules y, sin poder contenerse, le increpó.

—Le he visto actuar negligentemente, poner en peligro la misión, desviarnos de nuestro objetivo escuchando las fantasías del profesor, pero, en el fondo, creía que se tomaba más en serio su trabajo.

—Yo me lo tomo en serio, aunque observo que usted no. Estamos aquí para sacar información a unas señoritas, que como sospechen que somos agentes, no soltarán ni una sola palabra.

—Y usted, quiere marearlas con bailes, y una vez bien mareadas, sacarles la información, ¿verdad?

—Pues, gracias a aquella señorita de allí —dijo Hércules señalando a la atractiva mujer con la que había bailado— sabemos dónde están las chicas que estuvieron en el *Maine*.

Lincoln bajó la mirada e intentó decir algo, pero las palabras se negaban a salir de su boca.

—Tenemos que encontrar a Michelle y Amelie —le espetó Hércules.

—¿Dónde están?

—Ellas no bajan al salón. Son dos de las damas más cotizadas de esta casa. Tienen un par de señores fijos que les dan todos los caprichos.

—Entonces, ¿cómo nos entrevistaremos con ellas?

—Sencillo. Pagando.

—Pero ha dicho que...

—Estas mujeres se compran, querido amigo. Sólo hay que tener el dinero suficiente.

Lincoln sacó todo lo que tenía de los bolsillos. Siempre llevaba todo el dinero encima, no se fiaba de los hoteles y prefería esconder su dinero cerca de la piel. Hércules le hizo un gesto cuando el norteamericano dejó cinco dólares en su mano, y volvió a registrar dentro de sus ropas sacando un fajo de billetes de diez.

—Espero que sea suficiente —dijo Hércules acercándose a un hombre que vigilaba la escalinata que llevaba a la planta superior. Hablaron algo y luego el español regresó. —Vamos a tener suerte. Esta noche las señoritas están libres.

Unos minutos más tarde, los dos hombres subían la escalinata. Lincoln caminaba a trompicones, con las manos en los bolsillos; su compañero con la cabeza levantada y los brazos atrás.

El hombre los dejó en la puerta de un salón. Entraron y vieron la sala ricamente decorada como la antecámara de las habitaciones de un príncipe. A cada lado había una puerta cerrada. Primero dudaron, pero después se sentaron en el sofá. Unos minutos más tarde, como en una especie de coreografía, entraron dos mujeres, una por cada puerta. La de la derecha era morena, de piel blanca y demasiado flaca para los gustos de la época. La de la izquierda era de pelo trigueño, con dos grandes ojos azules y unas pronunciadas curvas. Cuando estuvieron a la altura de los dos agentes se sentaron frente a ellos y les quitaron los zapatos, empezando a hacerles un masaje en la planta de los pies. Lincoln apartó el pie, pero la rubia, con una sonrisa, lo volvió a tomar y empezó a aflojar la bota.

—Señorita —dijo Lincoln bruscamente. Hércules le dio un codazo y sonrió a las chicas.

—Perdonadle, es novato en esto.

Las dos mujeres continuaron el masaje entre risitas.

—Ha sido una suerte que estuvieseis libres esta noche —dijo Hércules entablando conversación.

Ninguna de las dos abrió la boca, el norteamericano pensó que no sabían castellano. Al fin y al cabo eran francesas.

—Unos oficiales amigos nuestros nos hablaron muy bien de vosotras. Mi amigo —comentó señalando a Lincoln— es norteamericano. Últimamente hay muchos por aquí ¿verdad?

Ellas no hicieron caso al comentario y después de descalzar los pies a los hombres fueron a buscar unas bandejas con copas de champán y dulces.

—Mis amigos me dijeron que se encuentran vivos gracias a vosotras. Si no hubiesen estado aquí la noche que estalló el barco estarían muertos.

Se miraron una a la otra, pero esta vez no se rieron. Dejaron el sofá y escaparon hacia la puerta. Hércules corrió detrás de ellas descalzo y las agarró por las muñecas. Intentaron escabullirse, pero bruscamente tiró de ellas y las llevó de nuevo al sofá. Lincoln seguía sentado. No le había dado tiempo a reaccionar.

—¿Adónde vais palomitas? ¿Por qué tanta prisa? —preguntó Hércules.

—Será mejor que se marchen —dijo la morena con acento argentino.

—¿Por qué? Por hablar de unos amigos. ¿Acaso está prohibido?

—Nosotras no hablamos, trabajamos.

—Será mejor que no me ande con rodeos. Vosotras estuvisteis hace unos días en el *Maine*. ¿Quién os invitó a subir al barco?

Las chicas se quedaron calladas, pero su gesto arrogante se había ido convirtiendo en verdadero pánico.

—¿De qué tenéis miedo?

—Son hombres muy poderosos. Si decimos algo nos matarán —dijo la morena, a punto de echarse a llorar.

—Puedo protegeros.

—Y, ¿puedes darnos esto? —preguntó la morena señalando a su alrededor.

—Esos hombres no os dejaran con vida. Para ellos tan sólo sois dos putas que sabéis demasiado.

Lincoln comenzó a ponerse las botas. Notaba cómo un sudor frío le recorría todo el cuerpo.

—Nosotros podemos protegeros.

—No hemos hecho nada malo —dijo la rubia rompiendo a llorar.

—Lo sé —comentó Hércules dejando de apretarle el brazo y suavizando la voz.

—Ellos nos obligaron.

—¿A qué?

—A sacar información de los dos oficiales.

—¿Qué información?

—Cuándo se iba a marchar el barco, cuántos hombres se quedaban vigilando por la noche, a qué hora se cambiaba la guardia. Datos del barco.

—¿Quién os envió?

—Un norteamericano rico, pero no sé su nombre —dijo la morena al tiempo que miraba asustada hacia la puerta.

—Sí, pero actuaba en nombre de otros. De alguien importante.

—¿De quién? —preguntó Hércules volviendo a apretar la mano sin darse cuenta.

—Me hace daño —dijo la rubia.

Lincoln terminó de ponerse las botas y se puso en pie. Se acercó a las mujeres y comenzó a interrogarlas.

—¿Dónde estaban la noche de la explosión?

—Con unos clientes —dijo la rubia. La morena le hizo un gesto y después le increpó.

—Quieres callarte. Vas a conseguir que nos maten.

—¿Qué clientes?

No había terminado de hacer la pregunta el norteamericano cuando dos hombres corpulentos entraron en la habitación. Uno de ellos llevaba una pistola pequeña en la mano. Las mujeres se pusieron a gritar histéricas. El gorila apuntó a la rubia y disparó dos veces sobre ella. Lincoln sacó su revolver y dudó unos segundos antes de disparar sobre el hombre armado. La primera bala falló, pero la segunda le dio en una pierna.

—Cabrón —dijo el matón sujetándose la pierna con una mano. Disparó al norteamericano pero no acertó. El otro matón se lanzó sobre Hércules con una navaja en la mano. La chica morena aprovechó que el español la soltaba y corrió a la salida, pero el otro hombre disparó sobre ella. La mujer pegó un pequeño grito y calló al suelo. Lincoln disparó una tercera vez dando de lleno al matón, que se desplomó sobre la alfombra.

Hércules notó el frío de la hoja de la navaja en el brazo, pero logró derribar al hombre y ponerle debajo de su cuerpo. Golpeó la mano del gorila contra el suelo hasta que éste soltó la navaja y comenzó a golpearle la cabeza. No podía parar, aplastaba el cráneo del hombre contra el suelo y escuchaba el crujir de los huesos, los quejidos del matón y el sonido seco de los golpes. Lincoln le apartó del hombre inconsciente.

—Déjelo ya —dijo el norteamericano. —Se ha desmayado, tenemos que salir de aquí.

Observaron los cuatro cuerpos inertes sobre la alfombra y se dirigieron hacia la ventana. Había una considerable altura, pero no podían salir por la puerta principal, más matones no tardarían mucho en subir a ver qué pasaba. Tomaron impulso y se lanzaron sobre un gran árbol que había junto al edificio. Hércules estuvo a punto de caer al vacío. Al aferrarse al tronco, la herida le produjo un calambre que le obligó a soltarse unos segundos, pero volvió a aferrarse a las ramas. Descendieron del árbol, saltaron la valla por la otra calle y mientras corrían sobre los adoquines, el español se dio cuenta de que continuaba descalzo. Le vino la imagen de las dos chicas muertas sobre el suelo y notó una punzada en la cabeza. Habían muerto para nada, pensó. Llevaba mucho tiempo rodeado de prostitutas, pero era la primera vez que las veía como personas. Demasiado tarde, se dijo intentando borrar de su mente las caras de las dos chicas.

Capítulo 41

Isla de Guanahaní, Archipiélago de las Bahamas,
13 de octubre de 1492

Las tres carabelas estaban fondeadas frente a la playa de la isla. Aquella mañana, como tenían por costumbre, los indígenas se acercaron a los barcos y desde sus canoas ofrecieron a los marineros: papagayos, algodón y azagayas. Todos los españoles se sentían eufóricos. Nunca nadie había estado antes en esas tierras. Los naturales los veían como semidioses.

El Almirante Colón parecía más preocupado que antes de avistar tierra. Durante todo el viaje había mantenido una sangre fría admirable. Con firmeza controló varios conatos de rebelión, gestionó los víveres y no dudó ni por un instante del rumbo y el éxito de la misión, pero ahora parecía taciturno y pasaba muchas horas en su cámara.

Cristóbal Colón repasaba a todas horas el librito que había mantenido oculto de miradas indiscretas. Casi dos años antes, dos frailes amigos suyos en el monasterio de La Rábida se lo habían entregado secretamente. Ellos le habían convencido de que era el hombre elegido por la Providencia para salvar a la Iglesia del mal, aunque ahora, perdido en medio de la nada, se sentía confundido.

Inocencio VIII era un papa títere. Los Colonna, los Orsini y sobre todo, la familia Della Rovere, dominaban la Iglesia. Durante siglos los patricios de Roma e Italia habían puesto y quitado papas, pero en las últimas décadas las cosas marchaban mal para los seguidores de Cristo. Los franceses ambicionaban Italia y ante la invitación de Inocencio VIII de invadir Nápoles y derrocar a su enemigo Ferrante, ponían en peligro a la cristiandad. Los reyes de Francia siempre habían ambicionado dominar la Iglesia. Desde Carlomagno, los francos habían buscado la manera de recuperar la figura imperial, sustituyendo el trono santo del Vicario de Cristo, por el pagano cetro de los césares romanos.

Los padres franciscanos llevaban dos siglos intentando reformar la Iglesia, pero sus intentos habían sido inútiles. Los verdaderos cristianos perdían poder y los impíos copaban las dignidades eclesiásticas y los asientos en la cátedra de San Pedro. Pero la Providencia había provisto de dos instrumentos para devolver el depósito de la fe a sus verdaderos dueños: los Reyes Católicos, los monarcas más píos y sabios de Europa y la audacia de un marinero, Cristóbal Colón.

La nueva cruzada necesitaba dinero. Los Reyes Católicos estaban rodeados de enemigos y quitar del solio pontificio a Inocencio VIII suponía un esfuerzo oneroso. ¿Qué mejor momento que éste para recuperar el tesoro de Roma?

El Almirante reposaba recostado repitiendo en su mente las palabras de los dos frailes. Él mismo les había dicho a los Reyes Católicos que con el oro que les iba a llevar podrían realizar la mayor de las cruzadas de la historia. Ahora se encontraba en las costas de aquella tierra legendaria y las dudas le asaltaban. El diario de la princesa vikinga Gudrid, viuda de Thorffinn, el primer europeo en pisar aquellas tierras, le había conducido hasta allí, pero, ¿cómo podía buscar el tesoro en aquel mundo extraño?

El propio Almirante había viajado por el norte hasta Groenlandia, rodeando Islandia y se había adentrado más allá de *La Bahía del mal*, al oeste de Irlanda. Durante años había escuchado de boca de muchos marineros nórdicos que había un paso a tierras desconocidas desde Groenlandia a una tierra llamada Vinlandia o *Tierra del Vino*, pero hasta que leyó el diario de la princesa Gudrid, desconocía el paso a través del océano, dejando atrás las costas de las Islas Canarias.

Tomó entre las manos el manuscrito encuadernado y volvió a releerlo. Su latín era claro y la letra tan bien trazada, que le parecía increíble que una princesa bárbara de Islandia tuviese una caligrafía tan perfecta.

Año de nuestro Señor de 1019

Las jornadas caen del árbol sagrado y ninguna primavera volverá a colocarlas en sus ramas. Hace seis largos años que estuve en la gran ciudad. Visité las cien iglesias y adoré en la gran basílica, delante del Santo Padre.

Mi esposo Thorffinn, príncipe de príncipes, lleva más de diez años navegando en su barco por el último mar, el que lleva a la costa donde está el Walhalla. Los genios le ascendieron después de que hubiera cumplido su misión, donde le espera el maestro Cristo. Thorffinn era un hombre valiente. Su esquife llevó a los hombres justos más allá de las costas de Vinlandia, hasta unas tierras cálidas llenas de aves de colores, árboles de frutos dulces y mujeres morenas.

Mi camino a Roma fue más corto. Surqué el mar del Norte hasta Cork, desde allí costeamos el continente hasta que por las columnas de Hércules entramos en el Mare Nostrum, recogimos víveres en Barcelona y proseguimos viaje hasta Ostia, donde desembarqué con mi séquito. La ruta norte parecía más segura en aquellos días, ya que eran numerosas las embarcaciones piratas, los navíos musulmanes y los barcos bizantinos que se enfrentaban a cualquier barco que vieran en el mar. Los normandos, nuestro pueblo hermano, también llegaron a Italia invitados por Meles, un noble lombardo que odiaba el poder bizantino. Por lo que el sur de la Península era el escenario de terribles enfrentamientos entre los musulmanes de la próxima Sicilia, los lombardos y los bizantinos.

Roma no estaba en aquella época mucho más sosegada. El nuevo papa, Benedicto VIII llevaba unos meses en el trono de San Pedro, cuando llegamos a la ciudad eterna. La elección del nuevo papa, al parecer, no había sido fácil. Los Crescencio tenían como candidato a un tal Gregorio, pero el emperador alemán Enrique II dio su apoyo a Benedicto, por lo que el Papa se encontraba en medio de la lucha entre los germanos y los bizantinos.

La Basílica de San Pedro era un edificio sencillo, pero en el que se sentía una espiritualidad especial. En la ciudad recorrí con emoción los lugares sagrados. Visité el Coliseo, donde tantos buenos cristianos habían sido sacrificados. El Foro estaba completamente destruido, pero me impresionó la belleza de un mundo que había desaparecido para siempre. En aquellas lejanas jornadas, traje a la memoria a mi hijo Snorre, él hubiera disfrutado más que yo la visita a las catacumbas; besando con devoción las tumbas de los santos y rezando delante de la Madonna.

El papa Benedicto VIII me recibió sin mucha pompa. Para él sólo era una mujer bárbara que venía del otro lado del mundo. Narré al altivo Papa los viajes que yo y mi amado esposo habíamos realizado a Vinlandia y cómo los vientos nos habían llevado a reinos exóticos, donde los árboles daban frutos tan grandes como la cabeza de un hombre y el clima era siempre suave y cálido. Rogué al santo Padre que me concediera la gracia de llevar en mi viaje de regreso a un grupo de monjes y monjas para Islandia, Vinlandia y a las nuevas tierras descubiertas, pero Benedicto VIII me miró con sus ojos saltones y con una leve sonrisa me comunicó en su educado latín, que en Noruega e Islandia ya había religiosos que podían hacer esa labor.

Reconozco que salí entristecida de mi audiencia. La peregrinación a Roma no había servido para que el Papa bendijese las nuevas tierras ni las cristianizase.

La última noche que pasaba en la Ciudad Eterna, justo antes de tomar de nuevo rumbo a mi amada Islandia, recibí una visita inesperada.

Cuando las tinieblas invadieron la populosa ciudad, un curioso personaje llamó a la puerta de la casa donde me alojaba con mi comitiva. Un siervo me anunció la llegada de un poderoso romano que quería verme antes de que marchara para mi patria. Al principio dudé en recibirle. Una mujer viuda y cristiana no debería recibir a un hombre en sus cámaras y menos, en mitad de la noche, pero he de reconocer que me pudo más la curiosidad. Prefería no llevarme un mal recuerdo de Roma y aquel curioso encuentro podía levantar mi decaído semblante.

Vestida con una larga bata esperé al desconocido. Tras un breve anuncio de mi siervo, entró en la cámara un hombre de pequeña estatura, de pelo canoso y algo chepudo. Cuando se acercó a la luz pude observar su rostro arrugado y unos enormes ojos verdes que penetraron hasta el más oculto de mis pensamientos. Conocía a aquel hombre. Le había visto en la corte del Papa.

El misterioso personaje me saludó con gran respeto y después de deshacerse en halagos me explicó el motivo de su intempestiva visita. Las velas que iluminaban la estancia fueron consumiéndose mientras que Crescencio, con ese nombre se presentó el extraño, me relató cómo su familia había servido al Papa y a la Iglesia durante más de quinientos años. Los Crescencio habían sido chambelanes de la corte pontificia, guardianes de las llaves del tesoro del Santo Padre y protectores de los secretos de Roma.

Tras narrar, con el semblante macilento, los desgraciados últimos quince años, en los que seis papas y dos supuestos antipapas habían traído el oprobio a la Iglesia, sus ojos se llenaron de lágrimas. Me contó con todo lujo de detalles la suerte del papa Juan XVI, la crueldad con la que el emperador y el Papa Gregorio V le había tratado, arrancándole sus ojos, sus orejas, la nariz y más tarde la lengua.

Por desgracia, hasta la propia Islandia habían llegado los rumores sobre la cruel muerte de Juan XVI, pero lo que no sabía era que el verdadero crimen del papa cruelmente asesinado había sido no querer desvelar el escondite de un fabuloso tesoro, que el emperador Constantino había donado a la iglesia hacía más de setecientos años.

Crescencio me explicó cómo los germanos buscaban desesperadamente el tesoro de Roma. De hecho, estaba previsto que el emperador de Enrique II viniera a Roma para ser coronado y buscar el tesoro, para realizar sus sueños imperiales.

Cuando el hombre terminó de contar todo su relato, le miré y le pregunté por qué me había confiado aquella dura carga. El pequeño hombre se aproximó hasta mi oído y en un susurro me dijo: Observé en vuestra audiencia la virtud que desprendía vuestro devoto semblante. Viuda Gudrid, hace muchos años que la codicia y los deseos engañosos del corazón no anidan en vuestro ánimo. Usted se acerca con paso firme a la santidad y es por eso que la Iglesia necesita que realice una misión muy importante.

Me aparté un poco del hombre y le observé por unos segundos. Sus feos rasgos expresaban sinceridad y desesperación. Me sentía tan confundida, ¿cómo yo, una pobre viuda, podía servir a la Iglesia de Cristo?

Crescencio me miró y como si leyera mis pensamientos dijo: En el servicio a Dios, el más pequeño es el más grande y el último es el primero. Escuché su apasionado relato sobre las nuevas tierras descubiertas. Esos hombres necesitan conocer el mensaje de la fe, pero sólo puede llegarles si vos se compromete a guardar el tesoro de Roma.

El tesoro de Roma. Aquel hombre me pedía que llevara hasta la lejana tierra meridional el precioso e inigualable tesoro de Roma. Pero, ¿cómo? Tan sólo poseía el pequeño barco de mi hijo y un grupo reducido de siervos. Le reconvine sobre los mil peligros a los que se exponía el tesoro. Piratas, naufragios y asaltos. Además, ¿qué podía hacer la Iglesia sin su fabuloso tesoro? ¿Cómo defendería sus fronteras?

El chambelán me informó que si el tesoro no salía de Italia, Enrique II se haría con él. Aquel tesoro debía cumplir un papel importante en la historia de la Iglesia, pero no debía usarse hasta que el hombre de la Providencia fuese enviado por el Altísimo.

Intenté convencer al hombre de que tardaría años en cumplir mi misión. Que debería recorrer con el tesoro todo el Mare Nostrum, cruzar las columnas de Hércules, costear Hispania, después Normandía, Inglaterra, Escocia e Islandia. Esto en una primera parte del viaje, pero que la segunda parte era más peligrosa y temible.

Crescencio sacó de debajo de su abrigo un pergamino y sonriendo lo extendió sobre el suelo. El mapa de Sartorio, me dijo. Un general rebelde que en la época de la República de Roma había viajado hasta las tierras que yo había descrito al Papa, pero por una ruta más corta. Atravesando el mar tenebroso, aprovechando unos vientos que nacían cerca de Mauritania. Crescencio se comprometió a facilitarme dos naves, más provisiones y hombres para realizar el viaje. Debía acudir con mi barco hasta Tingris, cerca de las columnas de Hércules, donde dos barcos que saldrían aquella misma noche nos esperarían.

Estaba asombrada. Me consideraba una mujer arrojada, pero la misión encomendada me hacía sentir perplejidad. Crescencio dejó el mapa en el suelo y se puso en pie. Me dirigió su mirada y con la voz quebrada me rogó que salvara a la Iglesia de Cristo.

Acepté la misión con el convencimiento de que sólo triunfaría si Dios viajaba en aquellos barcos. No tenía nada que perder. Mi vida no significaba nada para mí, no temía las olas embravecidas y esperaba servir a aquel que consideraba mi maestro.

Crescencio me advirtió que por nada del mundo debía hablar del proyecto con mis siervos. Que escribiera el punto exacto donde estaría oculto el tesoro y la ruta seguida. Una vez terminado el viaje debía enviarle el mapa y el sitio donde se ocultaba el tesoro.

Aquella noche me moví inquieta en mi lecho. Cuando el alba anunció el nuevo día hice mis oraciones y realicé la solemne promesa de que si mi viaje se coronaba con el éxito, dedicaría mi vida a la religión.

—Almirante. Escuchó Cristóbal Colón en la puerta de su cámara. Ocultó el libro y caminó hasta la puerta. Era el segundo cristiano que llegaba hasta aquellas tierras. ¿Sería él el hombre de la Providencia? Se preguntó mientras ascendía a cubierta.

Parte 3ª

El Tesoro de Roma

Capítulo 42

Madrid, 24 de febrero

Pablo Iglesias estaba a la hora convenida en la puerta de la pensión. Miguel se demoró un poco, pero pronto los dos hombres cruzaron un Madrid helado. Unamuno estaba acostumbrado al frío salmantino, por lo que el gélido ambiente no le afectaba demasiado. Pablo propuso que, antes de acercarse a la embajada norteamericana, podían tomar un chocolate con churros. El profesor salmantino no se podía negar, el chocolate con churros era un exquisito manjar madrileño, que siempre que venía a la capital le gustaba degustar.

Entraron en el café, pidieron dos raciones y sin cruzar palabra miraron a través de los cristales a los transeúntes que caminaban deprisa azotados por el viento del norte. El camarero trajo unas tazas humeantes y el olor dulce del chocolate penetró por sus fosas nasales.

—Delicioso —dijo Unamuno saboreando el primer churro mojado en el caliente elemento.

—Sabía que no te negarías a esto —contestó Pablo sonriendo.

—En Salamanca no saben igual.

—Anoche observé que estabas muy afectado y no quise preguntarte por tu repentino interés por el embajador Woodford —comentó Pablo.

—Tengo algo importante que comunicarle —dijo Unamuno poniéndose muy serio.

—¿Tienes algo para él? ¿Algo que te dejó Ángel Ganivet? —dijo Pablo al tiempo que adelantaba el cuerpo.

—Ángel me encomendó un recado, pero no puedo decirte nada más.

—No hace falta. Lo entiendo. Aunque, un secreto y para el embajador norteamericano. Sólo puede tratarse de algo relacionado con Cuba —comentó Pablo.

Unamuno se limpió los dedos e introdujo la mano en el bolsillo para asegurarse de que la carta seguía ahí. Después miró muy serio a Pablo y le dijo:

—Ganivet estaba asustado. Muy asustado. Puede que lo que estoy a punto de hacer sea peligroso —la cara del profesor reflejaba cansancio. Las ojeras y la hinchazón de los pómulos mostraban lo poco que había descansado aquella noche. Pablo le miró sorprendido. Unamuno era siempre amable y correcto. Nunca le había visto perder los nervios, pero ahora parecía ansioso y asustado.

La puerta del Sol de Madrid en el siglo XIX

Café Gijón de Madrid

—Si prefieres no decírmelo lo entiendo. Perdona que te haya preguntado, pero soy periodista por deformación profesional.

—No, Pablo. Perdóname a mí. Sabes que soy un hombre tranquilo. Creo que Ganivet se equivocó al escogerme para llevar este mensaje.

—No se hablé más. Acabamos los churros y nos vamos para la embajada —dijo Pablo intentando relajar el ambiente.

—¿Cómo es Woodford?

—Un viejo lobo. Militar, un hombre mayor de aspecto entrañable, pero un verdadero zorro. Utiliza guante de seda, pero dentro tiene una verdadera garra.

—¿Le conoces personalmente?

—Me temo que sí. Intenté hacerle una entrevista para el periódico, pero se negó en redondo. Me dijo que el gobierno de los Estados Unidos no hacía declaraciones a periódicos terroristas. ¿Te lo puedes creer?

—¿Y tú qué le respondiste?

—Le pregunté si su gobierno no consideraba terrorismo matar y aniquilar a todos los indios de Norteamérica.

—Me imagino su reacción —dijo sonriente Miguel.

—Casi me echa de la embajada a patadas —comentó Pablo, dejando escapar un poco de chocolate por la comisura de los labios.

—Entonces voy con el hombre indicado.

—No te preocupes, yo me quedaré en la puerta. No tengo ganas de volver a ver la cara del viejo general.

Los dos hombres pidieron la cuenta y salieron del local. Caminaron hacia la Puerta del Sol con paso rápido. Entre la multitud que llenaba las calles del centro no observaron que dos hombres, uno de baja estatura y otro muy corpulento, aceleraban el paso detrás suyo.

Washington, 25 de febrero

La gran mesa estaba repleta de papeles. El trabajo de las últimas semanas había desbordado la secretaría de Marina. Informes sobre los movimientos de los barcos españoles, el estado de los barcos de la Armada de los Estados Unidos, algunos resultados de las investigaciones en el puerto de La Habana, mapas, todo tipo de datos de tropas, armas y habitantes de las islas gobernadas por España.

Roosevelt se sentó en el confortable butacón de cuero y se encendió un puro. Buscó entre los papeles un cenicero, pero recordó que Long no fumaba. El viejo no podía ni con su alma y la tensión de los últimos días le estaba matando. Tomó de una estantería cercana un pequeño plato votivo, lo dejó sobre la mesa y soltó la ceniza. Descolgó el teléfono y comenzó a dar órdenes.

—Señorita, póngame con O´Neil. Rápido —aspiró el puro y esperó hasta que escuchó la voz al otro lado de la línea —¿O´Neil? Hola, soy yo. ¿El viejo? Ha ido a pescar. La tensión le va a matar. Hoy mando yo. Quiero que envíes a Nueva York diez cañones de 14 centímetros y veinte de 12.

—Pero, señor —se escuchó débilmente.

—Hay que armar varios barcos mercantes y no hay tiempo para estupideces —le espetó el subsecretario.

—Pero necesito una orden del secretario.

—Yo soy el subsecretario y el hombre al mando. ¡Quieres mover tu culo y enviar los cañones! —bramó Roosevelt. El interlocutor se mantuvo en silencio. —Adiós —dijo en un exabrupto y colgó.

—¡Secretaria! —gritó. Una mujer mayor con el pelo recogido en un moño entró en el despacho. —Por favor, necesito que escriba un telegrama para el señor Dawey.

La mujer sacó una libreta y comenzó a anotar.

—Estimado Dawey. —Espero todo bien. —Mantenga el nivel de almacenamiento de carbón. —Asegúrese que los barcos españoles no dejan Manila. —Buena estancia en Hong Kong. Stop. —Mándelo lo antes posible.

La secretaria abandonó el despacho y Roosevelt se recostó poniendo los pies sobre la mesa. Cruzó los brazos detrás de la cabeza y saboreó el puro. Por unos instantes se le pasó por la mente el angustioso telegrama de Young desde Madrid. Sus socios estaban empezando a impacientarse. Esperaba que Potter estuviera realizando un buen trabajo y que antes de quince días todo hubiese terminado.

CAPÍTULO 43

La Habana, 26 de febrero

La reclusión forzosa de los últimos días había desanimado a todo el grupo. Hércules y Gordon propusieron que para tranquilizar los ánimos era mejor que no se dejaran ver por La Habana. Especialmente, el agente español y Lincoln. Hernán seguramente estaba buscándolos por toda la ciudad, un tipo como él no iba a quedarse con los brazos cruzados después de sentirse burlado. Pero el proxeneta no era el único ni el mayor de los temores del grupo. La muerte de las dos prostitutas había movilizado a la policía, a los matones del local y sus dueños y, con toda seguridad también a los Caballeros de Colón, que seguían tras la pista del profesor, pero Helen no respetó el encierro y esa mañana dejó a los hombres dormidos y se escapó a la oficina de telégrafos. A su regreso, la mirada de Hércules no le dejó ninguna duda.

—Se va sin decir nada. Desaparece contraviniendo las órdenes —dijo el español con los brazos cruzados cuando la mujer abrió la puerta.

—¿Órdenes? No sabía que esto era un cuartel militar. Yo no obedezco órdenes. Me entiende —dijo la mujer hincando su dedo índice en el pecho del agente.

—Usted está con nosotros y debe obedecer. No ve que de esta manera nos pone en peligro a los demás.

—No se preocupe, he tomado mis precauciones.

—¿Adónde ha ido?

—A la oficina de telégrafos.

—¿A la oficina de telégrafos? Si alguien quería encontrarnos sólo tenía que esperar frente a la oficina de telégrafos.

—Nadie me ha seguido. No he visto nada sospechoso.

—Usted era algo sospechoso. Una norteamericana rubia pavoneándose por la ciudad. Toda Cuba le ha seguido con la mirada.

—¿Quién nos dice que Helen no es una informadora de Hearst? Al fin y al cabo, sólo sabemos lo que ella nos ha contado —dijo Lincoln asomando detrás de Hércules.

—Pueden comprobar mi identidad. Les puedo dar la dirección de mi periódico y todos los datos que quieran.

—Dejen a la muchacha —medió el profesor. —No hay que alarmarse.

Los dos hombres se calmaron y Helen subió las escaleras y se metió en su habitación. Unos minutos después, Hércules estaba llamando a la puerta. No podía evitar sentirse incómodo con toda la situación. Al otro lado, la mujer tumbada sobre la cama intentaba ahogar las lágrimas con la almohada.

—Helen, por favor. Déjame entrar.

Al final el hombre abrió la puerta y contempló a la muchacha tumbada boca abajo sobre la cama. Escuchó los sollozos ahogados y cerró la puerta. Se sintió angustiado al verla llorar. Durante aquellos días se había olvidado de que Helen era una mujer. Ella siempre reclamaba un trato igualitario, que nadie hiciera diferencias por su condición femenina, hasta el punto de que él había olvidado que era una mujer. Naturalmente, saltaban a la vista sus atractivos físicos, pero durante aquel tiempo, para Hércules, la periodista era uno más del grupo. No podía negar que cuando estaba ella, tendía a exagerar sus acciones. Se mostraba más valeroso, más tenaz e ingenioso. Sin duda, todo aquel coqueteo tenía una razón, pero no había tenido tiempo para pensar en ello.

Hércules, al verla tumbada, recordó la imagen de Carmen, pero por primera vez desde que muriera, no sintió la punzada en el corazón ni la angustia asfixiante. Carmen le vino a la mente como recordatorio de algo que había sentido y que hacía tiempo que no experimentaba. Un cosquilleo que le recorría la tripa; unas ganas de vivir que le hacían levantarse cada mañana con la esperanza de estar a solas con la periodista. Al principio, se había controlado, apagando cualquier sentimiento, manteniéndose alerta, intentando evocar a su antiguo amor, pero su pensamiento lo ocupaba ahora la norteamericana.

Helen se incorporó en la cama y se secó las lágrimas con la mano, sus ojos azules parecían desbordados y brillantes, las mejillas estaban rojas y el pelo caía suelto por uno de los lados. Hércules la observaba en silencio.

—¿Por qué haces todo esto? —dijo la mujer dejando que las palabras penetraran suavemente en los oídos del español. —Pienso que estás vacío, que ya no crees en nada.

Los ojos de Hércules expresaban una mezcla de ternura y angustia. No le gustaba sentirse vulnerable. Se aproximó a la mujer y se inclinó levemente hacia delante. El perfume de Helen penetró por su nariz y sintió un escalofrío. Acercó su boca y besó los labios de la periodista. Ésta se apartó y mirando al hombre le soltó una sonora bofetada.

—No tengo nada que ver contigo. Será mejor que te marches —dijo secamente Helen.

Por unos segundos se sintió confundido, pero no hizo el menor movimiento. Se tocó la cara y comenzó a hablar.

—No tengo una causa como la tuya.

—Pero, ¿no te importa que una guerra destruya todo esto? —preguntó la periodista con un gesto desesperado.

—¿El qué? Una Cuba sometida a España o a Estados Unidos. ¿Qué más da? La guerra lleva mucho tiempo, demasiado. He visto morir a mucha gente y te puedo asegurar que la sangre de los *mambises* es del mismo color que la de los españoles. No hay gloria ni heroísmo en la batalla. Detrás de las causas más justas se esconden los intereses más vergonzantes.

—La verdad debe prevalecer —dijo Helen y su voz parecía surgir de sus mismas entrañas.

—Hagamos lo que hagamos, gente inocente morirá. Los hombres nunca se sacian; la ambición y el poder destruyen hasta los más altos ideales.

—¡En ese barco murieron más de doscientas personas inocentes!

—Y piensas que eso le importa a alguien. Los muertos tan sólo son moneda de cambio.

—No sé cómo puedes hablar así —dijo Helen suavizando la voz.

—¿Alguna vez has contemplado a un hombre fusilado delante de sus hijos? He visto a compañeros con las tripas fuera llorando como niños. Mujeres vio... Bueno, será mejor que lo dejemos —terminó de decir Hércules.

—Ésa no es la razón de tu rabia —espetó la mujer. Hércules levantó el tono de voz y le contestó:

—Tú sólo eres una niña mimada jugando a ser periodista. ¿Cuál es tu sueño? ¿Ser la primera mujer periodista que se convierte en redactora jefe?

Helen se sentó en la cama y señalando con el índice al hombre le dijo:

—No puedes imaginar lo que he luchado para llegar hasta donde estoy. Yo no soy una niña mimada. Soy una profesional del periodismo. Por lo que sé de ti, tan sólo eres un borracho, con ganas de que alguien te meta un tiro para dejar de sufrir.

Hércules cerró los puños y respirando hondo contestó:

—No confío en ti. Con esa carita de niña buena. Estás jugando con nosotros. Sólo quieres asegurarte un buen titular en tu periodicucho.

—Gracias a mí sabéis a quién os enfrentáis.

—Pero, ¿lo sabemos todo?

La mujer se quedó callada y tumbándose dio la espalda a Hércules. El hombre salió del cuarto dando un portazo. Mientras recorría el pasillo comenzó a sentirse avergonzado. Había entrado en la habitación para disculparse y en cambio, las cosas estaban aún peor. La atracción que sentía por la periodista hacía que se sintiera bien, pero comprendía que el tener algo por lo que vivir, le limitaba. Debía estar dispuesto a morir. Juan estaba enterrado a miles de kilómetros de allí. Era tan sólo un muchacho y los culpables debían pagar por ello.

En la sala le esperaban Lincoln y el profesor Gordon. Al entrar, los dos hombres le miraron muy serios. El encierro de los últimos días estaba afectándoles gravemente. El profesor puso una mano sobre el hombro de Hércules y comenzó a tranquilizarle.

—Querido amigo, no sé mucho de mujeres, pero está claro que está enamorado. La señorita es muy atractiva y sagaz. La tensión acumulada le ha jugado una mala pasada, pero será mejor que le pida disculpas. No podemos estar divididos. Usted sabe mejor que yo que nos enfrentamos a muchos enemigos.

—Esa mujer es una fuente de problemas —dijo Lincoln.

El profesor Gordon miró a Lincoln arqueando la ceja y dando unas palmadas en el hombro de Hércules fue en busca de la mujer. Cuando regresaron, los dos agentes estaban sentados. Enfrente de ellos había una mesa repleta de papeles y libros. Hércules miró a la mujer y ésta le devolvió la mirada moviendo ligeramente la cara y levantando la barbilla. Había recuperado la compostura y ya no parecía la niña desvalida de antes.

—Debemos salir de esta situación lo antes posible —dijo Hércules. Helen esbozó una sonrisa. Pero cuando escuchó las palabras de Hércules volvió enfurruñarse. —Alguien envió a aquellas desgraciadas prostitutas a espiar el barco o dejar algo en su interior. Debemos averiguar quién fue. Puede que el embajador Lee sepa quién invitó a las mujeres. Debemos hablar con los oficiales e intentar obtener algunos datos de la Comisión norteamericana. ¿Tú puedes hablar con ellos Lincoln?

—No creo que quieran cooperar con nosotros. La Armada no adelantará nada del informe oficial hasta que esté terminado.

—Entonces —dijo Hércules.

—Yo conozco a uno de los miembros de la Comisión —comentó Helen. Mi padre fue oficial de la Armada y tengo algunos contactos.

—Muy bien, señorita Helen, usted interrogará a los miembros de la Comisión —determinó el profesor. Hércules le miró de reojo, pero no hizo ningún comentario.

—Nosotros iremos a hablar con los dos profesores Caballeros de Colón. Puede que una charla con ellos nos aclare numerosas dudas.

—¿Y, yo? —preguntó el profesor.

—Usted está más seguro aquí, guardando el libro de San Francisco y analizando los datos que traigamos.

— No estoy muy de acuerdo con su observación. Aunque indudablemente soy un hombre de ciencia, también puedo ser un hombre de acción —dijo el profesor mientras limpiaba sus lentes con un trapito.

—Profesor, es de vital importancia que nadie le capture y que salvaguarde el libro.

El profesor Gordon refunfuñó un poco, pero aceptó la decisión del resto del grupo que afirmaba con la cabeza.

—Querido Hércules, usted ha dejado de apuntar algunos detalles interesantes.

—¿Como cuáles, profesor?

—La extraña actitud del comisario de policía cuando mencionó a los Caballeros de Colón, por ejemplo.

—¿Piensa que sería interesante hacerle otra visita?

—No creo que otra visita lograra óptimos resultados, pero vigilarle de cerca sí. También convendría indagar la extraña amistad del Almirante Mantorella y el capitán Sigsbee. Al igual que confirmar si el capitán estaba en el barco aquella noche.

—Creo que al capitán sí podemos apretarle un poco las tuercas —comentó Lincoln.

—Por último, la extraña desaparición de los mendigos.

—Eso no creo que tenga relación con todo el asunto —concluyó Hércules.

Las perspectivas del día calmaron el ambiente y animaron al grupo. Lincoln y Hércules prefirieron esperar a la noche para visitar a los dos profesores, pero Helen salió poco después para hablar con el miembro de la Comisión.

Helen conocía al capitán Potter desde hacía años. William Potter la había pretendido durante un tiempo, hasta que comprendió que ella no era una mujer corriente. La periodista había tenido un padre marino y conocía perfectamente lo que suponían las largas ausencias; no quería más soldados en su vida.

La mujer tomó un carruaje y se dirigió al puerto. Sabía que la Comisión se reunía en uno de los barcos de la Armada. Debía solicitar una entrevista con el capitán y una vez en tierra intentar sacarle la mayor cantidad de información posible.

Una vez en el puerto, se acercó a un grupo de guardiamarinas que custodiaban una de las barcazas con bandera norteamericana. Con su más grácil sonrisa consiguió que los marineros llevaran una nota al capitán. Antes de que transcurriera media hora, el oficial estaba en el café convenido con el mejor de sus uniformes.

Potter caminó entre las mesas con paso decidido y al aproximarse a Helen no pudo evitar que una sonrisa elevara su gran mostacho. Ella extendió la mano y él se la besó.

—Queridísima Helen, no esperaba verte tan lejos de casa.

—Capitán, me extraña que la Armada no sepa que llevo en La Habana unos días —dijo Helen sonriente. El capitán hizo un gesto irónico y se sentó junto a la mujer.

—La Armada no lo sabe todo, te lo puedo asegurar.

—¿Como quién hundió el *Maine*?

—Tienes una lengua larga. Ya de adolescente eras algo descarada.

—¿Qué? —dijo ella golpeándole familiarmente en el hombro.

—¿Para qué quieres hablar conmigo?

—Sabía que estabas en la ciudad y quería que tomáramos un café.

—Por favor, Helen. Antes que mi amiga, eres una periodista. La ciudad está llena de chupatintas que como buitres se reúnen alrededor de la carne fresca.

—Los buitres, como tú nos llamas, estamos consiguiendo que tengáis vuestra querida guerrita.

—Nosotros somos tiburones, no comemos carroña.

—Bueno, dejémonos de rodeos. ¿Puedes contarme algo de las investigaciones?

—Pero todavía no puedes publicar nada —advirtió Potter, poniendo una cara muy seria.

—De acuerdo —dijo Helen haciendo un gesto nervioso para que el capitán arrancara a hablar.

—Todo apunta a que la explosión fue externa.

—¿Sí?

—Bueno, el capitán Sampson está asegurando su trasero antes de reconocer lo evidente, pero hasta él está convencido de que alguien colocó una mina cerca del buque.

—¿Pero?

—Sampson ha pedido a Long que envíe un experto, un tal John Hoover, para que examine todas las pruebas. No sé si la secretaría de Marina aceptará la petición, este asunto debe resolverse lo antes posible.

—¿Por qué tanta prisa?

—No podemos dejar que los españoles nos tomen el pelo, mientras se preparan para la guerra. Están buscando apoyos diplomáticos en Alemania y Francia.

—¿Quién pudo haber sido?

—Los españoles, ¿quién sino? No podían soportar vernos en la puerta de su casa y algún loco dio la orden.

—Pero, ¿por qué iban los españoles a querer la guerra si llevan meses intentando evitarla?

—Hay elementos dentro del ejército español que desean el conflicto y que creen que la actitud de su gobierno es humillante. Con un incidente como éste se aseguran que los Estados Unidos midan sus armas con España.

—No lo entiendo.

—Cosas de soldados. Es normal que no lo comprendas. Los soldados no medimos la batalla por las posibilidades de victoria, lo que nos importa es la gloria y el honor.

—Y los revolucionarios cubanos, ¿no les interesa a ellos una guerra?

—Nuestros servicios secretos nos han confirmado que no se produjeron movimientos extraños entre los revolucionarios. En su momento se consultó a la Junta Revolucionaria Cubana de Nueva York y al general Máximo Gómez y ellos han negado que tuvieran nada que ver.

—Sólo faltaría que se acusaran a sí mismos —dijo Helen tomando la taza de té que se había quedado fría. —¿Quieres tomar algo?

—No, no tengo sed.

—Qué me dices de los indicios de la explosión. No se encontraron peces muertos, no hubo columna de agua y los barcos cercanos no sufrieron daños considerables.

—¿Desde cuándo eres experta en explosiones marinas? —preguntó Potter con el ceño fruncido.

—Lo llevo en la sangre, olvidas que mi padre era oficial de la mejor armada del mundo —contestó sonriente la mujer.

—Me temo que tu padre debía llamarse Del Peral —bromeó Potter.
—Me has recitado el informe de los españoles. En primer lugar, en esa bahía infecta y llena de lodo no hay prácticamente peces. En segundo lugar, ¿quién dice que no hubo columna de agua? Lo que sucede es que la oscuridad hizo que no fuera visible. Y en tercer y último lugar, cayeron fragmentos de barco y restos humanos a varios metros del *Maine*.

—¿Dónde estaba el capitán Segsbee?

—En su camarote —contestó sorprendido.

—Algún marinero ha corroborado su coartada.

—¿Qué coartada? El capitán Segsbee es un oficial de la Armada de los Estados Unidos.

—¿Alguien ha confirmado que estaba en el camarote cuando el barco hizo explosión?

—No es necesario. Pasado mañana nos vamos a *Key West* para interrogar al resto de los testigos.

—Una última pregunta, ¿por qué el embajador Lee se llevaba tan mal con el capitán?

—Me temo que eso tendrás que preguntárselo a él.

—Tienes razón, ¿él se marcha con vosotros?

—No, no quiere separarse de su barco. Sabes que estás más guapa que nunca. Este aire caribeño resalta tus ojos —dijo el capitán aproximándose a la mujer.

—Querido capitán Potter, lo importante de la batalla no es la victoria, es la gloria. ¿Se le ha olvidado que perdió la batalla hace tiempo? —dijo Helen teatralmente. Sacando un sentido del humor que solía estar oculto detrás de su imagen de mujer segura de sí misma.

—Es verdad, ya estás casada con el periodismo —dijo Potter sonriente.

—Espero verte al regreso. ¿Cuántos días vais a estar en Cayo Hueso?

—No lo sé, depende de las declaraciones y todo eso. Hay que engordar el informe, pero la suerte está echada.

La pareja se levantó de la mesa y paseó a la luz de la tarde. Potter podía mostrarse muy solícito cuando se sabía derrotado. Helen agarrada de su brazo recorrió la bahía y observó cómo el sol se ocultaba en el horizonte. Le hubiese gustado abrazar a otro hombre en aquel instante, pero sabía que el señor Hércules Guzmán de Fox no era el tipo de hombre que da paseos románticos al atardecer.

La Habana, 26 de febrero

—La única manera de pillarlos por sorpresa es asaltarlos en la universidad. Si uno de los dos consigue escapar, podría dar la voz de alarma. Esperaremos aquí y cuando salgan los apresaremos —dijo Hércules oculto detrás de una de las paredes del viejo edificio. A esa hora ya no se veían alumnos en los alrededores y la oscuridad ocultaba perfectamente su posición. Un carruaje cubierto les serviría de escape y podrían interrogar a los dos hombres en alguna de las casuchas abandonadas alrededor de La Habana debido a la reconcentración.

—Está bien —aprobó Lincoln—, pero no olvide que esos tipos son peligrosos. Le he traído esto por si le hace falta. Lincoln sacó una pistola pequeña, casi un juguete. —La recogí del suelo de aquel burdel. Pensé que nos vendría bien.

No tuvieron que esperar mucho para que el primer profesor saliera. Con el segundo las cosas se complicaron. No estaba solo, caminaba junto a otro colega de avanzada edad. Hércules se acercó a la pareja y logró retener al profesor haciéndole unas preguntas.

Cuando se vieron solos no tardó en reducirle y meterle en el carruaje. Una vez que amordazaron a los dos hombres salieron a toda velocidad de la ciudad.

Con los ojos vendados y amordazados llevaron a los dos hombres hasta la casa. Los separaron y cada agente se dedicó a interrogar a uno de ellos. Los desnudaron y esperaron a que el silencio, el frío y el miedo los invadieran.

—¿Sabe por qué está aquí? —gritó Hércules a uno de los profesores, apenas a unos centímetros de la cara. La venda en los ojos lograba que la imaginación del interrogado se disparara.

—No.

—¡Sí, lo sabes! Esto tenía que pasar tarde o temprano. Pertenecer a una oscura orden tiene sus consecuencias —dijo el agente español cada vez más suavemente. —¿Quién puede ocultar un secreto mucho tiempo?

—No sé de qué me habla, pero por favor déjeme marchar. Si lo que desea es dinero, podría...

—¡Qué! ¿Te crees que soy un vulgar ladrón? No. Sabes por qué te retenemos. Hay algo en tu conciencia que no te deja descansar —empezó a susurrar. —Sabemos quién eres. Sabemos lo que habéis hecho.

—No entiendo —dijo el profesor respirando cada vez más agitadamente.

—Pensabais que podíais matar a todos esos hombres y quedar impunes. ¡No! —bramó Hércules. Sacó la pistola y la colocó en el pecho del hombre.

—¿Qué hace? —preguntó el rehén asustado al sentir el metal frío en su pecho desnudo.

—No te voy a matar. ¿Os han enseñado a morir en tu orden? Pero hay muchas formas de morir. Puedo dejarte en manos de un grupo de soldados norteamericanos, ¿crees que ellos sabrán perdonarte? Perdonar que mataras a doscientos hombres a sangre fría.

—¡Yo no he matado a nadie! —gritó.

—Tu amigo ha confesado todo. Dice que tú pusiste la bomba.

—No le creo.

—¡Dice que tú sabes de bombas! ¿No eres profesor de química?, ¿no sabes fabricar explosivos? —gritó Hércules zarandeando al hombre hasta que su silla se volcó y cayó al suelo.

—No, yo no he hecho ninguna bomba —dijo entre jadeos y comenzó a llorar. Hércules sintió lástima, pero sin alterar el tono de voz continuó el interrogatorio. —¡Mientes, cabrón! Mientes. Pero, en tu orden no os prohíben mentir, Caballero de Colón.

Al escuchar el nombre de la orden el profesor desnudo sobre la tierra comenzó a temblar. Por la mente de Hércules pasó la imagen de otros hombres, de otros interrogatorios, recordó lo que le hastiaba todo aquello. Nunca había hecho el trabajo sucio, pero más de una vez estuvo presente en algunos interrogatorios. Resignado, continuó con su papel y agachándose dijo al oído del caballero.

—No te mataré. Dejaré que lo hagan tus amigos. Que te corten el pescuezo y después te arranquen la piel.

—No harán eso.

—Les informaré de que colaboraste y denunciaste a tus compañeros.

—No le creerán —bramó el hombre.

—Sí me creerán cuando alguien detenga al marqués, cuando alguien les haga llegar cierta información sobre un tal León y cómo realizáis esos rituales tan vistosos.

—¿Cómo sabe eso? —preguntó el profesor asustado.

—Me lo has dicho tú.

—Yo no he dicho nada.

—Sí, lo has hecho, pero los nervios te traicionan. Tu amigo ha confesado que tú hiciste la bomba del barco.

—Mentira.

—Una mentira que parece verdad.

—Yo no fabriqué la bomba.

—¿Quién lo hizo?

—No lo sé.

—Pero la pusisteis vosotros.

—No pienso hablar.

Hércules levantó al joven profesor y lo colocó en la silla, permaneciendo en silencio. Sabía que el peor enemigo del hombre es su propia mente. Al sentirse solo, en medio de aquel silencio, desnudo y sin ver nada a su alrededor, los últimos rastros de su valor irían desapareciendo. El español lo había visto en hombres más fuertes y valientes que el que tenía delante. Sólo había que tener un poco de paciencia.

—Si me cuentas todo —dijo con un tono suave. —Te daré tiempo para que escapes de la isla esta misma noche. Yo no te quiero a ti, quiero al que ordenó poner la bomba.

—No sé nada.

Hércules volvió a colocar la pistola en el pecho del hombre.

—No me digas lo que no sabes, dime lo que sabes —dijo Hércules. El hombre guardó silencio. Se escuchaba su respiración entrecortada y olor a sudor y orín.

—No lo hicimos nosotros. Por lo menos, que yo sepa. Se lo juro.

—¿Pero?

—Nuestro Caballero Timonel facilitó unos datos de la bahía a un grupo de hombres. Yo desconocía para qué era hasta que oí lo del barco.

—¿Qué más?

El hombre se mantuvo en silencio. Hércules apretó la pistola en las costillas y el profesor comenzó a sudar.

—También se dio mucho dinero a gente en Washington y Nueva York, pero no sé el motivo.

—¡No me mientas! —gritó Hércules.

—No miento —dijo temblorosamente.

—Y ese León, ¿qué ha venido a hacer a La Habana?

—Ha venido a matar a alguien.

—¿A quién?

—A una mujer, una periodista. Al parecer metió sus narices en la orden en los Estados Unidos.

—¿Una mujer? —Hércules sintió un escalofrío. Helen estaba sola en la ciudad —pensó.

—Cuando te suelte, quiero que cojas la ropa y salgas de la isla lo más rápidamente posible. ¡Entendido!

—Sí, señor.

—Pero no te muevas hasta que nos hayamos marchado. ¡Entendido!

El hombre hizo un gesto con la cabeza. Hércules corrió hasta el otro cuarto y con un gesto llamó a Lincoln. Le susurró algo al oído y a toda velocidad marcharon por las laderas. El carruaje daba tantos tumbos que parecía que en cualquier momento podía volcar. En una hora se encontraban en la ciudad. Hércules iba junto a su compañero sin dejar de pensar en Helen. ¿Dónde podía estar?

—Dirígete hacia el puerto. Iba a ver a un miembro de la Comisión. Puede que esté todavía cerca de la bahía.

La Habana, 26 de febrero

Helen dejó a Potter cerca de la Catedral. No quería que él supiera dónde se alojaba. Dormir en un prostíbulo no era algo para presumir en el club de oficiales de Nueva York y, lo que era más importante, prefería que ignorara por el momento cuál era su paradero. El capitán insistió en acompañarla, pero ella prefirió regresar sola.

Las calles de La Habana todavía estaban repletas de vida. Los transeúntes noctámbulos eran distintos de los de por la mañana. Los marineros y las prostitutas abundaban cerca del puerto, pero por las calles elegantes todavía se veían parejas de novios, matrimonios que iban al teatro o ancianos que aguantaban en las aceras con tal de no encerrarse entre cuatro paredes. A la norteamericana no le extrañaba. Las noches de La Habana eran espléndidas, algo ruidosas, pero repletas del perfume de las flores y el intenso olor de los árboles frutales que llenaban las plazas. En algunos rincones se escuchan las guitarras y las voces roncas de los negros cantando a la luna.

Confundido entre la multitud un hombre caminaba a tan sólo unos pasos de la periodista. Llevaba el sombrero calado, andaba despacio, pero sus pasos eran torpes, como si no estuviese acostumbrado a pasear y esquivar a la gente que se detenía para saludarse efusivamente. Sus ojos, ocultos bajo el ala de su sombrero, parecían concentrados en algo o mejor dicho en alguien.

Helen tomó una de las callejuelas poco iluminadas del puerto. El olor del mar le anunció lo próxima que estaba de la bahía. Las farolas formaban isletas de luz entre grandes espacios oscuros. Apenas se cruzó con dos o tres personas que corrían hacia la avenida principal. En medio de la soledad acertó a escuchar unos pasos irregulares. Por unos momentos la periodista sintió un escalofrío. Se tapó los hombros con las manos y aceleró un poco el paso. Cuando llegó a la luz de una de las farolas vio proyectada una sombra. Una sombra que no era la suya.

CAPÍTULO 44

La Habana, 26 de febrero

El carruaje cruzó a toda velocidad la ciudad. Los tranquilos viandantes tuvieron que lanzarse hacia los lados para no verse arrollados por el vehículo. Al frente de la carroza había dos hombres. Uno negro, que azotando a los caballos hacía esfuerzos por imprimir más velocidad al vehículo. A su lado, un hombre blanco que gritaba a la gente para que se apartase. El carruaje frenó justo cuando, atravesando las callejuelas, se abalanzaba sobre el puerto. En el último momento giró bruscamente y continuó su marcha frenética entre los marineros y las prostitutas.

La búsqueda fue inútil. Recorrieron varias veces toda la zona, pero no encontraron ni rastro de Helen. Al final, Lincoln logró convencer a Hércules de que regresaran a la «Casa de doña Clotilde» y esperaran allí noticias de la chica.

Al llegar al edificio, el español saltó del carruaje y empujando a los hombres que intentaban entrar en el prostíbulo, subió a toda prisa las escaleras. Abrió la puerta y vio al fondo la figura del profesor. Estaba tan azorado y jadeante que no percibió el desorden del cuarto, los papeles en el suelo y apenas distinguió la extraña posición del profesor Gordon sobre el sofá.

La habitación a oscuras, tan sólo iluminada por el resplandor del pasillo y la leve luz que penetraba por la ventana, no permitía observar gran cosa. Cuando Hércules se giró, pudo ver con detalle la figura del profesor tumbada en el sofá con la cara vuelta hacia la ventana. En el suelo había una mancha negra.

—¡Profesor! —gritó corriendo hasta el hombre. —Profesor, ¿qué le pasa?

El cuerpo se mantenía inerte. Hércules le rodeó con los brazos y le incorporó levemente. La cara del profesor estaba empapada de sangre. Al moverlo, el hombre se quejó levemente. Intentó hablar, pero un pinchazo fuerte en el costado hizo que las palabras se convirtieran en un lamento.

—Profesor, ¿qué ha sucedido? —preguntó angustiado Hércules.

Gordon abrió los ojos y miró al agente. Sus pupilas brillaron en la oscuridad. Movió los labios pero apenas se percibió un susurro. Hércules se agachó, acercando su oído a la boca del profesor.

—Se han llevado el libro —musitó por fin.

—¿El libro? ¿El libro de San Francisco?

—Sí, el libro de San Francisco. No puedes consentir que... —pero una punzada le paralizó y le hizo retorcerse de dolor.

—¿Quién? ¿Cuándo?

—Ellos. Tienes que recuperarlo. No pueden encontrar el tesoro.

—No haga esfuerzos, llamaré a un médico.

Lincoln entró en el cuarto y observó el desorden y a Hércules que sujetaba entre sus brazos el cuerpo del profesor. Se aproximó a los dos hombres y con un gesto de extrañeza preguntó qué había pasado.

—Esta misma noche. Tenéis que salir tras ellos. Me oyes —dijo el profesor levantándose pero un golpe de tos le hizo recostarse de nuevo.

—Tiene una herida en el costado —comentó Lincoln señalando la camisa del profesor teñida con un círculo rojo. Hércules le pidió un trapo limpio y taponó la herida con la mano para evitar que perdiera más sangre. El hombre se retorció de dolor al sentir la presión sobre la herida y estuvo a punto de perder el sentido.

—Busca a un médico. ¡Rápido! —gritó Hércules. Lincoln tardó unos segundos en reaccionar pero enseguida corrió escaleras abajo.

—Hércules, querido amigo. Mi vida importa poco, pero debes impedir que esos hombres —enmudeciendo al volver a sufrir una punzada. —que esos hombres se hagan con el tesoro de Roma.

—No hable, intente descansar. En unos minutos estará aquí el médico. Se pondrá bien.

—Tenéis que salir para Baracoa. El tesoro está en Baracoa. Cerca de una cueva muy próxima al mar. En la playa de la Higuera, en la montaña Yunque —dijo el profesor antes de desmayarse por el esfuerzo y Hércules continuó abrazándole sin poder evitar un nudo en la garganta.

Madrid, 24 de febrero

Pablo se quedó frente al edificio como había prometido. Miguel subió las escaleras de la entrada, llamó a una campanilla y esperó hasta que una criada con cofia le abrió la puerta. Cruzó unas palabras y el hombre se introdujo en el edificio. La criada le llevó hasta un salón grande, iluminado por dos grandes ventanales que, en aquel frío y gris día de invierno, apenas lograban captar algo de luz del exterior. Se mantuvo de pie, muy erguido, hurgó en sus bolsillos de la chaqueta, para comprobar que la carta continuaba en su sitio y jugueteó nerviosamente con ella. Sobre una mesa auxiliar había un globo terráqueo, se aproximó a él y colocándose las lentes empezó a mirar continentes y países.

—Interesante, ¿verdad? —dijo una voz con un fuerte acento americano. Miguel se volvió y contempló a un hombre enorme, elegantemente vestido con un traje cruzado. Debía tener más de treinta años, pero la cara llena de pecas, el pelo rojizo y la piel sonrosada le hacían parecer mucho más joven. El hombre le sonrió y extendió la mano. —Señor Unamona.

—Unamuno —corrigió el español dándole la mano. Notó la palma del gigante fría y sudorosa. Después le repitió su nombre. —Miguel de Unamuno.

—Ok. Por favor, siéntese —dijo el norteamericano con un amable gesto.

—Gracias.

Los dos hombres tomaron asiento uno enfrente de otro. El norteamericano parecía incómodo con aquel cuerpo enorme saliéndosele del sillón.

—¿Quiere ver al embajador?

—Sí. Tengo que entregarle una cosa personalmente.

—Puedo preguntarle qué quiere entregarle.

—Algo muy importante.

—Pero, puede decirme de que se trata. Perdone —dijo golpeándose ligeramente la frente. No me he presentado, ¿verdad? Soy Peter Young, secretario personal del embajador.

Unamuno le miró por encima de las gafas y sin pestañear observó detenidamente al hombre. Su amigable sonrisa y su mirada de bobalicón norteamericano del medio oeste no encajaban con unos ojos inquietantes y escrutadores.

—¿Puede entregarme esa cosa a mí? Yo se la daré al embajador.

—Lo lamento, pero debo entregárselo al embajador en persona —insistió Miguel.

—Desgraciadamente el embajador no se encuentra en Madrid en estos momentos. Pero si me lo da a mí, yo se lo haré llegar lo antes posible. Puede estar seguro.

—Gracias, pero no es posible —dijo Unamuno poniéndose de pie. —Prefiero esperar a que el embajador regrese a la ciudad.

—Pero puede tardar días en volver.

—Esperaré. Sería tan amable de dejarle un mensaje.

—¿Cómo no? —dijo Young, forzando la sonrisa.

—Le puede dar esta dirección y decirle que deseo verle para entregarle un mensaje de vital importancia para su país.

—Naturalmente. Aunque insisto en que podría dejar el mensaje en la embajada. Si es muy urgente, puedo enviárselo telegráficamente.

—Muchas gracias. Es usted muy amable, pero creo que regresaré cuando el embajador pueda recibirme —dijo Unamuno extendiendo la mano. Young la apretó con fuerza y sin soltarla dijo.

—No entiendo sus *receles*. Somos dos pueblos amigos, hermanos, que pasan por un difícil momento. No hay lugar para la desconfianza. ¿No cree?

—Puede soltarme la mano, por favor —dijo el español frunciendo el ceño.

El secretario le soltó, pero su congelada sonrisa se transformó en una expresión de enfado. Fueron unos segundos. Repentinamente, tan rápido como había desaparecido, la sonrisa brotó de nuevo y acompañó al español hasta la salida.

—Si cambia de opinión, puede encontrarme aquí en cualquier momento. Esto es —dijo extendiendo los brazos— como mi hogar.

Unamuno se dio la vuelta y bajó las escaleras. No pudo ver la cara del secretario, pero notó su mirada penetrante atravesándole el abrigo y calándole hasta los huesos. Cruzó la calle y suspiró al ver a su amigo Pablo Iglesias en la acera de enfrente.

—No has tardado mucho. Aunque, si te soy sincero, estaba empezando a congelarme. ¿Qué tal con el embajador?

—No está en Madrid —dijo Miguel.

—Qué extraño, en un momento como éste. En mitad de un conflicto diplomático lo normal es que el embajador esté en la embajada.

—Eso digo yo —dijo Unamuno sonriendo. —Bueno, por lo menos es la excusa perfecta para estar unos días más en la ciudad.

—No te preocupes, lo pasaremos bien.

En la ventana superior de la embajada un hombre de avanzada edad caminaba de un lado al otro del pasillo. Cuando llegó el secretario se detuvo frente a él y le preguntó:

—¿Quién era?

—Alguien que quería una información para visitar nuestro país.

—Ah —dijo el hombre. —Tengo que terminar de redactarle la carta. Espero que no haya más interrupciones.

—Sí, señor embajador —dijo el secretario al tiempo que se sentaba en el escritorio.

Woodford se aproximó a la ventana y vio alejarse a dos hombres. Uno de ellos le resultó familiar, pero su mente regresó de nuevo al informe que debía enviar a Washington, cerró la cortina y comenzó a dictar.

La Habana, 26 de febrero

Helen echó a correr sujetándose la falda. Sus botas, largas hasta casi la rodilla, le impedían ir muy deprisa. El corazón empezó a latirle con fuerza, la respiración entrecortada apenas le dejaba tomar aire. Los pasos irregulares a su espalda se tornaron en un trote. Cada vez sentía su aliento más cerca. Tenía la esperanza de llegar a la avenida que bordeaba el puerto. Allí, a esas horas, todavía había algunos tugurios abiertos y marineros, borrachos como cubas, buscando algún lugar donde dormir la mona. Al fondo de la callejuela, podía verse un pedazo de bahía oscura. La blusa le apretaba la garganta, casi no podía respirar, bañada en sudor con los pies destrozados, no llegaría muy lejos si alguien no le prestaba ayuda.

El hombre se aproximaba. Su jadeo podía percibirse ya a la altura del oído de Helen. Entonces, el perseguidor extendió su brazo y lo posó sobre el frágil hombro de la muchacha. Un escalofrío recorrió el cuerpo tembloroso de Helen, que por el peso de la mano se tambaleó y estuvo a punto de caer de espaldas. El otro brazo le agarró la cintura y al final la periodista frenó en seco. El hombre logró controlar el equilibrio y, al mismo tiempo, mantenerla sujeta. El aliento del desconocido le daba en la nuca. Una mezcla de tabaco y whiskey. El corazón le iba a estallar.

—Helen —dijo una voz que le resultaba familiar.—No creía que pudiera correr tanto y tan aprisa.

La periodista se dio la vuelta y observó la sonriente cara del señor Winston Churchill, que jadeante la miraba con sus grandes ojos saltones. Nunca se alegró tanto de ver al petulante periodista. El hombre la soltó, se ajustó la pajarita y la camisa y apoyando sus manos en las caderas le dijo:

—Compañera Helen, gracias a la hadas del destino, la he visto tomando algo con el capitán Potter. Enseguida he comprendido que le estaba sacando información privilegiada. Sé dónde está la noticia, puedo olfatearla —dijo Churchill al tiempo que movía la nariz.

—Pues esta vez, además de darme un susto de muerte, no ha olfateado usted bien. El señor Potter es un viejo amigo de mi familia —contestó Helen recuperando la compostura, aunque todavía respiraba con cierta dificultad.

—No dudo tal extremo. Las mujeres siempre saben hacer los amigos adecuados. Usted se las da de mujer liberal, profesional, al mismo nivel que los hombres, pero es capaz de realizar el mayor acto de coquetería para extraer una información.

—Se equivoca de nuevo —dijo Helen frunciendo el ceño.

—Claro, por eso paseaban del brazo por la bahía. Muy profesional.

—No tengo por qué darle explicaciones sobre mi vida privada —espetó la mujer, dando la espalda al inglés.

—Ni yo se las pido, señorita. Lo que solicito de usted es información —dijo Churchill dándole la vuelta.

—Si quiere información pregunte usted mismo al capitán.

—Si tuviera su esbelto cuerpo —dijo Churchill mirando de arriba abajo a la mujer. —Pero me temo que la naturaleza me ha dotado con otros encantos. ¿Verdad?

—Naturalmente. La petulancia, la arrogancia y la descortesía —contestó Helen.

Churchill sonrió y con un gesto teatral indicó a la periodista que se pusieran a caminar. Ella dudó por unos instantes, pero luego se dio cuenta de que cuanto antes se pusieran en marcha, antes perdería de vista al reportero aristócrata.

—Déjeme por lo menos acompañarla a su hotel. Aunque, creo que por aquí no se va a su hotel, ¿verdad?

—Eso a usted no le importa.

—Lo comprendo, pocas mujeres liberales como usted pueden presumir de dormir cada noche en un lupanar.

—¿Cómo se atreve? —dijo Helen deteniéndose en seco y lanzando una bofetada al periodista inglés. Churchill en el último momento agarró la mano y detuvo el golpe.

—Perdone señorita, pero no voy dejar que me dé un golpe por decir la verdad —dijo Churchill sonriente. —¿Acaso teme por su reputación? Ah, no, las mujeres liberales no tienen miedo de su reputación.

—Creo que disfruta con todo esto. Le aseguro que prefiero estar en un lupanar que en una de sus decadentes mansiones de su decadente Inglaterra. Ahora será mejor que me deje sola.

—No, he dicho que la acompañaré hasta su... residencia. ¿Qué menos puede hacer un caballero por una dama en mitad de la noche?

El resto del viaje lo hicieron en silencio. Al llegar al edificio observaron un grupo de gente haciendo corrillo en la puerta. En la entrada, dos guardiaciviles pedían la docudocumentación y un buen número de hombres a medio vestir hacían cola enseñando sus papeles.

Capítulo 45

Cerca de la costa de Banes, Cuba, 28 de febrero

El cielo azul cegaba los ojos de los ocupantes del pequeño yate. Una embarcación, cómoda para dos personas y un tripulante se hacía pequeña para tres hombres, una mujer y el marinero que llevaba el timón. Hércules pasaba mucho tiempo en la proa, ordenando sus ideas y disfrutando de la brisa que empezaba a tostar su pálido semblante, pero el calor del sol no podía apaciguar su estado de ánimo. El profesor estaba estable dentro de la gravedad, aunque dejarle solo en el hospital no le tranquilizaba mucho. El comisario les había prometido que un guardia le vigilaría de día y de noche, pero al agente español las palabras del comisario no le infundían mucha seguridad.

El profesor Gordon insistió, hasta perder el poco aliento que le quedaba, para que salieran para Baracoa, detuvieran a sus agresores y recuperaran el libro de San Francisco. Lincoln se opuso rotundamente, no quería alejarse de La Habana y desviar la atención de su verdadera misión: descubrir quién había hundido el *Maine*. Pero cuando Hércules le explicó lo que el Caballero de Colón le había asegurado, que su orden había facilitado información y dinero a un grupo de hombres que habían realizado el sabotaje, los dos estuvieron de acuerdo en que, los únicos individuos que podían haber puesto la bomba eran los revolucionarios cubanos. Pero como Manuel Portuondo negaba su participación en el sabotaje, las ordenes sólo podían provenir del general Máximo Gómez.

El general Máximo Gómez había logrado en poco tiempo deshacerse de todos sus enemigos políticos. Algunos le acusaban de practicar la brujería. Brujo o no, era indudable que todos sus opositores terminaban muertos o destituidos. Primero, la oportuna muerte del general Agramante en 1870, por la que Gómez pasaba a ser el jefe militar de los revolucionarios. Después, el cese del primer presidente revolucionario, Céspedes, el que hizo el famoso *grito de Yara*, proclamando la independencia en 1868. La tercera sombra sobre el general Gómez, el propio fundador del Partido Revolucionario Cubano, José Martí, muerto a los pocos días de desembarcar en la isla. Un año después, en 1896, Maceo fue asesinado en una emboscada realizada por los españoles; que habían logrado aislarlo en el occidente de la isla. A esta larga lista, se podían añadir las repentinas muertes de Francisco Vicente Aguilera en Nueva York, o la de Flor Combet, lugarteniente de Maceo. Un hombre como el general era peligroso.

Fotografía de las calles de Baracoa en el siglo XIX

ISLA DE CUBA

VISTA GENL. DE LA CIUDAD Y MONTAÑAS DE BARACOA.
(Costa del Norte)

Grabado de Baracoa en el siglo XIX

A pesar del riesgo, Hércules y Lincoln decidieron ir al oriente de la isla para hablar con el general, pero antes tenían que resolver dos problemas. El general Máximo Gómez no iba a recibir con los brazos abiertos a dos agentes del gobierno, por lo que Lincoln propuso que se hicieran pasar por periodistas. Al fin y al cabo, Helen lo era de verdad y podía facilitarles algunas credenciales. El segundo problema era más complicado, necesitaban un barco que los llevara hasta su destino. La mayor parte de las embarcaciones privadas habían abandonado la isla repletas de ricos comerciantes, que preferían esperar a que las cosas se calmasen antes de regresar. Además, los norteamericanos comenzaban a bloquear los puertos, intentando evitar la aproximación de barcos españoles. Los pescadores se negaban a viajar al sur y arriesgarse a ser apresados por los revolucionarios o asaltados por alguno de los numerosos corsarios que infectaban las aguas del oriente de la isla. En definitiva, que el único barco disponible en La Habana pertenecía a un tal Winston Churchill, un periodista y aristócrata inglés, que trabajaba para el *Daily Graphic*.

Los dos agentes y la periodista habían ocultado la verdadera naturaleza de su viaje al inglés. Churchill tan sólo conocía que los agentes querían entrevistarse con los líderes de la revolución, pero ni Lincoln ni Hércules le mencionaron nada sobre el libro de San Francisco y el tesoro de Roma.

El Yunque de Baracoa fue lo primero que vieron los españoles de la Isla de Cuba. En este lugar fundaron la que sería la primera ciudad española de la isla

Lincoln se convenció de lo oportuno del viaje, cuando Helen les informó que el día 28 la comisión se trasladaba a Cayo Hueso por tiempo indefinido. Si todo salía como esperaban, en unas horas estarían en Baracoa; allí se separarían de Helen y Churchill con alguna excusa y volverían a verlos después de encontrar a los Caballeros de Colón. Al día siguiente se entrevistarían con Máximo Gómez y regresarían el 3 o 4 de marzo a La Habana.

Cuando la ciudad de Baracoa apareció en el horizonte, todo el grupo se reunió ansiosamente en la proa. La bahía en forma de media luna se cerraba en parte por una gran montaña cuadrada, llamada el *Yunque*. Aquella villa había sido la primera población española en la isla, curiosa casualidad, ya que muy cerca estaba el tesoro más fabuloso de la Historia. Un tesoro perdido durante siglos y que podía cambiar el destino del mundo.

Capítulo 46

**Frente a las costas de la isla *La Juana*,
27 de octubre de 1492**

En los últimos días, el Almirante Colón no dejaba de mostrar su mal humor al resto de la tripulación. Exigente, nervioso y agresivo, parecía impaciente por encontrar algo que el resto de los marineros ignoraban. Por aquellas tierras, supuesta escala antes de llegar al reino de *Cipango*, no había grandes riquezas. Los indígenas eran pobres, aunque normalmente pacíficos y hospitalarios.

Todo cambió aquella mañana, cuando la niebla se retiró y la carabela capitana, que se había separado de las demás, echó el ancla frente a las costas de una extraña montaña de forma cuadrada delante de una pequeña bahía.

El Almirante dispuso una barca, en la que tan sólo dos frailes y él mismo navegarían para explorar la isla. Una vez en tierra, subirían a la cima y plantarían una de las cruces de parra, con las que Colón quería llenar los nuevos dominios de la Corona castellana.

El primero en poner el pie en tierra fue el Almirante. Los árboles frondosos llegaban hasta una pequeña playita en la que aseguraron el bote. Desde el barco, los marineros contemplaron cómo los tres hombres de rodillas, con el estandarte de Castilla en la mano, tomaban posesión de la montaña. Después dejaron el estandarte clavado en la arena y, cargados con la cruz y tres sacos vacíos, se adentraron en la espesura.

Colón había leído tantas veces la vida de la princesa Gudrid, que podría caminar por esa montaña con los ojos vendados. Ascendieron hasta llegar al macizo de la roca y luego lo bordearon por la izquierda, según indicaba el libro. A la altura en la que el sol de la mañana iluminaba la inmensa mole, debían encontrar una puerta de piedra disimulada en el suelo.

Después de casi media hora de camino, los tres hombres se arrodillaron, comenzaron a excavar y, con gran esfuerzo, movieron una gran piedra. A sus pies había un pequeño agujero, por el que un hombre muy grueso no hubiera podido penetrar. Descendieron tras encender unas teas que llevaban en sus sacos y pisando con cuidado unos escalones labrados en la piedra, llegaron hasta una gruta. Al poco tiempo la gruta se bifurcaba, pero gracias a las instrucciones del libro, Colón sabía que debía caminar por el pasadizo de la derecha: *El recto camino*. Lo zurdo era símbolo diabólico. Una y otra vez las grutas se dividían, hasta que cuando empezaban a sentir la angustia de estar a varios metros bajo tierra, penetraron en una amplia gruta abovedada. Delante de ellos había un gran arco terminado en unas columnas excavadas en la propia roca. En los capiteles se representaban escenas marineras y el fuste de las columnas estaba rodeado de unas serpientes con cabeza de dragón. A cada lado se encontraba una escultura colosal. A la izquierda, la representación de un hombre vestido con una coraza y coronado con una diadema de laurel portaba en su mano derecha un rollo que parecía entregar al vacío que tenía delante. En el lado derecho estaba representado un santo, que enseguida Colón reconoció como San Cristóbal.

Atravesaron el arco y levantaron sus teas para que la luz brillara con más fuerza en la inmensa sala alargada, contemplaron qué había al otro lado. Entonces, cientos de destellos parpadearon en medio de la oscuridad.

Baracoa, Cuba, 28 de febrero de 1898

La pequeña ciudad parecía un hervidero de gente. Por las calles de casas minúsculas de madera, en mitad del barro, jugaban los niños, y los cerdos rebuscaban entre la basura. Los carros, tirados por bueyes, imprimían una lentitud a la marcha que contrastaba con la prisa de los viandantes, intentando avanzar por el barrizal. No se veían soldados españoles. Un verdadero milagro en aquellos días turbulentos. Oficialmente la ciudad seguía en poder de Madrid, pero los revolucionarios se movían a sus anchas y usaban el puerto como un coladero de armas y todo tipo de mercancías.

La ciudad estaba prácticamente aislada por tierra, por lo que la serranía le daba cierta independencia del resto de la provincia. Desde hacía tiempo Guantánamo, la capital provincial, había quitado la primacía a Baracoa, pero su pequeño puerto era un lugar ideal para sacar productos clandestinos y romper de esta forma el control español sobre el azúcar, el tabaco y otras mercancías.

Helen y Churchill viajaban sobre un carro, aunque los bueyes se lo tomaban tan reposadamnte, que los periodistas hubiesen llegado antes a su destino a pie, pero el barro lo invadía todo. Lincoln y Hércules se habían rezagado con la excusa de contactar con algunos revolucionarios y preparar su incursión en la selva. El inglés no creía ni una palabra de lo que le decían sus compañeros, pero como Helen se deshacía en simpatías con él, optó por acompañar a la mujer en aquel primer día de viaje y buscar un lugar en donde pasar la noche.

El pueblo era pequeño y unos tipos de La Habana no podían pasar desapercibidos por mucho tiempo. Por lo que Hércules acudió a una de las cantinas más concurridas, invitó a una ronda a todos los parroquianos al grito de *Cuba libre* y luego, uno a uno, les fue sacando información. Después de repetir la acción tres veces en diferentes locales, Lincoln comenzaba a desesperarse, y lo que era peor, a sentirse algo mareado. Al principio había rechazado el aguardiente, pero el calor era insoportable y necesitaba refrescar la garganta con algo y, en esos tugurios, la única bebida disponible era el aguardiente. Cuando estaba a punto de quejarse a Hércules y pedirle que desistieran, un viejo pescador les facilitó una interesante información.

—¿Unos estiraditos del occidente, de La Habana? Los he visto —dijo después de saborear el alcohol que le quemaba la garganta. —Esta mañana, ni más ni menos. Igual que le estoy viendo a usted ahora.

—¿Cómo fue, compadre? —preguntó Hércules.

—De La Habana eran. Ellos no me lo dijeron, pero yo lo vi. Una vez estuve en La Habana. Hace más de cuarenta años, pero recuerdo cómo era esa gente. Pura mierda, compadre.

—Ni que lo diga, compadre. Y, ¿dónde los vio?

—Cerquita, querían una barca para llegar al *Yunque*. Pero nadie quería llevarlos hasta allí. En el *Yunque* hay muchas *loas*. Si uno pisa la isla, nuestro ángel pequeño de la guarda puede ser apresado. Me entiende. Los *honganes* hacen en la playa del *Yunque* sus rituales, eso es un lugar sagrado, me comprende, mi hijito.

—¿Dónde están ahora? —preguntó impaciente Lincoln. El marinero negro le miró frunciendo el ceño y Hércules le hizo un gesto para que se callase.

—Perdónele, es un *yanqui* comemierda —dijo Hércules dando la espalda al norteamericano. —Compadre, ¿dónde pueden estar esos forasteros?

—El mulato dijo que los llevaba. Ese huevón con tal de ganarse unas perras.

—¿El mulato?

—El mulato es un pescador. No puedo confundirlo. Un tipo alto, vestido con unos harapos rojos que llama camisa y con unos ojos verdes del demonio.

—Gracias, compadre. Ande con Dios —se despidió Hércules.

Los dos hombres salieron de la bodega algo mareados y caminaron deprisa hasta el embarcadero. Preguntaron a los pescadores, pero el mulato había salido con unos señores hacía media hora. Tomaron su yate y lograron convencer al marinero para que los llevara hasta el otro lado de la pequeña bahía. En quince minutos estaban pisando tierra. Hércules miró el gran promontorio de roca e intentó recordar las instrucciones del profesor.

Caminaron durante media hora, no había ni rastro de los Caballeros de Colón ni de la barca de pesca. Cuando llegaron a la pared de roca la bordearon de izquierda a derecha, ya que el yate los había traído por el sur de la bahía. Algunas partes del promontorio tenían símbolos grabados; Hércules reconoció los *veve* de algunas *loas*. Pero había un problema, el sol estaba demasiado alto para indicar la entrada de la gruta. Su única esperanza era encontrar a los Caballeros de Colón o la entrada abierta por donde habían penetrado a la gruta secreta.

Afortunadamente, los Caballeros de Colón dejaron una pista inconfundible para que los localizaran. Un hombre mulato, con los ojos abiertos y la lengua fuera, estaba tumbado al lado de una gran losa de piedra. Los *loas* ya habían castigado el atrevimiento del pescador —pensó Hércules, mientras apartaba el cuerpo. Lincoln sacó dos farolillos de aceite y se introdujeron en la gruta.

Capítulo 47

Madrid, 28 de febrero de 1898

—No puedo quedarme ni un día más —dijo Miguel apretando el paso.

—Es inconcebible —comentó Pablo Iglesias. —Y, ¿qué te ha dicho?

—Lo mismo. Que el embajador no está. Que no se sabe cuándo va a volver —le explicó con la cara roja y los ojos muy abiertos.

—Imposible. El cónsul tiene que estar en Madrid. ¿Adónde va a ir en plena crisis diplomática?

—Pero, ¿por qué iba a mentirme el secretario del embajador? Ni siquiera sabe quién soy.

—Debe temer que le entregues el mensaje que te dio Ganivet —dijo Pablo abriendo la puerta del café Gijón. Miguel se detuvo en el umbral pensativo y mesándose la barba caminó hasta la mesa en la que solían sentarse.

—¿Qué piensas? —preguntó impaciente Pablo.

—A partir de esta misma tarde, voy a ponerme en la puerta de la embajada y no me moveré de allí hasta que aparezca el embajador.

—Pero, si ni siquiera sabes cómo es.

—Todos los embajadores son iguales —bromeó Miguel, que se esforzaba por recuperar el buen humor.

—Iguales —contestó riéndose Pablo. —Eso nos gustaría a nosotros. No como ese estúpido de Duppuy, nuestro embajador en Washington, que se puso a insultar por carta al presidente McKinley.

—Ex embajador —dijo Miguel.

—Es verdad. En un momento tan crítico y no tenemos cónsul en Estados Unidos. No te preocupes Miguel, te acompañaré y haremos guardia los dos. Ya sabes que yo tengo la desgracia de conocer al señor Woodford.

Los dos hombres rieron y para matar el hambre pidieron un café con leche con unos buenos churros.

Cerca de su mesa dos tipos fumaban puros habanos. El más pequeño ojeaba *El Comercial de La Habana,* aunque de vez en cuando bajaba las hojas y seguía con la mirada la animada charla de Unamuno y Pablo Iglesias.

Cuando los españoles se levantaron, los otros dos hombres dejaron el local tras ellos. Al llegar frente a la entrada de la embajada se detuvieron a una prudente distancia y no perdieron de vista a los dos españoles durante toda la tarde.

La espera comenzaba a prolongarse demasiado, hasta que Pablo hizo un gesto a su amigo Miguel, advirtiéndole de que el embajador Woodford salía del edificio. Unamuno corrió torpemente los pocos metros que le separaban del cónsul y le cortó el paso. Woodford retrocedió algo asustado, pero cuando observó la inofensiva figura del español, recuperó la calma y le ofreció la mejor de sus sonrisas.

—Señor embajador. Disculpe que le asalte de esta manera y en plena calle. Me llamo Miguel de Unamuno. De diferentes maneras he intentado ponerme en contacto con usted, pero ha sido imposible —habló tan rápidamente que el embajador no entendió gran cosa. Su español se limitaba a unas pocas palabras y del atropellado discurso de su interlocutor, apenas había comprendido el nombre.

—Perdone —dijo Woodford. —Mi español es pequeño.

—Disculpe usted —dijo Unamuno azorado y sin saber qué hacer. Se dio la vuelta y llamó a Pablo, que negándose al principio, al final se acercó a la pareja.

—Pablo, tú chapurreas algo de inglés, ¿verdad? —dijo suplicante Unamuno.

—Algo.

La mirada del embajador se hincó en la cara del socialista y éste, evitando ser reconocido se caló algo más el sombrero.

—Puedes decirle que tengo un mensaje de Ángel Ganivet, un diplomático español que me dio una información referida a un posible atentado en...

—Despacio, Miguel. No puedo decir todo eso en un segundo.

Pablo le tradujo las palabras de Miguel y éste, finalmente, le entregó la carta. Woodford la recogió y sin mirarla se la guardó en el bolsillo. Los saludó levantándose el sombrero y, tal vez azorado por el increíble encuentro, volvió a entrar en la embajada.

Miguel y Pablo se alejaron con paso acelerado, como si hubieran hecho una travesura y temieran que alguien los castigara. Unamuno se sentía mejor, había llevado durante todos aquellos días una pesada carga. Pablo sonreía, mientras recordaba la cara del embajador.

—Bueno Miguel, me vas a decir ahora lo que ponía Ganivet en la carta.

—No puedo hablar de ello en mitad de la calle. Si quieres, esta noche en la cena hablaremos del tema. ¿Van a venir todos?

—Eso espero. Les dije que era tu última noche en Madrid.

—Bien.

—Aunque creo que deberíamos tomar algo caliente. Llevamos más de seis horas en la calle y mis huesos están congelados.

—Te vas haciendo mayor Pablo —dijo Miguel cuando atravesaban la Plaza Mayor. Muy cerca, sus dos perseguidores seguían sus pasos.

Woodford dio su abrigo y sombrero a la criada y todavía confundido subió las escaleras. No podía creer que su secretario personal le hubiera ocultado que un hombre tenía un mensaje importante que transmitirle. La única explicación que se le ocurría era que aquellos dos hombres le habían intentado engañar. Uno de ellos, el que le habló en inglés, era un comunista peligroso. Le recordaba porque unas semanas antes quiso hacerle una entrevista para uno de esos periodicuchos obreros.

El embajador fue directamente al despacho del secretario y una vez allí, desdobló la carta y la puso encima de la mesa. Young le miró extrañado y, obedeciendo a un gesto de su jefe, tomó el papel.

—Secretario, esto me lo ha entregado un individuo que afirma que usted le comunicó en repetidas ocasiones que yo no le podía recibir, porque estaba fuera de la ciudad. ¿Es eso cierto?

Young miró el papel y al embajador alternativamente. Levantó los hombros y con una sonrisa servil le dijo:

—Sí, señor embajador. Un hombre vino varias veces preguntando por usted. No le tomé muy en serio, parecía algo trastornado. Decía poseer para usted un mensaje de vital importancia. No me dijo más, me ofrecí a recibir ese mensaje, pero siempre se negó a dármelo.

—Pues a mí no ha dudado en entregármelo. Estaba con ese comunista español. ¿Cómo se llama?

—Pablo Iglesias.

—Ése. Menudo arrogante era el anarquista.

—Me temo que esto es una artimaña para acusar a nuestro gobierno.

—Pero lea la nota —dijo nerviosamente el embajador.

—Perdón —dijo el secretario. Acercó la nota ante sus ojos y comenzó a leer.

—Pero léala en alto —ordenó impaciente el general.

—Sí, disculpe. Una locura, ya le decía yo. Habla de una conspiración de una orden religiosa para hacer un atentado en Cuba. Valiente majadería, ¿no le parece?

—¿Una orden religiosa?

—Eso pone, señor embajador.

—Los comunistas siempre persiguiendo a los cristianos. ¿Es usted religioso, señor Young? —preguntó Woodford recuperando la calma.

—Sí, señor. Soy católico. Mis padres provenían de una larga tradición de católicos ingleses.

—Bueno, mejor católico que ateo. Destruya esa carta. No quiero ser el hazmerreír de la Secretaría de Estado.

—Como usted ordene, señor embajador.

Woodford salió cojeando del despacho. Siempre que le subía la tensión, la herida de la pierna derecha le dolía horriblemente. Decidió que dejaría su paseo para otro momento. Ahora tomaría la pipa, se sentaría en su sofá favorito y continuaría la lectura de su libro. Por unos segundos pasó por su cabeza la imagen de aquellos dos hombrecillos españoles. Creían que podían burlarse de un general de la república de los Estados Unidos de América, estaban equivocados. Dentro de poco regresaría a Washington y su estancia en Madrid sería como el recuerdo de un mal sueño.

CAPÍTULO 48

Año de Nuestro Señor de 1020

Desde que mis ojos contemplaron por primera vez esta playa de arena blanca y aguas color turquesa, comprendí que Dios había elegido aquel lugar privilegiado para aposentar su mano.

La pequeña montaña cuadrada parecía un templo, como los que había visto en Roma. Nuestro Señor había creado con sus propios dedos aquel lugar, para convertirlo en una iglesia. Dentro de las entrañas de aquella mole de piedra, reposaría el corazón de la cristiandad. El tesoro más fabuloso de toda la historia. Mayor que las riquezas de Salomón, más bello que las iglesias de la Ciudad Eterna.

A pesar de que mis pobres hombres estaban extenuados por los casi dos meses de viaje, acogieron con entusiasmo la idea de levantar un altar dentro del corazón de piedra. En los otros dos barcos, la mayor parte de los tripulantes eran esclavos, lo que facilitó que los trabajos más pesados recayeran en ellos.

Durante dos largos años construimos la casa de Dios. Nos alimentamos de las ofrendas que los pueblos que habitaban la isla grande nos traían. Nos consideraban, cegados en su paganismo idólatra, dioses blancos. Por lo que cada día el maná del cielo vino a suplir nuestras necesidades.

Cuando la obra estuvo concluida, los monjes irlandeses que me habían acompañado en mis viajes bendijeron el templo y lo dedicaron a San Cristóbal. Después del oficio religioso, hundimos los dos barcos y, tras bautizar y confesar a todos los esclavos y los marineros de las dos embarcaciones romanas, fueron encerrados en una de las cavernas. Estando en paz con Dios, era mejor que murieran en su gracia. No podía dejar más de doscientos ojos y cien lenguas, para que descubrieran el lugar donde descansaba el tesoro de Roma.

El viaje de regreso estuvo repleto de peligros y malos presagios. Debíamos subir por la costa y encontrar los vientos que debían retornarnos al hogar, pero, a medida que marchábamos hacia el norte, el invierno se volvía más gélido y las tormentas nos zarandeaban. Me encomendé a todos los santos y con la ayuda de la Virgen Santísima, nos separamos de la costa con la esperanza de encontrar mar adentro vientos favorables.

Tras una semana sacudidos por la lluvia, sin comer y lamentado la muerte de los dos padres que cayeron al mar, el agua se calmó, como en la historia de Jonás. Navegamos con viento favorable y en otras dos semanas divisamos unas tierras extrañas. Después supimos que eran las tierras de Irlanda. Tras abastecernos, seguimos rumbo hasta nuestra amada isla.

Cuando mis envejecidos ojos contemplaron la hermosa tierra de Islandia, no pude contener las lágrimas. En tres años mi cuerpo había dejado paso a la vejez, los huesos apenas sostenían mi, en otra época, esbelta figura. Me llevaron en una silla entre dos hombres y al ver a mi amado hijo, nos abrazamos y dimos gracias al cielo por volver a reunirnos.

Mientras escribo estas letras desde mi celda en el convento, las imágenes de las tierras que estos cansados ojos azules han visto vuelven a mi memoria, pero sobre todas brilla la montaña cuadrada, donde reposa el mayor tesoro de la cristiandad.

Baracoa, Cuba, 28 de febrero de 1898

La luz parecía ahogarse en medio de aquella negrura. Los ojos de los dos agentes se esforzaban por percibir las toscas paredes de la gruta, pero varias veces se cortaron con los salientes de la roca y tropezaron en el suelo irregular. Caminaron durante más de una hora, en varias ocasiones dudaron del camino a seguir, pero Hércules recordó las palabras del profesor Gordon, en cada bifurcación eligió «la senda recta». Escuchaban ruidos espeluznantes a lo lejos, aunque imaginaban que tan sólo era el eco de sus propios pasos deformados por las oquedades de la gruta. Al llegar a una gran cavidad abovedada se detuvieron y levantaron sus faroles, pero lo único que contemplaron sus ojos fue un gran arco labrado en la roca. Al atravesarlo entraron en una gran sala rectangular de paredes rectas. Al fondo se apreciaban unas luces, pero tan lejanas que parecían dos estrellas caídas en el infierno. A medida que seguían caminando, pequeños destellos devolvían con su reflejo la luz de los faroles.

Hércules se aproximó a una de las paredes y observó el metal cristalino que al reflejo de la luz brillaba. Parecía cuarzo. El aire estaba cargado y los pulmones trabajaban con dificultad. Se reunió con su compañero y cuando llegaron al final de la inmensa galería, vieron dos luces a punto de extinguirse. Enfrente, un altar sencillo labrado en la roca, en el suelo dos grandes arcones de piedra, uno a cada lado del altar. Al fondo un sagrario adornado con láminas de oro. Cuando subieron los tres escalones del altar y se acercaron a la pared, pudieron contemplar a dos hombres tendidos en el suelo con la cara amoratada y las manos estrangulando su propio cuello. Hércules y Lincoln cruzaron las miradas. Vieron el sagrario abierto y Lincoln se aproximó para escrutar lo que había en su interior. El español observó los dos cuerpos de nuevo y antes de que el norteamericano se acercara más le detuvo aferrando su brazo.

—¡No, Lincoln!—le gritó.

—¿Qué? —preguntó el agente, al tiempo que se daba la vuelta.

—Toma, ponte esto en la cara, dijo humedeciendo un viejo trapo con la cantimplora. Lincoln se colocó el trapo y acercando el farol iluminó su interior. Se quedó mudo, miró a Hércules, que colocándose otro trapo terminó de abrir el sagrario. En medio de la luz brilló un cáliz de plata, de formas sencillas. Junto a él se encontraba un pequeño cetro de oro, un globo de oro macizo y una pequeña corona de laurel. Cruzaron sus miradas y con mucho cuidado introdujeron todos los objetos en una de sus mochilas. Después se dirigieron a los arcones. Eran tan altos que tuvieron que ponerse de puntillas para poder mirar en su interior. Estaban llenos hasta el mismo borde de todo tipo de monedas de oro, piedras preciosas y joyas.

Frente a las costas de la isla La Juana, 27 de octubre de 1492

El Almirante avanzó por la amplia sala, a cada lado, los dos frailes pronunciaban una letanía que amplificada por la galería llenaba todo el espacio de una musicalidad estridente. Frente al altar se persignaron con una rodilla en tierra. Subieron los escalones y observaron los dos grandes cofres de piedra de los lados y el sagrario de oro del fondo. Los frailes se acercaron al sagrario y lo abrieron. Cristóbal Colón estaba intentando mirar el contenido de los cofres, cuando escuchó los gemidos de los dos frailes que aferrándose al cuello se retorcían en el suelo. Los contempló mientras empezaban a echar espuma por la boca en medio de terribles convulsiones. Aterrorizado, recogió un puñado de monedas del cofre, en la otra mano tomó la antorcha y corrió hacia el fondo de la galería.

Durante media hora continuó su huida por los túneles. Varias veces se cayó de bruces, aferrado a la antorcha, la única que le garantizaba la posibilidad de salir de allí vivo. Interiormente no dejaba de repetir oraciones y promesas a todos los santos. Magullado y sin aliento, alcanzó la salida, volvió a colocar y disimular la entrada y apoyado en la cruz de parra caminó hasta la cima de la montaña. Temblando todavía, la hincó en el suelo, y dolorido, marchó hasta el bote.

Cuando los marineros le vieron llegar sucio, con sus ropas raídas, y casi exhausto se lanzaron al agua y acercaron el bote hasta el barco. La noche empezaba a caer sobre la bahía y Colón, pálido como un fantasma, subió al barco abrazado por dos de sus hombres. Nadie se atrevió a preguntarle por los dos frailes. Algunos imaginaron, que atacados por algunos indígenas, los dos religiosos habían corrido peor suerte que el Almirante.

Desde su lecho, Colón ordenó que se alejaran lo antes posible de aquella montaña maldita. Sudando por la fiebre, pidió al único religioso que permanecía en el barco, que levantara ruegos y oraciones por la vida de los dos desgraciados frailes.

Una vez solo, acercó la vela y sacando de entre sus ropas el libro de San Francisco, releyó sus páginas. Durante sus numerosas meditaciones, nunca observó ningún tipo de advertencia para los que se acercaran al tesoro de Roma. ¿Qué había pasado por alto? Releyó fragmentos enteros, hasta que, casi sin esperanza de encontrar nada, miró la última página del libro.

Nadie puede acercarse al Dios vivo sin estar limpio de pecado. En el lugar Santísimo, el Sumo Sacerdote, una vez al año, se acercaba al lugar tres veces santo para rociar con la sangre del cordero el Arca de la Alianza, pero antes de atravesar el velo, hacía sacrificio por sus propios pecados. Sólo el velo separa de la vida o de la muerte, si te acercas a Dios, límpiate en el agua, que purifica el alma, el aire y el mundo.

Capítulo 49

Baracoa, 1 de marzo de 1898

—No hay nada mejor en la ciudad. Hemos estado buscando todo el día, pero esta pequeña casa es todo lo que se alquilaba —respondió Helen a los dos agentes. Mientras, con la mirada fija, examinaba su lamentable aspecto. En un principio, la ropa raída, los arañazos por todo el cuerpo, el sudor mezclado con un polvo negro y viejo le preocuparon, pero lo que realmente la había asustado era la mirada perdida de sus compañeros. Estaba apagada, sin brillo, desgastada por una visión demasiado terrible.

—Está bien. Para una noche es más que suficiente. Mañana, antes del amanecer, saldremos para el campamento del general Máximo Gómez —dijo Hércules dejando su macuto sobre el suelo.

Churchill les hincó su incisiva mirada y torciendo la boca en esa característica mueca que llamaba sonrisa, los comenzó a interrogar.

—Mientras nosotros contactábamos con los hombres del general, buscábamos un lugar donde pasar la noche y algo de comida, ustedes se paseaban por la ciudad. ¿Se puede saber qué han hecho durante todo el día? Apestan a alcohol.

Lincoln se sacudió el traje lleno de polvo. El aristócrata inglés comenzó a toser y el agente norteamericano dándole la espalda miró al resto del grupo. Helen estuvo a punto de soltar una carcajada, pero con la mano ahogó su risa.

—Señor Churchill, le agradecemos que nos prestara el barco, que accediera a acompañarnos, pero, como comprenderá, no le concierne lo que hagamos o dejemos de hacer —respondió Hércules subiendo el tono de su voz. —Ahora, si no les importa, ¿podemos comer algo?

El grupo cenó en silencio. Churchill con la cara larga, apenas probó unas cucharadas y, disculpando su ausencia se levantó de la mesa, salió al porche y se encendió un puro. Aprovechando la ausencia del inglés, Helen comenzó a acribillarlos con preguntas. Hércules le explicó brevemente cómo habían encontrado la gruta, la gran nave en forma de iglesia y la sorpresa al hallar a los dos Caballeros de Colón asfixiados.

—¿Cómo supiste que en el sagrario había alguna sustancia venenosa? —preguntó Helen que escuchaba el relato con los ojos muy abiertos, con la cara apoyada en una mano y el cuerpo hacia delante.

—El mérito no es mío. Cuando nos acercamos al altar, intentaba recordar todas las instrucciones que me había dado el profesor Gordon, pero comencé a examinar los dos arcones grandes y se me olvidó una de sus advertencias más importantes. Al ver a los dos Caballeros de Colón muertos, las palabras del profesor me vinieron a la mente. *No olvides, que para acercarse a Dios hay que purificarse. Hay algo en el altar capaz de matar. Por lo que dice el libro de San Francisco, tiene que ver con el velo de Dios, el aire y el agua.* Y, al ver a los dos hombres amoratados y con la lengua fuera, simplemente até cabos.

—Menos mal —dijo Lincoln que no había dejado de comer. La salsa de la carne le chorreaba por la boca y mientras masticaba añadió. —Hoy me ha salvado la vida, Hércules, nunca pensé que tuviera que agradecerle nada, pero le debo un favor.

—No tiene que agradecerme nada, en los últimos días, usted me ha protegido a mí en varias ocasiones.

Helen continuó con su interrogatorio al lado de la chimenea. Parecía increíble, pero aquella casa a los pies de la sierra estaba en una zona fresca por la noche. Churchill pidió a uno de los porteadores que encendieran la chimenea y el calor se agradecía en aquel lugar húmedo e inhóspito. Hércules terminó de relatarle lo que encontraron, cómo escaparon de allí, pero Helen no logró sacarle qué era lo que le tenía tan turbado.

—Y ese cáliz. ¿No será el famoso Grial? —pregunto Helen.

—¿El qué? —dijo Lincoln acercando las manos al fuego.

—No lo sé —contestó Hércules. —El profesor nos sacará de dudas cuando lleguemos a La Habana.

—Es que si fuese el Grial...

—Bueno Helen, será mejor que no especulemos. Espero que ustedes dos mantengan en secreto todo este asunto —dijo el español frunciendo el ceño.

—Pero Hércules, en el caso de tratarse del Santo Grial, los Caballeros de Colón estaban buscando un símbolo de la cristiandad que avivara a la decaída Iglesia de su letargo —comentó agitando los brazos.

—Mi deber es averiguar quién hundió el *Maine*, para poder encontrar a los asesinos de Juan...

—Pero —insistió Helen. —Esto puede estar relacionado con el *Maine*.

—No veo la relación —dijo Lincoln.

—Los Caballeros de Colón facilitaron todos los medios para, una vez hundido el barco, poder crear una especie de cortina de humo que les permitiera buscar el Grial tranquilamente.

—No lo creo —afirmó Hércules. Se puso de pie y situándose frente a sus dos compañeros continuó diciendo. —En el libro de San Francisco, por lo que nos dijo el profesor, en ningún momento menciona el Santo Grial. Además, ¿qué podía suponer que un barco se hundiese? Ellos intentaron hacerse con el libro antes de que el *Maine* estuviera en La Habana. Me temo que este misterio tendrá que esperar. Ahora debemos centrarnos en la entrevista con el general Máximo Gómez.

Helen refunfuñó, pero sus facciones fueron relajándose a medida que Lincoln y Hércules comenzaron a contar detalles sobre la vida del general.

—Me imagino que sabéis que el general no es cubano. —Los dos norte-americanos asintieron. —Nació en Santo Domingo, allí sirvió en el ejérci-to español y peleó en la guerra contra Haití. Sus ideas liberales y antiesclavistas le acercaron a la causa de los revolucionarios cubanos. Éstos enseguida reconocieron sus dotes como militar y ascendió de sargento a general en muy poco tiempo.

—Tengo entendido que no se llevaba muy bien con José Martí —dijo Lincoln.

—No tenían la misma visión de lo que significaba una Cuba libre —con-testó Hércules—, pero los enemigos militares y políticos no le duran mu-cho al general.

—Todos mueren oportunamente —añadió el agente norteamericano.

—Insinuáis que el general se ha deshecho de sus rivales —dijo Helen sorprendida.

—No, tan sólo que todo el que se enfrenta al general termina muerto —respondió Lincoln. —Según algunos informes que pude leer, practica la brujería.

—En Cuba, querido Lincoln, la santería y el vudú están a la orden del día —comentó Hércules.

Helen sintió un escalofrío y se tapó los hombros con las manos. Hércules la miró despacio, recreándose en todo su cuerpo. La mujer parecía ausente, asaltada por pensamientos que la llevaban muy lejos de allí.

—Creo que es el momento de que os revele algo que he ocultado hasta hora —dijo la periodista y su voz sonó triste, como si lamentara tener que descubrir sus horribles pesadillas ante ellos.

Hubo unos segundos de silencio que a Helen le parecieron eternos. Las imágenes regresaron a su mente, como si para poder compartir con ellos todo, tuviera que revivirlo de nuevo. Después tomó fuerzas, intentó por tres veces hablar, pero era como si sus labios no le respondiesen. Al final, logró controlar los nervios y comenzó a decir:

—¿Os acordáis de lo que conté acerca de los Caballeros de Colón? —preguntó Helen. Los dos hombres afirmaron con la cabeza. —Omití algunos detalles que mi estancia en Cuba ha terminado por confirmar.

Hércules cruzó los brazos y se apoyó en la pared, hacía días que esperaba que Helen se sincerara, pero en ese momento, después de un día tan agotador, le hubiera gustado no escuchar más historias escabrosas e incomprensibles. Cuando la mujer comenzó a hablar, intentó apartar de su mente las últimas horas.

—La muerte del padre Pophoski no fue la única que se produjo ese invierno en la ciudad. En total murieron otras cuatro personas. Dos de ellas eran sacerdotes católicos que se habían destacado por su ayuda a los obreros, los otros dos eran dos individuos cubanos.

—¿Dos cubanos? —preguntó Hércules.

—Exacto.

—¿Y qué tiene que ver con todo esto? —preguntó Lincoln.

—Aquellos hombres pertenecían a la Junta Revolucionaria Cubana de Nueva York.

—¿Por qué iban a eliminar los Caballeros de Colón a dos revolucionarios cubanos? —preguntó de nuevo Lincoln.

—Eso me pregunté yo. Los cinco hombres habían muerto de una manera similar, ritual, podemos decir.

—¿La Orden de los Caballeros practicó algún tipo de brujería con ellos? —dijo Hércules extrañado. —¿Pensaba que se trataba de unos fanáticos religiosos que querían devolver a la Iglesia su antiguo esplendor?

—Seguí investigando y contacté con un hombre que decía tener información privilegiada sobre la orden. Quedé con él y sus declaraciones me dejaron muy impresionada.

Los dos agentes se aproximaron a ella, como si lo que estaba a punto de contar fuera tan importante que no querían perderse ninguna palabra.

—Me confesó que había pertenecido a la orden, prácticamente desde su fundación, pero que, en los últimos tiempos, unos elementos incontrolados se estaban haciendo con la mayoría de los cargos. Casi todos los miembros del Consejo Supremo estaban copados por esta facción fanática. Especialmente el Caballero Segundo. Un tal Natás.

—Natás —comentó extrañado Lincoln.

—Sí. Después añadió que habían desviado fondos para la Junta Revolucionaria de Cuba y que estaban preparando algo gordo en La Habana, algo que podía causar una guerra.

—¡El *Maine*! —exclamó Lincoln levantándose de la silla. —Eso confirma lo que nos dijeron los dos caballeros cuando los interrogamos. Pero negaron que ellos hubieran hundido el barco.

—El confidente no me dijo que los Caballeros de Colón fueran a hundir el barco, pero dejó bien claro que habían facilitado dinero a la Junta Revolucionaria Cubana de Nueva York —añadió Helen.

Hércules pensativo no dejaba de dar vueltas a todo lo que la periodista les contaba. Primero la insignia en el barco, en el camarote del capitán Segsbee, después la confesión de los Caballeros de Colón de que habían facilitado dinero e información a los revolucionarios cubanos y esto lo confirmaba aquel confidente de Helen.

—¿Por qué mataron a los sacerdotes y a los dos miembros del partido Revolucionario?

—A los tres sacerdotes, me temo que por causas debidas a su fanatismo, pero a los dos revolucionarios, porque descubrieron algo, tal vez el partido no sabía de dónde provenía el dinero y la información facilitados.

—Los Caballeros proveyeron los medios para hacer un atentado, pero no querían que nadie lo supiera, ya que esto podía suponer que los revolucionarios se echaran atrás —dijo Lincoln atando todos los flecos.

—Esos hombres lo descubrieron y murieron —completó Helen.

—Hay todavía dos cosas que no encajan —dijo Hércules poniéndose en medio. —¿Qué interés tenían los Caballeros de Colón en provocar una guerra entre los Estados Unidos y España?

—¿Y la otra? —preguntó la periodista.

—Si los revolucionarios de La Habana niegan que fueron ellos, ¿qué revolucionarios pusieron las bombas?

—Máximo Gómez —dijo Lincoln.

—Eso es lo que tenemos que averiguar, si Máximo Gómez fue el que ordenó volar el *Maine* —dijo Helen afirmando con la cabeza.

—Pero deja sin resolver la primera cuestión —volvió a insistir el español.

—Por eso yo decía que los Caballeros de Colón querían tener entretenidas a todas las partes, mientras sacaban un fabuloso tesoro de la isla y uno de los símbolos más importantes de la cristiandad. El Grial —dijo Helen con la satisfacción del artista que da las últimas pinceladas a su obra.

—No podemos descartarlo —comentó Hércules. —Pero, puede que toda esa información sea la cortina de humo para despistarnos. ¿Quién era tu confidente?

—No me dijo su nombre, pero supe quién era más tarde. Cuando su foto apareció en los periódicos.

—¿En los periódicos? ¿Quién era? —preguntó el agente norteamericano.

—James E. Hayes.

—¿Quién?

—El tercer Caballero Supremo de la Orden de los Caballeros de Colón.

CAPÍTULO 50

**Algún lugar en las sierras que rodean a Baracoa,
2 de marzo de 1898**

Antes de que el sol saliera, en mitad de una niebla densa y fría, el grupo de supuestos periodistas salió de la casucha que les había servido de refugio rumbo a lo desconocido. Eran conscientes de que ésa podía ser la última vez que vieran una cama, tomaran algo caliente y tuvieran un techo donde guarecerse, en los próximos días. Hércules se tomaba la excursión con humor. Intentaba imaginar a Helen moviéndose por aquella selva con su falda, su sombrerito de paja y esas botas que le llegaban casi hasta la rodilla. Pero cuando la vio salir de la choza se llevó una sorpresa. La periodista llevaba un pantalón bombacho, una camisa y un sombrero que le quedaba un poco grande. Con el pelo recogido y la mochila al hombro, parecía un muchacho delgaducho; un hermoso muchacho, por supuesto.

Caminar en mitad de la sierra puede parecer una aventura romántica, pero tras seis horas de marcha sin descanso, el cuerpo empieza a sudar por cada poro y parece que no llega suficiente aire a los pulmones. La periodista no se quejó ni una sola vez en toda la jornada, pero Churchill y Lincoln no hacían más que resoplar, pararse para apoyarse en algún árbol y secarse el sudor o echar un trago a la cantimplora. Sólo gracias a que en último lugar iba uno de los guías, ninguno de los rezagados se perdió.

Mambises era el nombre con el que se conocía a los revolucionarios cubanos

Hércules y Lincoln, para no levantar sospechas entre los revolucionarios, habían cambiado sus nombres por los de: John Fox y Abraham Washington. El español temía que los revolucionarios cubanos de La Habana hubiesen informado de sus investigaciones sobre el *Maine*.

Cuando pararon para comer algo, Hércules se dio cuenta por primera vez de que no eran un grupo de periodistas que iban libremente a hablar con el general Máximo Gómez, desde ese momento eran prisioneros que podían ser asesinados y arrojados a alguna cuneta de alguno de los senderos perdidos en mitad de la sierra.

El último tramo del viaje tuvieron que hacerlo con una venda en los ojos. Aquella medida era del todo inútil, ya que estaban tan desorientados como si la hubieran llevado desde el principio. La marcha se hizo muy lenta. A cada paso, los guías tenían que levantar a alguno de los periodistas. Churchill se quejó varias veces, y anunció a los indiferentes *mambises* que presentaría una queja ante su excelencia el general Máximo Gómez.

Cuando todos empezaban a pensar que su inexperiencia los había traicionado y que aquel era un grupo de bandidos que les terminaría por robar y matar en mitad de la selva, llegaron al campamento del general.

Al destaparles los ojos pudieron contemplar que la oscuridad que los había acompañado durante el último trayecto había invadido ya toda la selva. Únicamente algunas fogatas encendidas esbozaban los rostros de los revolucionarios, que con los ojos cansados de guerra los contemplaban como si de un grupo de feriantes se tratara.

Helen había imaginado el acuartelamiento como los del ejército de los Estados Unidos, pero aquello parecía más bien un campamento gitano. Hombres desarrapados y medio desnudos, niños con los mocos colgando que jugaban a lanzar palos a las fogatas y mujeres, la mayoría negras, que hacían la comida o cosían pegadas al fuego.

Algunos caballos relincharon y se unieron al susurro de las hojas mecidas por el viento. Ni una sola voz en todo el campamento. Los ruidosos cubanos parecían mudos aquella noche.

En el centro del acantonamiento estaba en pie la única tienda que podía considerarse como tal. No era muy grande, pero lo suficiente para mantenerse erguido una vez en el interior. En la entrada dos hombres jóvenes hacían la guardia. Estaban firmes, con el rifle hincado en tierra en una mano y la otra pegada al cuerpo. A la periodista le sorprendió tanta disciplina en medio de aquella anarquía.

Uno de los guías habló algo al guardia de la derecha, que ágilmente entró en la tienda, para salir unos segundos más tarde. Descorrió un poco la tela de la entrada e hizo un gesto para que pasaran.

Churchill se adelantó bruscamente y se colocó el primero. Hércules y Lincoln cedieron el paso a Helen. Una vez dentro pudieron contemplar la guarida del hombre más buscado de Cuba.

El general estaba sentado frente a una mesa de campaña plegable. Encima de ella había unos planos que enrolló rápidamente cuando el grupo entró. Dos faroles colgados eran la única luz de la tienda, pero suficiente para observar las comodidades del general. Una pequeña cama, un par de cofres y una alfombra que tapaba el suelo de tierra.

Máximo Gómez levantó su pequeña cabeza, los pómulos hundidos marcaban sus rasgos, pero su cara debió ser en otra época redonda y carnosa. Un gran mostacho blanco le ocultaba los labios y con sus ojos pequeños y penetrantes miró al grupo con cierta curiosidad. Al percatarse de la presencia de Helen, se puso en pie y le besó la mano haciendo una pequeña reverencia. Al resto del grupo les dio un apretón de manos, pero tan fuerte, que en el rostro de Churchill pudo verse un gesto de dolor.

—Caballeros, perdonen que no pueda ofrecerles más comodidades, pero la vida en la sierra es frugal —dijo el general levantando los brazos y mostrando la humilde tienda.

—Excelentísimo general —dijo Churchill mientras se apretaba una mano con la otra. —Permítame que levante una queja...

—¿Usted quién es? —preguntó refunfuñando el general.

—Soy Sir Winston Churchill, corresponsal del *Daily Graphic*—contestó el inglés con los ojos medio entornados.

—¿Ese periodicucho inglés que nos llama a los revolucionarios merienda de negros y república de ignorantes?

Churchill se quedó mudo y esbozó una sonrisa nerviosa, que a medida que la mirada del general le penetraba, se convirtió en una mueca hasta desaparecer de su rostro.

—Pero siéntense —dijo el general suavizando la voz. El asistente, que hasta ese momento había permanecido inmóvil al fondo de la tienda, acercó cuatro sillas plegables y los periodistas se acomodaron frente a su anfitrión. —El señor Churchill creo que trabaja para el *Daily Graphic*, pero ustedes no son ingleses, son norteamericanos.

—Efectivamente —contestó Helen. —Mi nombre es Helen Hamilton y soy corresponsal del *Globe*. Mis compañeros son Abraham Washington, del *Independent* y John Fox del *International*.

—No conozco esas publicaciones —dijo el general escudriñando la cara de los periodistas.

—No es extraño. Nuestros periódicos son más bien locales, pero el asunto del *Maine* ha despertado el interés de nuestros lectores —respondió Helen.

—¿Sus amigos no saben español?

—No mucho, pero le entienden perfectamente —dijo Helen sacando una pequeña libreta.

—Ese desafortunado asunto del *Maine* tiene a toda la isla revuelta. Estamos en los últimos tiempos de esta guerra. Por fin Cuba recuperará su libertad—comentó el general.

—Sin duda, el desgraciado asunto —dijo incisivamente Helen y añadió: —ha servido para inclinar la balanza a su favor.

—Nosotros no necesitamos ayuda de los norteamericanos para ganar esta guerra. Tengo a más de 50.000 hombres bajo mis órdenes —gruñó el general.

Representación a caballo del general Antonio Maceo

—Pero esos hombres necesitan fusiles —añadió Churchill que comenzaba a recuperar su natural arrogancia.

—Los *yanquis* nos cobran a precio de oro los fusiles viejos que ya no usa su ejército —se quejó el general.

—¿Y los cañones? ¿De dónde provienen? ¿Es verdad que desde los Estados Unidos han recibido fuertes sumas de dinero? —preguntó Churchill.

—Hemos conseguido más apoyo y ayuda de algunas repúblicas centroamericanas y de México, que de los Estados Unidos.

—Hace un año, general, usted podía pensar que tenía la situación controlada, pero desde que se han puesto en funcionamiento las *trochas* y se ha reconcentrado a la gente, han perdido todas las batallas. Tan sólo mantienen su preponderancia aquí, en el Oriente —dijo Helen con un castellano atropellado, impaciente por atosigar al general. Máximo Gómez sonrió a la mujer y con una profunda calma observó a sus invitados. Después, sus pequeños ojos oscuros comenzaron a brillar, avivados por la inteligente experiencia del militar.

—Los españoles tienen las ciudades más grandes, pero no se atreven a internarse en la sierra. Señores y señorita, la fruta está madura. Nuestra querida y vieja metrópoli está exhausta, sola y únicamente le queda la puntilla que termine con su lenta agonía. La puntilla es ese barco.

—Señor general —dijo Hércules. Helen le miró incrédula. Antes de salir de viaje habían acordado que ella sería la que haría las preguntas. No podían arriesgarse a que los revolucionarios descubrieran su engaño. El agente español ignoró los gestos de la periodista y continuó diciendo. —Ustedes eran los más interesados en propiciar una guerra, ¿sus hombres han tenido algo que ver en la voladura del *Maine*?

Máximo Gómez se puso muy serio. Se atusó el bigote y levantó el puño amenazante. A mitad de camino se detuvo y recuperando de nuevo la calma, contestó al español:

—Es una descortesía por su parte venir a la casa de alguien para insultarle.

—Perdone si le he ofendido. No pretendo acusar a nadie, lo que busco es la verdad. La destrucción del *Maine* aseguraba la participación de los Estados Unidos y ésto, la victoria.

—¿Qué victoria? No queremos cambiar de amos, señor. Lo que desea el pueblo cubano es la libertad. Una libertad que perdure a través del tiempo y que podamos dejar en herencia a nuestros hijos. Mire, señor, esta tierra está fundada sobre la sangre de millones de esclavos que, con su sudor, han convertido este fértil suelo en la tierra más bella del mundo. Eso es lo que los norteamericanos no pueden entender. Hace un tiempito estuve en su amada nación. Su maravilloso sistema de libertades se basa en la pobreza de muchos y la riqueza de unos pocos. Poder votar, pero morirse de hambre no es el modelo de gobierno que deseamos para Cuba.

—Que no desea usted —puntualizó Helen. —¿Es en eso, precisamente, en lo que discrepaba con el fallecido José Martí? Le acusaba de querer convertir Cuba en un cuartel militar.

El anciano se puso rojo y su voz comenzó a tornarse más áspera a medida que subía el tono.

—Señorita —dijo señalándola con el dedo índice. —El pueblo es todavía un niño. Algunos de nosotros intentamos que no cometa errores. Cuando los ciudadanos tengan la madurez suficiente, ésta será la democracia más igualitaria de la tierra.

—¿Por qué rehuye la pregunta, general? ¿Fueron ustedes los que hundieron el barco? —preguntó Hércules subiendo el tono de voz.

—No rehuyo ninguna pregunta. Lo digo muy claro. El ejército revolucionario cubano no quiere la intervención directa de los Estados Unidos. El ejército revolucionario cubano no ha hundido el *Maine*. Nuestros métodos no consisten en matar a personas inocentes, ni actuar por medio de métodos cobardes —bramó el general, que llegando a las últimas frases apenas aguantaba el resuello.

Foto del general Máximo Gómez, líder militar de los revolucionarios cubanos

—Pero, ¿pudo hacerlo alguna otra facción revolucionaria? ¿El partido Revolucionario Cubano de Nueva York, por ejemplo? —preguntó Helen.

—¡No!

—¿Por qué está tan seguro? —preguntó Churchill.

—El partido de Nueva York no tiene ni la experiencia ni la capacidad logística para perpetrar una acción de esa índole, pero sobre todo, no cree en ese tipo de métodos para conseguir sus objetivos revolucionarios.

—¿Qué me dice entonces del apoyo al asesinato de Cánovas del Castillo? —preguntó Churchill.

—Ningún cubano, que yo sepa, mató al presidente español.

—Pero, Michele Angiolillo, su asesino, contactó con el delegado de la Junta Cubana en París, Ramón Betances que le aconsejó que matara a Cánovas y no a la reina y el príncipe heredero, como éste tenía previsto.

—Ésas son especulaciones. Aunque, de todas formas, una cosa y otra no tienen nada que ver. Es diferente matar a un tirano, que con sus leyes castiga y asesina a miles de personas y otra muy distinta, ejecutar, a sangre fría, a doscientos marineros mientras duermen en sus camarotes —dijo el general con los puños cerrados y el gesto crispado.

—Entonces, ¿niega cualquier relación con el hundimiento del *Maine*? —preguntó Helen.

—¡Rotundamente! No vamos a hacer explotar un barco de nuestros principales aliados y luego pedirles ayuda. No tiene sentido —el general sacó un pequeño reloj de bolsillo y después les dijo: —Será mejor que descansen un poco. Imagino que su viaje debe haber sido agotador. Les hemos preparado dos tiendas; una para los hombres y otra para la dama.

Los periodistas salieron en silencio. Todo estaba tranquilo, los *mambises* dormían al lado del fuego o en las carretas y las improvisadas chozas. Caminaron entre los hombres tumbados y se introdujeron en las dos tiendas de campaña. Unos segundos después, Lincoln y Hércules abandonaron la suya y se pasaron a la de Helen. Comenzaron a hablar muy bajito, casi en un susurro.

—¿Qué os han parecido las declaraciones del general? —preguntó Helen.

—No podemos saber si dice la verdad, pero creo que Máximo Gómez no quiere una intervención directa de los Estados Unidos —comentó Hércules.

—¿Por qué crees eso? —preguntó Lincoln.

—En este momento tiene el poder supremo de la revolución. Si el gobierno norteamericano interviene, nunca dejará que un hombre como Gómez tenga el control. Demasiado independiente y desconfiado, para que McKinley ponga toda Cuba en sus manos.

—Me parece que exageras —dijo Lincoln. —Los intereses de mi gobierno, no diré que son altruistas, pero no pasan por una ocupación prolongada de la isla, la opinión pública se opondría.

—Yo no hablo de ejercer el poder directo. Hablo de que el gobierno de tu país se mete en esta guerra para poner a un presidente cubano que se amolde a sus dictados y a los de los grandes inversores azucareros.

—Pero, si Máximo Gómez no ha hundido el *Maine*, los Caballeros de Colón han mentido o alguien los engañó haciéndose pasar por revolucionarios, para poder perpetrar el atentado —dijo Lincoln.

—Yo confío en lo que me declaró el señor Hayes. Su veracidad la ha pagado con la vida —se quejó Helen.

—Lo que dice Lincoln tiene sentido. Los Caballeros de Colón engañaron a los supuestos revolucionarios facilitándoles dinero y datos técnicos, pero lo que no sabían era que a su vez sufrían un engaño.

—Los falsos revolucionarios conseguían los medios y si alguien averiguaba lo sucedido, las culpas recaerían sobre los verdaderos revolucionarios —terminó Helen.

—Pero todo eso no explica quién puso la bomba. Con esta teoría nos alejamos aún más de la resolución del enigma del *Maine* —dijo Lincoln hundiendo los hombros.

—No te desanimes Lincoln. Ahora podemos descartar a más posibles culpables. Eso reduce nuestro campo de acción —dijo Helen apoyando el brazo sobre el norteamericano.

—Recapitulemos. No fueron los Caballeros de Colón, aunque por una razón que se nos escapa, apoyaron el hundimiento del *Maine* facilitando dinero e información. Tampoco fueron los revolucionarios, ni el grupo de La Habana, ni el ejército del general Máximo Gómez, según ellos mismos han declarado. Gómez afirma que los revolucionarios de Nueva York no tenían la capacidad para cometer la acción. ¿Qué nos queda? —preguntó Hércules.

—Los españoles —dijo Lincoln.

—¿Empresarios azucareros de los Estados Unidos? —añadió Helen dubitativa.

—También oligarcas de la isla que deseaban terminar la guerra y favorecer sus intereses —comentó Lincoln.

—Pero el gobierno español y el gobierno autónomo de Cuba no querían una guerra —dijo Hércules.

—Ellos no, pero qué me dices de los elementos extremistas del ejército que añoraban la mano dura de Weyler. Los mismos que organizaron los disturbios del 12 de enero contra los periódicos independentistas —añadió Helen.

—Pero nos queda otro posible interesado en la guerra —dijo Hércules.

—¿Quién? —preguntaron al unísono los dos norteamericanos.

—Los Estados Unidos de América.

Helen y Lincoln fruncieron el ceño. La sola duda sobre la honradez del gobierno de su país les parecía un asunto provocador.

—Esta teoría es perfecta —continuó diciendo Hércules. —Norteamericanos se hacen pasar por revolucionarios, reciben apoyo de los Caballeros de Colón y cometen el atentado. La guerra está servida y las espaldas del gobierno de Washington cubiertas.

Justo cuando las últimas palabras del español estaban perdiendo fuerza, una cabeza se introdujo por la rendija de la entrada. Todos creyeron al principio que se trataba de Churchill, que intrigado por la tardanza de sus compañeros, venía a husmear lo que hacían, pero la cara de aquel hombre no tenía nada que ver con la del inglés. Era moreno con un largo bigote negro, ojos marrones y rasgos mestizos. El hombre miró a los tres y sin previo aviso entró en la tienda. Lincoln y Hércules se pusieron de pie, pero el hombre extendió las manos para mostrar que iba desarmado y se sentó en el suelo con los pies cruzados. Le observaron sorprendidos y el extraño les sonrió con una boca de dientes renegridos.

—Señores, sepan que arriesgo la vida hablando con ustedes. Pero el mundo tiene que saber.

—¿Saber el qué? —preguntó Hércules.

—La verdadera cara del general. Del general Máximo Gómez.

Mambises huyendo de las tropas españolas, en uno de los múltiples enfrentamientos de guerrillas con los que atacaban a los intereses hispanos en la isla

Capítulo 51

Cayo Hueso, Florida, 2 de marzo

Algo más de cincuenta hombres estaban en posición firme en aquel patio de la base mientras el Capitán Sampson les tomaba en juramento. Después, Marix, utilizando el Reglamento de la Marina, les recordó su obligación de denunciar cualquier comportamiento anómalo de sus compañeros, fueran éstos oficiales o soldados. Todos permanecieron callados, por lo que Marix añadió:

—Si alguno de ustedes, caballeros, tiene algo que alegar de la noche en la que se hundió el *Maine*, contra algún oficial o marinero del barco, que dé un paso al frente.

Nadie se movió. Aquel acto terminaba con dos días de interrogatorios minuciosos. La Comisión llegaba a la última fase de las investigaciones y la presión de Washington crecía de día en día. Long, el secretario de la Armada, quería el resultado de unas conclusiones cuanto antes, pero Sampson tenía que consultar primero los últimos informes de los buzos.

Los interrogatorios no habían aclarado gran cosa. El más lúcido y contundente fue el del cadete de Marina Wat Cluveries, que en el momento de la explosión se encontraba en su camarote. El cadete declaró que lo primero que escuchó fue una ligera detonación, después una gran vibración en el camarote y otra fuerte explosión. A continuación empezó a entrar agua por el comedor de oficiales y se escuchó un chasquido, como si algo se estuviera rompiendo.

El alférez de navío George Mambís afirmó que el sonido de la primera explosión se asemejaba a otros que había escuchado en explosiones submarinas, sus apreciaciones fueron consideradas por la Comisión, ya que se trataba de un especialista en explosiones subacuáticas.

Los miembros de la Comisión decidieron por mayoría regresar a La Habana, debían comprobar las últimas averiguaciones sobre los restos del *Maine*. Potter se opuso a la medida que, según él, colocaba a los Estados Unidos en un estado de expectación mientras sus enemigos se rearmaban, pero al final tuvo que ceder.

Después de varios días de discusiones y recopilación de información, la Comisión salió de nuevo para La Habana, todos sabían que en sus manos estaba evitar una guerra.

Base naval de cayo Hueso (Florida)

Washington, 6 de marzo

Las flores comenzaban a brotar en los almendros de la Casa Blanca. McKinley pudo disfrutar aquella jornada de las primeras flores blancas, que rompían los tallos paludos de los árboles y anunciaban que la primavera era inminente. Aquel invierno en la capital federal había sido especialmente duro y no sólo en lo meteorológico. El presidente había soportado una gran presión, pero sabía que como aquellas flores, el asunto estaba a punto de explotar. Aquella mañana no paseaba solo, como tenía por costumbre, el secretario Long le acompañaba robándole uno de los pocos momentos de intimidad que le quedaban.

—Señor presidente, sabe que no soy partidario de esta guerra, pero debemos prepararnos para lo peor.

—Señor Long, todavía no tenemos las conclusiones de la Comisión. Tengo las manos atadas —dijo McKinley levantando sus enguantados dedos.

—Hoy mismo tiene que llamar a O'Neil y poner el *Negociado de Armamento* en estado de alerta —apremió Long.

—¿Y cuántos dólares puede costarnos esta guerra?

—Es difícil calcular. Pero para empezar, armar varios barcos y abastecernos de municiones puede tener un coste aproximado de cuatro millones de dólares.

—El Congreso y el Senado tendrán que aprobar la partida presupuestaria. Hay que armarse, aunque sea para la paz —concluyó McKinley.

—Esperemos que así sea, señor presidente.

Long hizo un gesto con el sombrero y apoyado en su bastón aceleró el paso. El presidente le observó mientras desaparecía entre los árboles. Una vez solo, sintió el peso de la preocupación. Nunca había pensado que llegaría al máximo cargo político de su país, pero lo que ni remotamente imaginaba era que tendría que llevar algún día aquella dura carga.

El presidente escuchó el cantó de un pájaro, miró a los árboles, pero no vio nada. Cuando afinó el oído comprobó que el sonido provenía del suelo. A unos pasos, un ave con la pata rota intentaba remontar el vuelo, daba vueltas, sacudía las alas y emitía un silbido inquieto. El presidente se acercó, se inclinó y tomó la pequeña ave entre las manos. El pájaro temblaba de frío y agotamiento; secó sus plumas con la mano y le lanzó hacia el aire. Éste remontó el vuelo y se alejó del jardín, tomando altura. McKinley le siguió con la mirada hasta que se perdió en el cielo blanquecino de Washington.

CAPÍTULO 52

En el campamento del general Máximo Gómez, 4 de marzo

Habían perdido la noción del tiempo. En mitad de la selva, apenas iluminados por las hogueras que se reflejaban en la lona de la tienda, los rostros se intuían. El *mambí* que había entrado de improviso apagó su vela y comenzó a relatarles la extraña muerte de José Martí, uno de los héroes de la revolución.

—Martí, nuestro padre, cayó con una bala española, pero el arma la cargó el diablo, el diablo de Máximo Gómez —dijo el *mambí*. Se quedó callado, como esperando que sus palabras calaran en la cabeza de los periodistas y continuó su historia. —José Martí no era un soldado, pero puso el alma a esta revolución. Las razones para el fracaso de la *Guerra de los diez años* y de la *Guerra Chiquita* fueron: la falta de organización y de dinero para comprar armas. Martí consiguió poner cara y ojos a nuestra causa. Sus palabras lo dicen todo: «*Mientras haya en América nación esclava, la libertad de todas las demás corre peligro*». El libertador Martí supo acercar a todos a nuestra causa. La guerra del 95 fue tan exitosa sólo por él. Mandó a Cuba hasta dieciséis expediciones desde los Estados Unidos. Mientras la estrella de Martí ascendía a lo más alto, la de Máximo Gómez comenzaba a apagarse. En abril de 1895, el general Máximo Gómez, José Martí y un grupo de revolucionarios desembarcaron en Cuba por el Oriente, en el cabo Maisí. Las cosas entre Martí y el general no marchaban bien. El primero le escribió una dura carta en octubre del año anterior que decía: «*Es mi determinación no contribuir un ápice por amor ciego a una idea en que se me está yendo la vida, o traer a mi tierra un régimen de despotismo personal, que sería más vergonzoso y funesto que el despotismo que ahora soporta... Un pueblo no se funda, general, como se manda un campamento*». La estancia de Martí en Cuba no fue muy larga, el 19 de mayo del 1895, frente al río Contramaestre, en Dos Ríos, las cosas se iban a torcer.

Dos Ríos, 19 de mayo de 1895

Después de un mes y medio huyendo de un lado para otro las fuerzas de los revolucionarios eran suficientemente fuertes para intentar un asalto en la zona Occidental. El periodista del Nueva York Herald, George Eugene Bryson tomó nota el 3 de mayo de la declaración conjunta de Martí y el general Gómez y abandonó a los revolucionarios para publicar la noticia en su periódico. La armonía precaria del mes de abril se tornó en enfrentamiento constante entre los dos hombres. El día 4 discutieron por la vida del bandolero Pilar Masabó. El general quería fusilarlo, pero Martí intercedió por él para que le dejaran unirse a los insurrectos. Fue inútil, Máximo Gómez mandó fusilarlo, poniendo en entredicho la autoridad moral de Martí. El 5 de mayo en la entrevista de los mambises, Maceo, Máximo Gómez y Martí discutieron sobre la organización de la revolución. Martí solicitó que se eligiera una asamblea de delegados, pero el general y Maceo apostaron por una junta militar.

José Martí se sentía prisionero dentro del campamento. En Guatemala era un líder reconocido por todos, podía organizar el dinero de los simpatizantes de la causa, enviar armas y planificar el futuro de la república, pero en mitad de la sierra era un mambí más, pero inexperto y vigilado por el general. Su autoridad era cuestionada y cada día que pasaba, la fatiga y el cansancio iban apoderándose de su frágil cuerpo. Únicamente la correspondencia le salvaba de la monótona carencia de la sierra. Lluvia, lluvia y más lluvia.

Aquel domingo, Martí despachó varias órdenes y escribió cartas a diferentes mandos. El general Gómez había salido con cincuenta hombres para atacar a las fuerzas españolas al mando de Sandoval, pero no las había logrado localizar. Enfurecido regresó al campamento. Poco después, un mambí informó que los españoles habían seguido su rastro. Entonces, Gómez ordenó de nuevo a sus hombres y salió para enfrentarse a sus enemigos, pero cuando Martí intentó coger su caballo para acompañarlos, el general le dijo:

—*Señor Martí, su ayuda para la causa es más productiva detrás de las líneas. Su vida es demasiado valiosa para que la deje en el lecho del río.*

—*General, no he venido hasta Cuba para cruzarme de brazos mientras los cubanos vierten su sangre* —*contestó Martí, intentando de nuevo subir al caballo. El general le miró con el ceño fruncido y le retiró las riendas.*

—*Por favor, señor, cada uno debe ocupar su lugar. No me haga esto más difícil* —*dijo el general y mandó llamar a Ángel de la Guardia, un joven revolucionario.* —*Ángel, me lo guarda que no le pase nada.*

—*Sí, señor.*

El general salió como un rayo a lomos de su cabalgadura y trescientos jinetes le siguieron lanzando gritos y levantando los fusiles, listos para enfrentarse a la batalla. Los tiros sonaban cercanos.

El coronel español, Jiménez de Sandoval, colocó a sus hombres cerca del río. El flanco izquierdo protegido por unos barrancos de seis metros de altura, en el derecho un bosquecillo de jatias, tan espeso que les servía de un alto muro protector. Una cerca de alambre utilizada como parapeto protegía en el único flanco desde donde podían atacarle los mambises. Puso su infantería en primera línea y resguardó a la caballería. Después mandó una pequeña expedición que atrajera a los cubanos hasta la trampa mortal.

Gómez y su lugarteniente Masó cruzaron el río que marchaba muy crecido y llegaron a la otra orilla con los caballos agotados. Los españoles comenzaron a acribillarlos sin piedad. Algunos caballos cayeron muertos en medio de terribles berrinches, los mambises gritaban y tiraban de las riendas para controlar a los animales que asustados se apretaban entre sí, paralizados por el miedo. Masó gritó retirada y cada uno escapó por donde pudo. Cruzando el río, donde los cuerpos de algunas cabalgaduras arrastraban a las que querían vadear la corriente; otros, intentaron pasar delante de la batería de fusiles o lanzarse a los frondosos árboles para guarecerse.

Desde el campamento mambí el estruendo de las balas llenaba de incertidumbre a los hombres que guardaban a Martí. Éste, no pudiendo resistir la humillación de esperar en el campamento, se lanzó sobre su caballo y una docena de soldados y Ángel de la Guardia Bello le siguieron al galope. Vadeó el río y al llegar a la cima de un barranco se detuvo enfrente del fuego enemigo.

Un español vio al pequeño grupo de hombres y todos los fusiles apuntaron al nuevo objetivo. La tormenta de balas atravesó el río. Al lado del líder revolucionario cayó Ángel, empujado por su caballo herido. Los proyectiles pasaban sin rozar el cuerpo de Martí, que mirando a través de la lluvia a sus enemigos, levantó las manos y se lanzó hacia adelante, como si con su cuerpo pretendiese parar las balas y ahuyentar los malos presagios de los últimos días. Sintió un impacto en la pierna que estuvo a punto de tirarle del caballo, pero logró enderezarse en el último momento. Entonces, su pecho estalló por un nuevo impacto y por la boca empezó a salirle sangre. Mortalmente herido se mantuvo sobre el caballo mirando desafiante, hasta que una última bala le alcanzó a la altura de la mandíbula y su cuerpo cayó al suelo en medio de un gran charco de sangre.

Varios soldados se lanzaron a por su cuerpo. Martí, con los ojos abiertos vio sin ver el cielo negro de aquel día lluvioso. No murió cara al sol aquel día, como él mismo había vaticinado, porque el sol estaba demasiado triste para despedirse de él.

Su cuerpo fue expuesto durante varios días en la plaza de Santiago de Cuba y enterrado, más tarde, en un nicho anónimo.

Representación de la muerte de Martí en Dos Ríos

Retrato de José Martí, alma y mártir de la revolución cubana

Todos permanecieron en silencio. Algo sabían de la triste muerte del libertador Martí, pero nunca habían escuchado tan bellas palabras sobre los actos heroicos que convierten a los hombres en inmortales. Hércules rompió el silencio, comenzando a hablar muy bajo, como si fuera un sacrilegio para la memoria del mártir exponer algo aquella noche.

—Por lo que nos ha contado, Martí murió bajo fuego enemigo. ¿Por qué dice que lo mató el general Máximo Gómez?

—Hay muchas formas de matar a un hombre y la más cruel es intentar apagar su alma. Perdido en mitad de la nada de estas sierras, Martí fue extinguiendo el fuego que le animaba. Era prisionero de su propia revolución. Presintió el futuro y prefirió morir para dar su última ofrenda a Cuba. Su propia vida.

Capítulo 53

**En algún lugar cerca de Mayarí, oriente de Cuba,
5 de marzo de 1898**

Tras quitarles las vendas, cuando pudieron ver de nuevo la luz del día que les pinchaba los ojos y entre las imágenes borrosas, observaron grandes nubes de colores, supieron que estaban a salvo. Se tumbaron en el suelo con las mochilas colgadas a la espalda y permanecieron inmóviles, sin conocer dónde se encontraban, aunque el ruido del mar y su olor penetrante les decía que en algún lugar cerca de la costa. El general no había vuelto a recibirlos. Poco más podía añadir a sus palabras y, el hecho de que los dejara con vida era más que suficiente para que todos se sintieran aliviados.

Hércules fue el primero en levantarse, ayudó a Helen extendiendo el brazo y Lincoln y Churchill se pusieron en pie despacio, sin dejar por un instante de maldecir la sierra, los mosquitos, sus pies en carne viva y los arañazos que cubrían tres cuartas partes de su cuerpo.

No caminaron mucho hasta llegar a un pequeño pueblo de pescadores, llamado *Mayarí*. Al principio no vieron a nadie, únicamente un perro negro que les ladraba. Cuando llegaron al pequeño puerto, tan sólo una barca, con la pintura caída, las velas remendadas y la madera seca y agrietada estaba amarrada al tablado. Al lado, un viejo con una fina barba blanca, la piel arrugada en pliegues oscuros, fumaba sentado con una caña de pescar en la mano.

—Compadre, ¿cuál es este pueblo? —preguntó Hércules marcando el acento de oriente.

—¿Que no saben dónde están? —contestó sonriente el viejo. —Pues esto es Mayarí.

—¿Dónde podríamos conseguir un barco para La Habana? —preguntó Churchill, que no paraba de mirar al viejo.

—¿Un barco? ¿En Mayarí? Aquí no vienen barcos, señores.

Hércules hincó la mirada en Churchill para que se callara.

—¿Alguien podría acercarnos a La Habana? —preguntó Hércules.

—¿Y por qué querría alguien ir hasta allí? —contestó el viejo.

—¿Por dinero? —dijo Churchill sacando varios billetes de cinco dólares.

—Yo mismo compadre —dijo el viejo arrancando el dinero de manos del aristócrata, que señalando con el dedo preguntó:

—Pero, ¿ése es su barco?

—Claro, mi velero ha dado varias vueltas a la isla, una vez lo llevé hasta Santo Domingo. Suban a bordo, que les transporto —acercó la barca al viejo embarcadero. Todos dudaron, pero Helen alzando los hombros subió en la barquichuela.

El trayecto de vuelta fue infernal. La barca era pequeña y el grupo estuvo apelotonado sin poder moverse durante casi diez horas. Ninguno probó bocado, el mar zarandeaba tanto el viejo cascarón, que todos tenían el estómago en la garganta. Cuando pisaron tierra firme en el puerto de La Habana, sufrían tales mareos, que parecía que la tierra seguía moviéndose bajo sus pies. La gente del puerto los observaba extrañada. Aquel grupo tan peculiar; una mujer en pantalones, un negro con bombín, un inglés de ojos saltones y un español con un traje de lino arrugado, saliendo de una barcucha de pescadores, no era un espectáculo que pudiera verse todos los días.

Después de descansar en el hotel Inglaterra, al que habían decidido regresar, al menos aquella noche, se vieron en el comedor, devoraron toda la comida que su dañado estómago pudo acumular y fueron a visitar al profesor.

Hércules y sus amigos tenían un problema. Churchill se había pegado a ellos y, ni las indirectas de Helen ni los desaires de Lincoln parecían afectarle, por lo que al final, el aristócrata inglés los acompañó. Hércules le comunicó a la periodista que en el hospital tendría que entretenerlo mientras ellos hablaban con el profesor sobre los misterios de su viaje.

A unos pasos, León, que parecía totalmente adaptado a su nuevo medio, los seguía. Gracias a varios informadores apostados en la entrada del hotel, supo enseguida que se encontraban en la ciudad. Los Caballeros de Colón estaban preocupados y enfadados. Por un lado, por la desaparición de dos de sus miembros, aunque, afortunadamente ya habían dado con ellos y los habían tratado como merecían dos traidores. Pero lo más preocupante era la desaparición de los otros dos hombres enviados a Baracoa. ¿Quizás el tesoro los habría tentado y habían huido con él?

León caminaba despacio con las manos en los bolsillos. En la derecha podía sentir el frío metal del revolver, que poco a poco se templaba con su mano caliente y sudorosa. Observó cómo el grupo se paraba frente al hospital y pensó que aquél era el mejor momento para actuar. Tenía el sol a la espalda, por lo que sus enemigos se cegarían al intentar ver de dónde provenían los disparos. Además, podría correr por la calle y escapar antes de que sus desconcertadas víctimas supieran reaccionar.

Aceleró el paso y se situó a unos dos metros del grupo. A esa distancia no podía fallar. Sacó el arma, encañonó a Helen y apretó el gatillo. El sonido de la bala hizo que el grupo se moviera instintivamente. Churchill, que en ese momento estaba cerca de la mujer, se lanzó parando el tiro con su cuerpo. León se quedó paralizado al haber fallado el blanco. Helen y Churchill estaban en el suelo y Lincoln y Hércules se agacharon para protegerlos. León levantó de nuevo el arma, pero Lincoln sacó su pistola y disparó por encima del sombrero del asesino. Éste desvió la mirada y apuntó al agente norteamericano, pero la segunda bala le alcanzó en la mano y el revolver cayó al suelo rebotando por los adoquines de piedra. León comenzó a correr. Hércules se levantó y le siguió, pero el asesino tenía demasiada ventaja. Cuando el español logró enfilar la calle, el asesino había desaparecido entre las callejuelas. Al regresar al grupo vio que una muchedumbre de curiosos rodeaba a los heridos. Los apartó un poco y cogiendo al inglés lo cargó hasta el hospital. Helen mantuvo su mano agarrada a la de Churchill, que cada vez parecía más fría y débil.

—Señorita Helen, quiero que me disculpe por todos estos días de descortesía. Mi carácter... —Churchill se interrumpió al sentir un dolor punzante en la espalda.

—Winston, por favor no haga esfuerzos. Se pondrá bien enseguida —dijo Helen con un nudo en la garganta.

Entraron en el hospital y una enfermera corrió a recibirlos. Entre dos bedeles se llevaron a Churchill pasillo arriba. Helen decidió acompañarlos, mientras Hércules y Lincoln, tensos todavía, subieron a la planta superior, esperando que al menos el profesor se encontrara bien.

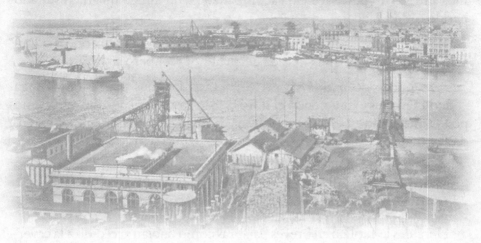

Capítulo 54

La Habana, 5 de marzo

Caminaron por la amplia sala vacía. Las camas estaban hechas, con las sábanas limpias, sus biombos relucientes, pero los enfermos habían desaparecido. Los dos agentes se alarmaron y aceleraron el paso. Al fondo, junto a un gran ventanal, la inconfundible figura del profesor los tranquilizó. Estaba sentado en una butaca grande que no parecía del hospital, con las lentes puestas y rodeado de papeles que se repartían entre la cama y la mesita. Tan enfrascado estaba en la lectura, que no escuchó sus pasos y sólo cuando estuvieron a sus pies, pareció percatarse de su presencia.

—Profesor —dijo Hércules sonriente. —Veo que le han tratado bien, está casi curado.

—Queridos amigos —contestó el profesor haciendo una amago para levantarse, pero a medio camino, tuvo que volver a sentarse. —Me temo que tengo que recibirles sentado. Pero, ¿y Helen? —preguntó mirando detrás de los dos agentes.

—Helen.

—¿Está bien? —preguntó el profesor poniéndose muy serio.

—Se encuentra perfectamente, pero hace un momento, en la calle, hemos sufrido un percance y ha acompañado a un amigo que ha resultado herido —dijo Lincoln.

—Entiendo, esos malditos siguen buscando el tesoro. Entonces su misión ha sido un éxito —la mirada del profesor recuperó su brillo.

—Se puede decir que sí, pero tenemos muchas preguntas. Tenga —dijo Hércules extendiendo el libro de San Francisco. La piel parecía un poco ennegrecida, pero se encontraba en buen estado. El profesor extendió las manos y cogió el libro con cuidado, como si lo acariciase.

—¿Encontraron el tesoro? ¿Qué pasó con los dos bandidos que me dispararon? —preguntó impaciente el profesor Gordon.

—Seguí todas sus instrucciones.

Hércules le explicó en breves palabras cómo habían accedido a la caverna, la forma de aquella iglesia subterránea, el estado en el que se encontraron a los dos caballeros, los dos cofres llenos de oro y piedras preciosas y el misterioso contenido del sagrario. El profesor escuchó las palabras de Hércules casi sin pestañear; de vez en cuando, realizaba algún gesto de aprobación, de sorpresa o nerviosismo, dando un pequeño respingón a cada nuevo detalle. Cuando el español terminó, el profesor se quedó pensativo, como si necesitara unos segundos para asimilar toda aquella información. Después exclamó:

—Todo era verdad, estaba seguro. La historia de la princesa Gudrid y el repentino interés de Colón por llegar a *Cipango* por el occidente. Todo era cierto —dijo con los ojos cerrados, como si pensara en alto.

—En el sagrario encontramos esto —dijo Lincoln sacando las piezas de oro y plata y colocándolas en la cama. El profesor las cogió una por una, las examinó detenidamente en silencio. Primero el fabuloso cetro de oro macizo. Un bastón de unos sesenta centímetros, totalmente redondeado, rematado en su parte inferior con un pequeño adorno votivo y por la parte superior con un águila reposando sobre un globo, grabado con el nombre de Constantino en latín y una cruz.

—Éste es el cetro imperial de Constantino. Una joya perdida durante siglos. También está el globo que representa...

—El mundo —se adelantó Lincoln. El profesor le miró por encima de las gafas y sonriendo dijo:

—Podría ser, querido amigo, pero en este caso era el universo. Se creía que el universo era una gran esfera. La cruz en la parte alta simboliza la preponderancia de la cristiandad en el universo. Cristo como rey de la creación.

—¿Y el cáliz? —preguntó impaciente Lincoln.

—Todo a su tiempo. Primero esta sencilla corona de hojas de laurel, símbolo del poder imperial. Parece muy antigua, pudo pertenecer al mismo César, pero para eso debería tener a mano mis apuntes —dijo volviendo a levantar la vista. Sonrió y como si fuera un padre dando un dulce a sus hijos exclamó. —Está bien, hablemos de la copa.

La cogió entre los dedos y la examinó por todas partes, muy lentamente.

—Sin duda es una copa romana, como las que se usaban en la corte imperial. No parece que sea de las de fiesta de gala, pero tiene cierta belleza. ¿No les parece? —dijo levantando la copa.

—¿Pero es el Santo Grial? —preguntó Hércules mientras observaba los reflejos del sol sobre la plata.

Copa de Constantino, encontrada en Constantinopla en los años 50

—Temo decepcionarlos, pero esta copa no es el Santo Grial. Como sabrán, el Santo Grial, según cuenta la leyenda, es la copa que contiene la preciosa Sangre de Cristo. La copa que usó Jesús en la Última Cena, donde anunció su muerte y prefijó la celebración recordatoria de su sacrificio en la cruz. Pero textos apócrifos hablan de que José de Arimatea recogió en ella la sangre y el agua que manaban de la herida abierta por la lanza del centurión en el costado del Redentor. El Santo Grial, que supuestamente tiene poderes milagrosos, habría estado oculto durante siglos. Algunos creen que los Caballeros Templarios descubrieron la copa, pero la ocultaron y que tras su desaparición ésta se perdió irremisiblemente. Me temo que aunque se encontrara la copa, el Santo Grial sería una decepción para todos.

—¿Por qué?—preguntó Lincoln.

—La copa que usó Cristo en la Última Cena era una copa normal de barro, como las que se usaban en la Palestina del siglo I entre la gente humilde. Seguramente pertenecía a los dueños de aquella habitación prestada y allí se quedó, junto a los restos de aquella cena.

—Entonces...

—Entonces, querido amigo Lincoln. El poder de la sangre de Cristo no está en ninguna copa. Los cristianos creen que la sangre de Cristo sirvió para limpiar los pecados de todo el mundo. El sacrificio de la cruz era la manera de reconciliar a los hombres con Dios. Los elementos usados para ello son prescindibles.

—Pero, durante siglos se han venerado restos de la cruz, el santo sudario y la desaparecida copa de la Santa Cena—añadió Hércules confundido.

—El hombre necesita cosas visibles para explicar las invisibles, querido amigo.

—¿Entonces, qué es esta copa?

—Por lógica, al encontrarse entre los símbolos imperiales de Constantino, debió de pertenecerle. Al tener un valor sagrado, con toda seguridad, debió de tratarse de la copa donde comulgó el emperador romano antes de morir.

—La copa donde Constantino tomó la Santa Cena—aclaró Hércules.

—Algo así, algo así—contestó el profesor.

—Entonces es otro símbolo más de la unión del imperio y la Iglesia.

Bautismo de Constantino

—Sí, querido Hércules, un símbolo del poder y de la fe. Pero, sólo eso, un símbolo. El verdadero tesoro de Constantino, su donación, me temo que fue en metálico. Encontrasteis oro en la caverna, ¿verdad?

—Mucho oro, como antes le expliqué.

—Ese oro es el que buscaban los Caballeros de Colón.

—Pero, ¿para qué?

—Hércules, el oro puede comprar muchas voluntades y devolver a la Iglesia parte de su poder.

—Pero, ¿por qué los Caballeros de Colón dieron dinero a los que volaron el *Maine*? —preguntó Lincoln.

—Puede que fuera una forma de distraer toda la atención —dijo el profesor. —Aunque temo que hay más misterios que yo no puedo ayudaros a resolver.

—Debemos averiguar si el capitán Sigsbee estuvo en el barco aquella noche —dijo Hércules.

—Y, ¿qué fue a hacer Mantorella al barco la noche de la explosión y por qué no le dijo nada a nadie? —añadió Lincoln.

—Yo visitaré a Mantorella y usted, Lincoln, podría presionar un poco al capitán, en breve partirá de La Habana y será más difícil sacarle toda la verdad.

—De acuerdo.

—Espero que encontréis la clave de todo este misterio —dijo el profesor en un lamento. —Yo no puedo ser de mucha ayuda desde esta silla.

—Ha sido de mucha ayuda todo este tiempo. No sé qué habríamos hecho sin usted —le contestó Hércules poniendo la mano sobre su hombro.

—¿Vendrán a ver a este pobre viejo cuando tengan algo de tiempo?

—Naturalmente, profesor Gordon —dijo Lincoln sonriente.

Lincoln y Hércules buscaron por el hospital a Helen. La periodista estaba cuidando de Churchill que, después de extraerle la bala, había ingresado en una de las alas del hospital. Aquella sala estaba repleta de enfermos. Quejidos, gritos de dolor y el olor a yodo y alcohol impregnaban el amplio salón. Tres monjas caminaban a pasos cortos de una cama a otra, atendiendo a los enfermos. Hércules detuvo a una para preguntarle por el inglés y ésta le señaló una cama a la derecha, muy cerca de donde se encontraban.

—A propósito, hermana.

—¿Sí?

—¿Por qué está el piso de arriba casi vacío?

—Estamos preparando el hospital.

—¿Preparando el hospital, para qué?

—Para la guerra señor, me temo que para la guerra.

Hércules se cruzó de brazos y recordó que el reloj corría en su contra. La guerra parecía inevitable. Al acercarse a la cama, la visión del inglés postrado le sacó de sus pensamientos.

—Churchill, veo que ha conseguido cama en este hotel —dijo Hércules intentando animar al enfermo.

—En mi país hay pocilgas más limpias que esto —dijo levantando los brazos, pero con un gesto de dolor volvió a bajarlos.

—Es usted un héroe —dijo Lincoln.

—Acaso lo dudaba —contestó el inglés socarronamente. —Esas malditas monjitas no me dejan fumar. Dicen que es malo. ¿Se lo pueden creer?

—Tiene que portarse bien —dijo Helen levantándose de la silla. —Que no me entere de que hace algún movimiento brusco.

—Pero tiene que irse, querida —dijo Churchill, con una de sus salidas teatrales, pero que esta vez casi llegó a parecer angustiado.

—Sí, el deber me reclama.

—Deje al menos que le bese la mano.

El inglés le beso la mano ceremoniosamente y le sonrió. Hércules y Lincoln se despidieron y se dieron la vuelta, para dirigirse a la salida. Helen se quedó rezagada y estrechándole la mano, le dijo:

—No le abandono. Ahora mismo hablaré con su consulado y mañana vendré a visitarle.

—Gracias —dijo Churchill. —Por favor, sáquenme de este infierno cuanto antes —bromeó.

Helen se rio y, de mejor humor que a su llegada, salió del hospital junto a sus dos amigos. El cielo empezaba a oscurecer sobre la ciudad. Cuando atravesaron la puerta del hospital, unas sombras se cruzaron en su mente al recordar que ese disparo iba dirigido a ella.

Capítulo 55

Barcelona, a mediados de abril de 1494

El Almirante respiró hondo antes de penetrar en la sala del trono. Caminó con paso seguro, observando cómo a los lados los cortesanos le hacían un pasillo hasta los reyes. Muchos le miraban con desconfianza, otros cuchicheaban disimulando sus sonrisas y los más, boquiabiertos, observaban a los indígenas que componían la comitiva. Colón lo había estudiado todo. Quería impresionar. Sus noticias, aunque buenas, no eran tan espectaculares como las que había prometido antes de su viaje. Necesitaba ganar tiempo y aumentar la confianza de los reyes.

Se detuvo frente al trono e hincó una rodilla en tierra. Los reyes le invitaron a que se pusiera en pie. Presentó a sus acompañantes y coronó su entrada con un emotivo discurso.

—Majestades, reyes amadísimos, la cruz de Cristo y la enseña de Castilla están clavadas en las nuevas tierras por mí descubiertas. Como os prometí, al otro lado de la mar *Océana*, esperan a estos reinos gloria, honor y riquezas. Éstos son algunos de los indígenas que hemos descubierto en aquel Edén. Hombres inocentes cristianizados por mí —Colón señaló a los indios, que se santiguaron. Un rumor de asombro llenó la sala. —En el lugar del que vengo, el oro corre por los ríos —soltó un puñado pepitas al suelo que rebotaron, como pequeñas estrellas fugaces. En ese momento, unas aves del paraíso, de vivos colores, surcaron los cielos y varios papagayos comenzaron a revolotear en círculos. —Toda la riqueza de Oriente en la palma de la mano.

Los reyes miraban atentos el espectáculo. Fernando haciendo algunos ademanes de aburrimiento, para disimular su interés; Isabel divertida, como una niña que observara un grupo de bufones en acción.

—Pero lo más importante de estas tierras, majestades, son las almas. Almas que sus majestades rescatarán del infierno.

La reina se incorporó un poco y con su buen humor se dirigió al Almirante sin mucha ceremonia.

—Maese Almirante. Vos me prometisteis grandes riquezas para reconquistar Jerusalén, pero con ese puñado de oro, apenas podría conquistar unos pendientes; pues vuestro oro no suma gran cosa.

Un silencio invadió la sala hasta que la reina se rio a carcajadas. El Almirante se quedó muy serio, con el ceño fruncido, pero al final esbozó una ligera sonrisa. La reina continuó.

—Maese Almirante, no os turbéis. He de reconocer que me habéis sorprendido. Creí que os había perdido a vos y a todos mis vasallos, pero veo que Nuestro Señor y la Santísima Virgen os han guardado. Me place el veros, me place el ayudaros y ante todo me anima el avance de la Iglesia.

Espontáneamente los miembros de la Corte aplaudieron las palabras de la reina y la sala se llenó de risas y parabienes.

Unas horas más tarde, el Almirante se paseaba por la ciudad entre confundido y complacido. La reina le había concedido crédito para un nuevo viaje, pero los acontecimientos de la montaña en forma de yunque seguían atormentándole cada noche. Se detuvo frente a la puerta de un convento y la golpeó insistentemente. Salieron a abrirle y el Almirante pasó a un amplio claustro rodeado de galerías con arcos. Un monje le condujo hasta una pequeña sala con dos sillas y una mesa, y allí esperó impaciente a que los padres acudieran.

Fray Juan Pérez y Fray Antonio Marchena irrumpieron en la estancia sin avisar. Colón se sobresaltó, pero al verlos recuperó el sosiego. Le pidieron que se sentase, pero ellos permanecieron de pie enfrente suyo, con las manos escondidas en las mangas y el rostro serio.

Representación de la llegada a Barcelona de Colón y su audiencia con los Reyes Católicos

—Almirante, nos ha convocado para hablarnos sobre su misión secreta. Debido a la tardanza en llamarnos, nos tememos que haya fracasado —dijo Marchena secamente.

—Padres amadísimos —dijo Colon besándoles las manos. —Vengo turbado y sin aliento. Dios nos ha castigado. Me ha castigado. No caminé en su voluntad y vi morir a sus hermanos delante de mis ojos.

—Calma y sosiego, Almirante. Descargue su afligida alma, que Dios siempre encuentra gracia, donde nosotros sólo vemos culpa —comentó el padre Pérez, reconciliador.

El Almirante les describió las fatigas de su odisea, los largos días de navegación, el mal ánimo de los hombres y los rigores del mar. A pesar de lo cual, el libro de San Francisco fue veraz. La princesa vikinga Gudrid relataba con lujo de detalles su peregrinación espiritual y carnal. Como decía el libro, el Almirante encontró las corrientes, localizó la isla, descubrió la montaña y se internó en la gruta descrita por la princesa. Describió a los dos frailes la impresionante iglesia construida por los vikingos, la entrada con las estatuas de Constantino y San Cristóbal y el altar mayor.

Les explicó cómo los dos frailes que le acompañaban purificaron y consagraron la iglesia, siguiendo sus indicaciones. Encontraron oro, pero la ira de Dios destruyó a sus siervos y él escapó de milagro.

—Se retorcían y vomitaban sangre. El diablo los poseyó sin duda—dijo el Almirante santiguándose.

—Maese Almirante —dijo con suavidad el padre Pérez. —No debéis temer por vos. Dios es el que determina el tiempo y las razones. Las señales nos indican que nos hemos equivocado. Dios tendrá preparado a otro hombre para que salve a la Iglesia.

—Sí, maese Almirante. Nuestros Reyes, Dios les dé larga vida, han sucumbido ante las tentadoras artimañas del diablo. El antipapa que gobierna la Iglesia de Cristo, el Señor le reprenda. El malandrín ha ofrecido a los reyes entregarles el dominio sobre las tierras, que vos, maese Almirante, habéis hallado.

—Ese anatema —añadió con voz seca Marchena— mancha la cátedra de San Pedro. Sensual, petulante, intrigante, dicen que practica la brujería y el incesto. Con ese ser los reyes se han aliado. El oro de Roma, el tesoro de Constantino sólo aumentaría el poder del mal.

—Por eso, maese Almirante, debéis jurar por vuestro honor que ocultaréis para siempre vuestra condición de fraile y el secreto de cómo llegasteis a las nuevas tierras, la existencia del libro de San Francisco y la princesa Gudrid—dijo Pérez.

—¡Juráis! —exclamó Marchena.

—Juro—dijo Colón poniendo su mano derecha en el pecho e hincando una rodilla en tierra.

Los dos frailes se santiguaron, dieron la bendición al Almirante. Salieron de la celda y Colón se quedó quieto mientras volvían a su mente las terribles imágenes de la caverna.

Capítulo 56

La Habana, 11 de marzo de 1898

—Entonces, según usted, capitán Converse, en base a estos planos, ¿puede afirmar que se produjeron dos explosiones? —preguntó Sampson a regañadientes. No aceptaba que el capitán de fragata, George Converse, jefe de cuerpo del *Montgomery*, declarara como técnico, tratándose de un chupatintas de Negociado; pero había sido impuesto por Long, como técnico especialista.

—Sí, señor. Eso explica que las placas del fondo y la quilla estén dobladas y tengan la forma de V invertida.

—¿Dónde se habría colocado la mina? ¿En un lateral del barco?

—No, señor. La mina fue depositada en el fondo del puerto.

—¿Podría una explosión interna en los paños de municiones doblar la quilla de ese modo? —volvió a preguntar el capitán Sampson.

—Tan sólo una explosión submarina en esa zona pudo doblar la quilla, señor.

Marix, que hasta ese momento apenas había realizado preguntas a ningún testigo, se dirigió a Converse y le preguntó:

—Señor Converse, mirando el plano del *Maine*, la ubicación de los pa-ños de municiones de 23 y de 14 centímetros situados en proa ¿sería posi-ble que éstos hubieran hecho explosión y hubieran dañado los dos lados del barco? ¿No pudo ser la fuerza del agua entrando simultáneamente por los dos lados, la que dobló la quilla?

—Me resulta difícil de aceptar que ese efecto fuera producido por una explosión del tipo que estamos suponiendo —contestó Converse empe-zando a juguetear con el plano nerviosamente.

—Entonces, ¿cómo es posible que los paños de municiones de proa también estallaran?

—No lo sé, señor.

Se hizo un silencio y Potter, intentando recuperar la credibilidad del testigo, sonrió y argumentó:

—Hay muchas cosas que nunca sabremos. Hoover no nos ha dicho nada de esta nueva teoría del capitán Marix. Usted, Marix, no es técnico de la Armada, ¿verdad? —el capitán Marix enrojeció. —Tampoco nos han habla-do de esta teoría Powelson y sus buzos. El especialista que usted eligió, capi-tán Sampson —recalcó Potter. —Llevamos dieciocho días con esta comi-sión, no podemos permitirnos el lujo de comenzar a investigar una nueva teoría. Washington y, lo que es más importante, los ojos de América están sobre nosotros. Debemos terminar nuestro trabajo y volver a casa.

Sampson, que en estos casos era siempre la voz discordante, se rindió. Presiones desde la secretaría de Long, presiones del embajador Lee, cartas amenazantes de los importadores azucareros y los periódicos de toda Norteamérica echando leña al fuego era demasiado, incluso para él.

—Escribamos ese maldito informe y salgamos de esta ciudad —dijo Sampson disolviendo la sesión.

La Habana, 11 de marzo de 1898

Los últimos días habían sido absorbentes. Lincoln había redactado y enviado a Washington varios informes, entrevistado a varios testigos en Cayo Hueso, visitado al embajador Lee y acompañado a Hércules en sus salidas nocturnas, para preguntar a la fauna noctámbula si había visto u oído algo sospechoso aquella noche. Helen escribió varios artículos.

Entre ellos, su amplia entrevista al general Máximo Gómez vendió más periódicos que todas las tiradas juntas del año anterior. Varios rotativos compraron el artículo y la periodista ganó, en pocos días, una fama inusitada en su país.

Los dos agentes y la periodista sabían que la Comisión estaba a punto de escribir sus conclusiones, por eso aceleraron su ritmo de trabajo. Helen sacaba información a Potter por las tardes, visitaba a Churchill y Gordon por las mañanas, llevando siempre pegado un guardaespaldas negro que Hércules había contratado. Mientras que ellos dos hacían preguntas por toda la ciudad, buscando algún nuevo testigo.

El 11 de marzo se respiraba más que nunca un ambiente prebélico en La Habana. Los cambios se veían por todas partes. El ejército español tomó las calles y las defensas de la ciudad fueron reforzadas. Los militares norteamericanos no podían salir de sus barcos y Lincoln, gracias a su falsa credencial de periodista, todavía no había sido expulsado de la isla. Por la noche había toque de queda y era peligroso aventurarse a salir. Pero Hércules desempolvó su vieja enseña militar y con sus contactos, los agentes se pudieron mover con cierta libertad.

Aquella noche, Lincoln se dirigió al *Montgomery* para hablar con el capitán del *Maine*, Sigsbee. Le costó mucho conseguir que le recibiera. El capitán se excusaba diciendo que hacía unos días habían tenido una entrevista y no tenía nada que añadir a su declaración. Después de varios intentos, aquella noche estuvo dispuesto a recibirle. Subió al barco y un marinero le llevó hasta los camarotes de oficiales. Llamó a la puerta y escuchó una voz que le invitaba a pasar. El capitán estaba sentado escribiendo. Cuando el agente entró, apenas levantó la vista y le indicó con la mano que se sentase en una silla.

—Disculpe que le moleste —dijo Lincoln intentando atraer su atención.

—Molestar, acierta con la expresión. No entiendo qué es eso tan importante que tiene que preguntarme —dijo Sigsbee refunfuñando.

—Tiene razón, pero nuevos datos me han obligado a volver a verle.

—¿Nuevos datos?

El capitán levantó la vista y observó por primera vez al agente. Su mirada reflejaba sorpresa y temor. Dejó la pluma y se incorporó hacia atrás.

—Soy todo oídos.

—Tenemos unos testigos que afirman dos asuntos que usted no incluyó en su declaración. En primer lugar, usted recibió una visita a eso de las ocho, la noche de la explosión.

Lincoln aguardó unos instantes, para observar el efecto de sus palabras. El capitán comenzó a sudar y a dar pequeños sorbos a su taza de té.

—Absurdo —dijo por fin.

—Conocemos la identidad de la persona que le visitó aquella noche. La información proviene de la Comisaría de policía de La Habana.

Sigsbee palideció. Las manos le temblaban y empezó a rehuirle la mirada. Lincoln imprimió más ritmo a la charla, intentando que el capitán no tuviera mucho tiempo para preparar sus respuestas.

—El Almirante Mantorella. ¿Conoce al Almirante Mantorella? —preguntó incisivamente Lincoln.

—Claro que le conozco, es el jefe del puerto. Por cortesía nos hemos entrevistado varias veces —dijo Sigsbee soltándose alguno de los botones del cuello de la camisa.

—¿Estuvo a bordo el Almirante la noche que explotó el *Maine*?

El capitán dudó por unos instantes, pero terminó negando con la cabeza.

—Sabe que mentir a un agente federal es un delito muy grave. Ésta es una investigación oficial. Le he dicho que tenemos testigos y un informe de la policía de La Habana —Lincoln balanceó unos papeles delante de la cara del interrogado.

—Bueno, estuvo, pero se marchó antes de la explosión —terminó por confesar.

—Eso ya lo sabemos, capitán Sigsbee. El Almirante no estaba durante la explosión, porque se marchó con usted, capitán.

—¿Qué dice? ¿Se ha vuelto loco? —el capitán tartamudeaba.

—Usted y el Almirante salieron una hora antes de que el barco explotara. Creemos que se dirigieron a un prostíbulo en la parte alta de la ciudad, allí bebieron con dos señoritas, que, por desgracia, están muertas. Dichas señoritas, visitaron este barco unos días antes.

—No le consiento —dijo Sigsbee levantándose de la silla.

—Siéntese capitán. Creemos que fue víctima de una trampa. Alguien quería que esa noche usted estuviera fuera del *Maine* y lo consiguió. Mantorella y usted mintieron. Sabía que abandonar un barco de guerra en plena crisis diplomática, con la práctica totalidad de los oficiales fuera de servicio, era una falta gravísima. Pero le dio tiempo a llegar, en medio de la confusión nadie se dio cuenta de su ausencia —dijo Lincoln. Esperó unos segundos a que el capitán recapacitara y luego le preguntó. —¿Cree usted que Mantorella le tendió una trampa?

—No, Mantorella es un buen amigo.

—¿Son amigos?

—Desde que llegué a La Habana, los dos mantuvimos una correcta relación de caballeros. Él no deseaba la guerra y yo tampoco. Por desgracia yo serví en la Guerra Civil y puedo asegurarle que fui testigo de atrocidades terribles. Mantorella y yo luchábamos juntos para evitar la guerra.

—Entonces, ¿quién le pudo tender una trampa?

—No lo sé. A lo mejor el embajador Lee, desde mi llegada a La Habana no dejó de presionarme para que mandara informes negativos sobre la situación en la ciudad. Incluso me insinuó que provocar un incidente diplomático podía ser muy oportuno.

—¿Por qué no declaró eso a la Comisión?

—¿Y mi honor, mi esposa, la carrera que durante tantos años he mantenido limpia e intachable? —Sigsbee se derrumbó. Ya no podía soportar la culpa. Su propia mentira había terminado por hundirle.

—¿Tiene algo más que añadir? —preguntó Lincoln suavizando la voz.

—Los muertos —dijo desgarrado.

—¿Qué muertos?

—Mis marineros.

—¿Qué pasó?

—No pude reconocer a muchos de ellos.

—Pero eso es normal, la explosión seguro que los desfiguró y el impacto de todo lo acontecido —intentó explicar Lincoln.

—No me entiende. La mayor parte de los muertos no eran marineros del *Maine*.

—¿Qué?

—Eran desconocidos. Nunca los había visto.

—¿Por qué no lo denunció?

—Tenía miedo a que los que organizaron todo presentasen pruebas de que yo no estaba aquella noche al pie del cañón. Pensé que alguien de arriba ordenó que hundiesen mi barco.

Los ojos de Sigsbee centellearon de rabia. Aquel hombre impasible parecía consumirse por dentro.

—Entiendo.

—Fueron enterrados rápidamente, para que nadie pudiera verlos.

—Me deja sin palabras, capitán, sin palabras —comentó Lincoln. La verdad comenzaba a flotar en medio de la emponzoñada bahía de La Habana.

La Habana, 11 de marzo

La casa estaba iluminada aquella noche. Los Mantorella celebraban una fiesta. Alicia Mantorella, la primogénita, cumplía catorce años y comenzaba a ser mujer. Hércules no sabía nada de la celebración pero, por respeto a la señora Mantorella, vestía un traje nuevo, un sombrero sin agujero de bala y estaba afeitado. Llamó a la puerta y un criado vestido de gala le llevó al estudio del Almirante. Unos minutos después, Mantorella entró vestido con frac en el estudio y muy cordialmente saludó al agente.

—Hércules, creía que se te había tragado la tierra —le dijo abrazándole. El agente se mantuvo rígido y no hizo ningún ademán de devolverle el saludo.

—¿Por qué me has utilizado? —le preguntó a bocajarro.

—No te entiendo —dijo el Almirante congelando la sonrisa.

—No sigas jugando conmigo. Lo sé todo. Sé que esa noche estuviste en el barco, lo de tu amistad con Sigsbee, lo del burdel francés.

—¿De qué hablas? ¿Has vuelto a beber?

Hércules cogió a Mantorella por la solapa y a un centímetro de su cara con los dientes apretados, le miró a los ojos.

—Pensaste que un borracho no se enteraría de nada, que el pobre Hércules, el fracasado, no descubriría lo de Sigsbee.

—Nosotros no tenemos nada que ver con el hundimiento del barco —contestó Mantorella aturdido.

—Lo hundieron delante de vuestras narices y no os disteis ni cuenta.

—Sigsbee y yo nos hicimos amigos. Buscamos las fórmulas para impedir la guerra.

—¿Impedir la guerra? Si hubiera sabido lo que sé ahora, quizás habría encontrado algo, pero puede que ya sea demasiado tarde; que los que hundieron el *Maine* estén lejos y hayan conseguido su objetivo.

—Déjame.

El agente soltó al Almirante y éste se fue al fondo de la mesa y se sirvió un coñac. Le ofreció a Hércules, pero éste negó con la cabeza. Allí enfrente, con su pajarita torcida y los ojos rojos, Mantorella parecía una sombra de sí mismo. Miró a Hércules e intentó justificarse.

—Tienes razón, te oculté todo eso. Pensé que no era relevante para la investigación. Pero te escogí a ti, porque eras el mejor.

—Entonces, ¿por qué Sigsbee negó la posibilidad de un accidente?

—Un accidente le convertía a él en responsable y además, él sabía que alguien había volado el *Maine*. Creíamos que llegaríais a descubrir a los culpables sin nuestra ayuda.

—¿Quién os facilitó las prostitutas? ¿Lee?

—Eso pensaba yo, pero realmente fue Hearst, el periodista.

—¿Hearst en La Habana? —preguntó extrañado Hércules.

—¿No sabías que su yate estuvo varias semanas en el puerto hasta que los de aduanas le echaron?

—Sabía lo del yate, me lo dijo el comisario, pero no lo de Hearst. ¿Cómo te enteraste?

—El muy cabrón nos dejó su tarjeta de visita, pero en ese momento no lo entendí.

—¿Qué tarjeta?

—Esa noche, en mi puesto de guardia alguien dejó un periódico suyo. No le di importancia, pero cada vez estoy más convencido de que él tuvo algo que ver.

El yate de Hearst estuvo en el puerto, cerca del *Maine*, el magnate contrató a las prostitutas para alejar a las dos personas que podían impedir el hundimiento. Todo comenzaba a encajar —pensó Hércules. Miró la botella de ginebra y se sirvió una copa. El alcohol le quemó la garganta y por unos segundos recuperó la serenidad.

—¿Qué piensas?

—Nada, tengo que irme. Saluda a tu hija y a tu mujer de mi parte. Creo que todavía tenemos una oportunidad.

—La guerra es inminente, Hércules, no te engañes.

—Tal vez la guerra sí, pero es hora de que se sepa la verdad, cueste lo que cueste.

Capítulo 57

Madrid, 1 de marzo de 1898

—¿Tienes todo el equipaje preparado? —preguntó Pablo Iglesias a Miguel, que cargando una pesada maleta salía de la habitación de la pensión. —Deja que te ayude.

—No, yo puedo.

—Lamento que tengas que volver a Salamanca.

—Yo también, pero por otro lado, creo que no me acostumbraría a vivir en esta ciudad de locos.

Pablo sonrió y le abrió la puerta de la calle. En la entrada los esperaba un coche de caballos. Miguel de Unamuno no quería que Pablo se tomara tantas molestias, pero cuando se le metía algo en la cabeza al padre del socialismo español, era difícil contradecirle. Aquellos días habían sido intensos. La muerte de Ángel Ganivet, la carta misteriosa, las idas y venidas a la embajada de los Estados Unidos. Muchas emociones para un pobre profesor de provincia acostumbrado a sus libros, sus clases y su amable monotonía.

El coche de caballos los llevó hasta la estación de Atocha. Buscaron su vagón por el andén y en medio de los silbidos de los trenes y la bruma de las máquinas de vapor, los dos viejos amigos se despidieron con un fuerte abrazo. Unamuno subió al vagón, saludó por última vez a Pablo y se introdujo por el pasillo hasta su compartimiento. Colocó la maleta y dio un suspiro mientras se sentaba. Miró por la ventanilla, pero su amigo ya no estaba. Sacó un viejo libro de su bolsillo y comenzó a leer. Poco después, llegaron dos hombres, uno pequeño y otro alto y fornido. Se sentaron enfrente. El profesor los saludó sin apenas levantar la vista del libro, ellos le contestaron con un fuerte acento sudamericano.

El tren comenzó a moverse. Primero con un brusco arranque, que, poco a poco, fue convirtiéndose en una suave y melodiosa marcha. El más fuerte de los compañeros de viaje sacó una pequeña cuerda y la estiró varias veces comprobando su flexibilidad, miró a su cómplice, que con un gesto le indicó que actuase. El gigante se puso de pie, se acercó al despistado profesor, levantó la cuerda agarrada con las dos manos y... En ese momento otro hombre entró empujando la puerta del compartimiento, el cristal estalló en la espalda del gigante, que con un gesto de dolor cayó sobre el profesor. Acto seguido, se escucharon tres disparos rápidos y Unamuno, con las gafas manchadas de sangre y el cuerpo del gigante encima pudo comprobar quién era su salvador. Pablo Iglesias, con la pistola humeante en la mano, estaba rojo y sudoroso. Le hizo un gesto y Unamuno se apartó con dificultad el muerto y salió del compartimiento.

—Pero Pablo, ¿qué ha pasado? —preguntó el profesor con el corazón acelerado.

—Perdona que no te informara de nada, pero hace días que observaba que estos tipos te seguían. Creí que al marcharte de Madrid te dejarían en paz, cuando los descubrí en la estación tuve miedo de que quisieran hacerte daño.

—No comprendo. ¿Estos individuos querían matarme?

—Eso parece.

Unamuno se limpió las gafas y todavía temblando logró esbozar una sonrisa.

—¿Ahora entiendes por qué prefiero vivir en una ciudad de provincias, Pablo? —dijo apoyando la mano derecha sobre el hombro de su amigo.

La Habana, 13 de marzo de 1898

La habitación era amplia y limpia. Nada que ver con aquella galería vacía del hospital. El profesor estaba de mejor humor, tenía muchos de sus libros y, lo que era más importante, la compañía de sus amigos. Helen, Hércules y Lincoln seguían colocando libros, papeles y todo tipo de objetos por el cuarto, mientras Gordon los miraba desde su butaca.

—Siento mucho no poder ayudarles —se lamentó.

—No se preocupe profesor —dijo Helen colocando el último fardo de papeles en una mesa redonda que el director del hotel les había facilitado.

Cuando terminaron su trabajo, aproximaron la butaca del profesor a la mesa y comenzaron a trazar los planes de los próximos días. Helen sabía por Potter que el 15 de marzo la Comisión saldría de La Habana camino de Cayo Hueso y, después, su destino era Washington. Por tanto, en apenas dos días debían atar los últimos flecos de su investigación y descubrir a los autores materiales del atentado del *Maine*.

—Entonces, según me han contado, un yate de un tal Hearst, periodista norteamericano, estuvo fondeado cerca del *Maine*. El propio Hearst alejó aquella noche al capitán del barco y al encargado de la seguridad del puerto por medio de una astucia. Además sabía que para mantener su reputación, estos hombres nunca denunciarían su estratagema. Por otro lado, alguien debió interceptar a los marineros que volvían al barco y sacarlos de La Habana antes de la explosión. Después, fueron sustituidos por mendigos y borrachos, se explosionó el barco y se desató el conflicto diplomático. ¿Esto es correcto? —preguntó el profesor.

—Correcto —señaló Hércules.

—Pero, hay varias cosas oscuras en todo esto. En primer lugar, ¿cómo consiguieron los hombres de Hearst que los marineros no volvieran al barco? ¿Compró a casi doscientos hombres? —se preguntó el profesor en voz alta. —Es del todo imposible. A no ser, que hubiera oficiales del barco y alguna institución del gobierno implicada. No les parece.

—Sin duda —dijo Helen. —No creo que doscientos soldados siguieran a un grupo de corsarios y traicionaran a su país.

—Por lo tanto, hay que descubrir qué agencia y qué parte del gobierno de los Estados Unidos están detrás de todo esto —apuntó Lincoln en una pequeña agenda.

—Pero hay otra cuestión sin aclarar —añadió el profesor. —¿De dónde sacó Hearst a todos esos pobres mendigos?

—Creo que yo sé cómo lo hizo. Conozco al único hombre en toda La Habana capaz de hacer una cosa así —dijo Hércules. Todos le miraron intrigados y añadió: —ustedes, por desgracia, también lo conocen.

—Hernán Antillano —dijo Lincoln. —Ese tipo, esa escoria es capaz de eso y de mucho más.

—Hernán nos acogió en su guarida para tenernos controlados, de esta manera se aseguraba de que no descubriríamos el secreto que escondía. Debió de reírse mucho cuando sospechábamos de los Caballeros de Colón —comentó Hércules.

—Deberíamos hacerle una última visita —dijo Lincoln.

—Pero queda otra cuestión inquietante —comentó el profesor. —¿Por qué los Caballeros de Colón subvencionaron y apoyaron el hundimiento del *Maine*? Hearst y sus socios tenían intereses en Cuba, pero ¿qué interés tenía Cuba para los Caballeros de Colón?

—Me temo que esa última cuestión deberemos aparcarla por el momento —dijo Hércules. —Lo principal es que veamos a Hernán y le saquemos toda la información que sepa sobre el hundimiento del *Maine*. Todavía estamos a tiempo de parar la guerra.

Todos asintieron con la cabeza. La complicada madeja de intereses comenzaba a desliarse, pero muchas incógnitas flotaban todavía en el aire. Volver a «La Misión» era muy peligroso, pero era la última oportunidad de resolver el misterio del *Maine*.

CAPÍTULO 58

La Habana, 14 de marzo de 1898

Hernán se dirigía a la parte alta de la ciudad. Su carruaje, lleno de filigranas, no pasaba desapercibido a los viandantes que se paraban a mirar aquellos caballos cubiertos de telas azules bordadas en oro, máscaras doradas y plumas por encima de las crines. La carroza enfiló la calle y subió despacio la cuesta que conducía a la parte rica. Hércules sabía que una vez a la semana Hernán dejaba sus negocios y tomaba el té con su madre. En cierto sentido, madre e hijo jugaban a disimular lo que los dos conocían; los turbulentos negocios de los que se mantenía el patrimonio familiar.

Hércules pensó que atrapar a Hernán fuera de su madriguera era mucho más seguro y fácil que introducirse de nuevo en su terreno. El español visitó a la dama, a la que conocía gracias a su relación con Carmen, y ésta, muy agradecida, le invitó para que se quedara y esperara a su pequeñín.

El carro se detuvo y un hombre vestido con colores chillones, con un traje de seda, descendió y entró en el pequeño jardín delantero. A la señora de la casa no le gustaban los matones que acompañaban a su hijo, por lo que les tenía prohibido introducirse en su propiedad.

Hernán entró en el salón de té con los brazos extendidos.

—Mamuchi, tu amado hijo está aquí —dijo el individuo, pero al ver a Hércules sentado junto a su madre palideció y se paró en seco.

—Hernán, hijito, mira quién ha venido a visitarnos. ¿No es casualidad que precisamente hoy, el único día que dedicas a esta pobre anciana, venga a vernos tu amigo del alma?

—Hola Hernán —dijo Hércules levantándose y esbozando una sonrisa sincera. El rostro del proxeneta, con sus ojos y boca muy abiertos, era un espectáculo que no se hubiera perdido por nada del mundo.

—Como tendréis que hablar de muchas cosas, esta pobre anciana os deja a solas. Querido, el té está caliente, tus pastas preferidas están ahí. Por favor, excúsenme —dijo la mujer caminando con pasos cortos y cansados hacia la puerta.

—Mamá, no hace falta. Puede quedarse —dijo por fin Hernán, pero la mujer miró a su hijo y le hizo un gesto de reprobación. Cerró las puertas y dejó a los dos hombres frente a frente.

—Pasa Hernán, acomódate —insistió Hércules tomando asiento.

—¿Qué haces aquí? ¿Cómo te atreves? —contestó mientras fruncía el ceño.

—No me hagas una escenita. ¿Quieres que mamá se disguste? Me parece que el que debe muchas explicaciones eres tú.

—¡Maldito! —exclamó Hernán sacando un cuchillo del pantalón. Hércules se lanzó sobre él y lo desarmó sin dificultad. Después agarrándole por los brazos lo lanzó contra el sillón.

—Dejémonos de rodeos. Te haré unas preguntas y me marcharé por donde he venido. Te prometo que no volverás a verme.

—Maldito borracho.

—Déjate de cumplidos. Sé que unos tipos te contrataron para que les sirvieras una entrega especial. Un grupo de pobres diablos que debían morir en el puesto de otros.

—No sé de qué me hablas.

—Me temo que sí. El comisario de policía nos contó lo de los mendigos. Después el capitán Sigsbee corroboró que la mayor parte de los muertos del *Maine* no eran tripulantes de su barco. ¿Quién te contrató?

Hernán corrió hasta los grandes ventanales de salón para pedir ayuda, Hércules le puso la zancadilla y cayó de bruces.

—No te esfuerces. Tu matón a estas horas estará ya fuera de combate. Mi amigo Lincoln se ha ocupado de él.

—Me las pagarás —le amenazó, señalándole con su huesudo índice.

—Está bien, me vas a obligar a usar la fuerza —dijo Hércules levantado la navaja. Hernán comenzó a suplicar y se retorció en el suelo intentando protegerse con brazos y piernas.

—No, por favor. Te diré lo que quieres saber.

—¿Quién te contrató?

—Un tipo norteamericano, un director de periódicos.

—¿En qué consistía el plan?

—Debía entregarle unos doscientos borrachos vestidos y uniformados. Él mismo me facilitó los trajes. Aunque apenas conseguí poco más de un centenar.

—Te dijo para qué los necesitaba.

—No, pensé que sería para alguna broma de mal gusto. Pero yo no pregunto a mis clientes nada.

—Y los hombres que le acompañaban.

—Algunos eran cubanos, hablaban en inglés pero el acento los delataba.

—Dijeron o hicieron algo que llamara tu atención.

—No.

—Haz memoria —insistió Hércules levantando del suelo al hombre.

—Mi inglés no es muy bueno, pero hablaban de cosas técnicas de marineros; quillas, proa, paños de municiones, qué sé yo.

—Algún nombre extraño, algún dato.

—No recuerdo —dijo Hernán levantando los hombros. El agente le colocó la navaja en el cuello y el proxeneta añadió. —Bueno, repetían mucho unas letras o siglas.

—¿Qué letras? —preguntó Hércules impaciente.

—Algo como A.I.N.

—A.I.N.

—Sí, eso. También hablaron de actuar rápido, que los españoles sospechaban y habían enviado un correo secreto a España.

—Muy bien. ¿No ves cómo no era tan difícil? —dijo Hércules sonriendo y lanzando la navaja contra la mesita donde estaba la bandeja de plata y las tazas chinas.

—¿Qué haces? —dijo Hernán desclavando la navaja de la madera de nogal. —¿Quieres que me mate mi madre?

Mientras el español abandonaba del salón, Hernán le siguió con la mirada. Toda esa maldita magia negra no ha servido de nada contra ese cerdo —pensó mientras veía cómo Hércules se despedía de su anciana madre.

Hércules entró al jardín y detrás de unos setos encontró a Lincoln. El norteamericano, pistola en mano, vigilaba al gorila de Hernán, que sentado en el suelo atado de pies y manos, daba grititos con la mordaza puesta.

—Vamos —dijo secamente el español.

—¿Ha descubierto algo? —preguntó Lincoln guardando la pistola.

—Tenemos que salir para los Estados Unidos lo antes posible —afirmó Hércules. —La clave se encuentra allí.

—Pero, ¿qué te ha dicho?

—¿Te suenan las siglas: A.I.N.?

—Claro. ¿Cómo no me iban a sonar?

—¿Qué significan?

—Agencia de Inteligencia Naval. La agencia de inteligencia más antigua de los Estados Unidos. Pero, ¿qué tiene que ver el A.I.N. con el *Maine*?

—La A.I.N. hundió el *Maine* —le soltó Hércules.

—¿Estás seguro? —preguntó sorprendido Lincoln.

—Lo estoy.

La Habana, 15 de marzo de 1898

El barco salió muy despacio del puerto. El sol despuntaba por la bahía y la negrura dejaba paso a los verdes y turquesas. Los castillos que flanqueaban el paso estrecho, los mismos que durante siglos habían protegido a la ciudad de piratas y enemigos, parecían desafiar al buque de guerra norteamericano que abandonaba La Habana. En su interior, además de la tripulación, viajaba la Comisión de Investigación de la Armada. Su trabajo en la isla había concluido y ahora pasarían unos días en Cayo Hueso y de allí tomarían rumbo para Washington. Pero aquella mañana, tres tripulantes civiles se encontraban en la cubierta superior de popa. Helen Hamilton, George Lincoln y Hércules Guzmán de Fox observaron por última vez los restos del *Maine*. El mástil de proa y el grupo de barquitas que acordonaba la nave eran la parte visible de una terrible desgracia, pero también simbolizaban, en cierto modo, un enigma a medio desvelar, cuya parte más importante permanecía bajo el agua; reposando sobre el cenagoso fondo de la bahía.

No era usual que tres civiles viajaran en un barco de guerra, pero dadas las circunstancias y a punto de empezar una guerra, era normal que los tres ciudadanos de origen norteamericano abandonaran la isla cuanto antes. Ésa fue la excusa que Helen contó al capitán Potter y que éste, a su vez, trasladó al capitán del barco.

—Siento como si mirara por última vez La Habana —dijo Hércules con los ojos hincados en el horizonte.

—La Habana ha superado muchos desastres, también superará otra guerra —dijo Helen apoyándose ligeramente sobre el hombro de Hércules.

—No me refiero a eso, Helen. La Habana, tal y como nosotros la hemos conocido, está a punto de desaparecer.

—¿Te entristece que os tengáis que ir? —pregunto Lincoln.

—En parte sí. No se pueden borrar de un plumazo quinientos años de Historia, pero siento como si esta ciudad hubiera perdido su inocencia.

El barco puso sus motores a toda máquina y la costa comenzó a menguar delante de sus ojos, hasta que el mar invadió el horizonte por completo.

CAPÍTULO 59

Nueva Haven, Connecticut, 24 de marzo de 1898

Meterse en la guarida del zorro para intentar atraparle era sin duda una medida desesperada. El tiempo apremiaba y ellos sabían que únicamente con pruebas podían desarticular la trama que habían intentado comprender durante aquel largo mes de invierno. Los Caballeros de Colón eran una de esas piezas, de esas malditas piezas que no logran encajar en ningún sitio del puzzle y se dejan para el final, con la confianza de que en el último momento, por fin, terminará por ocupar el lugar que le corresponde.

¿Por qué los Caballeros de Colón habían contribuido a financiar el hundimiento del *Maine*? De que Helen, Hércules y Lincoln lograran responder esta pregunta, dependía que el presidente diera marcha atrás en el último momento y pudiera evitarse la guerra.

Los acontecimientos se aceleraban. La Comisión de Investigación de la Armada se mantuvo en Cayo Hueso unos días, terminó el informe y comisionó el día 19 de marzo al capitán Marix para que lo llevara a Washington junto a un grupo de oficiales del *Maine*. Marix llegó a la ciudad el 24 de marzo.

El informe dejaba patente que la Comisión no había podido demostrar la autoría del atentado, pero determinaba que la explosión había sido provocada, lo que dejaba a España en una delicada situación. McKinley sabía que no podía demorar mucho tiempo el envío del informe al Congreso, y una vez que el informe llegara a las dos Cámaras, la suerte estaba echada. Por eso, era tan importante para Lincoln y Hércules encontrar el contacto entre los Caballeros de Colón y el A.I.N. De esta manera, se daría con la clave y se descubriría el hombre que ordenó la operación. El mismo que había ordenado que asesinasen a Juan.

Los agentes vigilaron la sede de la orden de los Caballeros de Colón. Helen les había facilitado la ubicación de la sociedad secreta, gracias a la información del fallecido señor Hayes. A pesar de todo, tenían un problema, no conocían el aspecto del nuevo Caballero Supremo, tan sólo sabían que su nombre secreto era Natás. Por lo que, debían introducirse en la casa, intentar fisgar en la reunión del Consejo Supremo y, si venía al caso, sacar la información por la fuerza a alguno de sus miembros.

Lincoln tomó el último trago de té frío de una pequeña cantimplora y miró a Hércules, que acostumbrado al templado clima caribeño, estaba enfundado en un gorro de lana, guantes, bufanda y todo tipo de artilugios contra el frío.

—Maldito clima —se quejó el español. —Ahora entiendo por qué los españoles no colonizamos estas congeladas tierras del norte.

El agente norteamericano sonrió. Ahora estaba en su terreno y disfrutaba observando el desconcierto de su compañero.

Poco a poco, todos los miembros del consejo fueron llegando a la casa. Los agentes contaron hasta trece y, después de asegurarse de que nadie más se acercaba al edificio, entraron en el jardín de la casa colindante, saltaron una pequeña tapia y penetraron en el sótano, por la trampilla de la madera para la caldera. Lo tenían todo estudiado. La noche anterior habían realizado varias veces aquella operación y nadie, al parecer, se había percatado de su presencia.

Una vez en el sótano, abrieron la puerta, penetraron en un pasillo semioscuro, iluminado tan sólo por unos candelabros con velas en la pared y se aproximaron a la sala del Consejo Supremo de los Caballeros de Colón. En la entrada, algunos bastones y sombreros descansando sobre una mesa anunciaban que la reunión ya había comenzado. Lincoln sacó su pistola y se puso a vigilar las espaldas del español. Éste, agachándose se introdujo en la pequeña antesala del salón del consejo. Allí, encogido, apenas sin respirar, para poder escuchar mejor los murmullos mortecinos que se escapaban a través de la puerta entreabierta, Hércules logró oír una voz siniestra que parecía muy enfadada.

—¡Nuestros planes corren un serio peligro! —gritó. —Los caballeros de Cuba no han cumplido su misión, han desbaratado todos nuestros planes. Años de preparación y muchos dólares tirados a la basura.

—Amado Caballero Supremo —dijo una voz apagada de acento cubano. —Esos entrometidos son los culpables. Nos hicimos con el libro, localizamos el lugar, pero algo falló. Los dos caballeros nunca regresaron, como si la tierra se los hubiese tragado.

—¿Cómo es posible que habiendo tenido el libro en nuestro poder, no sepamos dónde está el tesoro de Roma? —preguntó el Caballero Supremo.

—Amado Caballero Supremo, usted ordenó que sólo los dos caballeros leyeran el libro y conocieran la ubicación del tesoro. Nos advirtió que había que respetar lo estipulado por los padres franciscanos a Colón. Debían entrar dos sacerdotes, bendiciendo y consagrando la iglesia, para escapar de la muerte y de la ira de Dios.

—Dios nos castigó por algo —dijo el Caballero Supremo. Llenando con tanto odio la palabra Dios, que parecía una blasfemia en sus labios. Después continuó diciendo. —Los hombres están listos, un ejército de más de cincuenta mil caballeros y escuderos. Además, hemos conseguido unir a nuestra causa a los antiguos confederados que buscan la revancha contra esos malditos burócratas de Washington, pero necesitábamos ese dinero para hacernos con el control.

—Actuemos de todas formas. La Marina está volcada en preparar la guerra contra España, como queríamos. El gobierno tiene gran parte del ejército concentrado en Florida, conquistar Washington no puede ser muy difícil —dijo una voz que hasta ese momento no había intervenido, pero que a Hércules le era familiar.

—¿Tenemos el apoyo de los oficiales? —preguntó el Caballero Supremo.

—De muchos, sí. Aunque, por desgracia hay miles de miembros de la Iglesia que no quieren unirse a la causa. El legado del Papa tampoco termina de decidirse —dijo otro caballero.

—Esos cobardes. No me extraña que la Iglesia esté a punto de caer de rodillas ante los comunistas y socialistas. El Papa no deja de hacer encíclicas a favor de los obreros. Salvaremos a la Iglesia, quiera ella o no —dijo uno de los caballeros.

Se escuchó un murmullo de aprobación y Hércules aprovechó esos segundos para intentar recordar dónde había escuchado esa voz. Estaba seguro de que no era la voz de Sampson, tampoco la de Sigsbee ni la de Lee. ¿De quién era entonces?

—Debemos actuar con cautela, pero con rapidez. Tenemos muy pocos aliados en el Congreso y en el Senado. El ejército sólo está en parte con nosotros y, aunque todos los sureños y católicos se nos unieran, quedarían todavía millones de herejes y masones que combatir. Queridos caballeros, no olviden nuestro juramento secreto —dijo el Caballero Supremo.

Se escucharon unas sillas al moverse y el grupo de hombres comenzó a recitar su credo:

En presencia del Todopoderoso Dios, de la bienaventurada Virgen María... declaro y juro que su Santidad el Papa es vice—regente de Cristo y que en virtud de las llaves para atar y desatar, dadas a su Santidad por mi salvador Jesucristo, tiene poder para deponer reyes herejes, príncipes, estados, comunidades y gobiernos y destruirlos sin perjuicio alguno.

Por lo tanto con todas mis fuerzas defenderé esta doctrina y los derechos y costumbres de su Santidad contra todos los usurpadores heréticos o autoridades protestantes o liberales.

Renuncio y desconozco cualquier alianza como un deber con cualquier rey hereje, príncipe o estado, llámese protestante o liberal, la obediencia a cualquiera de sus leyes, magistrados u oficiales. Declaro igualmente que ayudaré, asistiré a cualquier Caballero de Colón al servicio de su Santidad, en cualquier lugar que esté.

Prometo y declaro, no obstante, que me es permitido pretender cualquier religión herética con el fin de propagar los intereses de la Madre Iglesia, guardar los secretos y no revelar todos los consejos de los Caballeros de

Colón, y a no divulgarlos directa o indirectamente, por palabra escrita o de cualquier otro modo, sino ejecutar todo lo que sea propuesto, encomendado y se me ordene por medio de ti, mi grandísimo Padre o cualquiera de esta Sagrada Orden.

Declaro además que no tendré opinión ni voluntad propia, ni reserva mental alguna, sino que obedeceré cada una de las órdenes que reciba de mis superiores.

Prometo y declaro que haré, cuando la oportunidad se me presente, guerra sin cuartel, secreta o abiertamente, contra todos los herejes, liberales, judíos, protestantes y masones, tal como me ordené hacerlo, extirpándolos de la faz de la Tierra; que no tendré en cuenta edad, sexo o condición; y que colgaré, quemaré, destruiré, herviré, desollaré, estrangularé y sepultaré vivos a estos infames herejes, abriré sus estómagos y los vientres de sus mujeres, y con la cabeza de sus infantes dará contra las paredes a esta execrable raza.

Todo lo cual juro por la bendita Trinidad y el bendito sacramento que estoy para recibir, ejecutar y cumplir este juramento secreto.

Hércules sintió cómo se le ponía la piel de gallina al escuchar aquellas palabras. Aquellos locos fanáticos querían dar un golpe de estado e instalar una especie de régimen dictatorial regido por sus leyes crueles.

Cuando las voces se ahogaron, el español salió de la antesala y con un gesto indicó a su compañero que abandonara el sótano. Una vez en la calle, el frescor del invierno pudo despejar su cabeza cargada con las horrorosas voces de aquellos juramentados.

Esperaron frente a la casa y, uno a uno, salieron los miembros del Consejo. Pero uno de los últimos en abandonar el lugar era un viejo conocido. Hércules señaló al hombre y comenzaron a seguirle hasta que penetró en una de las solitarias callejuelas de la ciudad. Los dos agentes aceleraron el paso y Hércules puso su mano sobre el hombro del individuo.

—Hola, no esperaba verle por aquí —dijo el español, mientras el hombre, con los ojos desencajados y la cara pálida, se paraba en seco.

CAPÍTULO 60

Washington, 26 de marzo de 1898

Arrastrando los pies, McKinley decidió caminar a través de Lafayette Park para aclarar sus ideas. El Gabinete de crisis llevaba desde el día 24 reunido leyendo el informe de la Comisión, discutiendo las posibles salidas y, aquella tarde, el presidente notaba sobre sí el gran peso de la responsabilidad. Su agente de seguridad se mantenía a una ligera distancia. Alguno de los transeúntes le miraba y al reconocerle, cuchicheaban entre ellos.

En el parque la vida brotaba de cada rincón. Algunas parejas de novios, desafiando los últimos días del largo invierno, charlaban animadamente en los bancos. Las palomas danzaban en busca de las migas que las ancianas soltaban a su paso y alguna nodriza despistada circulaba con un cochecito bajo el frío cielo de la capital.

¿Cómo me juzgará la historia? —pensó el presidente, al tiempo que notaba como un nudo en la garganta. Él no era ningún guerrero y su país constituía el último sueño para millones de desheredados que dejaban la vieja Europa en busca de libertad. El siglo XX asomaba por la esquina. Un nuevo siglo de paz y libertad. ¿Debían entrar los Estados Unidos en el juego de las demás naciones civilizadas y colonizar la otra parte del mundo?

La Casa Blanca apareció a lo lejos. No era un palacio. Él tampoco era un rey. Aquel edificio modesto representaba los valores de la nación. Austeridad, libertad e igualdad de oportunidades —pensó, alejando las dudas de su mente. Después, se convenció de que la verdad se interponía muchas veces en el camino de la gloria, y que, su deber como presidente estaba por encima de toda verdad.

Washington, 27 de marzo de 1898

Los hombres irrumpieron en el despacho. El secretario corrió tras ellos, agarró del brazo a uno, pero penetraron hasta el fondo en medio del alboroto. Tranquilo y algo divertido, Roosevelt los observó desde su mesa. Dejó que pelearan un poco más con el funcionario y cuando lo creyó oportuno, intervino.

—Matthew, deje que se expliquen estos señores.

El secretario soltó el brazo de Lincoln, éste se arregló un poco el traje y con la cara desencajada, pero en un inglés cortés le dijo al subsecretario de la Armada:

—Entiendo que esté ocupado en un momento como éste, pero tenemos una misión oficial e información vital para los Estados Unidos.

Roosevelt le observó a través de sus gruesas lentes, hizo un gesto al secretario y con otro los invitó a sentarse. Lincoln y Hércules tuvieron que mover montañas de papeles de las sillas y dejarlos en el suelo, antes de lograr liberar un par.

—Verán que el trabajo me desborda. Estamos a punto de comenzar una guerra —dijo Roosevelt a modo de disculpa.

—Lo entendemos, pero lo que venimos a decirle es de vital importancia —repitió Lincoln haciendo énfasis en las palabras «vital importancia».

—Pues, ustedes dirán.

—No me voy a andar con rodeos. Sabemos quién hundió el *Maine* —dijo el agente muy serio.

—¿De veras? ¿Quién hundió el *Maine*? —preguntó el subsecretario con un poco de retintín.

Lincoln le relató de forma resumida la investigación, no se le escapó ningún detalle. El subsecretario le escuchó con impaciencia, como si esperara que terminase para volver a su ajetreado trabajo.

—¿El A.I.N? ¿La Agencia de Inteligencia Naval? —preguntó Roosevelt.

—La misma. Pero eso no es todo, la operación estuvo financiada por un grupo, una sociedad secreta llamada los Caballeros de Colón. Esta sociedad tenía una razón oculta para destruir el *Maine*. Le puedo asegurar que es un plan siniestro.

Roosevelt se quedó en silencio. Se levantó de la silla y apoyándose en la mesa se aproximó a los agentes.

—¿Por qué me cuenta todo esto a mí?

—Hemos intentado hablar con el presidente, pero nos lo han impedido. Usted, eso lo sabe todo el mundo en Washington, es el hombre más influyente del Gabinete —dijo Lincoln. Roosevelt se sintió alagado y una sonrisa infantil se dibujó en su rechoncho rostro.

—Entiendo lo que me dice. La inteligencia de la Armada ha realizado un acto de sabotaje para precipitar la guerra. Un acto grave, pero oportuno. Lo que no entiendo es qué tiene que ver el grupo ése de los caballeros de...

—Colón, señor, se denominan los Caballeros de Colón —dijo Hércules que hasta ese momento había permanecido en silencio. —Los Caballeros de Colón han estado formando un ejército de cincuenta mil hombres. Aprovechando el desconcierto y la movilización del ejército, los conspiradores querían tomar la capital, las principales ciudades y centros económicos. Al parecer, tienen el apoyo de antiguos sudistas y de un sector importante de los oficiales.

—¿Qué me dice? —comentó Roosevelt, que por primera vez comenzaba a tomarse en serio lo que los agentes le contaban.

—Esos fanáticos están dispuestos a todo. Si son fieles a su salvaje juramento, muchas personas morirán en los próximos meses.

—Tenemos dos tercios del ejército en Florida preparándose para intervenir en cualquier momento. Entre marineros y soldados hay más de veinte mil hombres listos para ir a Cuba y Puerto Rico en cuanto el presidente lo ordene. Otros cinco mil hombres en Filipinas. Nos quedan tan sólo unos pocos hombres disponibles y la guardia nacional.

—Entonces deben actuar con rapidez —dijo Lincoln. —Tenemos en nuestro poder a un miembro de los Caballeros de Colón que lo ha confesado todo, conocemos dónde puede capturar al Consejo Supremo en pleno. Lo único que ignoramos es la identidad del Caballero Supremo.

—Informaré inmediatamente al secretario de Estado y al secretario de Marina —determinó Roosevelt. —Pero les pido la mayor discreción. Si queremos desbancar esta conspiración debemos actuar con prudencia.

—Pero hay que informar al presidente, no podemos empezar una guerra apoyados en una mentira —dijo azorado Lincoln.

—Me temo que, de una manera u otra, todas las guerras son el resultado de una mentira. Si no es en este momento, será en otro, pero los Estados Unidos terminarán por controlar el Caribe y, si me apura, todo el Continente. La Historia es imparable querido amigo —el subsecretario se dirigió a la salida y les abrió la puerta. —Gracias por su ayuda, han contribuido a salvaguardar la República.

Hércules y Lincoln dejaron sus sillas y cuando cruzaban el umbral el español se detuvo frente a la sonrisa pétrea del subsecretario y le dijo:

—Señor Roosevelt, no pararemos hasta que el gobierno y la sociedad americana conozca la verdad.

—Y, ¿cuál es la verdad? —contestó.

Comenzaron a caminar por la sala de oficinas y escucharon la voz del subsecretario que se dirigió a ellos por última vez.

—Ah, no se olviden de entregar a su testigo a las autoridades. No me han dicho de quién se trata.

—Es el capitán Marix, uno de los miembros de su Comisión —soltó Lincoln.

Roosevelt levantó las cejas y cerró con un ruidoso portazo. Los dos agentes, cabizbajos, abandonaron el edificio. Tan sólo habían logrado cumplir parte de su misión, alertar a las autoridades federales de la conspiración de los Caballeros de Colón, pero la Armada quería dar carpetazo al hundimiento del *Maine*. Una idea daba vueltas sobre la cabeza de Hércules. —Tenemos que ver al presidente.

Capítulo 61

Washington, madrugada del 28 de marzo

Una patada derrumbó la puerta y un grupo de soldados entró en el edificio; registraron las plantas superiores, detuvieron a unas diez personas que realizaban trabajos administrativos y a un grupo indeterminado de seminaristas. Cuando descendieron al sótano, descubrieron la sala del Consejo Supremo. La misma operación se repitió en una treintena de sedes. Todos los miembros del Consejo Supremo fueron detenidos en sus domicilios, todos menos uno. El Caballero Supremo no fue localizado. No lograron sacar al testigo su nombre y paradero. Los nuevos detenidos tampoco dieron detalles sobre su líder. Descabezada la sociedad secreta fue relativamente fácil desarmar a los caballeros de los campamentos de entrenamiento. Únicamente en uno de ellos, un pequeño grupo opuso resistencia. La operación se llevó en el más absoluto secreto y se pactó con los principales periódicos el silenciar las actuaciones por razones de seguridad nacional.

Aquella mañana, muy temprano, transportaron al testigo principal, el capitán Marix, al edificio de la Armada. Pero alguien ordenó que le soltasen y el capitán salió por su propio pie de la sede. El capitán no compareció en una reunión con algunos miembros del Congreso, excusó su ausencia alegando problemas de salud. Nadie volvió a verlo jamás.

El periódico de Helen fue preventivamente clausurado acusado de transmitir secretos de la defensa nacional y su director preventivamente detenido, la periodista no fue localizada.

Washington, 28 de marzo

En el hotel podía verse a las más distinguidas damas de la capital tomar té, mientras los camareros de color caminaban entre ellas con gracia, vestidos con sus trajes de chaqueta blanca y pajarita negra. Helen, Lincoln y Hércules estaban sentados en una de las mesas más próximas a la entrada. Llevaban casi media hora esperando y empezaban a pensar que su contacto no iba a aparecer. Por fin, Helen vio a un oficial de la Marina que con su impoluto traje blanco entraba en el salón y escrutaba con la mirada las mesas. La periodista levantó la mano y el oficial se acercó hasta ellos.

—No los veía —comentó saludando a los tres. Primero besó la mano de Helen, saludando con un apretón de manos a Hércules y Lincoln. —Caballeros, veo que por fin han dejado el periodismo —bromeó.

—Capitán...

—Por favor, Helen, ¿desde cuándo te diriges a mí por mi rango?

—Potter —dijo al fin la mujer. —Estamos en una situación delicada. El A.I.N. nos anda buscando, por no hablar de la policía y el ejército en pleno.

—No os alarméis. Tan sólo quieren reteneros hasta que el Congreso realice la votación. Después, nada de lo que digáis podrá evitar la guerra.

—Pero, Potter, fuimos nosotros los que hundimos el *Maine*.

—¿Nosotros? No, querida Helen, nosotros no hundimos nada. Por eso estoy aquí, charlando amigablemente con vosotros. No quiero engañaros, siempre he estado a favor de esta guerra. Si hubiera sido por mí, no hubiera creado ni la Comisión. ¿Qué le otorga el derecho a España de dominar Cuba y Puerto Rico?

—La Historia —dijo Hércules que comenzaba a cansarse del petulante capitán.

—No, amigo. Es la fuerza. Los pueblos se dominan unos a otros por la fuerza. Ahora, nosotros somos más fuertes, eso es todo.

—Estamos perdiendo el tiempo —dijo Hércules haciendo amago de levantarse. Helen le agarró del brazo y con un gesto le pidió que se sentase.

—Entiendo lo que dices, pero ¿puede construirse un imperio basado en la mentira? —preguntó Helen mirando directamente a los ojos del capitán. Éste se quedó por unos instantes callado, como si le costase responder.

—No, Helen, por eso estoy aquí. No me habéis dejado terminar. A pesar de que deseo esta guerra más que nada en el mundo, a pesar de que sé que todos los miembros del A.I.N. serán sancionados, a pesar de eso, creo que el presidente debe conocerlo todo y tomar la decisión más correcta. Puedo introduciros en la audiencia del Senado donde hablará McKinley el día 30 de marzo, pero cuando os capturen, negaré cualquier vinculación con vosotros. ¿De acuerdo?

Los tres afirmaron con la cabeza. Potter se levantó y se despidió afectuosamente de Helen. Cuando estuvieron solos, los tres dieron un suspiro, por fin podrían encontrarse con el presidente. De mejor humor abandonaron el salón. Helen les comunicó que deberían disculparla, necesitaba pasar un momento al excusado.

Lincoln y Hércules se entretuvieron observando a la petulante clase alta, que ignorantes de la guerra y del dolor, paseaban sus trajes caros y sus sombreros a la moda por el hall del hotel. No vieron que entre la gente se movía un hombre vestido de negro, que al pasar junto a ellos les lanzó una mirada de odio.

Unos segundos después escucharon unos gritos. Los dos hombres se miraron y corrieron hacia los servicios. Un grupo de mujeres gritaban horrorizadas tapándose los ojos. Hércules se hizo hueco y entró en el baño. En el centro había un gran charco de sangre y tendida en el suelo, con las piernas encogidas y la mirada perdida estaba Helen Hamilton. Los dos agentes se quedaron paralizados, sin palabras, con los brazos caídos. Hércules sintió un pinchazo fuerte en el pecho y se inclinó, atrajo el cuerpo y lo abrazó. Todavía estaba caliente. Sujetó el rostro de Helen con la mano y la llamó. La llamó con todas sus fuerzas, como si intentara despertarla de un mal sueño. Su voz se quebró y los ojos empezaron a rebosar de lágrimas.

—Helen, Helen —repitió balanceándose con el cuerpo abrazado.

Cuando Hércules levantó la vista, los ojos empañados de lágrimas le impedían ver con nitidez; en la pared, unas letras escritas con sangre comenzaron a aclararse frente a sus ojos: Natás.

Capítulo 62

Washington, 30 de marzo de 1898

El capitán Potter respetó su palabra. Le vieron en el entierro de Helen, una sencilla ceremonia en un pequeño cementerio de Nueva Jersey. Su tumba estaba debajo de un viejo nogal, al lado de las de su padre y su madre. El pastor metodista leyó unos versos de la Biblia y despidió a Helen Hamilton en medio de una comitiva silenciosa y calmada. No hubo excesivos gestos de dolor, tan sólo algunas lágrimas apagadas. El prado verde tenía las primeras flores de la primavera y los pájaros se afanaban por terminar sus nidos en las copas de los árboles.

Introducirlos en el edificio del Senado fue relativamente fácil. Los servicios secretos y la policía habían dejado de perseguirlos. Los altos cargos de la Armada se sentían tan seguros de la guerra, que les parecía una pérdida de tiempo y de dinero del contribuyente acosar a un negro, ex agente del S.S.P. y a un mestizo medio español medio norteamericano, del que los de emigración se harían cargo.

Potter los colocó en una de las salidas de la sala donde se reunía el Comité del Senado para asuntos extranjeros. El presidente tenía previsto abrir la sesión y, según les aseguró Potter, llegaría media hora antes, para descansar y repasar el discurso.

Cuando el presidente McKinley entró, Lincoln y Hércules pudieron observar su rostro ojeroso y su andar cansado. Al pasar junto a ellos, levantó la vista y los miró fijamente con sus pequeños ojos ensombrecidos por las pobladas cejas. Al principio, los dos agentes no supieron reaccionar, ¿cómo abordar al presidente antes de una sesión? Pensaron que Helen, con su gran determinación hubiera sabido cómo hacerlo. Entonces, Hércules dio un paso al frente y dirigiéndose al presidente le dijo:

—Señor presidente, necesitamos hablar urgentemente con usted.

Al instante tres hombres se interpusieron entre los dos. McKinley hizo un gesto con las manos y los guardaespaldas volvieron a colocarse en su posición. El presidente sonrió al español y se quedó parado.

—Pero no podemos hablar aquí —dijo Hércules mirando de un lado para el otro.

—Dentro de 15 minutos tengo que hablar con la Comisión del Senado.

—Lo sé, pero lo que tenemos que contarle es muy grave. Éste es el agente del S.S.P., George Lincoln y yo soy Hércules Guzmán de Fox. Tenemos información que podría cambiar el curso de los acontecimientos.

McKinley miró la puerta de la sala y después con un gesto rápido cogió del brazo a Hércules y Lincoln, entraron en un despacho y todo el servicio de guardaespaldas detrás. El presidente los detuvo con el brazo y cerró la puerta.

—He de reconocer que han sido tenaces hasta el final. Como sabrán ya envíe el informe de la Comisión de la Armada el día 28, junto al informe incluí una carta para el congreso en la que sugería una solución pacífica.

—Lo entendemos señor, pero creemos que sus hombres no le han pasado toda la información —dijo Lincoln.

—Estoy con ustedes. He leído sus informes, no se preocupe, todo lo de su expulsión se ha debido a un error, ya estoy trabajando en ello.

—No venimos por eso, Señor —contestó Lincoln.

—No se preocupen, todo el asunto de los Caballeros de Colón está arreglado. Todos los cabecillas están detenidos y sus hombres desarmados. Además, los hemos comprometido a dar 20 millones de dólares. Creo que han aprendido la lección. A partir de ahora, se convertirán en una dócil organización patriótica.

—Nos complace saberlo, pero tampoco se trata de eso. Queremos hablarle de quién hundió el *Maine*.

El presidente dejó de sonreír. Sacó un reloj de bolsillo e hizo un gesto con la mano.

—Me temo que su tiempo ha terminado.

—¡No, señor presidente! —exclamó Hércules. Lincoln y McKinley le miraron sorprendidos. —Mucha gente ha muerto para que usted nos pueda oír, ahora. Le comunicaremos lo que tenemos que decir. Después actúe usted en consecuencia.

Mckinley cruzó los brazos y arqueando sus pobladas cejas les dijo:

—Está bien. Pero les ruego que sean breves.

Hércules y Lincoln le relataron en pocas palabras toda la trama urdida alrededor del *Maine*. El presidente escuchó en silencio, gesticulando mientras oía la escabrosa historia del yate de Hearst, la implicación A.I.N, la traición de Marix y todo el complot para ocultar la verdad. Cuando Hércules terminó, el presidente se quedó pensativo, como ausente. Un hombre llamó a la puerta y comunicó al presidente que la sesión iba a comenzar.

—Señores, les agradezco todo su trabajo. Les prometo que llegaré hasta el fondo de este asunto. Pero creo que me piden un imposible. Woodford, el embajador en Madrid, nos ha informado de los movimientos de la Marina Española. Tenemos movilizado a todo el ejército en Florida, la opinión pública se lanza a la calle para apuntarse a los grupos de voluntarios y el Congreso y el Senado están a favor de la guerra. Ya no puedo parar la guerra. Lo siento.

Los dos hombres se quedaron petrificados. El presidente estrechó sus manos, ensayó una sonrisa antes de salir del despacho y cerró la puerta. Hércules y Lincoln permanecieron inmóviles, callados, con la mirada baja. Entonces, Lincoln puso un brazo sobre el hombro de Hércules y le dijo:

—No te preocupes, Helen estaría orgullosa de ti. Te has atrevido a gritar al presidente de los Estados Unidos.

Lincoln logró sacar una sonrisa del rostro del español y juntos abandonaron el despacho. Cuando pasaban junto a la sala del comité, escucharon la amortiguada voz del presidente. Caminaron hasta el pasillo principal y descendieron por las escaleras de mármol. Al abandonar el edificio, en lo más alto de la escalinata, comenzaron a hablar.

—¿Sabes?, Lincoln —dijo Hércules levantando los hombros. —Nunca me he sentido tan libre como esta mañana.

Enfrente, el cielo azul despejado penetraba por sus pupilas y la ligera brisa comenzaba a mover las banderas de los edificios oficiales. El agente norteamericano le miró atentamente y el español respiró hondo antes de continuar.

—La verdad me ha liberado. El mundo entero la desconoce, pero yo, ahora, soy libre.

Los dos hombres continuaron caminando por las calles de Washington confundidos entre la multitud, una muchedumbre que caminaba ciega hacia la guerra.

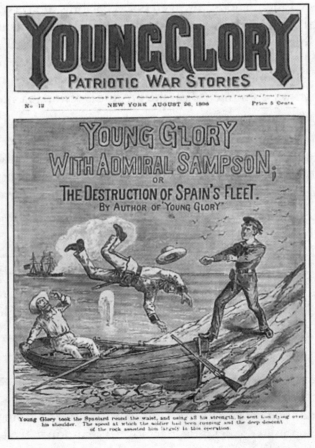

Representación de la Guerra de Cuba

Epílogo

Washington, 25 de noviembre de 1911

El resto de la Historia me temo que todos ustedes la conocen. El 21 de abril de 1898 el gobierno presidido por el señor McKinley y el gobierno de España rompieron relaciones y entraron en guerra.

Ahora, más de trece años después se reúne esta nueva Comisión, porque aquélla no llegó a descubrir toda la verdad. ¿Quién hundió el *Maine*? Todos nosotros, en cierta manera, lo hundimos. Lo hundimos y después buscamos el culpable que mejor encajaba en nuestros intereses. Trece años después, las palabras de Helen siguen persiguiéndome como fantasmas en mitad de la noche: *¿Se puede construir un imperio basado en la mentira?*

La historia del *Maine* y de su desgraciado destino no terminó el día que Hércules y yo abandonamos este sagrado edificio. Como sabrán, el presidente McKinley fue asesinado por un supuesto anarquista el 6 de septiembre de 1901, muriendo unos días después a causa de sus heridas de bala. El asesino era León Czolgosz, el mismo que intentó matar a Helen en La Habana. Me pregunto y les pregunto a ustedes. ¿Era ésta la venganza de los Caballeros de Colón? Ahora los Caballeros de Colón son una organización respetada por el gobierno federal, pero, ¿continúa en pie su juramento? Tal vez nunca lo sepamos.

El subsecretario Theodore Roosevelt fue vicepresidente y más tarde, presidente de esta gran nación. Hace apenas unos años recibió el premio Nobel de la Paz. ¿Acaso no es irónica la Historia? Premio Nobel de la Paz, un hombre que amaba tanto la guerra.

—Señores senadores, mi deber como ciudadano y como hombre es denunciar una gran injusticia y, aunque no confío en que los resultados de esta Comisión cambien la versión oficial, debía dejar como ofrenda sobre el altar de esta nación la Verdad. La Verdad que liberó a Hércules Guzmán Fox del vacío de una vida sin sentido, la Verdad que me transformó a mí y que siempre perdurará en la memoria de Helen Hamilton. Una Verdad que ustedes no podrán ocultar ni manipular, porque está basada en principios que nos sobrevivirán a todos nosotros.

Lincoln bajó de la tribuna y comenzó a caminar hacia la salida. Los senadores, los periodistas y algunos visitantes le observaron firme, seguro, como si caminara sin pisar el suelo. Mientras dejaba la sala, Lincoln recordó a Helen, al profesor Gordon y a Hércules. Todos ellos representaban, a su manera, lo mejor y lo peor del ser humano.

Salió del edificio y pensó que aquella mañana de invierno se parecía misteriosamente a la del 30 de marzo de 1898. ¿Dónde estaría Hércules? ¿Qué será de su vida? Se preguntó. Después, tomó el tranvía alejándose para siempre del *Maine* y su misterio.

Algunas aclaraciones históricas

- Los datos técnicos sobre el *Maine* y los sucesos históricos son verídicos, así como la mayoría de los personajes. Las diferentes teorías sobre su hundimiento: desde las teorías de un posible accidente, el submarino de Blume, la complicidad de la Armada de los Estados Unidos, la sustitución de los marineros por mendigos y la estancia del yate de Hearst en la zona son verídicas o en algún momento han sido propuestas por especialistas en el tema. No hay datos que aseguren que el capitán del Maine no estuviera en el barco en el momento de la explosión, pero sí es cierto que prácticamente todos los oficiales estaban de permiso. Algunas fechas y datos se han modificado para adaptarlos a la historia de esta novela.

- A pesar de que Hércules, Lincoln y Helen son personajes ficticios, el profesor Gordon existió realmente y fue una de las mentes más brillantes de su época. Tras la independencia de España el gobierno cubano decidió marginarlo por su neutralidad en el conflicto. El nombre del almirante Manterota, encargado del puerto de La Habana, fue sustituido por el de Mantorella por cuestiones estéticas.

- Winston Churchill estuvo como corresponsal en La Habana en el año 1895, pero durante la Guerra de Cuba estaba en Sudáfrica, donde los Boers estaban levantándose contra la ocupación inglesa.

- El poeta y diplomático Ángel Ganivet nunca perteneció a los Caballeros de Colón, pero es cierta su amistad con Miguel de Unamuno y que se suicidó arrojándose a las aguas de Dvina, aunque la fecha exacta de su muerte fue en noviembre de 1898 y no en enero. Días antes de su muerte declaró que percibía que alguien le seguía.

- Los datos sobre Washington, el presidente McKinley y su asesino León Frank Czolgosz son reales, excepto la conversión religiosa de este último y su estancia en La Habana.

- El libro de San Francisco nunca existió, pero sí la princesa vikinga Gudrid y sus viajes a América.

- Se ha especulado muchas veces con la posibilidad de que Cristóbal Colón tuviera información privilegiada a la hora de realizar su primer viaje a América. Según ciertas teorías, algún marinero moribundo habría regresado de las nuevas tierras y habría explicado a Cristóbal Colón cómo llegar hasta ellas. La teoría esgrimida en esta novela es totalmente ficticia, a pesar de lo cual, algunas ideas como: la información de Raimundo Lulio sobre la existencia de tierra al otro lado del mar tenebroso, las especulaciones del padre Las Casas sobre el supuesto conocimiento que tenía Colón sobre las tierras que iba a descubrir o la teoría de que Cristóbal Colón pudiera ser un fraile franciscano han sido tomadas de recientes investigaciones sobre la vida del Almirante.

- El tesoro de Roma o de Constantino nunca existió. Constantino no donó nada a la Iglesia a excepción del Palacio de Letrán y algunas posesiones y edificios, aunque se ha especulado muchas veces que los Templarios llevaron sus fabulosos tesoros a América.

- Los Caballeros de Colón fue una secta secreta católica norteamericana fundada en 1882 en Nueva Haven (Connecticut), que posteriormente se extendió por todos los Estados Unidos. Su misión principal fue la protección de los católicos en Norteamérica, pero muchos acusaron a esta organización de difundir valores antinorteamericanos y propagar el odio entre religiones. Debido a las sospechas sobre el patriotismo de esta organización los Caballeros de Colón crearon el cuarto grado, donde se defienden valores de patriotismo. En la actualidad se extiende por la mayor parte del continente americano, pero su presencia en Europa es escasa. Muy pocos conocen su existencia y los secretos que encierra. En la actualidad cumple una amplia labor social y política. La posible participación de los Caballeros de Colón en la Guerra de Cuba es ficticia. Por otro lado, aunque muchos investigadores afirman que su juramento secreto es real ellos siempre lo han negado.

El autor

ÍNDICE

Otros títulos de novela histórica nowtilus...

Operación Hagen. El misterio del proyecto nuclear nazi que pudo cambiar la II Guerra Mundial Felipe Botaya.

ISBN-10: 84-9763-225-7
ISBN-13: 978-849763225-6
Págs: 304
PVP: 14,95 euros

«Operación Hagen» es la historia no oficial del proyecto nuclear alemán y de la misión de un solitario avión de la Luftwaffe que lanzó la primera bomba atómica usada en combate, en un remoto paraje de Siberia el 23 de febrero de 1945.
Su objetivo: cambiar el curso de la guerra.

Josefina: Atrapada por la pasión

La tempestuosa historia de amor y traición de la emperatriz Josefina, la criolla que conquistó a Napoleón Bonaparte.
Daniel Ares

Páginas: 256
ISBN-10: 84-9763-295-8
ISBN-13: 978-849763295-9
PVP: 14,95 euros

Una electrizante novela que conjuga la turbulenta historia de amor entre Josefina y Napoleón con las intrigas y acontecimientos de su época: la revolución francesa, las guerras napoleónicas y los escándalos amorosos. La historia de la mujer que marcó la vida del hombre más poderoso de Europa en su tiempo, la mujer que le amó y le traicionó.

Madame Du Barry: La última favorita

La escandalosa historia de Madame Du Barry: desde los burdeles parisinos al lecho del rey Luis XV, hasta convertirse en la mujer más poderosa de Francia.
Mónica Berenstein

Páginas: 256
ISBN-10: 84-9763-297-4
ISBN-13: 978-849763297-3
PVP: 14,95 euros

La escandalosa historia de Madame Du Barry, una mujer que pasó de los burdeles parisinos a ser la amante de Luis XV y a determinar la política de Francia. La historia de una mujer que supo sacar partido de su ambición y sus encantos hasta llegar a lo más alto. Intriga y emoción en el final de una época de esplendor que terminó con la Revolución Francesa.